Das Buch
Barbara Erskine, die bekannte und beliebte Autorin mystisch-romantischer Gruselromane, legt hier eine Sammlung ihrer schönsten Liebesgeschichten vor. Da ist zum Beispiel die Geschichte der viktorianischen Pfarrerstochter Caroline, die ihren autoritären Vater versorgen muß und darüber droht, zur alten Jungfer zu werden. Ein Geistlicher, der heimlich einer Bande von Alkoholschmugglern angehört, kann aber doch ihr Herz erobern, und mit ihm entdeckt Caroline, daß sie keineswegs die unschuldige brave junge Frau ist, als die sie jahrelang galt. Barbara Erskine erzählt auch von der alleingelassenen Ehefrau, die sich längst ein neues Leben aufgebaut hat, als der Ehemann plötzlich zurückkehrt, zeigt die verschiedenen Seiten und Perspektiven in einem vertrackten Liebesdreieck und die wahre Bedeutung eines alten Familienerbstücks. Eine eindrucksvolle Zusammenstellung anrührender und bewegender Kurzgeschichten.

Die Autorin
Barbara Erskine studierte mittelalterliche Geschichte und schrieb sich mit ihren mystisch-romantischen Frauenromanen in die internationalen Bestsellerlisten. Sie lebt mit ihrer Familie abwechselnd in Wales und auf einem alten Landsitz nahe der Küste von Essex.

BARBARA ERSKINE

TANZ IM MONDLICHT

Aus dem Englischen von
Peter Beyer und Waltraud Götting

WILHELM HEYNE VERLAG
MÜNCHEN

HEYNE ALLGEMEINE REIHE
Band-Nr. 01/10984

Die Originalausgabe
DISTANT VOICES
erschien 1996 bei HarperCollins Publishers,
London

Umwelthinweis:
Das Buch wurde auf chlor- und säurefreiem
Papier gedruckt.

Redaktion: Birgit Groll

Deutsche Erstausgabe 9/99
Copyright © 1996 by Barbara Erskine
Copyright © der deutschsprachigen Ausgabe 1999
by Wilhelm Heyne Verlag GmbH & Co. KG, München
Printed in Germany 1999
Quellenverzeichnis: Seite 271
Umschlagillustration: Kevin Tweddell
Umschlaggestaltung: Atelier Ingrid Schütz, München
Satz: (3296) IBV Satz- und Datentechnik GmbH, Berlin
Druck und Bindung: Ebner, Ulm

ISBN 3-453-15310-3

http://www.heyne.de

Inhalt

Der Aussteiger   9

Der Moment der Wahrheit   19

Das Feenkind   34

Bewach die Mauer, mein Liebling   50

Die Gabe der Musik   137

Hexenkunst unserer Tage   156

Wenn die Kastanienblüten fallen   167

Das Erbe   198

Das Wochenende   206

Blumen für die Lehrerin   235

An Bord der Moonbeam   242

Triumph des Herzens   255

Die Mutprobe   263

Quellenverzeichnis   271

In Erinnerung an
»Onkel Stuart«
STUART ERSKINE BIRRELL
1887–1916

eine verwandte Seele

Der Aussteiger

Natürlich würde er nicht kommen. Der Gedanke allein war absurd. Aber andererseits – ein Ehemann bleibt ein Ehemann, auch wenn der ihre seine ehelichen Pflichten nicht gerade nach dem Buchstaben des Gesetzes erfüllt hatte.

Zara beugte sich vor und blickte in den Spiegel. Sollte er tatsächlich kommen, würde er nach all den Jahren eine ziemliche Veränderung an ihr feststellen. Sie erinnerte sich vage, daß sie damals nicht nur eine andere Frisur, sondern auch eine andere Haarfarbe gehabt hatte. Auf ihre Figur konnte sie mit Recht stolz sein, und sie hatte mit den Jahren an Eleganz und Selbstbewußtsein gewonnen.

»Ob er wohl eine Wampe angesetzt hat?« unterhielt sie sich laut mit ihrem Spiegelbild. Und mußte kichern. Gerald mit einer Wampe war völlig undenkbar.

Wieder warf sie einen Blick auf den Brief. Er begann mit der Anrede: »Liebling«. Auch das war untypisch für ihn. Gerald war nie ein Mann der zärtlichen Worte gewesen. Er muß in Schwierigkeiten stecken, sagte sie sich, während sie in ihr teures Seidenkostüm schlüpfte.

Geld? Sie war immer der Meinung gewesen, daß er es im Überfluß besaß. Als sie heirateten, hatten sie zu den besseren Kreisen der Stadt gehört. Sie hatte sich nie die Mühe gemacht, herauszufinden, woher sein Wohlstand rührte. Zugegeben, er hatte nicht aufgehört, von Zeit zu Zeit ein nettes Sümmchen auf ihr Konto zu überweisen. Um der alten Zeiten willen und wenn es ihm gerade in den Sinn kam, hatte sie immer gedacht, nicht etwa aus der schlichten Überlegung heraus, Unterhalt für sie leisten zu müssen. Nicht daß sie in all den Jahren Unterhalt gebraucht hätte, Gottlob. Aber wenn sie es sich recht überlegte, hatte sie seit fast einem Jahr kein Geld mehr von ihm gesehen.

Sie betrachtete sich von der Seite im Spiegel und strich mit der Hand kritisch über ihren flachen Bauch. Nein. Sie gehörte zu den Frauen, die im Berufsleben Erfolg haben und vorankommen. Das Geld, mit dem Gerald sein Gewissen beruhigte oder was auch immer –, hatte ihr lediglich ein paar bescheidene Extras beschert, wie zum Beispiel den netten kleinen Mercedes in der Auffahrt. Ihren Lebensunterhalt hatte sie damit wahrhaftig nicht bestritten.

Na schön. Wenn es nicht das Geld war, was dann? Frauen. Sicher kannte sie Frauen, die gezwungen waren, ihren Ehemann von Zeit zu Zeit aus den Klauen einer allzu anhänglichen Freundin zu befreien, aber Gerald hatte dieses Problem nie gehabt. Sie hatte sogar gehört, daß er seine jeweils aktuelle Flamme mit so perfidem Vergnügen gegen die Verflossene aufzuhetzen pflegte, daß beide oft vor Schreck das Weite suchten. Sie stutzte einen Moment. Vielleicht wollte er sich scheiden lassen? Nein. Das war nicht anzunehmen. Genau wie sie empfand er das Arrangement einer Ehe auf Distanz als viel zu nützlich und angenehm, um diesem Zustand ein Ende zu bereiten.

Hatte er Ärger mit der Polizei? Einen Augenblick lang blickte sie mit großen Augen in den Spiegel, dann verwarf sie den Gedanken mit einem Achselzucken. Er war zu lächerlich, um auch nur in Erwägung gezogen zu werden.

Zara beendete die müßigen Grübeleien mit einem Blick auf ihre Armbanduhr, eilte die Treppe hinunter, nahm den Autoschlüssel vom Kaminsims und ging zur Tür. Sie neigte normalerweise nicht zu solchen Spekulationen und schon gar nicht zu Tagträumereien, und daß sie so spät dran war für die Vorstandssitzung, sah ihr eigentlich auch nicht ähnlich.

Er saß auf den Eingangsstufen.

In Lumpen.

Volle zwei Minuten starrte Zara wortlos auf ihren Mann hinunter. Dann trat sie mit ausdrucksloser Miene zur Seite und winkte ihn ins Haus. Als er an ihr vorbeiging, rümpfte sie demonstrativ die Nase.

Er steuerte ohne Umwege auf den Tisch mit den Getränken zu und schenkte sich einen Scotch ein. Dann drehte er sich um und musterte sie von Kopf bis Fuß. Er war immer noch schlank, keine Spur von einem Bauchansatz, sehnig und muskulös, braungebrannt und durchtrainiert, und in seinen Augen blitzte der Übermut.

»Geh, laß mir ein Bad ein, Za-Za, Liebes. Dann brauchst du dir nicht mehr die Nase zuhalten, und wir können miteinander reden.«

»Gerald!« Ihre sonst so wohlklingende Stimme hatte sich zu einem mißtönenden Kreischen erhoben. »Was ist los mit dir?«

»Das Schicksal war mir nicht wohlgesonnen, Gnädigste.« Er gab ein wie einstudiert wirkendes Jammern von sich, aber in seinen Augen blitzte immer noch der Schalk. »Nun mach schon, Weib, bevor meine Flöhe auf deine Perserteppiche hüpfen.«

Mit einem Schreckensschrei rannte sie nach oben, drehte beide Hähne bis zum Anschlag auf und riß hastig die kleine Flasche Dettol aus dem Arzneischränkchen. Es roch scharf in dem heißen Dampf, der aus der Wanne aufstieg, aber alles war besser als Geralds ... Duftnote.

Während er badete, spülte sie gründlich sein Glas und wischte die Whiskyflasche mit einem Schwammtuch ab, dann holte sie den Staubsauger heraus und saugte den Teppich da, wo er gestanden hatte. Flöhe! Sie schauderte.

Mit jähem Schuldgefühl, weil ihr plötzlich einfiel, daß sie ihre Sitzung vergessen hatte, ging sie zum Telefon und rief im Büro an, um ihrer Sekretärin Bescheid zu sagen. »Mir geht es nicht so gut«, erklärte sie mit ruhiger Stimme und stellte zu ihrem Erstaunen fest, daß das nicht einmal gelogen war. Ihr war übel, und sie fühlte sich ein wenig fiebrig.

Eine halbe Stunde später tauchte er, mit ihrem Bademantel bekleidet, wieder auf. Er sah in dem Kleidungsstück, das an ihr weit und bequem war, wie ein Schuljunge aus, der aus seinem Anzug herausgewachsen ist; lange, sehnige Arme und Beine ragten heraus, und der Stoff bedeckte seine muskulöse, sonnengebräunte Brust nur unzulänglich.

»Keine Spur von einem Mann da oben«, bemerkte er während er sich auf das Ledersofa fallen ließ. »Dabei hätte ich einen Rasierapparat brauchen können.« Seine Stimme klang fast bekümmert.

»Ich nehme an, du hast Hunger?« Kühl ignorierte sie seine Bemerkung. Sie stellte unwillig fest, daß ihr Herz in der Brust zu hämmern begonnen hatte wie damals, daran erinnerte sie sich immer noch genau, als sie ihn kennengelernt hatte.

»Ich sterbe vor Hunger, Gnädigste. Habe seit vorgestern nichts mehr gegessen.« Er verfiel wieder in seinen wehleidigen Ton. Sie beachtete es nicht.

»Du erwartest hoffentlich keine Austern mehr zum Frühstück«, bemerkte sie spitz aus der Küche, während sie Wasser in den Kessel laufen ließ und an einige seiner ausgefalleneren Vorlieben dachte. Ihre Hände zitterten.

»Eine Scheibe Brot reicht mir schon, Gnädigste, nur eine Scheibe Brot.« Plötzlich stand er dicht hinter ihr und legte ihr leicht die Hände auf die Schultern. »Ich nehme an, du erwartest eine Erklärung?«

»Da könntest du recht haben.« Sie lachte leise.

»Man könnte sagen, das Schicksal war mir nicht gnädig.« Er warf ihr einen erwartungsvollen Blick zu, dann überlegte er es sich anders und schüttelte den Kopf. »Nein, ich weiß. Das sieht mir nicht ähnlich, wie? Kannst du dir vorstellen, daß ich es absichtlich getan habe?« Er schwieg einen Moment. »Du glaubst nicht, was die Leute alles in ihre Mülltonnen werfen, Za-Za. Jemand sollte eine Abhandlung darüber schreiben: »*Die große unangezapfte Quelle der Reichtümer dieser Welt.*«

»Ich bin sicher, die Müllmänner zapfen sie ganz erfolgreich an«, entgegnete sie scharf, während sie zwei Scheiben Brot in den Toaster steckte. »Den Sachen nach zu urteilen, mit denen sie die Kühlerhauben ihrer Müllautos schmücken.«

»Teddybären«, bemerkte er nachdenklich. »Euer Müllmann pinnt Teddybären an seinen Wagen. Ich habe ihn auf dem Weg hierher in eurer Straße gesehen. Wie jemand auf die Idee kommen kann, seinen Teddybären wegzuwerfen, werde ich mein Lebtag nicht begreifen. Es ist schlimmer als Mord.«

»Gerald! Du hast deinen doch auch nicht aufgehoben!«

»Aber sicher!« Er thronte auf der Kante des Frühstückstischs und griff nach den Toastscheiben, als sie heraussprangen. Hastig zog er die Hand zurück und blies sich auf die Fingerspitzen. »Hast du nie in meinen Koffern und Kisten gestöbert, die ich zurückgelassen habe?«

»Natürlich nicht. Es ist schließlich dein persönlicher Besitz.«

Gerald sah sie ungläubig an. »Du bist wirklich eine wunderbare Frau, Za-Za. Ich frage mich, warum ich dich verlassen habe.« Nachdenklich strich er Butter auf eine Scheibe Toast. Abgesehen davon, stellte er fest, war sie schlanker, womöglich größer und alles in allem tausendmal attraktiver, als er sie in Erinnerung hatte.

»Du konntest mich nicht ausstehen, mein Lieber.« Sie lächelte. »Ein Jammer, weil ich dich eigentlich ganz gern hatte.«

»Gern?« Er zog eine Braue hoch.

»Na schön, ich habe dich geliebt.«

»Immer noch in der Vergangenheit?«

Sie lächelte. »Hör auf zu kokettieren, Gerald, und erzähl mir lieber, was du getrieben hast.«

Der schwarze Kaffee hatte ihre Nerven beruhigt. Sie setzte sich ihm gegenüber, kreuzte elegant die Beine und wartete darauf, daß er redete.

Ein paar Minuten lang aß er schweigend und mit allen Anzeichen eines Menschen, der seit Tagen nichts gegessen hat, dann lehnte er sich mit einem Seufzer zurück und griff nach seiner Tasse.

»Eines Morgens, auf dem Weg zum Büro, dachte ich, Gerald, alter Knabe, was hat das alles für einen Sinn? Wie man das manchmal so tut, kennst du das? Ich konnte keine überzeugende Antwort finden. Also dachte ich, na schön. Wenn du keinen Grund hast, es zu tun, dann laß es.« Mit einem Grinsen langte er nach dem Zucker.

»Immerhin gibt es da noch die Notwendigkeit, Geld zu verdienen, Gerald.« Sie gab sich Mühe, nicht allzu gouvernantenhaft zu klingen.

»Geld wofür? Du verdienst selbst genug, *du* brauchst es also nicht. *Ich* brauche es nicht... Du hattest ein Haus, ich hatte eine Wohnung, brauchten wir denn beides, in drei Teufels Namen? Warum sollte ich für die Mitgliedschaft in einem Golfclub voller langweiliger Idioten und für das Finanzamt einen Herzinfarkt riskieren?«

»Gerald, nimm es mir nicht übel, aber das ist eine abgedroschene und törichte Bemerkung. Und woher«, brauste sie plötzlich auf, »weißt du überhaupt, wieviel ich verdiene?«

»Deine Firma gehört mir, meine Liebe. Nein«, er hob abwehrend die Hand, als sie empört die Tasse abstellte und etwas sagen wollte. »Nein, du hast deinen Posten ausschließlich aufgrund deiner Kompetenz bekommen, und ich interessiere mich absolut nicht für Firmenpolitik. Also, wie gesagt, ich dachte mir, warum steige ich nicht aus wie all diese fröhlichen Gestalten, die man in der U-Bahn immer singen sieht. Das Problem ist, ich kann nicht singen. Das weißt du sicher noch. Ich kann weder malen, noch gut genug töpfern oder schnitzen, um meinen Lebensunterhalt damit zu verdienen, also blieb mir nichts anderes übrig, als zu betteln. Noch einen Kaffee, bitte.«

Wortlos schenkte sie ihm Kaffee nach.

»Ich habe James angewiesen den Wagen anzuhalten. Dann habe ich ihm gesagt, er soll einen Monatslohn nehmen, den Wagen nach Hause fahren und abschließen, in der Wohnung Gas und Strom abstellen und den Hausschlüssel in den Briefkasten werfen – ach ja, und den Kühlschrank ausräumen. Daran habe ich gedacht. Dann habe ich im Büro angerufen und gesagt: ›Ich werde ungefähr ein Jahr lang weg sein.‹ Anschließend habe ich mit meinem Anwalt wegen der nötigen Vollmachten und all dieser Dinge telefoniert. Ich habe mir einen Sahnedoughnut, die reinste Cholesterinbombe, und eine Dose Bier gekauft, mein gesamtes Kleingeld in den Hut eines dieser bedauernswerten jungen Männer geworfen, die man immer mit ihren Hunden an irgendwelchen Hauswänden sitzen sieht, und bin losgelaufen. Einfach so vom Fleck weg, in meinem Geschäftsanzug.« Er warf lachend den Kopf in den Nacken. »Wie du gesehen hast, ist nicht mehr viel von seiner Eleganz übrig.«

»Hast du dich amüsiert?« Zara bemühte sich, nicht allzu pikiert zu klingen.

»Großartig.« Er nahm das Brotmesser, schnitt eine mächtige Scheibe Brot ab und bestrich sie dick mit Butter. »Ich bin durch ganz Südengland und bis nach Cornwall hinunter gekommen, in all die abgelegenen kleinen Winkel, die man in einem stinkenden Auto nie zu sehen bekommt. Acht Monate habe ich es durchgehalten.«

»Warum bist du dann zurückgekommen?«

»Zum einen hatte ich heute morgen Hunger. Zum anderen wollte ich dich wiedersehen.«

»Gerald. Wie konntest du dir überhaupt die Briefmarken und das Papier für deine Nachricht leisten?« Sie war plötzlich mißtrauisch geworden.

Zum ersten Mal wirkte er jetzt verlegen. »Na ja, Zara, das Problem ist, ich habe wieder angefangen, Geld zu verdienen. Zuerst waren es nur Gelegenheitsjobs: Wagen waschen, Obst pflücken, einmal sogar Kartoffelsäcke schleppen – Gott, war das ein lausiger Job! Dann habe ich eines Abends in einem Pub zufällig eins der Gedichte vorgetragen, die ich mir auf meinen Wanderungen über die Landstraßen ausgedacht hatte. Die Leute ließen den Hut herumgehen, und am Ende waren fast sieben Pfund fünfzig darin. Ein Vermögen! Na ja, von da an habe ich weitergemacht. Immer wenn ich in eine Stadt oder ein Dorf kam, habe ich einen Wirt angequatscht und in seinem Pub einen Zettel ausgehängt, auf dem stand, daß ich am Abend Gedichte vortragen würde. Hinterher habe ich dann den Hut herumgereicht.«

»Gerald, das ist nicht dein Ernst!« In Zaras Augen stand jetzt echte Bewunderung.

»Also, meine Liebe, die Wahrheit ist«, er senkte den Blick mit einem Anflug von Verlegenheit auf seine Kaffeetasse, »ich glaube, ich brauche so etwas wie einen Agenten. Ich will sie veröffentlichen, verstehst du? Ich weiß, das ist albern, aber ich

habe große Pläne damit. Ich habe den Sinn des Lebens gefunden, weißt du. Für mich ist es die Dichtkunst.«
»Und du möchtest, daß ich dich als Agentin vertrete?«
»Würdest du?« Er sah sie erwartungsvoll an.
»Aber sicher.«

Zara machte es Spaß, ihren Mann als Dichter auszustaffieren. Sie brachte den Vormittag damit zu, Jeans und Hemden und eine ziemlich teuer aussehende Lederjacke für ihn zu kaufen. Sie überlegte sogar, ob er sich darauf einlassen würde, eine Kette oder eine Lederschnur mit einer Perle um den Hals zu tragen, verwarf den Gedanken aber wieder. Schließlich war er es bis vor gar nicht langer Zeit gewohnt gewesen, im Nadelstreifenanzug aufzutreten.

Als sie sich zu ihrer Einkaufstour aufgemacht hatte, war er zurückgeblieben, um seine Gedichte in ihr Diktiergerät zu sprechen. Bei ihrer Rückkehr stand die Putzfrau in der Tür zum Salon und lauschte mit offenem Mund.

»Es ist Schweinkram, Mrs. Lennox, echter Schweinkram«, beschwerte sich die Frau, die beim Anblick ihrer Arbeitgeberin schuldbewußt zusammengefahren war. »Aber es ist wunderschön. Ich könnte stundenlang zuhören, wirklich wahr.« Sie kicherte nervös.

Zara trat neben sie, und gemeinsam hörten sie zu, wie Gerald diktierte. Es war tatsächlich wunderschön.

Wenig später schwang er mit dem Mikrofon in der Hand herum und sah die beiden Frauen. Zu Zaras Erstaunen verstummte er abrupt und errötete. »Ich hatte nicht bemerkt, daß jemand da ist«, murmelte er, dann brach er in Gelächter aus. »Das ist eigentlich nichts für die Ohren von Damen.«

»Unsinn. Es ist verdammt gut.« Zara eilte zu ihm und drückte ihm einen flüchtigen Kuß auf die Wange. »Ich fange heute nachmittag an, sie für dich in den Computer einzugeben.«

Sie einigten sich darauf, daß er sich Noxel nennen sollte, Lennox von der Mitte her gelesen. Kein weiterer Name. Es war passend für ein gedrucktes Buch und würde sich, so überlegte Zara, im Radio gut anhören. Seinen Einwand, er käme sich mit diesem Namen vor wie ein Kloputzmittel, ignorierte sie.

Gerald Lennox war ein Langeweiler gewesen, darin waren sie sich einig.

Sie schleppte ihn durch London, wo sie ihn stolz ihren neuen Freunden aus der Schickeria präsentierte und sich im Glanz seines Ruhmes sonnte, als er mit Adjektiven von köstlichem Versmaß und Phrasen voll schillernder Farbe ihre Ohren attackierte. Sie hatte insgeheim immer die Befürchtung gehegt, daß diese Leute ihre Bekanntschaft wegen ihres Geldes und ihrer guten Verbindungen pflegten. Nun konnte sie mit jemandem aufwarten, der zu ihrer Welt gehörte. Der nicht nur dazugehörte, sondern wirklich etwas tat. Die meisten von ihnen, hatte sie festgestellt, waren eher passive Mitläufer als aktiv Schaffende in der Welt der Künste. Jetzt fühlte sich Zara ihnen endlich um eine Nasenlänge voraus, und sie war höchst angetan von ihrem exzentrischen, vagabundierenden Dichter.

Die beiden amüsierten sich köstlich über die hochgezogenen Augenbrauen der Nachbarn. Offenbar erkannte ihn niemand.

Dann kam Zaras Lover von seiner zweimonatigen Reise nach Kapstadt zurück. Er öffnete die Tür mit seinem eigenen Schlüssel, eine halbe Stunde, bevor Zara wie üblich aus dem Büro zurückkommen würde und stieß auf Gerald, der vor ihrem Computer saß.

»Hallo, mein Freund«, Gerald blickte auf und streckte die Hand zum Gruß aus, »ich wußte, daß es Sie geben muß, aber sie hat es mit keinem Wort zugegeben, die gute Seele.« Er grinste liebenswürdig.

Der andere stand mit offenem Mund da. Er tastete unsicher nach dem nächsten Sessel und ließ sich schwer hineinfallen. »Es tut mir leid«, brachte er endlich heraus. »Ich glaube, wir sind uns noch nicht begegnet?«

Gerald lehnte sich auf dem Stuhl zurück. »Ich bin Zaras Ehemann. Aber keine Sorge –« er hob beschwichtigend die Hand, als der andere mit einem Ruck aufsprang. »Ich bin schon weg. Ich will schon seit einer ganzen Weile weiter, aber ich wollte sie nicht allein lassen. Sie war mir eine große Hilfe in den letzten paar Wochen.«

Er schob seine Papiere zusammen und holte die Seiten, die er zuletzt ausgedruckt hatte. »Geben Sie mir zehn Minuten, alter Freund. Wir bringen die Wachablösung hinter uns, bevor sie nach Hause kommt.« Er eilte, immer zwei Stufen auf einmal nehmend, die Treppe hinauf.

Der Neuankömmling setzte sich wieder und blickte einen Moment lang wie betäubt vor sich hin. Dann erhob er sich ein wenig schwerfällig und schenkte sich einen Drink ein. Als Zara nach Hause kam, hatte er sich mit einem vollen Glas Gin ins Badezimmer zurückgezogen.

Sie sah Geralds Nachricht auf dem Tischchen im Flur und wußte, ohne sie zu lesen, daß er fort war. Sie überlegte einen Augenblick, dann stieß sie einen tiefen Seufzer der Erleichterung aus. Es war ein spannendes Intermezzo gewesen, aber keines, das sie noch weiter auszudehnen wünschte. Es störte ihre Konzentration im Büro.

Der Moment der Wahrheit

Ich kannte Steve schon seit frühester Kindheit. Im selben Dorf geboren und miteinander aufgewachsen, hatten wir eines Tages unsere Liebe füreinander entdeckt und uns an meinem achtzehnten Geburtstag verlobt. Danach begannen wir auf eine Anzahlung für ein eigenes Häuschen zu sparen. Steve wollte erst heiraten, wenn er in der Lage war, mich, wie er es ausdrückte, anständig zu ernähren oder mir doch zumindest ein Dach über dem Kopf zu bieten. Mir erschien das nicht wichtig, aber alle meine Einwände halfen nichts, und so dehnte sich unsere Verlobungszeit erst über ein Jahr, dann über zwei Jahre aus. Steve arbeitete als Mechaniker in der Reparaturwerkstatt unseres Dorfes und hoffte darauf, von seinem Chef eines Tages als Partner an dem Unternehmen beteiligt zu werden. Die Zukunftsaussichten waren also nicht schlecht, wenn wir es nur schaffen würden, genug Geld für die Anzahlung zu sparen. Und dann geschah etwas, das sich nachhaltig auf unser gemeinsames Leben auswirken sollte. Steves Großtante, die für ihn wie eine Mutter war, erlitt überraschend einen Schlaganfall, und die Ärzte sagten, sie werde nie wieder in der Lage sein, einen eigenen Haushalt zu führen. Selbst wenn sie sich so weit erholte, daß sie das Krankenhaus verlassen konnte, würde man sie in einem Altersheim unterbringen müssen, wo sie die erforderliche Pflege erhielt.

Sobald sie kräftig genug war, um Besucher zu empfangen, rief sie Steve und mich an ihr Krankenlager. Sie konnte nur mit Mühe sprechen, und ihre arme, gelähmte Hand lag kraftlos auf der Decke, aber sie erklärte uns mit Tränen in den Augen, daß sie uns ihr Landhaus vermachen wolle. Es sollte ihr Hochzeitsgeschenk für uns sein.

Sechs Wochen später waren wir verheiratet. Das Häuschen war winzig, aber ich fand es wunderbar, denn nun hatten wir endlich ein Heim ganz für uns allein. In dem niedrigen Wohnzimmer, dessen Decke mit Eichenbalken durchzogen war, standen zwei Schaukelstühle und ein Tisch, und mehr Möbel hätten auch kaum hineingepaßt. Glyzinie und Geißblatt rankten sich zum Schlafzimmerfenster unter dem Reetdach hinauf. Ich weiß noch wie heute, wie ich mich am ersten Morgen nach unserem Einzug aus diesem Fenster lehnte und die frische Landluft einatmete. In diesem Augenblick hätte ich schreien können vor Glück.

Ich hatte vor unserer Heirat als Kellnerin in der Tudor-Teestube des Dorfes gearbeitet, und ich behielt den Job auch nach unserer Hochzeit bei. Zum einen machte mir die Arbeit dort Spaß, zum anderen legten wir immer noch, jeden Pfennig, den wir entbehren konnten, beiseite. Das Häuschen mußte dringend modernisiert werden, und da wir eine Familie gründen wollten, schien es uns sinnvoll, so viel wie nur irgend möglich zu arbeiten und das verdiente Geld zur Bank zu tragen. Auch wenn wir abends meist müde und erschöpft nach Hause kamen, waren wir glücklich. Das dachten wir zumindest. Aber ohne es zu merken, wurde das Geldverdienen für uns beide allmählich zum Selbstzweck, wichtiger sogar als unsere Liebe füreinander.

Die Probleme begannen im zweiten Jahr unserer Ehe im Sommer. In dieser Jahreszeit herrschte in unserem Café immer hektischer Betrieb, weil Hunderte von Touristen durch unser kleines Dorf in den Cotswold Hills schwärmten, um dessen Sehenswürdigkeiten und den berühmten Gutssitz zu bestaunen. So kam es, daß ich nach der Arbeit oft zu erschöpft war, um Steve auch nur ein Abendessen auf den Tisch zu stellen, bevor ich ins Bett fiel und auf der Stelle einschlief. Ich war sogar für die Liebe zu müde.

Etwa um diese Zeit begann Steve, abends länger zu arbeiten. »Es spielt ja keine Rolle, ich bekomme dich ohnehin nie zu Gesicht«, bemerkte er ziemlich bitter. »Abgesehen davon kann ich es nicht ertragen, dich so müde zu sehen.« Dann hatte er beide Hände unter mein dichtes blondes Haar geschoben, das fast dieselbe Farbe hatte wie seins, und mich nachdenklich auf die Wange geküßt. »Wenn ich Überstunden mache, kannst du vielleicht deine Arbeit als Kellnerin irgendwann ganz aufgeben.«

Ich warf ihm einen dankbaren Blick zu und versuchte die Schuldgefühle zu unterdrücken, die bei seinem Anblick in mir aufstiegen. Denn ich bemerkte zum ersten Mal, wie müde auch er aussah und wie blaß er war, weil er den ganzen Tag unter irgendwelchen Autos lag, während alle anderen im Dorf von der Sommersonne braungebrannt waren.

So kam es, daß wir uns drei Monate lang kaum sahen. Wir sparten emsig, sicher; aber ohne, daß ich es merkte, begann uns unsere Ehe irgendwie zu entgleiten.

Ich fühlte mich noch erschöpfter und deprimierter als sonst, als eines Tages, während ich an den vorderen Tischen bediente, an denen man durch die Sprossenfenster über den Rasen hinausblickte, ein junger Mann das Café betrat. Er war von durchschnittlicher Größe, ein dunkler Typ, nicht besonders gutaussehend, aber er hatte unglaubliche Augen. Hellgrau, so hell, daß sie in seinem braungebrannten Gesicht wie silberne Sterne leuchteten. Er winkte mich an seinen Tisch.

»Wie heißen Sie, Schätzchen?« erkundigte er sich. Er hatte einen amerikanischen Akzent.

Ich lächelte ihn unverbindlich an und wischte mit einem Tuch die Krümel vom Tisch. Ich war solche Fragen gewohnt.

»Ich heiße Linda«, sagte ich, immer noch lächelnd. »Was darf ich Ihnen bringen?«

»Tee, Linda. Einen englischen Tee mit Sahnetörtchen und Biskuits, bitte. Und vielleicht können Sie mir später ein wenig die Stadt zeigen?«

»Tut mir leid, Sir, aber mein Mann erwartet mich zu Hause«, entgegnete ich mit einstudiertem Lächeln. Dann kehrte ich ihm den Rücken, um seine Bestellung weiterzugeben.

Normalerweise überging ich solche Annäherungsversuche, ohne mir weiter Gedanken darüber zu machen, aber etwas an seinen Augen und an der Art, wie sein Gesicht lang geworden war, als ich ihm meinen Ehering demonstrativ unter die Nase gehalten hatte, berührte mich ganz eigenartig.

Als ich mit dem Tablett wieder an seinen Tisch trat, fragte ich beiläufig: »Sie sind wohl allein hier?«

Er nickte. »Ich bin für ein paar Monate aus den Staaten herübergekommen. Ich bin Fotograf und mache einen Bildbericht über das schöne alte England.«

In seinem Lächeln lag eine solche Wehmut, daß mir das Herz plötzlich bis zum Hals schlug.

Ich spürte, daß er mich nicht aus den Augen ließ, während ich mit meinem Tablett die Runde machte, und jedes Mal, wenn ich mit einem mit Teegebäck und Sahnetörtchen beladenen Teller aus der Küche trat, begegnete mir sein Blick.

Als ich ihm die Rechnung brachte, hielt er mich am Handgelenk fest. »Meinen Sie nicht, daß Ihr Mann Sie für eine halbe Stunde entbehren könnte, Süße – nur für einen Drink? Ich hasse es, allein in den Pub zu gehen.«

Ein flaues Gefühl breitete sich in meinem Magen aus. Als ich ihm erklärt hatte, daß Steve mich zu Hause erwartete, hatte ich ihm natürlich nicht ganz die Wahrheit gesagt. Steve hatte angekündigt, daß es an diesem Abend in der Werkstatt wieder einmal einen eiligen Auftrag zu erledigen gab und daß er möglicherweise noch später heimkommen würde als sonst. Ich war, wie schon gesagt, deprimiert, und ich langweilte mich.

Mit einem tiefen Atemzug sagte ich: »Na schön. Vielleicht kann ich es einrichten. Aber nur auf einen schnellen Drink und nicht hier.« Ich kannte die neugierigen Blicke und die eifrigen Lästermäuler in unserem Dorf nur zu gut. »Haben Sie ein Auto?«

Er nickte.

»Dann warte ich vor der Post auf Sie.« Mit einem raschen Blick auf meine Armbanduhr fügte ich hinzu: »Ich habe heute Schicht, bis wir schließen, also bis sechs. Danach können wir uns treffen.«

Er hieß Graham, und er machte von Anfang an keinen Hehl daraus, daß er in Wisconsin eine Frau und zwei Kinder hatte.

Wir fuhren zwei Stunden lang ziellos über baumgesäumte Landstraßen, dann kehrten wir im Nachbardorf in einem Pub aus dem fünfzehnten Jahrhundert ein. Er brachte mich nach Hause und setzte mich am Ende unserer Straße ab, bevor er zu seinem Hotel zurückkehrte.

Es war ein vollkommen harmloses Vergnügen gewesen, ebenso wie der nächste Ausflug, den wir drei Tage später unternahmen, als Steve wieder einmal länger als gewöhnlich arbeitete. Von da an machte Graham es sich zur Gewohnheit, kurz vor dem Schließen in der Teestube vorbeizuschauen, und ich sagte ihm dann, ob ich an diesem Abend ein paar Stunden Zeit erübrigen konnte oder nicht.

In der Werkstatt schien es ungewöhnlich viel zu tun zu geben, denn Steve kam jetzt fast immer spät nach Hause, und so konnte ich mich auch immer häufiger mit Graham treffen. Zu Hause erwähnte ich Graham nie. Nach unserem ersten Ausflug war Steve schlechtgelaunt von der Arbeit gekommen, was sehr selten vorkam, und ich wollte darum lieber einen günstigeren Moment abwarten. Und danach fiel es mir immer schwerer, mit ihm zu reden.

Irgendwann kam unvermeidlich der Tag, an dem mich Graham küßte.

Es passierte so liebevoll, so selbstverständlich, daß ich überhaupt nicht darauf gefaßt war, und bevor ich recht wußte, was ich tat, hatte ich den Kuß erwidert und mich willig seinen Armen überlassen, als er mich so fest an sich preßte, daß ich kaum noch Luft bekam.

»O nein, Graham. Nein!« Ich stieß ihn erschrocken von mir. »Bitte nicht. Ich liebe meinen Mann.«

»Das weiß ich doch, Süße.« Sanft aber bestimmt zog er mich wieder an sich. »Aber er wird einen Kuß oder auch zwei für einen einsamen Mann verschmerzen können.«

Ich hatte jedoch Angst. Ich drehte den Kopf zur Seite und stemmte mich mit geballten Fäusten gegen seine Brust. »Tu das nicht, Graham. Ich möchte jetzt nach Hause, bitte.«

Widerstrebend ließ er mich los. »Na schön, Linda. Wenn du sicher bist, daß du es so willst.« Eindringlich fixierte er mich mit seinen silbergrauen Augen. Mein Herz tat einen verräterischen kleinen Satz. Es war ganz und gar nicht das, was ich wollte.

Er setzte mich wie üblich am Ende der Straße ab, und ich ging das letzte Stück in der von Sommerdüften erfüllten Abenddämmerung zu Fuß. Steve war nicht zu Hause, und ich trat durch die Hintertür in den Garten hinaus. Aus dem Nachbargarten zog der Geruch von Pfeifenrauch herüber. Ian Johnson und seine Frau saßen auf der Veranda und unterhielten sich leise.

Ich hatte meine Sandalen abgestreift und lief barfuß durch das kühle Gras, darum hatten sie mich wohl nicht gehört. Und da es im Haus dunkel war, nahmen sie sicher an, daß ich noch nicht von der Arbeit zurück war.

»Mir tut nur seine hübsche kleine Frau leid«, klang Ians Stimme leise, aber deutlich vernehmbar herüber. »Sie ist völlig ahnungslos.«

»Dem Kerl gehört ein Strick um den Hals«, ertönte nun die Stimme seiner Frau. »Die beiden waren so ein reizendes Paar. Und ich habe mich so gefreut, als Irene ihnen das Häuschen vermacht hat. Dachte, es würden bald ein paar Kinder im Nachbargarten herumspringen, und jetzt das!«

»Sie wird es bestimmt irgendwie erfahren.« Das war wieder Ian. Er hatte offensichtlich an seiner Pfeife gezogen, denn eine neuerliche Rauchwolke wehte über die Rosenbüsche zu mir herüber.

Zitternd, wie von Eiseskälte gepackt, stand ich da und lauschte dem Gespräch meiner Nachbarn. Meine Hände hatten sich im Stoff meines Kleides verkrallt, und mir war entsetzlich übel.

Was redeten die beiden da? Am liebsten wäre ich schreiend hinübergerannt, hätte ihnen meine Fragen ins Gesicht geschleudert, aber tief in meinem Herzen wußte ich die Antwort bereits.

Steves Chef war in der Vergangenheit nie besonders erpicht auf Überstunden in seinem Betrieb gewesen, warum sollte er also ausgerechnet in diesem Sommer damit angefangen haben? Sicher nicht, um unsere Finanzen aufzubessern. Und ich hatte mir nie die Mühe gemacht, zur Werkstatt zu gehen und mich mit eigenen Augen zu überzeugen. Ein Schluchzen stieg in meiner Kehle auf, und ich floh Hals über Kopf ins Haus zurück, bevor es sich in einem verzweifelten Schrei Bahn brechen konnte.

»Linda, bist du zu Hause?« rief Steve leise.

Ich brachte kein Wort heraus. Ich saß, die Hände immer noch im Stoff meines Kleides verkrallt, in der Dunkelheit.

»Lyn?«

Er stieß die Wohnzimmertür auf und knipste das Licht an.

»Lyn! Was machst du denn hier?« Er warf mir einen erstaunten Blick zu.

Ich hatte nicht geweint, aber meine Miene mußte ihm wohl alles verraten, denn er setzte sich unvermittelt auf die Kante des Schaukelstuhls und fuhr sich mit der Hand durch die Haare. »Du weißt Bescheid, nicht wahr.« Es war keine Frage, sondern eine Feststellung.

Ich nickte wie betäubt.

»O Gott, Lyn. Ich würde alles dafür geben, wenn ich es ungeschehen machen könnte.« Er warf mir einen jämmerlichen Blick zu. »Was soll ich jetzt tun?«

»Am besten sagst du mir die ganze Wahrheit«, murmelte ich tonlos. Und dann wartete ich, das Gesicht in den Händen vergraben, bis alles heraus war.

»Sie heißt Lauren. Ich habe sie ein paar Monate vor unserer Hochzeit kennengelernt. Dann ging sie nach London, um dort zu arbeiten, und vor drei Monaten ist sie zurückgekommen. Ihr Auto war zur Inspektion bei uns, und ich kam mit ihr ins Gespräch.« Er zuckte die Achseln und schwieg lange. Dann hob er den Kopf und sah mir fest in die Augen. »Sie erwartet ein Kind von mir, Lyn. Ich weiß nicht, was ich tun soll.«

»Liebst du sie?« Ich erkannte meine eigene Stimme kaum, so sehr hatte meine Angst sie verändert.

Er nickte. Dann zuckte er wieder die Achseln und sagte: »Nicht so, wie ich dich liebe. Du bedeutest mir alles, Lyn, das weißt du, aber ...«

»Aber! Während ich mir die Finger wund gearbeitet, mich krumm gelegt und gespart habe, hast du das Geld mit einer anderen Frau zum Fenster hinausgeworfen. Das ganze Dorf weiß Bescheid, nur ich nicht. Du Mistkerl! Du Heuchler! Du widerlicher, ekelerregender, schmutziger Lügner!« Ich schrie so laut, daß Steve ganz blaß wurde und erschrocken aufsprang.

»Nicht so laut, Linda, bitte«, versuchte er mich zu beschwichtigen, aber ich war nicht mehr zu bremsen. »Du elender, gewissenloser Betrüger!« Die Tränen liefen mir jetzt in Strömen über das Gesicht. »Wie konntest du nur? Wie konntest du so etwas tun? Aber bitte, wenn du mich nicht mehr willst, gibt es zum Glück einen anderen, dem mehr an mir liegt!«

Ich stürmte mit tränenblinden Augen an ihm vorbei und zur Haustür, riß sie auf und rannte mit meinen bloßen Füßen den malvengesäumten Weg zur Straße hinunter.

Ich glaube nicht, daß er den Versuch machte, mich zurückzuhalten. Jedenfalls hielt ich mich nicht damit auf, es herauszufinden.

Im Sturmschritt passierte ich das Gartentor und bog in die Straße ein. Ich hatte nur einen Gedanken im Kopf. Bei Graham zu sein. Ich war so unendlich verletzt, so wütend und traurig, daß ich nicht weiter denken konnte.

Fast den ganzen Weg bis zu seinem Hotel legte ich im Laufschritt zurück und achtete weder auf die Autos, die in der Dunkelheit vorüberfuhren, noch auf die wenigen Fußgänger, denen ich begegnete. Meine Füße brannten vom Laufen auf dem harten Asphalt, und meine Haare klebten in wirren, aufgelösten Strähnen in meinem erhitzten Gesicht. Die Frau an der Rezeption starrte mir erschrocken entgegen, als ich durch die Drehtür stürmte, aber sie wählte kommentarlos die Nummer von Grahams Apparat, und zehn Sekunden später warf ich mich in seine Arme.

Er führte mich in sein Zimmer und bestellte beim Zimmerservice kalte Getränke und Kaffee. Dann drückte er mich mit beschwichtigender Miene aufs Bett.

»Beruhige dich, Lyn, Süße. Erzähl mir, was passiert ist. Und laß dir Zeit«. Während er auf mich einredete, kramte er im Wandschrank und brachte eine riesige Schachtel Papiertaschentücher zum Vorschein.

Ich putzte mir die Nase, und endlich versiegten auch meine Tränen. Unter gelegentlichem trockenem Schluchzen erzählte ich ihm meine Geschichte. Die Worte sprudelten nur so aus mir heraus.

Nach einer Weile klopfte es an die Tür. Das Zimmermädchen, das die bestellten Getränke und den Kaffee auf einem Tablett hereinbrachte, starrte mich neugierig an. Plötzlich fiel ihr Blick auf meine Füße, und ihre Augen weiteten sich vor Schreck. Ich folgte ihrem Blick. Meine Füße waren blutverschmiert. Als ich das sah, brach ich erneut in Tränen aus, und Graham bat das Zimmermädchen, rasch eine Schüssel mit warmem Wasser und ein Wunddesinfektionsmittel zu holen.

Als sie fertig waren mit ihrem aufgeregten Getue um mich und wir wieder allein waren, hatte sich mein Schluchzen endlich gelegt, und ich sah ihn mit noch tränenverschleiertem Lächeln an.

»Es tut mir leid, Graham. Verzeih mir. Es war nur ein solcher Schock für mich.«

»Aber natürlich, Süße.« Er nahm meine Hände und drückte sie liebevoll. »Das muß wirklich ein übler Kerl sein. Sei froh, daß du ihn los bist. Ich gehe am Donnerstag nach London zurück. Möchtest du mit mir kommen?«

Benommen nickte ich. Ich wollte Steve niemals wiedersehen, und auch nicht unser wunderschönes Häuschen, das ich mir plötzlich nicht mehr als mein Heim vorstellen konnte. Ich wollte nur noch weit weg.

Später, viel später schlüpfte ich ins Bett. In Grahams Bett. Er knipste alle Lichter aus und legte sich dann neben mich. Erschöpft und angespannt, wie ich immer noch war, zuckte ich zurück, als er sich zu mir drehte und mich in die Arme nehmen wollte.

»Schon gut, Süße. Wir haben keine Eile.« Damit drehte er

sich wieder auf den Rücken und starrte zur Decke. Nach wenigen Augenblicken hörte ich, wie seine Atemzüge tiefer und regelmäßiger wurden, und ich wußte, daß er eingeschlafen war.

Ich tat die ganze Nacht kaum ein Auge zu. Jedesmal, wenn ich einnickte, schreckte ich gleich darauf in heller Panik wieder auf. Als der Morgen dämmerte, kroch ich mit vor Müdigkeit schweren Lidern aus dem Bett, zog die Vorhänge zurück und blickte in den Garten hinaus.

Wir frühstückten auf dem Zimmer, und sobald ich sicher war, daß Steve zur Arbeit gegangen sein mußte, ließ ich mich von Graham in unsere Straße fahren. Da er an diesem Tag einige Termine hatte, die er nicht absagen konnte, waren wir übereingekommen, daß ich nach Hause gehen und ein paar Sachen zusammenpacken würde.

Leise schloß ich die Haustür auf, und ohne mir einen Augenblick Pause zum Nachdenken zu gönnen, eilte ich die Treppe hinauf.

Steve lag bäuchlings auf dem Bett. Bei seinem Anblick blieb ich wie vom Donner gerührt stehen und wollte sofort kehrtmachen und wieder nach unten fliehen. Aber er mußte meine Schritte gehört haben, denn in diesem Augenblick hob er den Kopf. Seine Augen waren eigenartig rot und verquollen, und plötzlich wurde mir klar, daß er ebenfalls geweint hatte.

»Wo warst du?« flüsterte er. »Ich war außer mir vor Sorge.«

»Bei einem Mann natürlich.« Ich wollte ihn verletzen, so wie er mir weh getan hatte.

»Oh, Lyn.« Er biß sich auf die Lippen, dann setzte er sich mit gequälter Miene auf und stellte die Füße auf den Boden. »Was ist nur mit uns passiert?«

»Mit mir ist nichts passiert«, fuhr ich ihn an. »Ich habe dir vertraut; ich habe hart für uns beide gearbeitet, und was habe ich nun davon?« Mir kam gar nicht der Gedanke, daß es vielleicht nie so weit mit uns gekommen wäre, wenn ich mich in den vergangenen Wochen nicht so intensiv mit Graham beschäftigt hätte.

Wütend stampfte ich zum Fenster und blickte hinaus. Im

Nachbargarten schnitt Ian Johnson Rosen. Von seiner Pfeife stiegen blaue Rauchwölkchen auf.

Ich hörte Steves Schritte hinter mir. Dann spürte ich seine Hand auf meiner Schulter. »Linda, Liebste. Wirst du mir je verzeihen können?«

Unwillig streifte ich seine Hand ab und schüttelte den Kopf. »Ich verlasse dich, Steve. Selbst wenn ich bleiben wollte, hättest du ja nun andere Verpflichtungen, wenn ich mich nicht irre.« In mir war jetzt eine solche Erschöpfung, daß meine Stimme kalt und emotionslos klang. Mir war es fast gleichgültig, was geschah.

Einen Augenblick lang schwiegen wir beide, dann fragte Steven: »Wer ist dieser Mann?«

Plötzlich rührte sich in mir das schlechte Gewissen. »Er war nur ein Freund. Jemand, den ich in der Teestube kennengelernt habe.« Ich fuhr herum und schleuderte ihm die Worte fast entgenen. »Er war für mich nur ein Freund, aber ich wußte, daß er mich liebt. Ich bedeute ihm etwas. Ich werde mit ihm nach London gehen. Hier gibt es ja nichts mehr, was mich hält, nicht wahr!«

Um die Tränen vor ihm zu verbergen, die mir schon wieder in die Augen quollen, kehrte ich ihm den Rücken zu. »Laß mich jetzt bitte allein, Steve.«

Ich hielt den Atem an. Würde er gehen? Plötzlich wünschte ich mir, daß er blieb, aber ich hörte, wie sich seine Schritte leise auf dem Teppich entfernten, und dann fiel die Tür hinter ihm ins Schloß. In diesem Augenblick ließ ich meinen Tränen freien Lauf und schluchzte hemmungslos.

Wie lange ich so da stand, weiß ich nicht. Es mochten Stunden gewesen sein. Allmählich versiegten meine Tränen und trockneten auf meinen Wangen. Ich fühlte mich vollkommen leer und ausgelaugt.

Fast hätte ich auf das Klopfen an der Haustür gar nicht reagiert. Aber dann schleppte ich mich schweren Schritts die Treppe hinunter. Eine junge Frau stand auf der Schwelle. Instinktiv wußte ich, daß es Lauren sein mußte. Sie war groß und schlank und brünett, und wie ich hatte sie dunkle Ringe unter den Augen.

»Sind Sie Linda?« erkundigte sie sich ohne Umschweife.

Die Hand krampfhaft um die Türklinke geschlossen, nickte ich.

Sie schluckte. »Würden Sie Steve bitte ausrichten, daß ich nach London zurückgehe? Ich möchte ihn nicht wiedersehen.«

»Aber was ist mit dem Baby?« entfuhr es mir unwillkürlich.

Ihre Wangen färbten sich dunkelrot. »Es gibt kein Baby, Linda. Ich habe mir das ausgedacht, weil ich wußte, daß ich Steve nur so für mich gewinnen und dazu bringen konnte, sich von Ihnen zu trennen. Aber mir ist klar geworden, daß ich das nicht kann. Es tut mir leid.«

Sie zögerte einen Moment, als wollte sie noch etwas hinzufügen, aber dann drehte sie sich hastig um und rannte davon.

Ich wußte nicht, was ich tun sollte. Eine ganze Weile stand ich reglos da und starrte ihr nach, dann ging ich nachdenklich in die Küche zurück und machte mir eine Tasse schwarzen Kaffee. Mir wurde zwar übel davon, aber ich hoffte irgendwie, daß er mir helfen würde, einen klaren Gedanken zu fassen.

Was sollte ich tun? Meine Gedanken überschlugen sich. Steve, Graham, das Häuschen, mein schönes, gemütliches Heim. Steve, Graham, Steve ... o Steve.

Mir ist bis heute nicht klar, warum ich es tat – warum ich mein Haar kämmte, meine Handtasche schnappte und mich in den Bus nach Minster setzte. Das Altersheim lag in der Nähe der Bushaltestelle, inmitten einer schönen Gartenanlage.

Tante Irene saß auf der Veranda und blickte versonnen auf die Rosenbeete hinunter. Als sie mich entdeckte, leuchteten ihre Augen auf, und sie deutete auf den Stuhl, der neben ihr stand. Ihre Hand war immer noch gelähmt, aber sie sah schon viel besser aus als bei unserem letzten Besuch.

Ihr Blick ruhte fragend auf mir, während ich da saß und nicht wußte, was ich sagen sollte. Ich wollte ihr nichts erzählen, ich sehnte mich nur nach ihrer tröstlichen Nähe, vielleicht, weil sie Steves Tante war.

»Es ist gut, daß du gekommen bist, meine Liebe«, sagte sie endlich. »Ich habe viel über dich und Steve nachgedacht.«

Ich spürte, wie mir die Röte in die Wangen stieg, und senkte den Blick auf meine Hände. Über mich und Steve. Seltsam, sie so über uns beide reden zu hören, als wäre nichts geschehen.

Mit einem verlorenen Lächeln sah ich sie an, und es machte mich irgendwie verlegen, wie sie mich mit ihren klugen Augen musterte. Es war, als wüßte sie genau, warum ich gekommen war. Wahrscheinlich stand es mir ins Gesicht geschrieben, daß wir Streit hatten.

»Weißt du, Linda, ich denke oft daran, wie ich als junge Frau in diesem kleinen Häuschen gelebt habe. Die Vorstellung, daß ihr jetzt darin wohnt und es mit Freude und Lachen füllt, macht mich glücklich. Ich habe Steve nie etwas davon erzählt, aber als ich noch ein junges Mädchen war ...« Sie brach mitten im Satz ab und schwieg so lange, daß ich schon dachte, sie hätte vergessen, was sie sagen wollte, wie es alten Leuten manchmal passiert, aber dann nahm sie den Faden ihrer Erzählung wieder auf. »Ich war einmal verlobt, weißt du. Mit einem sehr, netten jungen Mann.« Ihre blaßblauen Augen verloren sich in der Ferne ihrer Erinnerung. »Wir wollten heiraten, aber dann erfuhr ich, daß er etwas Schlimmes getan hatte – er hatte Geld gestohlen. Daraufhin sagte ich die Hochzeit ab. Es war 1914, und er mußte wie alle jungen Männer damals in den Krieg ziehen. Er kam schon im ersten Monat ums Leben.« Tante Irene verstummte. In dem langen Schweigen, das nun folgte, sah ich deutlich, daß es ihr nach all den Jahren immer noch schwerfiel, an die Geschehnisse von damals zu denken. Endlich fuhr sie fort: »Ich denke oft, daß er vielleicht nicht getötet worden wäre, wenn ich, trotz allem, was er getan hat, zu ihm gehalten hätte. Dann hätte ich vielleicht auch Kinder gehabt ...« Ihre Stimme erstarb, und ich spürte, wie sich meine Augen mit Tränen füllten.

Plötzlich überzog ein Lächeln ihr Gesicht. »Du und Steve, ihr werdet nicht zu lange warten, nicht wahr, Linda? Ich möchte eure Kinder noch sehen, bevor ich sterbe.« Unvermittelt wurde sie von Geschäftigkeit ergriffen. »Warum gehst du nicht und fragst die Wirtschafterin, ob du zum Mittagessen bleiben kannst? Du würdest mir eine Freude damit machen. Schau nicht so traurig drein, mein Liebes. Laß dich, vom Geschwafel einer alten Frau nicht beirren. Du hast schließlich Steve; und ich weiß, ihr liebt euch so sehr, daß ihr so etwas, wie ich es mit Robert erlebt habe, niemals zwischen euch kommen lassen würdet. Nichts, so schlimm es auch scheinen mag, darf sich je zwischen zwei Liebende stellen. Liebende müssen bereit sein, zu verzeihen.«

Ich erhob mich von meinem Stuhl und küßte sie auf die Stirn. »Ich kümmere mich um das Mittagessen«, sagte ich mit belegter Stimme.

Natürlich fiel es mir schwer, zu verzeihen, und vergessen konnte ich die Sache nie, aber irgendwie schafften wir es, den Sommer zu überstehen, Steve und ich. Als Graham an diesem Nachmittag kam, um mich abzuholen, sagte ich ihm, daß ich nicht mit ihm nach London gehen würde, und er zuckte philosophisch die Achseln. »Schade, Süße. Wenn du es dir anders überlegst, weißt du ja, wo du mich findest ...« Ich hatte das Gefühl, daß er insgeheim fast erleichtert war. Immerhin war er in Wisconsin glücklich verheiratet.

Und ich habe es mir nicht anders überlegt. Ich liebte Steve, und mir wurde klar, daß ich gewillt war, ihm noch eine Chance zu geben, was immer er auch getan hatte. Mir wurde auch klar, daß ich Glück gehabt hatte. Graham war ein verständnisvoller Mensch, und er hatte meine Lage nicht ausgenutzt, als ich, wie ich jetzt wußte, mit dem Feuer gespielt hatte. Wie leicht hätte ich mich in die Situation bringen können, in der mir Lauren begegnet war.

Und nun weht der Wind die Blätter von den Bäumen, ich habe Feuer im Kamin gemacht, und durch das Häuschen zieht der Duft der brennenden Apfelbaumscheite. Ich habe meinen Job aufgegeben; irgendwie werden wir mit dem Geld, das wir bisher gespart haben, schon zurechtkommen, und wenn der Frühling ins Land zieht, werde ich ein Baby bekommen. Ich werde es Irene nennen, wenn es ein Mädchen wird. Steve kennt den wahren Grund nicht, warum ich mich für diesen Namen entschieden habe, aber er freut sich darüber, und er ist ganz aus dem Häuschen vor Begeisterung über das Baby. Und ich liebe ihn so sehr.

Das Feenkind

Der Regen lief in Strömen an meinem Bürofenster hinunter, als ich den Brief mit der Buchung für das Häuschen zusammenfaltete, Peters Scheck daranheftete und beides in den Umschlag schob. Ich warf noch einen Blick auf die Adresse. »Ishmacuild«. Der Name allein klang schon wie ein Zauberwort.

Ein Zauberwort. Während ich den Namen noch einmal laut vor mich hin sagte, senkte ich den Blick auf den orangefarbenen Teppich unter meinen Füßen, aber ich sah dort nichts als silbrigen Sand, vom Wind und von der Brandung gekräuselt. War das der Grund, warum ich mich für diese Insel als Ziel unseres Sommerurlaubs entschieden hatte; warum ich aus den vielen Orten im Reiseführer ausgerechnet ein so winziges, einsames Fleckchen wie Ishmacuild ausgesucht hatte: wegen eines Zauberwortes?

»Dieses Jahr bist du an der Reihe, unser Urlaubsziel auszusuchen, Isobel«, hatte Peter lachend gesagt. »Aber entscheide dich bloß nicht für die Bahamas, ja? Ich glaube nicht, daß unsere Familienkasse das verkraften würde.«

In den fünf Jahren unserer Ehe hatten wir es immer so gehalten. Ein Jahr hatte er gewählt, das nächste ich, und so hatten wir beide Dinge zu Gesicht bekommen, von denen wir ansonsten wahrscheinlich nicht einmal geträumt hätten, so unterschiedlich, wie unser Geschmack war. Denn mich, die Träumerin, zog es an einsame Orte und geschichtsträchtige Stätten, Peter hingegen, der energiegeladene Sportsmann, zog aktive Wander-, Segel- und Abenteuerurlaube vor. In so mancher Ehe hätte ein solches Arrangement vielleicht katastrophale Folgen gehabt, aber wir empfanden es als stimulierend und aufregend. Wir genossen die ungewohnte Anstrengung, die es uns beide kostete, und im übrigen erfuhren wir auf diese Weise mehr voneinander, als es je möglich gewesen wäre, hätten wir uns alljährlich auf einen faden Kompromiß geeinigt.

Bei meinem nächsten Besuch in der Stadtbücherei trat ich an das Regal, in dem die Reiseliteratur stand, und überflog die Titel. Ich wußte ungefähr, was ich suchte: das schottische Hochland und die Inseln. Ich, eine geborene Macdonald, war noch nie in Schottland gewesen. Mein Vater hatte immer erzählt, daß unsere Familie vor langer Zeit aus Schottland gekommen war, aber obwohl wir oft darüber geredet hatten, waren wir nie hingefahren, als ich noch ein Kind war. Und in diesem Jahr war ich entschlossen, das lange Versäumte endlich nachzuholen. Ich nahm ein Buch aus dem Regal, blätterte es langsam durch und sah mir die atemberaubenden Fotografien an. Es gab so viele verlockende Orte, so viel Schönes zu sehen, daß die Entscheidung schwerfiel. Ich nahm das Buch mit nach Hause und wählte noch ein zweites aus, das Geschichten und Legenden aus Schottland enthielt. In diesem zweiten Buch stieß ich auf Ishmacuild:

Unterhalb des malerischen Dörfchens, tief eingebettet zwischen den Bergen, liegt der Zaubersee, den die Frauen des Macdonald-Clans seit unzähligen Generationen bei Vollmond aufsuchen, um mit einem Goldopfer die Geburt eines Sohnes und Erben zu erbitten ...

Ich blinzelte und las hastig weiter. Es war ein leidiges Thema, mit dem ich mich nicht gern befaßte, aber gegen meinen Willen kehrten meine Gedanken in den darauffolgenden Tagen immer wieder zu dem Zaubersee zurück. Immerhin war ich eine Frau aus dem Macdonald-Clan, und ich wünschte mir nichts sehnlicher als einen Sohn und Erben.

In den ersten beiden Jahren unserer Ehe hatten wir bewußt auf Kinder verzichtet. Aber in den letzten drei Jahren war das anders. Anfangs hatten wir uns keine Gedanken darüber gemacht, sondern unsere Unabhängigkeit genutzt, um in Konzerte oder ins Theater zu gehen und Urlaubsreisen zu machen, die sich unsere Freunde mit wachsender Kinderschar nicht mehr leisten konnten. In letzter Zeit begann sich jedoch die Sorge in mir zu regen, ob möglicherweise irgend etwas nicht stimmte. Ich hatte Peter gegenüber nichts von meinen Befürchtungen erwähnt, aber seitdem ich einmal gesehen hatte, wie er gedankenverloren in den Kinderwagen unseres kleinen Neffen blickte, wußte ich, daß ihn der Gedanke an Kinder ebenfalls beschäftigte.

In dem Reiseführer wurde Ishmacuild wegen seiner friedlichen Atmosphäre, des silbernen Strandes und der Schönheit seiner Berglandschaft gepriesen. Ein paar Hoteladressen waren aufgelistet.

Als ich Peter zaghaft meinen Vorschlag unterbreitete, lachte er. »Hat sich das berühmte Macdonald-Blut also doch noch bemerkbar gemacht.« Er küßte mich auf die Stirn. »Es ist eine wunderbare Idee, Isobel. Wir lassen uns umgehend nähere Informationen schicken.«

Und so trafen wir alle nötigen Vorbereitungen. An einem herrlichen Juniabend stiegen wir in den Zug, der uns nach Norden bringen sollte. Eigentlich hätte mein Herz voller Freude und gespannter Erwartung sein müssen, aber so war es nicht, denn irgend etwas war mit Peter los.

Gewöhnlich war Peter ein fröhlicher und ausgeglichener Mensch. Groß, kräftig, breitschultrig, mit klaren grauen Augen und dem sonnengebräunten Gesicht eines Menschen, der sich viel unter freiem Himmel aufhält, hatte er alles, was einen echten Traumehemann ausmacht. Manchmal konnte ich mein Glück kaum fassen, einen so wunderbaren Mann geheiratet zu haben. Mit seinem Humor und seinem Optimismus konnte er mich sogar dann mitreißen und aufmuntern, wenn ich in etwas bedrückter Stimmung war ... Aber jetzt war er seit zwei Tagen launisch und deprimiert. Er hatte kaum etwas gegessen und fuhr mir über den Mund, sobald ich Anstalten machte, etwas zu sagen. Sein Gesicht wirkte hohlwangig und hatte eine graue Färbung angenommen, die mich insgeheim zutiefst beunruhigte. Ich dachte daran, ihm zu einem Arztbesuch zu raten, ein Vorschlag, mit dem man sich bei Peter auch in besten Zeiten nicht besonders beliebt machte, und ich dachte sogar daran, die Reise zu stornieren, aber am Ende siegte meine Feigheit – ich tat keines von beidem und hoffte einfach auf mein Glück.

Im Schlafwagenabteil, das wir unter anderen Umständen sicher aufregend und abenteuerlich gefunden hätten, zogen wir uns in frostigem Schweigen aus. Wortlos ließ sich Peter in seine Koje fallen und drehte sich mit dem Gesicht zur Wand. Er wünschte mir an diesem Abend nicht einmal eine gute Nacht.

Ich lag stundenlang wach und lauschte angespannt und unglücklich dem Rhythmus der Räder, die Meile um Meile über die Schienen ratterten. Je weiter nördlich wir kamen, um so stärker beschlich mich eine düstere Vorahnung, und als ich endlich am frühen Morgen in einen unruhigen Schlaf fiel, verfolgten mich schattenhafte Alpträume.

Am nächsten Tag wurde ich durch die überwältigende Schönheit der Landschaft und die Bootsfahrt zur Insel ein wenig von Peters Mißstimmung abgelenkt. Er schien im übrigen auch den Entschluß gefaßt zu haben, gegen seine schlechte Laune anzukämpfen und die Reise nach Möglichkeit zu genießen, denn er lächelte und redete und staunte wie ich über das großartige Panorama, das sich vor unseren Augen entfaltete. Dennoch blieb mir nicht verborgen, daß ihn irgend etwas belastete. In seinen Augen lag ein eigenartig gehetzter Ausdruck, und obwohl er nach außen hin lachte und scherzte, sah ich, daß tief in seinem Innern die blanke Verzweiflung lauerte. Ein Schauder durchlief mich, als ich, an der Reling stehend, wo mir der warme salzige Wind die Haare aus dem Gesicht blies, einen Blick von ihm erhaschte, aus dem eine solche Abneigung, ein solcher Haß sprach, daß ich nur mit Mühe einen Schreckensschrei unterdrücken konnte. Es war, als wäre er plötzlich ein Fremder. Ich wandte mich wieder um, starrte auf die glatten, silbrigen Wellen und schluckte die aufsteigenden Tränen hinunter.

Das Häuschen, das wir gemietet hatten, war winzig; es bestand nur aus zwei Räumen und einem Anbau auf der Rückseite, in dem sich eine kleine Küche und ein Badezimmer befanden. Als ich am Spülbecken stand und Wasser für unseren ersten Hochlandtee in den Kessel laufen ließ, blickte ich hinaus auf das Panorama aus Berggipfeln und Tälern, die sich bis zum Horizont erstreckten, vor ihnen die silbernen Meeresarme wie glitzernde Bänder in der diesigen Abenddämmerung.

Der nächste Morgen verkündete einen herrlichen Tag. Ich blieb lange liegen und lauschte auf das Meeresrauschen in der Ferne und auf die fremdartigen, unheimlichen Schreie der Brachvögel. Die Morgensonne schickte ihre ersten Strahlen durch die geöffneten Vorhänge herein. Plötzlich bemerkte ich, daß Peter mich beobachtete. Ich beugte mich zu ihm hinüber, um ihn zu küssen, aber er kehrte mir abrupt den Rücken zu und verbarg sein Gesicht im Kissen. Wie vor den Kopf gestoßen zog ich mich zurück.

»Was ist los, Liebster? Würdest du es mir bitte sagen?« flüsterte ich. Ich wagte kaum, ihm die Frage zu stellen, die mein Herz mit solcher Angst erfüllte.

»Ach, geh zum Teufel«, murmelte er in sein Kissen. Seine Worte klangen so verzweifelt, daß ich nicht mehr wußte, was ich tun sollte. Ich stieg aus dem Bett und blickte wie betäubt auf ihn hinunter. »Geh schon, mach, daß du wegkommst. Laß mich in Ruhe.« Seine Stimme hatte jetzt einen wütenden Tonfall angenommen. Fassungslos vor Schreck riß ich meine Sandalen und mein Kleid an mich und flüchtete ins Badezimmer.

Von der Hintertür des Hauses bahnte sich ein Weg durch das Heidekraut zu den Klippen und zum Meeresarm hinunter. Ich nahm ihn im Sturmschritt, denn ich wollte so schnell wie möglich außer Sichtweite unseres Häuschens sein. Tränen der Angst und der Wut liefen mir über die Wangen. Ich wollte jetzt nur noch am Strand allein sein mit meinem Kummer.

Das kleine Fischerboot lag so versteckt hinter den Klippen, daß ich es erst sah, als ich schon fast darüberstolperte, und nun war es zu spät, umzukehren. Ein junger Mann, hochgewachsen, mit einem dichten Schopf nachtschwarzer Haare und durchdringenden blauen Augen, lehnte lässig am Bootsheck und zog ein Netz aus dem Gewirr zu seinen Füßen. Er hatte die Lippen zu einem lautlosen Pfeifen gespitzt. Ich wandte mich in meinem Bedürfnis, allein zu sein, hastig ab, um am Strand entlang zu wandern, aber er hatte mich bereits gesehen. »Ein herrlicher Morgen heute.« Seine Stimme, kaum mehr als ein Flüstern, brachte mich auf der Stelle zum Stehen. Ein breites Lachen überzog sein Gesicht, als ich mich ihm wieder zuwandte. Seine Zähne leuchteten blendend weiß in seinem sonnengebräunten Gesicht.

»Sie wohnen sicher im Cottage oben. Wie gefällt es Ihnen?« fragte er in beiläufigem Ton, ohne seine fingerfertige Arbeit an dem verknoteten schwarzen Netz auch nur eine Sekunde zu unterbrechen.

»Es ist sehr schön.« Ich wischte mir mit dem Handrücken über die Augen. Hoffentlich bemerkte er nicht, daß ich geweint hatte. »Aber wir sind erst gestern angekommen. Ich habe also noch nicht viel gesehen.«

Er lächelte. »Ich kann Sie im Boot mit hinausnehmen, wann immer Sie wollen. Interessieren Sie sich für die Fischerei?«

Ich schüttelte den Kopf, der Zauber seines ansteckenden Lächelns begann mich in seinen Bann zu ziehen. »Aber ich hätte nichts gegen eine Segeltour. Und eine Sache würde ich furchtbar gerne tun...« Ich verstummte. Wahrscheinlich hielt er mich für schrecklich albern.

»Sie würden gerne dem Zaubersee einen Besuch abstatten«, beendete er den Satz an meiner Stelle. »Ja, ja, das wollen alle. Ich bringe Sie hin, wann immer Sie es wünschen. Jetzt gleich, wenn Sie wollen.« Er richtete sich erwartungsvoll auf, aber ich schüttelte den Kopf. »Ich muß jetzt zurück zum Haus und meinem Mann ein Frühstück vorsetzen. Irgendwann später vielleicht?«

Er zuckte die Schultern. »Jederzeit. Sie finden mich immer hier bei meinem Boot, wenn ich nicht gerade auf See bin. Ich heiße übrigens Ross. Ross Macdonald.«

»Ich bin Isobel«, entgegnete ich. »Früher ebenfalls Macdonald, jetzt Hemming.«

Er streckte mir die Hand entgegen. »Ich wußte ja, daß wir

von derselben Sippe sind. Ich habe es in ihren Augen gesehen.« Er grinste. »Und jetzt zurück zum Frühstück, Isobel Macdonald. Lassen Sie Ihren Mann nicht verhungern.«

Er wandte sich wieder seinen Netzen zu, und ich machte mich auf den Rückweg zu unserem Cottage. Die Begegnung mit Ross Macdonald hatte mich auf fröhlichere Gedanken gebracht, und als ich jetzt in die Küche trat, summte ich leise vor mich hin. Dann stockte ich abrupt. Peter saß am Küchentisch und rührte geistesabwesend in einer Kaffeetasse.

»Es ist noch Kaffee in der Kanne, Isobel.« Aus seinen leise gemurmelten Worten hörte ich einen Tonfall heraus, der wie eine Bitte um Verzeihung klang.

Die nächsten Tage vergingen wie im Fluge und ohne weitere Zwischenfälle. Ich erzählte Peter von meiner Begegnung mit Ross, und wir begleiteten ihn zweimal zum Fischen hinaus. Unser neuer Bekannter gefiel mir immer besser. Mit seiner ruhigen, freundlichen und humorvollen Art gelang es ihm, manches unbehagliche Schweigen zu überbrücken und die üblen Launen zu überspielen, die Peter manchmal aus unerfindlichen Gründen befielen.

Am Mittwochabend kam dann der schrecklichste Moment, den ich je erlebt hatte. Ich hatte ein Bad genommen, saß nun lesend im Bett und fragte mich, wo Peter so lange blieb. An den beiden Vorabenden war er früh zu Bett gegangen und hatte schon geschlafen, als ich mich zu ihm gesellte. Schließlich kam er ins Schlafzimmer, trat ans Bett und starrte lange wortlos auf mich herunter. Ich legte eilig mein Buch beiseite und streckte die Arme erwartungsvoll nach ihm aus. Alle Farbe wich aus seinem Gesicht, und er fuhr zurück, als hätte ich ihn geohrfeigt.

»Nein, Isobel«, erklärte er heftig. »Nie wieder, meine Liebe. Niemals; ich werde mich von dir scheiden lassen.«

»Peter!« Meine eigene gequälte Stimme klang mir in den Ohren wie die einer Fremden. »Peter, was ist passiert?«

»Ich will nicht mehr mit dir zusammenleben, das ist passiert. Mehr habe ich zu diesem Thema nicht zu sagen.« Demonstrativ ging er zu seiner Bettseite hinüber.

Ich richtete mich mit einem Ruck auf die Knie auf und schlang die Arme um ihn. »Peter, warum? Peter, ich liebe dich. Gibt es eine andere?« Heiße Tränen brannten in meinen Augen. »Was ist los?«

Ungerührt und fast mit Bedacht stieß er mich von sich. Gerade noch hatte ich mich in meiner Verzweiflung an ihn geklammert, und im nächsten Augenblick lag ich auf dem kalten, gestrichenen Dielenboden. Er legte sich schweigend ins Bett und wandte mir den Rücken zu.

Schluchzend und mit zitternden Knien richtete ich mich auf, riß meine Jacke von der Stuhllehne, warf sie mir im Nachthemd über die Schultern und rannte in die mondhelle milde Sommernacht hinaus.

Es fiel mir nicht schwer, den Weg zum Meeresarm zu finden, denn obwohl es schon nach elf war, wollte es hier im hohen Norden offenbar überhaupt nicht dunkel werden. Mein Herz hämmerte angstvoll in der Brust, und mir war sterbenselend zumute. Ich wollte allein sein mit der sanften Brandung am Strand. Allein sein, um einen klaren Gedanken zu fassen.

Es war fast, als hätte Ross dort auf mich gewartet. Eben noch war ich allein mit meinem Schmerz und meiner Verzweiflung gewesen, da stand er auch schon an meiner Seite. Er zögerte nur kurz, dann legte er seine starken Arme um meine Schultern und zog mich an sich.

»So ist's gut, Mädchen; wein dich richtig aus. Eine Frau sollte sich ihrer Tränen nicht schämen, schon gar nicht eine so schöne Frau wie du. Deine Tränen sehen aus wie Kristalle auf deinen Wangen, weißt du das?« Er hob die Hand und wischte die Tränen zart mit der Fingerspitze ab.

»Ach Ross, was soll ich nur tun? Peter will sich von mir scheiden lassen.« Ich klammerte mich an ihn und konnte an nichts anderes denken als an meinen Mann und die furchtbare Qual in meinem Herzen.

»Es war nicht zu übersehen, daß zwischen deinem Mann und dir etwas nicht in Ordnung ist«, nickte Ross. Seine Lippen streiften fast mein Haar. »Es tut mir so leid, Liebes.«

Trost und Hilfe suchend schmiegte ich mich an ihn, während ich langsam an seiner Seite über den warmen Strand wanderte. Wir redeten nicht mehr nach diesen ersten paar Worten, und als wir an den heruntergestürzten Felsen anlangten, die den Weg am Ende des Strandes versperrten, blieb er stehen, dreht mich sanft zu sich um und küßte mich. Hinter uns stieg sachte ein riesiger Mond über dem Gebirgskamm auf, und irgendwo draußen auf dem Meer schrie ein einsamer Nachtvogel.

Ich habe keine Ahnung, warum ich ihn gewähren ließ. Der Zauber dieser Nacht, der warme Sand, der Schmerz der Zurückweisung in meinem Herzen, der so verzweifelt nach Linderung und Trost schrie. Das alles muß seinen Teil dazu beigetragen haben, mich zu verzaubern, als wir im Mondschein auf die Knie sanken und uns küßten und als ich es zuließ, daß er die blaßblaue Seide meines Nachthemds von meinen Schultern streifte.

Der Morgen dämmerte bereits, als ich in unser Cottage zurückkehrte. Mich fröstelte, und der Saum meines Nachthemds war feucht vom Tau, aber ich war von einem unbeschreiblichen Gefühl der Ruhe und des Glücks erfüllt. Es war, als hätte Ross etwas von seiner stillen Kraft auf mich übertragen.

Ich setzte den Kessel mit Wasser auf und nahm die Teekanne vom Regal, und in diesem Moment stieg der erste glutrote Schein der Morgensonne über den Berggipfeln auf.

Peter fand mich in der Küche. Er blieb einen Augenblick zögernd in der Tür stehen und sah mich an, und ich bemerkte mit einem quälenden Anflug von Mitgefühl, daß er geweint hatte.

Wortlos schob ich ihm eine Tasse hin und schenkte Tee ein.

»Isobel, es tut mir leid, mein Liebling.« Seine Stimme klang belegt und unsicher. »Ich habe die ganze Nacht nachgedacht. Ich muß dir die Wahrheit sagen.« Er umfaßte seine Tasse mit beiden Händen und starrte angestrengt in die dampfende Flüssigkeit. »Ich war ungefähr eine Woche vor unserer

Abreise bei Doktor Henderson. Nein.« Ich hatte ihn, von einer ängstlichen Ahnung erfüllt, unterbrechen wollen, aber er bedeutete mir mit einer Geste, zu schweigen. »Nein. Ich bin nicht krank...« Seufzend nippte er an dem glühendheißen Tee. Offensichtlich kostete es ihn große Überwindung, zu sprechen. »Ich mußte Gewißheit haben, ob es meine Schuld ist, daß wir keine Kinder bekommen, Isobel. Ich mußte es wissen.« Er warf mir einen flehenden Blick zu. »Es tut mir leid, Liebste.« Die Stimme versagte ihm, und ich wartete, unfähig, ein Wort herauszubringen. Ich spürte, wie ich zu zittern begann.

»Ich bin unfruchtbar, Isobel. Ich werde niemals ein Kind zeugen können.« Plötzlich hatte er seine Stimme wiedergefunden, und er stieß die Worte jetzt hastig hervor. Dann saß er reglos und mit niedergeschlagenen Augen da.

Ich war wie betäubt.

Lange Zeit saßen wir uns wortlos gegenüber, ohne uns anzusehen. Ich spürte seine Verzweiflung und seine Scham, und ich hätte ihn gern tröstend in die Arme genommen, aber gleichzeitig wollte etwas in mir eine unendliche Enttäuschung und Sehnsucht in die Welt hinausschreien. Ich würde nie ein Kind haben. Nie ein eigenes Kind in den Armen halten. Ich wollte es einfach nicht glauben. Ich wollte ihm widersprechen, ihm sagen, daß es nicht sein konnte, wollte von Spezialisten und weiteren Tests reden, aber ein Blick in sein Gesicht ließ mir die Worte in der Kehle ersterben.

Schließlich erhob ich mich müde, ging um den Tisch herum und küßte ihn flüchtig auf den Scheitel. Wie sehr ich mich auch nach einem Kind sehnte, so liebte ich ihn doch mehr als das Leben selbst, und während ich ihm das sagte, kniete ich vor ihm auf den kalten Küchenfliesen nieder und legte meine Hände bittend auf seinen Arm.

»Du darfst dich deswegen nicht von mir scheiden lassen, Liebling. Das kannst du nicht tun.« Mir versagte bei diesen Worten fast die Stimme. »Ich werde es nicht zulassen. Ich liebe dich so sehr. Kinder sind nicht das Wichtigste auf der Welt; vielleicht können wir eins adoptieren. Die Hauptsache ist doch, daß wir beide zusammen sind. Alles andere spielt keine Rolle für mich.«

Endlich überwand er seinen Widerstand und sah mich an. Tief in seinen Augen erkannte ich immer noch ein unsicheres, gequältes Flackern. »Ich bin kein richtiger Mann, Isobel. Ich werde nie einer sein, ich ...«

»Habe ich mich jemals beklagt?« Ich beugte mich über ihn und küßte ihn entschlossen auf den Mund. Einen Augenblick lang war er wie erstarrt, und dann erwiderte er plötzlich fast ungläubig meinen Kuß. Wir verharrten lange in unserer Umarmung, während die Sonne langsam höher stieg und die Küche in ihrem Licht badete. Schließlich gingen wir ins Schlafzimmer hinüber.

Wir lagen beieinander, ohne uns zu lieben, hielten uns still in den Armen, bis Peter am Ende, von Kummer und Anspannung erschöpft, einschlief.

An Ross Macdonald verschwendete ich keinen Gedanken. Was wir am warmen, mondbeschienenen Strand getan hatten, gehörte in die Zauberwelt des nächtlichen Hochlandes. Wäre die heitere Ruhe nicht gewesen, die mich seit dieser Begegnung erfüllte, so hätte alles auch ein Traum gewesen sein können. Merkwürdigerweise empfand ich kein Schuldgefühl, wenn ich daran dachte, nur staunende Verwunderung und Dankbarkeit dafür, daß er mich getröstet und aufgerichtet hatte, daß er mir das gegeben hatte, was ich – in diesem Augenblick – am dringendsten brauchte.

Der Rest unserer Ferien verging wie in einem Taumel. Der Verlust, der uns, wie wir glaubten, getroffen hatte, bedrückte uns, aber die Freude darüber, daß wir wieder zueinander gefunden hatten, machte das in gewisser Weise wieder wett. Wir vertrieben uns die Zeit mit Spaziergängen und Schwimmen, unternahmen Klettertouren in den tiefergelegenen Bergregionen und fuhren mit Ross zum Fischen hinaus. Ross ließ weder durch Worte noch durch Blicke erkennen, daß er sich an unsere Begegnung erinnerte, und ich war ihm dankbar für sein Schweigen. Ich war überzeugt, daß an dem, was wir getan hatten, nichts Leichtfertiges und Verwerfliches war, und die heimliche Erinnerung daran war mir lieb und teuer.

Aber mehr als alles andere lag mir Peter und das Zusammensein mit ihm am Herzen. Wir sprachen das Thema Kinder nicht mehr an; nachts weinte ich manchmal lautlos in mein Kissen, wenn er schon schlief, und meine Träume waren voll Einsamkeit und Trauer, aber bei Tage wies ich jeden Gedanken daran von mir. Dafür war immer noch Zeit genug, wenn wir uns beide erst einmal an die Vorstellung gewöhnt hatten.

Am letzten Tag unseres Aufenthalts bestand Peter unter großer Heimlichtuerei darauf, allein in das drei Meilen entfernte Dorf zu wandern. Da ich vermutete, daß er ein Geschenk für mich kaufen wollte, küßte ich ihn gutgelaunt zum Abschied, und nachdem ich noch eine Weile am Fenster gestanden hatte, während er sich auf der weiß gepflasterten Straße entfernte, machte ich mich auf den Weg zum Strand hinunter, um dort von den Bergen Abschied zu nehmen. Ross lehnte an seinem Boot und ordnete die Netze, ganz so, wie ich ihn am Tag unserer ersten Begegnung gesehen hatte.

»Oh, hallo«, begrüßte er mich mit einem Lächeln, in seinen klaren blauen Augen nichts als Freundlichkeit und ein eigenartiges Verstehen.

»Heute ist unser letzter Tag«, murmelte ich und verharrte auf der Stelle.

Als er mir die Hand entgegenstreckte, ergriff ich sie, ohne darüber nachzudenken. Eine Weile standen wir uns gegenüber und sahen uns an. Dann ließ er sanft meine Hand los. »Wollen wir einen kleinen Spaziergang am Strand machen?« fragte er. Ich nickte.

Diesmal führte er mich zwischen den Felsen hindurch, die den Strandweg versperrten. Auf der anderen Seite stiegen wir einen steilen, gewundenen Weg zu den Klippen hinauf, dann ging es wieder abwärts zu den kleinen Seen, die sich am äußersten Zipfel der Insel in den Senken gesammelt hatten. Schließlich erreichten wir einen tiefen, kreisrund zwischen Felsen geschützten See, der wild umwuchert war von smaragd- und granatfarbenen Pflanzen.

»Da wären wir, Mädchen.« Er warf mir ein strahlendes Lächeln zu. »Der Zaubersee der Macdonalds. Soll ich dich allein lassen, damit du dir etwas wünschen kannst?«

Ich blickte auf das undurchdringliche, leicht bewegte Wasser hinunter und schüttelte, von einem plötzlichen Schmerz überwältigt, den Kopf. »Ich habe keinen Wunsch, Ross. Nicht mehr. Darum habe ich dich auch nicht gebeten, uns hierher zu bringen. Es wäre eine unverzeihliche Taktlosigkeit von mir gewesen, das zu tun.«

Er sah mich verwundert an. »Ich dachte, ihr wäret wieder glücklich miteinander, du und dein Mann?«

»Das sind wir auch, Ross. Wir sind glücklich, aber wir haben keinen Wunsch mehr.« Ich drängte die aufsteigenden Tränen zurück, und in dem Bedürfnis, den beruhigenden Druck seiner Finger zu spüren, streckte ich die Hand nach ihm aus. In diesem Augenblick fühlte ich einen leichten Ruck an meinem Handgelenk. Mein Armband war an einem Felsvorsprung hängengeblieben und gerissen. Mit einem leisen Aufschrei versuchte ich, das feine Goldkettchen aufzufangen, aber ich verfehlte es, und es versank in der Tiefe des Sees.

»O nein, mein schönes Armband!« rief ich erschrocken. Seite an Seite blickten wir in das Wasser, bemüht, seine Tiefen durch unser Spiegelbild hindurch zu durchdringen, aber es war unmöglich.

»Der See ist bodenlos, Mädchen; er reicht durch die Insel hindurch bis zum Meeresgrund. Daher rührt seine Zauberkraft.« Ross hob den Blick und sah mich mit einem rätselhaften Lächeln an. »Offensichtlich sind die Feen fest entschlossen, sich dein Goldopfer zu holen. Vielleicht kennen Sie deinen Wunsch ja bereits ...«

Tief deprimiert legte ich an seiner Seite den Rückweg über den Strand zurück, traurig über das Ende unserer Ferien, den Verlust meines geliebten Armbandes und Peters Unglück. Vor uns lag nichts mehr, worauf wir uns freuen konnten. Nichts als trostlose Leere.

Wir sagten kein Wort des Abschieds, als wir das Boot erreichten; Ross beugte sich stumm über seine Netze, und ich lief gemächlich auf dem Weg zurück, ohne mich noch einmal nach ihm umzusehen.

Im Cottage wartete Peter auf mich und sah mir mit selbstzufriedener Miene entgegen. Er hielt eine kleine Schachtel in der Hand. Als ich sie öffnete, strahlte mir eine wunderschön ziselierte Silberbrosche entgegen, wie sie hier von den Einheimischen gefertigt wurden. In meiner Begeisterung über das Geschenk vergaß ich völlig, den Verlust meines Armbandes zu erwähnen.

Zwei Monate später wußte ich, daß ich ein Kind erwartete. Obwohl Doktor Henderson natürlich klar sein mußte, daß Peter nicht der Vater sein konnte, sagte er nichts, als er mich aus seinem Behandlungszimmer entließ. Er schüttelte mir nur die Hand und schrieb ein Attest für meinen Arbeitgeber, der mir ein paar Tage freigeben sollte, weil ich, wie er sagte, so angegriffen aussah.

Als Peter an diesem Abend nach Hause kam, saß ich auf dem Sofa. Er küßte mich zur Begrüßung, und ich zog ihn zu mir herunter. »Ich muß dir etwas sagen«, begann ich und schluckte schwer. Während ich auf ihn wartete, hatte ich ein eigenartiges Gefühl der Ruhe empfunden, aber jetzt, da der Augenblick der Wahrheit gekommen war, mußte ich feststellen, daß meine Hände zitterten.

Er nahm meine Hände und sah mir mit fragend gerunzelter Stirn in die Augen.

»Was ist los, Isobel? Stimmt etwas nicht?«

»Ich war heute bei Doktor Henderson.« Ich räusperte mich und fuhr hastig fort. »Es tut mir leid, Peter. Ich erwarte ein Kind.« Zu meinem Entsetzen spürte ich, wie mir die Tränen in die Augen schossen. Ich versuchte sie zurückzudrängen, aber sie strömten haltlos über meine Wangen.

Peter ließ meine Hände los. Der tief verletzte Ausdruck in seinen Augen versetzte mir einen schmerzhaften Stich. Dann erhob er sich.

»Ich hatte keine Ahnung, daß es einen anderen Mann gibt, Isobel.« Er biß sich auf die Lippen. »Ich kann dir wohl keinen Vorwurf machen. Du möchtest dich vermutlich so schnell wie möglich scheiden lassen, damit du ihn heiraten kannst?«

»Aber nein. Nein! Nein!« Ich sprang auf und warf mich an seine Brust. »Peter, mein Liebling. Es gibt keinen anderen. Es hat nie einen anderen gegeben; nicht so, wie du denkst. Es ist nur ...« Ich verstummte.

Er hatte die Arme um mich gelegt, und ich schluchzte an seiner Brust.

»Es war der Feenteich. Mein goldenes Armband ist mir hineingefallen. Sonst wäre das nie passiert.« Ich wurde von einem neuerlichen Schluchzen erschüttert.

»Der Zaubersee der Frauen vom Macdonald-Clan?« murmelte er, und sein Atem streifte mein Haar. »Du warst dort und hast dir etwas gewünscht, und die Feen haben dir deinen Herzenswunsch erfüllt?« Seine Stimme klang kein bißchen verärgert; ich hatte vielmehr fast das Gefühl, daß er lächelte.

Durch wirre Haarsträhnen hindurch sah ich zu ihm auf. »Ich weiß, daß es nicht wirklich so sein kann. Es ist nur ein einziges Mal passiert – in der Nacht, als du mich aus dem Bett gestoßen hast. Ich bin zum Strand hinunter gelaufen, und ...«

Er legte mir einen Finger auf die Lippen. »Sag nichts weiter, mein Liebling.« Er küßte mich auf die Stirn. »Die Vorstellung, daß es die Feen waren, gefällt mir viel besser.« Er trat einen Schritt zurück und betrachtete mich mit festem Blick. »Wir hätten uns ohnehin irgendwann darüber unterhalten müssen, Isobel. Ich weiß, wir haben nie darüber gesprochen, aber es gibt andere Wege, ein Kind zu bekommen, als durch eine Adoption, wenn ...« hier zögerte er einen Augenblick, »... wenn mit der Frau alles in Ordnung ist. So kann die Frau auch dann ein Kind zur Welt bringen, wenn ihr Mann ...« er hielt inne und atmete tief durch, »... wenn ihr Mann so ist wie ich. Ich hätte vielleicht eine etwas klinischere Methode vorgezogen«, grinste er, »aber andererseits ist es vielleicht schöner, sich bei den Feen zu bedanken als bei einem Arzt.«

Vor zwei Monaten ist unsere Tochter geboren worden, ein wunderschönes Kind mit amethystblauen Augen und einem zarten Flaum schwarzer Haare. Peter war bei der Geburt an meiner Seite, und wenn ich auch nur einen Augenblick lang gefürchtet hatte, er könne sie ablehnen, waren alle meine Zweifel zerstreut, als ich sie zum ersten Mal in seinen Armen sah. Er betet sie an und ist so stolz auf sie, wie es ein Vater nur sein kann. Wir haben sie Fee genannt.

Bewach die Mauer, mein Liebling

Erster Teil

Jedesmal, wenn sie sich energisch mit dem Fuß von dem staubtrockenen Boden abstieß, flog die Schaukel ein Stück höher in die Luft. Im lichtgesprenkelten Schatten der Eiche war die Luft ein wenig kühler. Die Gartengesellschaft, die eine hohe Eibenhecke jetzt glücklicherweise ihrem Blick entzog, war in vollem Gange.

Als Caroline Hayward am höchsten Punkt des Aufwärtsschwungs den Kopf in den Nacken warf, spürte sie, wie sich die Kämme aus ihren langen, dichten Haarflechten lösten. Sie schnitt eine Grimasse. Ihre Haube war längst heruntergerutscht und flatterte nun wie ein ungebärdiges Tier an seinen Bändern hinter ihr her. Sie schüttelte den Kopf und lachte laut auf, als der Wind ihr die Haare ins Gesicht wehte. Was kümmerte sie ihr Aussehen? Sie war endlich allein, und für ein paar kostbare Augenblicke fühlte sie sich frei!

»Diese Schaukel ist nicht für Erwachsene gedacht!«

Beim Klang der sonoren Stimme erschrak sie so heftig, daß ihr um ein Haar die Schaukelseile entglitten wären.

Sie schleifte mit den Füßen über den Boden, um ihren Schwung zu verlangsamen und bemühte sich krampfhaft, die Schaukel zum Stehen zu bringen. Plötzlich war sie sich überdeutlich bewußt, wieviel von ihren Unterröcken unter dem leichten, aufgebauschten Rock zu sehen war. Unter Aufbietung aller Würde, die ihr in diesem Moment geblieben war, widerstand sie ihrem ersten Impuls, von der langsamer schwingenden Schaukel zu springen. Statt dessen strich sie ihre Röcke glatt und atmete tief durch, bevor sie dem Mann ins Gesicht sah, der sie angesprochen hatte. Vor ihr stand, in strenges Schwarz gekleidet wie alle männlichen Gäste bei der Gartengesellschaft des Bischofs, Reverend Charles

Dawson, der älteste Sohn des Gastgebers, und in seinen schönen dunklen Zügen stand unmißverständliche Verachtung; Charles Dawson, der die ganze Zeit über umringt gewesen war von einem Schwarm der jüngeren weiblichen Gäste seines Vaters.

»Unsere Gesellschaft scheint Sie zu langweilen, Miß Hayward«, bemerkte er mit humorlosem Lächeln. »Es tut mir leid, aber ich muß Sie bitten, sich einen anderen Zeitvertreib zu suchen. Diese Schaukel ist nicht für eine Person Ihres Gewichts gedacht.«

»So schwer bin ich nun auch wieder nicht, Mr. Dawson!« gab Caroline zurück. Zu ihrer Verärgerung hatte sie einen ihrer leichten Schuhe verloren, nach dem sie jetzt unter ihrem langen, weiten Rock unauffällig mit dem Fuß tastete.

Er ließ sich zu einem weiteren kaum merklichen Lächeln herab. »Das wollte ich auch nicht andeuten.« Als er sich verbeugte, glaubte sie ein belustigtes Funkeln in seinen Augen zu bemerken. »Aber wie dem auch sei, die Schaukel wurde für die beiden Kinder meines Bruders aufgestellt, die sechs und sieben Jahre alt sind. Wenn Sie also Ihren Schuh gefunden haben«, hier zog er ein ganz klein wenig die Braue hoch, »... erlauben Sie mir vielleicht, Sie zu den anderen Gästen zurück zu begleiten und Ihnen ein Glas Limonade zu holen.«

Hinter der Hecke vermischten sich in der drückenden Hitze des Gartens die tiefen Stimmen der ernsten Kirchenmänner mit den höheren der Frauen, gelegentlich war unterdrücktes Gelächter zu hören. Sie waren hier unschicklicherweise ganz unter sich.

Niemand hatte sie bemerkt, als sie sich davongestohlen hatte. Ihr Vater, Reverend George Hayward war so in sein Gespräch mit dem Bischof vertieft, daß er ihre Anwesenheit vollkommen vergessen hatte, als sie sich in der Runde der Gäste, von denen sie viele schon seit frühester Kindheit kannte, umgesehen und plötzlich diesen unerwarteten Impuls verspürt hatte, etwas Ungehöriges zu tun.

Sie staunte über die Heftigkeit, mit der sie dieser Wunsch plötzlich bestürmte. Wut und Verzweiflung brachen gleichzeitig über sie herein. Immerhin war sie immer noch eine junge Frau und zudem auch recht hübsch anzusehen, oder etwa nicht? Sie hatte noch Wünsche und Träume. Warum also war sie hier an der Seite ihres Vaters, warum begleitete sie ihn treu und brav wie immer in offiziellen Gemeindeangelegenheiten, in der Rolle, in die sie nach dem Tod ihrer Mutter wie selbstverständlich geschlüpft war, ohne es recht zu merken. Ihre Schwestern waren verheiratet, ihr Bruder lebte inzwischen in London. Nur sie war noch zu Hause. Und jeder hatte es richtig gefunden und von ihr erwartet, daß sie den Platz ihrer Mutter einnahm. Der Gedanke, daß sie einmal heiraten könnte, schien ihrem Vater gar nicht mehr in den Sinn zu kommen. Selbst die wenigen Verehrer, die ihr den Hof gemacht hatten, ließen sich schon lange nicht mehr blicken. Und niemand außer ihr selbst schien es auch nur gemerkt zu haben.

Sie musterte Charles Dawson feindselig. Nein, sie hatte nicht zu dem Schwarm junger Frauen gehört, die sich um ihn scharten und ihn unter albernem Gekicher anhimmelten. Ihr Platz war an der Seite ihres Vaters gewesen, wo sie pflichtschuldig zugehört hatte, wie er sich mit dem Bischof über kirchliche Angelegenheiten unterhielt! Nicht daß sie überhaupt Wert darauf gelegt hätte, mit ihm zu reden. O nein. Es fiel ihr nicht schwer, den gutaussehenden jungen Mann zu ignorieren, so wie er ihr mit seinem unverhohlenen Mißfallen begegnete und sich aufführte, als wäre er der verlängerte Arm ihres Vaters. Er war ihr wegen seines großspurigen Auftretens schon immer unsympathisch gewesen. Und er hätte sich nie im Leben um sie bemüht. Mit seinem Reichtum und seinen guten Verbindungen würde er eine Frau suchen, die höheren gesellschaftlichen Kreisen angehörte als eine einfache Pfarrerstochter.

Der Gedanke machte sie noch zorniger. Sie hatte keinen der jungen Männer, die an die Tür des Pfarrhauses in Hancombe klopften, um ihr ihre Aufwartung zu machen, je zu Hoffnungen ermutigt, und jetzt war es zu spät, ihre Meinung zu ändern. Sie war alt. Ihr Los war es, sich bis ans Ende ihrer Tage um ihren Vater zu kümmern. Sie war eine alte Jungfer mit ihren neunundzwanzig Jahren.

»... meinen Sie nicht auch, Miß Hayward?«

Sie zuckte zusammen, als ihr bewußt wurde, daß Charles Dawson, während er sie von der Schaukel zu den übrigen Gästen zurück begleitete, offensichtlich schon eine Weile zu ihr gesprochen hatte. Er war ein hochgewachsener, breitschultriger und, ohne Zweifel, ein gutaussehender Mann. Sie merkte erst jetzt, als er auf sie herunterblickte, daß sie ihn angestarrt hatte.

»Meinen Sie nicht auch?« wiederholte er.

»Es tut mir leid, ich habe nicht gehört, was Sie gesagt haben«, murmelte sie.

Bevor sie verlegen den Blick abwandte, erhaschte sie den ungeduldigen Ausdruck in seinem Gesicht, den er aber rasch zu verbergen trachtete.

»Ich sagte, daß es heute vielleicht noch ein Gewitter geben wird«, erklärte er.

»Ja, da könnten Sie recht haben, es ist wirklich schwül.« Jetzt mußte er sie nicht nur für dumm und unhöflich, sondern auch noch für schwerhörig halten!

Als sie durch die Lücke in der Hecke auf den Rasen hinaustraten, registrierte Caroline, daß ihnen etliche neugierige Augenpaare entgegenblickten. Ihr Vater war nicht in der Nähe, wie sie erleichtert feststellte. Plötzlich verspürte sie den unwiderstehlichen Drang, laut herauszuprusten. Da stand sie nun, völlig aufgelöst, mit zerzaustem Haar und verrutschtem Kleid, an der Seite dieses begehrtesten aller Junggesellen vor Ort, und das ganz ohne Anstandsdame!

Als hätte er ihre Gedanken gelesen, trat Charles Dawson etwas zu hastig zur Seite. »Ich schlage vor, Sie gehen ins Haus und bringen Ihre Kleider in Ordnung, Miß Hayward«, sagte er mit einer knappen Verbeugung und entfernte sich. Einen Augenblick lang blieb sie, immer noch im Zentrum der allgemeinen Aufmerksamkeit, wie angewurzelt stehen, dann schritt sie langsam und gesittet über den Rasen zum Haus.

Irgendwie schaffte sie es, den Damensalon der bischöflichen Residenz zu finden, ihre Frisur zu ordnen und die Haube an ihren angestammten Platz zu rücken. Äußerlich zeigte sie ein fügsames Lächeln. Aber innerlich war ihr der Spaß vergangen, und sie schäumte vor Wut. Warum mußte es von allen hochmütigen und sarkastischen Männern, die hier versammelt waren, ausgerechnet Charles Dawson sein, der ihr nachgegangen war? Er würde seinem Vater berichten, bei welchem Zeitvertreib er sie überrascht hatte, und gemeinsam würden sie bei ihrem abendlichen Gläschen Portwein über sie lachen, und dann würde es der Bischof ihrem Vater erzählen! Und ihr Vater würde die Geschichte kein bißchen amüsant finden. Er würde verärgert sein, sehr verärgert. Oh, diese Demütigung!

Als sie endlich aus dem Schutz des Hauses wieder in den Garten hinaus schlenderte, ertappte sie sich dabei, wie sie unwillkürlich nach Charles Dawson Ausschau hielt. Sie entdeckte ihn sofort, in ein Gespräch mit einem Grüppchen älterer Damen vertieft, aber in diesem Moment hob er zu ihrem Entsetzen den Kopf, und ihre Blicke begegneten sich. Er musterte sie von Kopf bis Fuß, als wolle er ihr Äußeres einer eingehenden Prüfung unterziehen, dann huschte ein kaum merkliches Lächeln über sein Gesicht.

Wieder spürte sie den Ärger in sich aufsteigen, und er hatte sich auch noch nicht gelegt, als sie einige Zeit später an der Seite ihres Vaters in der Kutsche nach Hause fuhr. Offensichtlich und zu ihrer Erleichterung hatte ihm niemand etwas von ihren Eskapaden erzählt, denn auf der Fahrt über die baumgesäumten Landstraßen nach Hancombe, das sich in ein kleines Tal der Downs schmiegte, zeigte er sich bestens gelaunt.

»Morgen, Caroline, wirst du mit mir zum Cottage am Neck oben fahren«, erklärte er in einem Ton, der als selbstverständlich voraussetzte, daß sie sich seinen Wünschen beugen und Zeit haben würde. »Ich möchte der Witwe Moffat und den Eldrons etwas zu Essen bringen. Die Armen, Sam ist jetzt schon seit zwei Jahren ohne Arbeit ...« Er unterbrach sich unvermittelt. »Caroline, hörst du mir überhaupt zu?«

Schuldbewußt wandte sich Caroline zu ihm um. Sie hatte

gedankenverloren auf den Hügelkamm der Downs gestarrt, wo sich der goldene Dunst des Nachmittags wie ein schimmernder Schleier über die Baumwipfel gebreitet hatte.

»Natürlich, Papa. Ich werde die Körbe eigenhändig vorbereiten.«

In den Tälern zwischen den Anhöhen stiegen die Schatten höher und überzogen die grünen Wiesen mit einem weichen, rosigen Hauch. Von den Hecken am Straßenrand wehte berauschend der Duft von Geißblatt und Rosen zu ihr herüber. Das Land war von einer Schönheit und Klarheit durchdrungen, die sie besänftigte und doch gleichzeitig mit Unruhe erfüllte.

Sie sehnte sich danach, allein zu sein, unbehelligt von den strengen Ansprüchen ihres Vaters, aber es dauerte noch Stunden, bis sie sich endlich in die Stille ihres Zimmers zurückziehen konnte. Mit einem Seufzer der Erleichterung schloß sie die Tür hinter Polly, dem Dienstmädchen. Dann zog sie einen leichten Morgenrock über ihr Nachthemd, lehnte sich aus dem Fenster und blickte verträumt in den Garten hinunter, in dem sich die Schatten der Abenddämmerung zu vertiefen begannen. Sie fühlte sich angespannt und nervös – einsam.

Es war sehr heiß; die herannahende Dunkelheit brachte keine Erleichterung von der drückenden Hitze des Tages. Eher war es noch schwüler geworden. Ihre Gedanken wanderten zu der Gartengesellschaft und zu dem berauschenden Gefühl der Freiheit zurück, das sie auf der Schaukel empfunden hatte. Wäre Charles Dawson nicht aufgetaucht, so hätte sie dort den ganzen Nachmittag bleiben können, und der Wind hätte ihr mit ungestümen Fingern die Haare zerzaust. Ungebeten drängte sich Charles Dawsons Bild in ihr Bewußtsein; seine hohe, strenge Gestalt, das hochmütige Lächeln, die hochgezogene Braue beim Anblick des Schuhs, den sie verloren hatte. Fast hatte sie geglaubt, er würde sie auslachen, aber dann hatte sie erkannt, wie sehr er ihre Ausgelassenheit mißbilligte. Er selbst hatte eine untadelige Figur abgegeben in seinem weißen Hemd und seiner seidenen Krawatte; kein Härchen auf seinem Kopf und in seinem Bart war aus der Reihe getanzt. Vermutlich hatte er in seinem ganzen Leben noch nie auf einer Schaukel gesessen.

Sie goß Wasser aus dem Krug in die Waschschüssel auf der Kommode und benetzte Gesicht und Nacken damit. Dann legte sie sich auf das Bett. Es hatte keinen Sinn, an Charles Dawson zu denken; keinen Sinn, überhaupt an irgendeinen Mann zu denken. Sie zündete die Kerze auf ihrem Nachttisch an, nahm ein Buch zur Hand, und es klappte wie von selbst auf.

Es war jetzt einige Wochen her, daß ihre Schwester ihr mit verschwörerischem Blick und der Mahnung, dem Vater unter keinen Umständen etwas davon zu erzählen, das ledergebundene Bändchen mit Gedichten von Lord Byron zugesteckt hatte. Von dem Tag an, als sie es zum ersten Mal aufgeschlagen hatte, war es ihr kostbarster Besitz geworden. *Für Caroline* war ihr Lieblingsgedicht.

Ein wohliger Schauder durchlief sie, als sie die leidenschaftlichen Worte las, Worte, die sie auswendig konnte, so oft hatte sie sie in der einsamen Dunkelheit ihrer Kammer schon vor sich hin gesagt. Ach, wären sie doch tatsächlich an sie gerichtet.

»Caroline!«

Die Tür wurde so heftig aufgerissen, daß sie erschrocken das Buch fallenließ. Es fiel mit einem lauten Schlag zu Boden. Ihr Vater stand, noch vollständig angekleidet im Türrahmen, und seine Silhouette hob sich vor den Kerzen im Korridor ab, deren Flammen in dem plötzlichen Luftzug flackerten. »Caroline, wo sind meine Tropfen? Ich habe dich gerufen!« Seine sonst so kraftvolle Stimme klang weinerlich.

Caroline richtete sich träge auf und stellte die bloßen Füße auf den kalten Dielenboden. »Sie sind in deinem Ankleidezimmer, Papa.«

»Was hast du da gelesen?« Seine Stimme hatte wieder den gewohnten energischen Ton angenommen. Er trat ans Bett, bückte sich, hob ihr Buch auf und betrachtete neugierig die Goldlettern auf dem Einband.

Langsam wich alle Farbe aus seinem Gesicht. Er streckte ihr anklagend das Buch entgegen und schüttelte es. »Woher hast du diese... diese Obszönität?« zischte er wütend zwischen den Zähnen hervor.

Caroline war erbleicht. »Gib es mir bitte wieder, Papa. Es gehört mir...«

»Nein!« Er war außer sich vor Zorn. »Es kommt ins Feuer, wohin es gehört. Ich glaube nicht – ich kann nicht glauben, daß du weißt, was du da liest! Daß meine eigene Tochter auch nur im Traum daran denkt, ein solches Buch aufzuschlagen...«

»Papa...«

»Genug!« Sein Ton duldete keinen Widerspruch, seine Frage nach der Medizin war vergessen.

Caroline ballte die Hände. »Papa, ich bin eine erwachsene Frau und alt genug, selbst zu entscheiden, was ich lese.«

»Nichts, aber auch gar nichts gibt einer Frau das Recht, etwas zu lesen, das aus der Feder dieses – dieses Ungeheuers an Verderbtheit stammt.« Er kehrte ihr den Rücken. »Ich hätte es deiner Mutter nicht erlaubt, und ich werde es auch dir nicht erlauben.« An der Tür blieb er stehen und blickte über die Schulter zurück. »Wir werden uns morgen noch einmal darüber unterhalten«, sagte er mit einem drohenden Unterton, dann schloß er die Tür hinter sich.

Einen Moment lang war Caroline wie gelähmt. Ärger und Empörung stritten in ihr mit der Sorge um ihr geliebtes Buch und der ängstlichen Frage, was ihr Vater als Strafe für sie ersinnen würde, erwachsene Frau hin oder her. Sie schluckte die Tränen ihrer Erniedrigung hinunter, und dann packte sie derselbe rebellische Funke, der sie am Nachmittag bewegt hatte, der Gartengesellschaft zu entfliehen. Hastig kleidete sie sich wieder an.

Wie konnte er es wagen!

Er wagte es, weil er ihr Vater war und alles besser wußte.

Aber in diesem Fall wußte er es nicht besser! Er hatte nie im Leben etwas von Lord Byron gelesen, dessen war sie ganz sicher. Wie so viele andere beurteilte er seine Werke nur nach den Skandalen, auf die ihre Schwester mit geheimnisvollem Flüstern angespielt hatte. Furchtbare Skandale. Welcher Art sie waren, konnte sie sich nicht einmal vorstellen. Und es war ihr auch gleichgültig. Was immer die Leute auch über ihn sagen mochten, konnte die Schönheit seiner Verse nicht schmälern. Die Hitze der Nacht umfing Carolines trägen Körper, und sie lockerte den Umhang, den sie sich um die Schultern gelegt hatte, ein wenig. Die Luft war jetzt unerträglich schwül. Sie schlang ihr langes Haar im Nacken zu einem schweren Knoten und steckte ihn fest. Dann verließ sie auf nackten Sohlen ihr Zimmer.

Im Pfarrhaus war es dunkel. Sie tapste die breite Treppe hinunter und zögerte einen Augenblick vor dem Arbeitszimmer ihres Vaters. Hinter der Tür war alles still, und es drang kein Licht aus dem Raum. Der Reverend hatte sich offensichtlich schon zu Bett begeben. Sie wandte sich der Tür zu, die zur Küche im hinteren Teil des Hauses führte. Das Feuer im Herd war nicht gedrosselt, wie es zu dieser Stunde sonst üblich war. Es brannte lichterloh. Als sie einen Blick in den Herd warf, konnte sie im Zentrum der Glut die rußgeschwärzten Reste vom Einband ihres Buchs erkennen. Er hatte seine Worte also ernst gemeint. Mit einem Schluchzer knallte sie die Herdklappe zu.

Der Schlüssel zum Garten hing nicht an seinem Haken. Sekundenlang starrte sie ungläubig den leeren Haken in der Reihe von Schlüsseln an, dann rüttelte sie an der Tür. Sie war fest verschlossen.

Tränen der Wut und Enttäuschung schossen ihr in die Augen, als sie kehrtmachte und in den Eingangsflur zurückkehrte. Im Pfarrhaus war kein Laut zu hören außer dem behäbigen Ticken der Großvateruhr in der Diele. Leise öffnete sie die Tür zur Vorhalle, legte die Hand auf den Türknauf und drehte daran. Auch diese Tür war verschlossen. Sie war in dem dunklen, stillen Haus gefangen.

Sie kehrte auf ihr Zimmer zurück, aber es dauerte Stunden, bis sie Schlaf finden konnte.

Am nächsten Morgen verlor ihr Vater keine Zeit. Gleich

beim Frühstück teilte er ihr mit, was sie erwartete. Er hatte offenbar einen Teil der Nacht damit zugebracht, sich eine angemessene Strafe für seine auf Abwege geratene Tochter auszudenken.

»Du hast dich benommen wie ein verantwortungsloses Kind, Caroline.« Er strich sich mit einer dramatischen Geste über die Stirn. »Aber ich kann nicht glauben, daß du wußtest, was du tust. Denn wenn ich das tun würde...«, er unterbrach sich und schüttelte bekümmert den Kopf, »dann wüßte ich nicht, welche Strafe für dich angemessen wäre. Aber so schreibe ich diese Sünde lieber deiner Unwissenheit zu, als anzunehmen, du hättest wissentlich solchen... solchen Schmutz gelesen. Von heute an, mein Kind, wirst du an jedem Abend eine Passage aus der Bibel, die ich dir anstreiche, lesen und auswendig lernen, um deinen Geist von sündhaften Gedanken zu reinigen.«

Während er sprach, löffelte er scharf gewürzte Bohnen auf seinen Teller. Er sah sie dabei kein einziges Mal an, sah nicht den Zorn und die Empörung in ihren Augen. Schon wechselte er zu anderen Themen über, sprach von ihren Gemeindebesuchen, vom Picknick mit den Sonntagsschülern, das sie vorbereiten sollte, und von der Gartengesellschaft des Vortages. Ihm kam gar nicht der Gedanke, daß sie sich ihm widersetzen könnte.

Innerlich immer noch schäumend vor Wut, setzte Caroline ihre Haube auf und machte sich bereit für den ersten dieser Gemeindebesuche, als Charles Dawson unerwartet in das Frühstückszimmer geführt wurde.

»Mr. Hayward, Miß Hayward. Verzeihen Sie mir. Wie ich sehe, wollten Sie gerade ausgehen!«

Carolines Mund fühlte sich trocken an. Jetzt kam es also. Er würde ihren Vater persönlich über ihr undamenhaftes Verhalten informieren, und damit wäre ihr Schicksal besiegelt. Nun würde ihr Vater sie für unrettbar verderbt halten! Sie spürte, wie Charles sie ansah und hob trotzig den Kopf, um ihm in die Augen zu blicken.

»Vielen Dank für Ihre gestrige Gastfreundschaft«, murmelte sie. »Wir haben unseren Besuch in der bischöflichen Residenz sehr genossen.«

»Tatsächlich, Miß Hayward?« Seine Stimme hatte einen leicht spöttischen Klang. »Das freut mich sehr. Wie leicht hätte es für jemanden, wie Sie es sind, langweilig werden können.«

»Aber ganz und gar nicht«, entgegnete Caroline nervös, aber ihr Vater fiel ihr ins Wort.

»Ich bitte Sie, Sir, meine Tochter hat jede Sekunde genauso genossen wie ich selbst. Ich habe Ihrer Mutter selbstverständlich schon einen Brief geschrieben, um mich für ihre Gastfreundschaft zu bedanken, Charles.« Er zögerte kurz, bevor er den Jüngeren mit seinem Vornamen ansprach. »Ihre Gesellschaften sind im ganzen County berühmt, wissen Sie.«

»O ja, das sind sie.« Er bedankte sich mit einer knappen Verbeugung, und Caroline glaubte gesehen zu haben, daß er ganz leicht die Braue dabei hochzog. »Ich werde ihr trotzdem berichten, daß Sie sich gut unterhalten haben. Besonders Sie, Miß Hayward. Ich bin sicher, sie wird Sie wieder einmal einladen.«

Trieb er absichtlich sein Spielchen mit ihr? Caroline gab sich Mühe, sich ihre tiefe Verlegenheit nicht anmerken zu lassen, während sie ihm unter gesenkten Wimpern einen wütenden Blick zuwarf, aber seine Miene zeigte nichts als unverbindliche Höflichkeit, als er sich wieder ihrem Vater zuwandte.

»Verzeihen Sie meinen frühen Besuch, Mr. Hayward, aber ich hatte in der Gegend zu tun und wollte es mir nicht nehmen lassen, hereinzuschauen und Ihnen einen guten Morgen zu wünschen.« Er lächelte. »Ich habe mir Sorgen gemacht, weil Miß Hayward gestern nicht ganz auf der Höhe zu sein schien.«

Die Blicke beider Männer wandten sich Caroline zu.

Ihr Vater runzelte die Stirn. »Mir schien sie ganz in Ordnung zu sein.«

Caroline ballte die Hände zu Fäusten. »Selbstverständlich war alles in Ordnung mit mir, Papa. Ich weiß überhaupt nicht, was Mr. Dawson meint.«

Charles Dawson amüsierte sich köstlich. Das wurde ihr mit einem Schlag sonnenklar.

»Sie sahen blaß aus, Miß Hayward. Einige Gäste haben Bemerkungen darüber gemacht«, fuhr er in besorgtem Ton fort.

»Ach, wirklich? Wie freundlich von ihnen, sich Gedanken um mich zu machen.« Sie spürte, wie ihr Ärger und ihre Unruhe von Sekunde zu Sekunde wuchsen. »Wenn es so war, muß es an der Hitze gelegen haben.«

»Ja, natürlich, das wird es sein.« Lächelnd verneigte er sich. »Und heute soll es wieder sehr heiß werden. Über die Berge hat sich bereits ein flimmernder Hitzeschleier gelegt. Ich nehme an, daß wir bald ein Gewitter bekommen werden.« Wieder lächelte er. »Aber ich will Sie nicht länger aufhalten.« Damit ging er zur Tür und schnippte mit den Fingern, um Polly herbeizurufen, die abwartend in der Diele stand. Während sie ihm Hut und Stock brachte, wandte er sich zu Caroline um und streckte ihr die Hand entgegen.

»Miß Hayward.« Mit einer Verbeugung zog er flüchtig ihre Hand an die Lippen. »Es war mir eine Freude, Sie wiederzusehen, Mr. Hayward.« Dann nahm er Polly seinen Hut aus der Hand, verbeugte sich ein letztes Mal und ging hinaus.

George Hayward blickte ihm mit gerunzelter Stirn nach. »Ein reizender junger Mann. So stilvoll. Und wie rücksichtsvoll von ihm, hierher zu kommen und sich nach deiner Gesundheit zu erkundigen.« Er schüttelte seufzend den Kopf. »Ein Jammer, daß du nicht einen Mann wie ihn geheiratet hast, als du noch die Chance dazu hattest. Ein echter Jammer. Und nun ist es zu spät. Nun wirst du überhaupt nicht mehr heiraten, nehme ich an.« Ohne sich bewußt zu machen, wie grausam seine Bemerkung war, nahm er seinen Hut.

»Ich habe seit Mamas Tod nie nach einem Heiratskandidaten Ausschau gehalten, Papa«, warf Caroline leise ein. »Schließlich ist es meine Pflicht, dich zu versorgen.«

»So ist es.« Der Pfarrer langte nach seinen Handschuhen. Er hatte den wehmütigen Ton in ihrer Stimme entweder nicht wahrgenommen oder aber absichtlich überhört. »Der junge

Dawson wird wohl Marianne Rixby heiraten, wie ich gehört habe.«

Caroline stand vor dem Spiegel in der Diele und war damit beschäftigt, die Bänder ihrer Haube zuzubinden. Einen Augenblick lang starrte sie ihr Gesicht im Spiegel an. Es zeigte immer noch Spuren von Zornesröte, die aber allmählich verblaßte. Plötzlich wurde ihr bewußt, daß Polly sie aufmerksam musterte. Mit einem freudlosen Lächeln sagte sie: »Gehen wir, Papa? Polly hat die Körbe schon in die Kutsche gestellt.«

Es war ein langer Tag, und Caroline war müde und erschöpft, als sie endlich nach Hause zurückkehrten. Ihr Vater hatte keine Gelegenheit ausgelassen, ihr Vorträge über ihre Lesegewohnheiten zu halten und über all die potentiellen Ehemänner, die sie seiner Meinung nach durch ihr selbstsüchtiges und hochmütiges Verhalten vergrault hatte. Mit der zunehmenden Hitze des Nachmittags fühlte sie sich immer unwohler in ihrer Haut, und am Ende mußte sie sich auf die Lippen beißen, um nicht laut zu schreien. Sie wollte nur noch allein sein.

Über den Downs lag jetzt ein perlmuttfarbener Dunstschleier. Die Landstraßen flimmerten vor Hitze, und das Fell des Pferdes, das ihre Kutsche nach Hause zog, glänzte schweißdunkel unter dem Geschirr. Caroline grauste vor dem Abend. Sie erwarteten Gäste zum Abendessen, unter ihnen Archidiakon Joseph Rixby mit Frau und Tochter, und ihre Aufgabe würde es wieder einmal sein, die strahlende Gastgeberin zu spielen. Es gab kein Entrinnen.

In ihrem Zimmer war es angenehm kühl, als sie in ihr grünes Seidenkleid schlüpfte und das dunkle Haar in anmutigen Flechten um ihr blasses Gesicht legte. Am liebsten hätte sie ihrem Vater bestellen lassen, daß sie Kopfschmerzen habe und zum Abendessen nicht herunterkommen könne, aber wie immer siegte ihr Pflichtgefühl. Sie durfte als Gastgeberin des Pfarrhauses nicht fehlen. Sie mußte liebenswürdig zu seinen Gästen sein und so tun, als hörte sie seine spöttischen und verletzenden Bemerkungen nicht.

Lustlos ging sie in den Salon hinunter. Erleichtert stellte sie fest, daß die Flügeltür zum Garten offen stand, so daß die von Sommerdüften erfüllte Abendluft hereinströmen konnte. Ruhig begrüßte sie die bereits anwesenden Gäste, und als Marianne Rixby in Begleitung ihrer Eltern eintraf, betrachtete sie die schöne und zierliche junge Frau in ihrem eleganten Kleid aus weißer Spitze aufmerksamer als gewöhnlich. Das war also die Frau, die Charles Dawson zu heiraten beabsichtigte. Sie reichte Marianne die Hand zur Begrüßung und zwang sich zu einem Lächeln, aber als sie ihr in die Augen sah, begegnete ihr zu ihrem Erstaunen ein haßerfüllter Blick.

Sie trat einen Schritt zurück. Polly machte hinter ihnen mit einem gläserbeladenen Tablett die Runde, und das Ehepaar Rixby hatte sich, in eine Unterhaltung mit ihrem Vater vertieft, in eine Nische am Fenster zurückgezogen. »Ich habe dich gestern gesehen«, zischte Marianne. Ihr Mund war zu einem schmallippigen Lächeln gefroren. »Was hast du mit Charles gemacht?«

»Gemacht?« Caroline runzelte verständnislos die Stirn. »Ich habe gar nichts gemacht.«

»Nein? So, wie du mit aufgelöstem Haar und verrutschtem Kleid aus dem Gebüsch gekommen bist?« Mariannes Augen sprühten Funken. »Dachtest du, niemand würde es merken?«

»Mir ... mir ging es nicht sehr gut«, stammelte Caroline, der plötzlich bewußt wurde, daß der Blick ihres Vaters von der anderen Seite des Raums fragend auf sie gerichtet war. »Mr. Dawson ... Charles ... war so freundlich, mir seinen Arm anzubieten, das war alles.«

»Alles?« Das gepreßte Flüstern bekam eine schrille Note. »Und wie kommt es, wenn ich bitten darf, daß dein Haar offen war?«

»Ich hatte auf der Schaukel gesessen«, erklärte Caroline lahm. »Ich dachte, die kühle Luft würde meinem Kopf gut tun.«

»Und hat sie das?«

»Ein wenig.« Caroline fand allmählich ihre Fassung wieder. »Dein Verlobter ist ein aufmerksamer Mensch, Marianne. Er hat gesehen, daß es mir nicht gutging, und mir seine Hilfe angeboten, das ist alles.«

»Nicht ihr Verlobter, Caroline, noch nicht«, ließ sich Sarah Rixby vernehmen, die den letzten Teil der Unterhaltung mit angehört hatte und quer durch den Raum gerauscht kam, um sich an der Seite ihrer Tochter aufzubauen. »Obwohl wir jeden Moment damit rechnen, daß Charles mit ihrem Vater reden wird, ist es nicht so, mein Lieber?« Der Archidiakon neigte den Kopf in ihre Richtung und wandte sich dann wieder seiner Unterhaltung mit dem Reverend zu. »Meine liebe Caroline«, fuhr Sarah fort, »es ist wirklich eine ausgezeichnete Verbindung, meinen Sie nicht auch?«

»O ja«, nickte Caroline, nicht ohne boshafte Hintergedanken, »eine ganz ausgezeichnete Verbindung.« Sie fragte sich, ob Marianne jemals den Zynismus und die unerträgliche Arroganz dieses Mannes am eigenen Leib erfahren hatte. Wahrscheinlich nicht.

Die Kerzen auf dem Tisch brannten langsam herunter, und die Luft im Raum wurde mit vorrückender Stunde womöglich noch stickiger. Die Gesichter der Damen hatten sich gerötet, und als sie sich in den Salon zurückzogen, traten die Männer mit offensichtlicher Erleichterung zu einem Gläschen Portwein und einer Zigarre in den Garten hinaus. Zu verhältnismäßig früher Stunde ließen die Gäste ihre Kutschen kommen, da sich das seit langem erwartete Gewitter nun endgültig anzukündigen schien.

Als Caroline in ihr Zimmer zurückkehrte, hatte sie so stechende Kopfschmerzen, daß sie glaubte, ihr Schädel müsse zerspringen. Sie erlaubte Polly, die ihr heißes Wasser brachte, nicht einmal, ihr beim Auskleiden zu helfen, sondern schickte sie sofort wieder hinaus. Dann schleuderte sie, ohne sich zu bücken, die Schuhe von den Füßen und ließ sich aufs Bett fallen. Ein Nachtfalter flatterte in selbstmörderischem Taumel um die Kerze an ihrem Bett, durch das geöffnete Fenster war die Schwüle der Nacht spürbar, und es herrschte eine angespannte Stille, als würden die Elemente die Luft anhalten, bevor der Sturm losbrach.

Sie mußte eine Weile gedöst haben, denn als sie mit einem Ruck auffuhr, stellte sie fest, daß der Nachtfalter mit versengten Flügeln auf dem Boden neben ihrem Nachttisch lag. Die Kerze war weit heruntergebrannt und verbreitete nur noch einen schwachen Schein im Zimmer, als Caroline zu dem Krug trat, einen Zipfel des Handtuchs in das schon abgekühlte Wasser tauchte und ihre Stirn befeuchtete, um den quälenden Schmerz zu lindern. In diesem Moment fiel ihr Blick auf ihr Bücherregal. Es war vollkommen leer. Ihr stockte der Atem. Ungläubig ging sie vor dem Regal in die Knie und strich mit der Hand über die verwaisten Borde. Jemand mußte während des Abendessens heraufgekommen sein und alle Bücher entfernt haben. Nein, nicht alle. Auf dem obersten Bord lag ihre Bibel. Und in der Bibel steckte ein Blatt Papier, auf dem in der ordentlichen Schrift ihres Vaters einige Stellen gekennzeichnet waren. Sie warf einen Blick darauf und stellte empört fest, daß sie nach dem Willen ihres Vaters bis zum nächsten Morgen fünfundzwanzig Verse lesen und auswendig lernen sollte!

»Papa!« Einen Augenblick lang war sie fast besinnungslos vor Zorn. Ein lähmendes Gefühl der Verzweiflung ergriff Besitz von ihr.

Sie erhob sich und schritt unruhig im Zimmer auf und ab, dann blieb sie am Fenster stehen und starrte in die Nacht hinaus. Kühl und einladend lag der Garten vor ihr, ein Hafen der Ruhe. Ihre Kopfschmerzen, stellte sie erstaunt fest, waren wie durch ein Wunder verschwunden.

Und in diesem Augenblick brodelte das Faß ihrer angestauten Gefühle über. Sie schlüpfte in ihre Schuhe und öffnete, immer noch im Abendkleid, die Tür. Im Korridor war es dunkel.

Caroline nahm die Kerze vom Nachttisch, stahl sich die Treppe hinunter in die Küche. Auch an diesem Abend war die Tür zum Garten verschlossen. Aber diesmal würde sie sich davon nicht aufhalten lassen. Sie mußte hinaus. Leise schlüpfte sie ins Eßzimmer hinüber, in dem es noch nach Speisen und heißem Kerzenwachs roch, und stellte zu ihrer Erleichterung fest, daß die Flügeltür zum Garten nicht verschlossen, sondern nur verriegelt war. Sie stieß sie auf und trat auf die moosbewachsene Terrasse hinaus.

Sie hatte ein Ziel vor Augen. Auf Zehenspitzen schlich sie zum Tor und trat auf die Landstraße hinaus. Niemand sah sie, als sie sich entschlossenen Schritts in Bewegung setzte. Hinter den Fenstern des Pfarrhauses brannte kein Licht.

Die nächtliche Luft war eigenartig drückend. Über ihr war der Himmel mit Sternen gesprenkelt, und über den Downs stand ein diesiger Viertelmond, aber im Süden war es pechschwarz und drohend, und sie glaubte ein fernes Donnergrollen zu vernehmen.

Angetrieben von ihrer Wut und Verzweiflung, schritt sie kräftig aus und raffte dabei ihre Röcke, um sie vor dem Staub der trockenen Radfurchen zu schützen. Nach einer Weile bog sie in den Weg ein, der zur Kirche hinauf führte. Hinter der Kirche stieg der Pfad steil zu der alten Burgruine hinan, ein Ort, den sie manchmal aufsuchte, um allein zu sein, wenn sie der beklemmenden Atmosphäre des Pfarrhauses entfliehen wollte. Die Dorfbewohner mieden die Ruine, vor allem bei Nacht, wie Caroline gehört hatte. Sie waren überzeugt, daß es dort spukte. Auch sie selbst war bisher nur bei Tage dort gewesen.

Das Friedhofstor quietschte in den Angeln, als sie es öffnete; erschrocken blickte sie um sich. Aber der Weg lag verlassen im blassen Licht des Mondes, der durch die alten Eiben schien. Beruhigt schloß sie das Tor hinter sich und schritt zwischen moosbewachsenen, vom Mond nur schemenhaft beleuchteten Grabsteinen über den feuchten Rasen. Am fernen Horizont zuckte schwach ein Blitz auf, aber sie achtete nicht darauf.

Die Kirche ragte vor ihr aus der Dunkelheit auf. Sie warf, jetzt doch ein wenig nervös, einen mißtrauischen Blick darauf. Das Gebäude wirkte irgendwie fremd und größer als sonst, die sonst so vertrauten Formen und Umrisse der Mauern zeichneten bizarre und bedrohliche Schatten. Unschlüssig biß sie sich auf die Lippen, aber dann überkam sie wieder die Erinnerung an das leere Bücherregal, an die Verse aus dem neuen Testament, die sie auswendig lernen sollte, und an den traurigen Anblick der in den Herdflammen verkohlenden Überreste ihres Gedichtbandes, und mit der Erinnerung kehrte auch der Zorn und die Empörung zurück. Energisch raffte sie ihre Röcke hoch und eilte auf das zweite Tor zu.

Der Berghang war steil und von dunklen Schatten überzogen. Während sie den gewundenen Pfad hinaufstieg und sich da, wo vollkommene Dunkelheit herrschte, vorsichtig vorantastete, hörte sie ihren eigenen keuchenden Atem. Die Nachtluft war erfüllt vom Geruch der Viehweiden unten im Tal und des frisch gemähten Grases auf dem Friedhof. Rauch von einem Herdfeuer wehte zu ihr herauf, und sie fragte sich bitter, ob er aus dem Schornstein des Pfarrhauses kam.

Schwer atmend erreichte sie schließlich die bewaldete Anhöhe und trat auf die Lichtung, auf der sich die Burgruine erhob. Hier oben schien der Mond heller. Die verfallenen Mauern der Ruine warfen scharf umrissene Schatten ins Gras. Im ehemaligen Innenhof blieb sie stehen und ließ den Blick über die schlafende Landschaft im Süden schweifen. Wieder erhellte der zuckende Schein eines fernen Blitzes den Himmel, diesmal gefolgt von einem leisen, bedrohlichen Donnergrollen. Ohne es weiter zu beachten, ging sie zu einem niedrigen, verfallenen Mäuerchen und zog sich schwer atmend hinauf. Hier saß sie nun und sagte die Litanei auf, die sie an diesem Ort stets zu wiederholen pflegte. »Papa ist auf mich angewiesen. Ich muß ihm gehorchen. Er meint es gut mit mir, und ich muß mich um ihn kümmern. Es ist meine Pflicht...«

Pflicht, schrie es in ihrer Seele auf. War das ihre Pflicht: alle ihre Träume und Hoffnungen zu unterdrücken, jeden Gedanken an eine eigene Meinung, an ein Leben in Unabhängigkeit aufzugeben, den Wunsch nach einem eigenen Heim zu vergessen, und das alles, um einen engstirnigen, egoistischen alten Mann zu versorgen? »Ja ... ja ... ich bin seine Tochter. Es ist meine Pflicht ... und abgesehen davon liebe ich ihn.«

Wie oft hatte sie diesen inneren Kampf schon ausgefochten, hier an diesem Ort, an dem früher einmal ganz andere Schlachten geschlagen worden waren. Und immer hatte ihr besseres Ich den Sieg davongetragen. Sie hatte die rebellischen Gedanken mit eisernem Willen zurückgedrängt, hatte sich von der friedlichen Stimmung der Landschaft beruhigen lassen und war in das Pfarrhaus zurückgekehrt, bereit, ihre Pflichten als gehorsame Tochter wieder auf sich zu nehmen. Aber diesmal ... diesmal war sie nicht sicher, ob sie sich je würde überwinden können, wieder nach Hause zu gehen.

Lange Zeit saß Caroline so auf dem Mäuerchen, sah zu, wie sich der Mond immer dichter umwölkte und dann ganz hinter der Wolkendecke verschwand und wie der Gewittersturm vom Meer her beständig näher rückte.

Das Geräusch eines Steins, der zu Boden fiel, war in der Stille überdeutlich vernehmbar. Sie starrte angestrengt in die Dunkelheit, und beunruhigende Bilder von Geistern und Gespenstern drängten den Gedanken an ihren Vater und ihre Probleme im Pfarrhaus in den Hintergrund.

Unwillkürlich mußte sie an die Geschichten der Köchin denken, in denen von einem Mann ohne Kopf die Rede war, der angeblich die Gewohnheit hatte, über den Burghof zu huschen und dann durch die massiven Burgmauern hindurch zu verschwinden. Sie schauderte. Während ein neuerlicher Blitz über den Himmel zuckte, in dessen unheimlichem Licht die Formen der Burg düster und plastisch hervortraten glaubte sie aus den Augenwinkeln plötzlich eine Bewegung wahrzunehmen. Mit klopfendem Herzen ließ sie sich von dem Mäuerchen gleiten und duckte sich in seinen Schatten. Der Gedanke an Gespenster war zu albern. Kein einigermaßen gebildeter Mensch mit gesundem Menschenverstand glaubte an Gespenster! Was sie gehört hatte, war abbröckelndes Mauerwerk gewesen; als sie eine Bewegung zu sehen glaubte, hatte sie der zuckende Lichtschein des Gewitters getäuscht. Wieder ertönte ein Donnergrollen, und sie atmete tief durch. Sie konnte immer noch zum Pfarrhaus zurückkehren, bevor der Regen einsetzte.

Sie löste sich von dem Mäuerchen, und in diesem Augenblick hörte sie ganz aus der Nähe gedämpftes Gelächter. Eine Sekunde lang dachte sie, sie müßte sterben vor Schreck, aber dann machte sich Erleichterung in ihr breit, und sie atmete befreit auf. Was sie gehört hatte, war kein Geist. Es mußte einer der jungen Burschen aus dem Dorf sein, der hier ein Stelldichein mit seiner Liebsten hatte. Fast zitternd vor Erleichterung runzelte sie die Stirn über das Gefühl der Einsamkeit und der wehmütigen Sehnsucht, das sie völlig unverhofft übermannte, während sie sich instinktiv wieder tiefer in den Schatten drückte. Wer immer es auch sein mochte, er war gekommen, um mit seiner Liebsten hier allein zu sein. Es wäre dem Paar sicher sehr peinlich, von der Tochter des Gemeindepfarrers überrascht und belauscht zu werden.

Sie raffte die Röcke hoch und war eben im Begriff, sich leise und verstohlen fortzuschleichen, als neuerliches unterdrücktes Gelächter sie jäh innehalten ließ. Es war Männerlachen, deutlich vernehmbar bei aller Vorsicht, und es kam aus mehreren Kehlen. Mit gerunzelter Stirn blickte sie über die Schulter zurück in die Richtung, aus der das Gelächter kam, und sah, wie kurz eine Flamme auflöderte. Eine Sekunde lang beleuchtete die Flamme ein Gesicht, das über eine Pfeife gebeugt war und daran sog, dann herrschte wieder tiefe Dunkelheit. Die ersten Regentropfen prasselten schwer auf das Blätterdach über ihr.

Plötzlich war das Gefühl der Angst wieder da, und Caroline preßte sich dicht an die Mauer. Das Gesicht des Burschen, den sie gesehen hatte, war ihr unbekannt. Er war offensichtlich ein Fremder, und sein Verhalten hatte etwas Heimlichtuerisches gehabt – die Art, wie er verstohlen und mißtrauisch in der Dunkelheit um sich geblickt hatte. Was immer er hier mit seinen Begleitern trieb, es war nichts, wobei sie gesehen werden wollten; und Caroline hatte keinerlei Bedürfnis, ihnen bei ihrem heimlichen Treiben zuzusehen.

Ganz vorsichtig, mit angehaltenem Atem und vor Angst hämmerndem Herzen zog sie sich Schritt für Schritt zurück. Der Weg zur Kirche hinunter schien ihr tausend Meilen entfernt. Als sie aus dem Schutz der Bäume trat, prasselte der Regen härter auf sie herunter. Sie spürte die kalten Tropfen auf dem Scheitel und auf den Schultern. Sie schickte ein Stoßgebet zum Himmel, daß kein Blitz ihre Anwesenheit verraten würde, als sie über die ungeschützte Fläche des Hofs zur äußeren Begrenzungsmauer rannte. Doch sie erreichte sie unbehelligt, schmiegte sich an die regennassen Steine und lugte hinter dem Mauerrand hervor. Niemand schien sie gesehen zu haben. Sie schickte ein stummes Dankgebet gen Himmel und bewegte sich vorsichtig auf die Stufen zum Weg zu. Dort duckte sie sich tief, als ein Blitz die Gegend sekundenlang in grellen Lichtschein tauchte. In diesem Moment war es so hell, daß sie das Dutzend Männer erkennen konnte, die zwischen den Ruinenmauern, kaum zwanzig Meter von ihr entfernt, damit beschäftigt waren, im Burggraben Kistenstapel unter Geröll und Buschwerk zu verstecken.

»Schmuggler«, hauchte sie entsetzt und mit einem Schauder ehrlicher Angst. Wie oft hatte sie ihren Vater über diese Männer wettern gehört, die Brandy, Wein und Tabak am Zoll vorbei an der einsamen Küste von Sussex an Land schmuggelten und damit der Regierung, dem Volk und ihrem Land ungeheuren Schaden zufügten. Es war eines seiner beliebtesten Gesprächsthemen. Die Männer, die hier versammelt waren, hatten offensichtlich unten an der Flußmündung ein Schiff abgepaßt und dort ihre Schmuggelware in Empfang genommen, die sie nun hier oben bei der Ruine versteckten. Sie brannte plötzlich vor Empörung, ihre Angst wich dem Zorn der Gerechten. Am liebsten wäre sie auf der Stelle hinuntergestürmt und hätte die zuständigen Behörden alarmiert, damit diesen Verbrechern ihr schmutziges Handwerk gelegt würde.

Das Gewitter tobte jetzt direkt über ihr, und es regnete so heftig, daß sie bis auf die Haut durchnäßt wurde. Ihr Haar hatte sich aus dem Knoten gelöst und fiel ihr schwer über die Schultern. Das Kleid und die Unterröcke waren klatschnaß, und der dünne Seidenstoff klebte an ihr wie eine zweite Haut. Mit jedem Blitz, der die Schwärze des Himmels zerriß, duckte sie sich tiefer hinter der Mauer zusammen. Normalerweise hatte sie keine Angst vor einem Gewitter, sondern fühlte sich eher berauscht vom Toben der Elemente, aber die Wucht, mit der dieser Sturm von der Küste her über das Land hereingebrochen war, empfand sie fast als unheimlich. Wieder teilte ein grünlich zuckender Blitz den Nachthimmel, und so plötzlich, wie ihre Empörung gekommen war, wich sie jetzt der Spannung dieses nächtlichen Abenteuers. Die Empörung war nicht ihre eigene gewesen, sondern die ihres Vaters. Ihr wurde mit einemmal bewußt, daß sie die Schmuggler beneidete. Sie waren frei, durften in ihren Schiffen das tosende Meer befahren und auf ihren zottigen Pferden durch den Sturm preschen. Wie alle Männer waren sie ihre eigenen Herren. Was sie taten, war aufregend und gefährlich. Wen kümmerte es, wenn die Zollbehörden ein paar Guineen weniger einnahmen? Was war so schrecklich daran?

In dieser Sekunde, als sie, in ihre romantischen Träumereien versunken, mit vor Aufregung klopfendem Herzen die Schmuggler beobachtete, zuckte der nächste Blitz über den Himmel, und in seinem hellen Schein entdeckte sie einer der Männer.

Sie sah, wie er ihr direkt ins Gesicht blickte, sah, wie er die Hand hob, um auf sie zu zeigen, und hörte seinen warnenden Ruf, auf den ein lauter Donnerschlag folgte.

Das Hochgefühl, das sie eben noch erfüllt hatte, wich panischer Angst. Alle Vorsicht außer acht lassend, machte sie auf dem Absatz kehrt und rannte auf einen Mauerspalt zu. Ihre nassen Röcke klatschten gegen ihre Beine, Haare klebten ihr in den Augen und nahmen ihr die Sicht, und sie rutschte mit ihren dünnen Sohlen in dem regennassen Gras aus. Ihr Herz hämmerte angstvoll, als sie sich nach links wandte und, blind in der undurchdringlichen Dunkelheit, mit ausgestreckten Armen an der Mauer entlangtastete. Ein weiterer Blitz verriet sie. In dem unerträglich langen Augenblick, in dem die Landschaft in weißes Licht getaucht war, war sie den Blicken der Männer schutzlos preisgegeben. Sie ließen ihre Last fallen und rannten auf sie zu. Ihre wütenden Rufe hallten zu

Caroline hinüber, die am Ende der Mauer abbog und über den kopfsteingepflasterten Hof hastete.

Aber sie hatte nicht die geringste Chance. Die Männer schnitten ihr nach wenigen Schritten den Weg ab, und als der nächste Blitz den Schauplatz des Geschehens erhellte, war sie eingekreist. Ängstlich wich sie an die Mauer zurück, wo sie, bemüht, ihren keuchenden Atem zu beruhigen, den kalten, nassen Stein an ihrem Rücken spürte. Dann straffte sie die Schultern und blickte den Männern mit hocherhobenem Kopf herausfordernd entgegen. Einer der Angreifer hielt eine Laterne hoch, um ihr ins Gesicht zu sehen.

»Miß Hayward?« Die Verwunderung des Mannes darüber, die Tochter des Reverend hier anzutreffen, war nicht gespielt.

Caroline war vom Lichtschein der Laterne, die ihr dicht vors Gesicht gehalten wurde, so geblendet, daß sie die Männer dahinter nicht erkennen konnte. Sie zitterte vor Angst und Kälte.

»Du kennst sie?« übertönte eine rauhe Stimme nahebei das lauter werdende Donnergrollen.

»Ja, ich kenne sie. Das ist Miß Hayward – die Tochter unseres Pfarrers.« Mindestens einer der Männer stammte also doch aus dem Dorf. Ein verzweifelter Hoffnungsfunke keimte in ihr auf. »Was tun Sie hier oben, Mädchen? Fällt Ihnen nichts Besseres ein, als bei Nacht hier herumzuschleichen?« Seine Stimme war scharf und vorwurfsvoll.

Der andere stieß einen unflätigen Fluch aus. »Mir ist es gleichgültig, wer sie ist. Sie wird reden. Wir müssen sie beiseite schaffen.«

»Sie wird uns verraten, Jake«, klang eine dritte Stimme aus dem aufgeregten Geflüster der Männer heraus. »Es steht zuviel auf dem Spiel. Wir können sie unmöglich laufen lassen, das weißt du ...«

»Nein!« Ihre Stimme klang schrill und unsicher in ihren eigenen Ohren, als sie in panischer Angst um sich blickte. »Nein, ich werde euch nicht verraten, ich verspreche es. Ich werde kein Wort sagen. Bitte, laßt mich gehen.« Sie spürte, daß die Männer, die da mit ihrer zischenden, qualmenden Laterne im strömenden Regen vor ihr standen, nicht weniger erschrocken und erregt waren als sie selbst.

»Ihretwegen werden wir alle gehängt werden!« Scharf und unnachgiebig schnitten die Worte durch die Dunkelheit. »Besser, wir schaffen sie beiseite. Wir dürfen kein Risiko eingehen.«

»Genau!« Zustimmendes Gemurmel erhob sich in der Runde der Männer.

»Nein...«

Jake unterbrach ihren Entsetzensschrei und wandte sich mit donnernder Stimme an den Sprechenden: »Willst du eine Bande von Mördern aus uns machen, Bill Sawyer? Ist das dein Spiel? Diese Frau wird uns nicht verraten. Dafür verbürge ich mich. Sie war immer gut zu mir und den meinen.«

Jake Forrester. Jetzt erkannte Caroline seine Stimme. Seine Frau hatte den ganzen Sommer über gekränkelt, und Caroline hatte ihr Tag für Tag Lebensmittel und Medikamente aus der Pfarrei gebracht. Jake schob die anderen beiseite und baute sich vor ihr auf. »Versprechen Sie, daß Sie niemandem verraten, was Sie heute nacht hier oben gesehen haben?«

»Ich verspreche es.« Ihr Mund war trocken. Die regennassen Gesichter der Männer waren ihr im trüben Schein der Laterne feindselig zugewandt. »Ich werde niemandem etwas verraten. Ich... ich bin auf eurer Seite. Ich schwöre es.«

Ihre Abenteuerlust war verflogen. Übrig war nur noch Angst und Mißtrauen. Sie spürte, daß die Männer angestrengt überlegten und das Risiko abwägten. Sogar Jake blickte grimmig drein. Dicht umringt von den Schmugglern, saß sie hoffnungslos in der Falle. Wenn sie den Entschluß faßten, ihr nicht zu trauen, gab es kein Entrinnen. Sie biß sich auf die Unterlippe, fühlte den kalten Regen, der ihr in den Kragen lief und das Mieder ihres Kleides durchnäßte.

»Gehen Sie, Miß Hayward. Gehen Sie ins Dorf zurück, und beeilen Sie sich«, sagte Jake leise. »Sofern Sie Stillschweigen wahren, wird Ihnen und Ihrer Familie kein Leid geschehen. Aber sollten Sie uns je auch nur mit einer Andeutung verraten...«

Die Drohung war deutlich genug. Ein Beben lief durch ihren Körper. Wortlos machte sie kehrt und wandte sich der Treppe zu. Die Männer gaben ihr den Weg frei. Sie wagte kaum zu atmen, als sie blind zwischen ihnen hindurchstolperte und ihre Blicke in ihrem Rücken spürte. Trotz ihrer Angst zwang sie sich, nicht zu rennen. Statt dessen nahm sie all ihre Würde zusammen und schritt gemessen über nasse Grasbüschel und Steine, aus dem flackernden Schein der Laterne hinaus in den dunklen Schatten der Bäume.

Sobald sie außer Sichtweite war, rannte sie los. Ihre Füße fanden in der Dunkelheit instinktiv ihren Weg auf dem glitschigen Pfad, der zum Kirchhof hinunter führte. Mit fliegenden Fingern schob sie den Riegel des ersten Tores zurück und schlüpfte völlig außer Atem hindurch. Ein Blitz beleuchtete, jetzt schon aus größerer Entfernung, den Friedhof, als sie zwischen den Grabsteinen hindurch auf den Weg zum Dorf zueilte. Der Regen ließ allmählich nach.

Sie hatte das Tor am Ende des Friedhofs erreicht; das Herz hämmerte in ihrer Brust, sie rang um Atem, nasse Haarsträhnen fielen ihr in die Augen und versperrten ihr die Sicht, so daß sie die hochgewachsene Gestalt in den Schatten erst erkannte, als es zu spät war.

Sie schrie auf, als eine Hand aus der Dunkelheit hervorschoß und sich um ihr Handgelenk schloß. Mit einem Ruck fühlte sie sich zu ihrem Angreifer herumgerissen, aber so sehr sie sich auch sträubte, sie konnte den eisernen Griff, mit dem er ihre Arme umklammert hielt, nicht abschütteln.

»Keinen Laut!« zischte ihr der Fremde böse zu. Weiter unten auf der Straße war jetzt Hufklappern zu hören. Ein Reitertrupp näherte sich aus der Richtung des Dorfes. Jake und seine Freunde waren also verraten worden. Selbst wenn sie laut schrie, hätten die Männer bei der Burgruine sie nicht hören können. Und natürlich würden sie annehmen, daß Caroline sie verraten hatte. Mit der Kraft der Verzweiflung versuchte sie sich aus dem Griff des Mannes zu befreien. Irgendwie mußte es ihr gelingen, die Männer dort oben zu warnen.

Als hätte er ihre Gedanken erraten, ließ der Fremde jetzt ihren Arm los und verschloß ihr mit der Handfläche den Mund. Sie stöhnte auf und trat kräftig nach seinem Schienbein. Er stieß einen unterdrückten Fluch aus, aber sein Griff lockerte sich nicht. Schweigend hielt er sie fest, während die Reiter unten auf der Straße vorüberzogen. Es schien ihr eine Ewigkeit, bis sie in der Ferne verschwanden und der Hufschlag allmählich in der Stille der Nacht verhallte. Ein vereinzelter Blitz zuckte durch das Blattwerk der Eibe über ihnen. Für einen Moment waren ihre Gesichter in seinen Lichtschein getaucht. Der Mann, der mit grimmiger Miene auf sie herunterblickte, ließ abrupt ihren Arm los.

»Miß Hayward!«

Es war Reverend Charles Dawson.

Zweiter Teil

Caroline stand starr vor Schreck unter den triefenden Zweigen der Eibe. Unter der durchnäßten Seide ihres Mieders glaubte sie noch den Druck von Charles Dawsons Händen auf ihrem Körper zu spüren, ihr Mund schmerzte von seinem unnachgiebigen Griff. Eine ganze Minute lang starrte er im düsteren Mondschein auf sie herunter, dann durchbrach seine Stimme das Schweigen. »Was, in Gottes Namen, tun Sie hier?«

»Ich habe einen Spaziergang gemacht und wurde von dem Gewitter überrascht.« Mit Unbehagen wurde ihr bewußt, wie der dünne Stoff ihres Kleides an ihr klebte. Sie fühlte sich verwundbar und nackt unter seinem kalten Blick.

»Sie haben einen Spaziergang gemacht!« entgegnete er ungläubig. »Wieder einmal eine Ihrer seltsamen Launen, zweifellos – dieses unersättliche Bedürfnis, allein zu sein.« Seine Stimme klang gereizt.

»Ganz genau«, gab sie trotzig zurück. »Soweit ich weiß, ist das nicht gesetzlich verboten, Sir, während es ganz sicher nicht erlaubt ist, einen Menschen so rücksichtslos zu überfallen, wie Sie es gerade getan haben.« Sie hatte ihre Stimme nur mit Mühe unter Kontrolle und mußte gegen die unliebsamen Tränen ankämpfen, die ihr der Schreck in die Augen trieb. Wie konnte er es wagen! Er machte ihr Vorwürfe, versuchte ihr Schuldgefühle einzureden, ihr, die sie einfach nur einen Spaziergang zur Kirche ihres Vaters gemacht und an nichts Böses dabei gedacht hatte.

Während sie die Schultern straffte und ihr Gegenüber so gebieterisch wie nur irgend möglich musterte, betete sie insgeheim, daß die Männer oben bei der Burgruine keinen Lärm machen würden. Eine Wolke schob sich vor den Mond und verdunkelte die Landschaft. »Und was genau tun Sie hier, wenn ich fragen darf, Mr. Dawson?« Sein Gesicht lag im Schatten, so daß sie seine Miene nicht erkennen konnte. Nur seine Augen schimmerten in der Dunkelheit.

»Das geht Sie nichts an.«

Caroline wich ein paar Schritte zurück und fühlte, wie ihre Schuhe in einem Blätterhaufen am Rande des Wegs versanken. Das bißchen Mut, das sie zusammengenommen hatte, drohte sie schon wieder zu verlassen. »Wenn das so ist, sehe ich keinen Grund, noch länger hier im Regen stehenzubleiben«, erklärte sie kühl, krampfhaft bemüht, ihrer Stimme einen ruhigen Klang zu geben. »Ich möchte jetzt nach Hause gehen.«

»Das glaube ich gern, daß Sie das möchten«, sagte er, und sein Ton war dabei gefährlich sanft. »Aber zuerst müssen wir, glaube ich, darüber reden, was Sie auf Ihrem mitternächtlichen Spaziergang alles gesehen haben.«

»Ich habe gar nichts gesehen.« Ihr war im selben Augenblick bewußt, daß ihre Antwort zu hastig gekommen war, daß ihre Stimme zu schrill war.

»Nichts?«

»Es war dunkel. Ich habe ein bißchen Luft geschnappt, und als das Gewitter losbrach, habe ich unter dem Friedhofstor Schutz gesucht –« Sie verstummte mitten im Satz. Vom Friedhof her waren deutlich leise, huschende Schritte zu hören. Ihr Herz setzte fast aus vor Schreck. Irgendwie mußte es ihr gelingen, Charles Dawson abzulenken; sie mußte ihn auf irgendeine Weise von hier weg locken.

»Würden Sie mich bitte nach Hause bringen?« Erst als sie die Worte ausgesprochen hatte, wurde ihr bewußt, wie ängstlich ihre Stimme klang. Sie streckte die Hand nach ihm aus und berührte mit den Fingerspitzen den groben Leinenstoff seines Hemdes. Erst jetzt merkte sie, daß er kein Jackett trug. Die Schritte auf dem Friedhof kamen näher.

»Bitte ...«

Aber er hatte sie gehört. Er packte sie am Handgelenk und zog sie aus dem hellen Mondlicht in den Schatten der Bäume zurück. »Geben Sie keinen Laut von sich.«

»Aber ...«

»Still, habe ich gesagt!« Seine Finger gruben sich schmerzhaft in ihr Handgelenk. Dicht vor ihnen hielten die Schritte inne, jemand atmete vernehmlich. Es folgte ein leiser, vorsichtiger Pfiff, deutlich vernehmbar in der Stille der Nacht.

Charles Dawson stieß einen unterdrückten Fluch aus und trat, Caroline hinter sich her ziehend, aus dem Schatten hervor auf den Friedhof.

Gut sichtbar stand Jake Forrester im Mondschein vor ihnen.

»Ich dachte, Sie wären nach Hause gegangen, Miß Hayward.« Er sah sie vorwurfsvoll an.

»Du wußtest, daß sie hier ist?« fragte Charles Dawson scharf.

Caroline blickte verständnislos von einem zum anderen.

»Sie war oben an der Burgruine, aber ich nahm an, daß sie den Mund halten würde ...«

»Den Mund halten?« fuhr Charles zornig auf. »Sie hatte die Patrouille hierherbestellt! Wenn ich sie nicht abgefangen hätte, hätte sie den ganzen Trupp heraufgeschickt, und ihr wäret alle an Ort und Stelle verhaftet worden.«

»Nein! Das ist nicht wahr«, schrie Caroline auf. »Ich hatte keine Ahnung, daß sie kommen würden – ich wußte nicht einmal, wer sie sind.« Sie fuhr herum und starrte Charles böse an. »Ich verstehe überhaupt nicht, was hier los ist. Was tun Sie hier?« Aber ganz langsam dämmerten ihr die Zusammenhänge, und eine böse Vorahnung beschlich sie. Kraftlos versuchte sie, ihre Hand aus seinem Griff zu winden.

Er musterte sie mit nachdenklichem Blick.

»Wer immer diese Männer auch gewesen sein mögen, die vorübergeritten sind«, rief sie verzweifelt, »ich hatte nicht die Absicht, mich mit ihnen zu treffen, das schwöre ich. Sie müssen mir glauben, ich hatte keine Ahnung, daß sie kommen würden. Und selbst wenn, hätte ich kein Sterbenswörtchen verraten von ...« Sie verstummte abrupt. »Von Ihrer Anwesenheit«, hatte sie sagen wollen, aber die Ungeheuerlichkeit dessen, was hier vorging, wollte ihr nicht in den Kopf. Daß Charles Dawson, dieser wohlerzogene, hochmütige Sohn des Bischofs von Larchester, gemeinsame Sache mit einer Bande von Schmugglern machte, konnte sie einfach nicht glauben. Es war unmöglich. Aber seine nächsten Worte belehrten sie eines Besseren.

»Komm mit«, wandte er sich an Jake. »Zurück zu den anderen. Die Gegend wimmelt heute nacht von Soldaten. Wir müssen so schnell wie möglich verschwinden.« Schon hatte er sich in Bewegung gesetzt und zog, kräftig Richtung Burgruine ausschreitend, Caroline hinter sich her.

»Nein!« Caroline versuchte sich loszureißen. »Bitte, lassen Sie mich gehen.«

Die beiden Männer sahen sie an. »Sie wird nicht reden«, sagte Jake leise.

Charles blickte mit verschlossener Miene auf sie herunter. »Es steht zuviel auf dem Spiel.«

»Es steht nichts auf dem Spiel, Sir«, widersprach Caroline heftig. Sein Gesichtsausdruck machte sie wütend. »Ich habe mein Wort gegeben. Das sollte Ihnen genügen. Ich werde Sie nicht verraten. Es interessiert mich nicht, aus welchem Grund Sie hier sind. Und jetzt lassen Sie mich bitte gehen!« Endlich gelang es ihr, sich freizuwinden.

Er runzelte die Stirn. »Das Leben der Männer steht auf dem Spiel ...«

»Das ist mir bewußt, Mr. Dawson«, fauchte sie ihn an. »Ich kann mir vorstellen, was Sie hier tun. Was Sie allerdings bewegt, gemeinsame Sache mit diesen Männern zu machen, ist mir völlig rätselhaft...«

»Dann versuchen Sie auch nicht, es zu verstehen«, entgegnete er kalt. Er zögerte einen Moment, dann trat er einen Schritt zurück. »Also schön, dann gehen Sie, Miß Hayward. Gehen Sie nach Hause und in ihr Bett. Aber ich erwarte von Ihnen, daß Sie Stillschweigen bewahren. Andernfalls...«

»Andernfalls?« brauste sie auf, erzürnt durch die Drohung in seiner Stimme.

»Andernfalls werden nicht nur diese Männer und ich in Gefahr sein«, erklärte er leise, »sondern Sie und Ihr Vater werden die Folgen ebenfalls zu tragen haben.«

»Was wollen Sie damit sagen?« zürnte sie. »Das ist unmöglich. Wir haben mit dieser Sache nichts zu tun!«

Er lächelte. »Die Antwort auf Ihre Frage, Miß Hayward, brauchen Sie nicht erfahren, wenn Sie uns nicht verraten.« Damit kehrte er ihr den Rücken und eilte auf das Tor am anderen Ende des Friedhofs zu. Jake zögerte noch einen Augenblick, dann folgte er ihm.

Caroline schloß die Augen und atmete tief durch. Mit weichen Knien und vor Angst trockenem Mund trat sie den Rückweg zum Pfarrhaus an. Sie zitterte jetzt am ganzen Leib. Das durchnäßte Kleid klebte an ihr, und ihre Schuhe machten unangenehm schmatzende Geräusche auf dem schlammigen Boden. Leise öffnete sie das Tor und schlüpfte verstohlen in den Garten. Sie mied die kiesbestreute Auffahrt und schlich über den regennassen Rasen zur Rückseite des Hauses. Die Terrassentür war immer noch einen Spalt breit geöffnet. Erleichtert schob sie sich durch die Vorhänge in den dahinterliegenden Salon.

Im Kerzenhalter auf der Anrichte steckten frische Kerzen. Ihr Vater saß, in seinen Morgenmantel gehüllt, am Kopfende des Eßtischs. Vor ihm lag die aufgeschlagene Bibel, deren Seiten im flackernden Kerzenschein golden schimmerten.

»Ich habe auf dich gewartet.« Sein Blick wanderte über ihre nassen Kleider, er legte die Stirn in noch strengere Falten als gewöhnlich. »Ich nehme doch an, du hast eine Erklärung für dein merkwürdiges Verhalten.« Er erhob sich mit einer schwerfälligen Bewegung, ging an ihr vorbei, schob die Riegel der Terrassentür zu und schloß die dicken Vorhänge. Dann wandte er sich Caroline zu. »Ich warte.«

Caroline zuckte die Achseln. »Ich habe einen Spaziergang im Garten gemacht, Papa. Als das Gewitter losbrach, hielt ich es für besser, mich unterzustellen, als nach Hause zurückzulaufen.«

»Dein Unterstand war bedauerlicherweise offensichtlich schlecht gewählt.« Sein Blick fiel auf den Teppich, wo sich unter dem triefenden Saum ihres Kleides eine Pfütze um ihre Füße gebildet hatte.

»Es hat sehr stark geregnet.«

Er seufzte. »Da hast du allerdings recht. Ist es zuviel verlangt, wenn ich von dir wissen möchte, warum du unbedingt zu nächtlicher Stunde im Garten spazierengehen mußtest, während ein Gewitter im Anzug war?«

»Ich hatte Kopfschmerzen, Papa, und ich konnte nicht schlafen. Ich dachte, die frische Luft würde mir guttun.«

»Und hat sie das?«

»Ja.«

»Dann schlage ich vor, daß du wieder zu Bett gehst, bevor du dich erkältest.« Er blies alle Kerzen aus, bis auf die eine, die im Kerzenhalter neben der Tür brannte. »Wir werden morgen über die Sache reden. Mir gefällt die Vorstellung nicht, daß meine Tochter bei Nacht allein herumwandert, auch wenn es nur im Garten ist. Das ist höchst ungehörig.«

»Es tut mir leid, Papa.« Sie senkte mit zusammengebissenen Zähnen den Kopf. »Aber ich hatte nicht das Gefühl, etwas Unrechtes zu tun ...«

Ihr Rock war über und über mit Erde verschmiert – unverkennbar lehmiger Schlamm vom Berghang, Schlamm, der unmöglich von den gepflegten Beeten und Rasenflächen des Pfarrgartens herrühren konnte. Mit einem ängstlichen Seitenblick raffte Caroline die ruinierte grüne Seide zusammen, krampfhaft bemüht, den verräterischen Schmutz vor den strengen Augen ihres Vaters zu verbergen.

»Verzeih mir, aber mir ist sehr kalt. Ich werde deinen Rat befolgen und zu Bett gehen.«

»Möchtest du ein Glas Kirschlikör, um dich ein wenig aufzuwärmen?« fragte er mit unerwartet sanfter Stimme, als sie schon im Begriff war, den Raum zu verlassen.

Sie schüttelte den Kopf. »Nein danke, Papa.« Sie nahm die brennende Kerze aus dem Halter und wandte sich zum Gehen.

Während sie, von tanzenden Schatten umgeben, die Treppe hinaufeilte, spürte sie seinen Blick, und dachte mit Unbehagen an die Schlammspuren, die ihre schleifenden Röcke auf der Treppe hinterließen.

Als sie ihrem Vater am nächsten Morgen beim Frühstück gegenübersaß, lagen dunkle Schatten unter ihren Augen. Sie hatte das Haar zu einem festen Nackenknoten gebunden, ihr Kleid war sauber und makellos.

»Ich habe die Bibelverse nicht auswendig gelernt, Papa.« Trotzig sah sie ihm in die Augen. »Ich hatte keine Zeit dazu.« Mit angehaltenem Atem wartete sie auf das Donnerwetter, das unweigerlich folgen mußte, aber zu ihrer Überraschung schüttelte ihr Vater nur den Kopf. »Heute abend dann, heute abend. Dein Spaziergang im Regen hat dir hoffentlich nicht geschadet?«

»Nein, Papa, danke der Nachfrage.«

Ihr Vater nahm sich Rührei von einem der Teller, die, mit silbernen Hauben bedeckt, auf der Anrichte standen. »Ich danke Gott, daß du gestern nacht nicht auf die Idee gekommen bist, den Garten zu verlassen und weiter hinauszuwandern«, fuhr er fort, ohne sich zu ihr umzuwenden. »Eine Bande von Schmugglern hat die Gegend unsicher gemacht. Der Küster war gegen acht Uhr heute morgen hier. Er sagte, sie sind den Zollpatrouillen entwischt.« Mit einem Seufzer nahm er wieder am Tisch Platz. »Diese Verbrecher müssen dingfest gemacht werden. Sie haben gestern nacht unten am Strand einen Mann getötet.«

»Nein!« Bei diesem entsetzten Aufschrei warf er ihr einen erstaunten Blick zu.

Er runzelte die Stirn. »Es ist leider wahr. Aber ängstige dich nicht. Man wird sie finden.«

Die ganze Nacht über hatte sie die Erinnerung an die Ereignisse an der Burgruine und auf dem Friedhof nicht losgelassen. Jedesmal, wenn sie die Augen schloß, hatte sie Charles Dawsons hochgewachsene Gestalt vor sich gesehen – vom Regen durchnäßt, verwegen, in Hemdsärmeln und Reithosen, die Haare vom Sturm zerzaust, die Augen funkelnd. Und mit einem eigenartigen Gefühl der Scham hatte sie registriert, daß sich ihr der unerbittliche Griff seiner Hände als körperliche Empfindung unvergeßlich eingeprägt hatte.

Bei diesem Gedanken durchlief sie ein unmerklicher Schauder.

»Weiß man, woher sie kommen?« erkundigte sie sich scheinbar gleichgültig.

»Aus dieser Gegend«, erwiderte er. »Es sollte mich wundern, wenn nicht ein paar von ihnen aus unserem Dorf kämen. Diese Verbrecher! Sie verdienen es, gehängt zu werden!« Er sah seine Tochter mit gerunzelter Stirn an. »Willst du nichts essen?«

Sie schüttelte den Kopf. »Ich habe keinen Hunger, Papa.«

»Du wirst hoffentlich nicht krank werden. Trink wenigstens eine heiße Schokolade. Ich fahre heute vormittag nach Larchester, um mich mit den Zollbehörden zu beraten. Es muß doch möglich sein, effektiver gegen diese Halunken vorzugehen. Es ist ein Skandal, daß sie immer noch frei herumlaufen.«

Mit gemischten Gefühlen sah Caroline eine Stunde später ihrem Vater nach, als er davonfuhr. Teils war sie erleichtert, daß ihr Vater zu sehr mit seiner Empörung über die Schmuggler beschäftigt war, um an ihre Eskapaden der vergangenen Nacht zu denken; teils quälte sie die Sorge darum, was mit den Schmugglern geschehen würde. Wie konnte Charles Dawson nur einer von ihnen sein? Wie konnte er, ein Mann Gottes, ein Dieb und Mörder sein?

Plötzlich faßte sie einen Entschluß, holte eilig ihre Haube, belud ihren Korb mit Vorratsgläsern und Lebensmittelpäckchen und verließ das Pfarrhaus. Die Straße war in der Hitze der Sonne schon fast getrocknet, in den Fahrspuren hatten sich lehmige Krusten gebildet, und auf den noch feuchtglitzernden Blättern der Hecken verdampften die letzten Regentropfen.

Jake Forresters Haus, eine winzige, windschiefe Hütte, lag am anderen Ende des Dorfes. Sie zögerte nur den Bruchteil einer Sekunde, bevor sie anklopfte. Nach kurzer Zeit wurde ihr die Tür geöffnet.

Mrs. Forrester stand vor ihr und blinzelte im Sonnenlicht. Sie war eine hagere, gebeugte junge Frau, ihr schwangerer Leib wölbte sich deutlich sichtbar unter dem schäbigen Gewand und dem fadenscheinigen Schultertuch. »Oh, hallo, Miß Hayward!«

»Wie geht es Ihnen, Susan?« Caroline kramte die Gläser mit Kalbsfußsülze und Honig und Pollys ofenfrische Brotlaibe aus dem Korb hervor. »Ich dachte, ich schaue einmal vorbei und höre, wie es Ihnen geht. Ist Ihr Husten besser geworden?« Sie folgte der aufgeregten Frau in die Hütte und blickte sich in der engen, düsteren Kammer um. Sie war leer. Die Wände strahlten noch die Kälte der vorangegangenen Nacht ab. »Wie geht es Ihrem Mann, Susan? Ist er hier?«

Susan zuckte die Achseln. »Jake geht es gut, Miß. Er hilft heute und morgen beim Viehtrieb im Nachbartal.« Sie ließ sich schwer auf einen Stuhl fallen. »Ich sehe es nicht gern, wenn er mich so lange hier allein läßt, aber wir brauchen den zusätzlichen Verdienst, jetzt, wo wir wieder ein Baby erwarten.«

Wieder ein Baby. Caroline war die verwaiste Krippe am Fenster nicht entgangen. Drei Kinder waren in diesem Haus in den letzten drei Jahren geboren worden, und keines hatte länger als sechs Monate gelebt. Brennendes Mitgefühl erfüllte ihr Herz. »Er ist ein guter Mann, Ihr Jake.«

»O ja.« Ein Lächeln huschte über das Gesicht der Frau und verschwand so schnell wieder, wie es gekommen war. In ihren Augen standen nur noch Kummer und Sorge.

»Was ist los, Susan?«

»Nichts.« Sie strengte sich an, wieder zu lächeln. »Ich mache mir Sorgen um das Baby.«

»Diesmal wird alles gut gehen, Susan. Es hat in diesem Sommer keine Krankheiten im Dorf gegeben ...«

»Noch nicht!« Susan konnte die Bitterkeit in ihrer Stimme nicht verbergen. »Gutsbesitzer Randall hat uns versprochen, die Häuser zu renovieren, aber bis jetzt ist nichts geschehen. Er hat gesagt, er wolle die Dächer ausbessern lassen; aber sehen Sie sich an, wie feucht es nach dem gestrigen Regen hier drinnen ist.« Ein heftiger Hustenanfall schüttelte sie, während sie auf die glitzernden feuchten Flecken an den Lehmwänden deutete. »Und es sollte neues Holz für die Türen geliefert werden. Sie haben sogar von einem Kanalsystem für das Dorf gesprochen, aber nichts hat sich getan. Dr. Styles sagt, wir werden das Fieber nie los, solange sie keine Kanalisation anlegen.«

Caroline biß sich auf die Lippen. »Ich werde noch einmal mit Papa reden. Auf ihn wird Mr. Randall ganz sicher hören.«

»O ja, das wird er. Und er wird Versprechungen machen. Er wird uns das Blaue vom Himmel herunter versprechen. Aber er läßt seinen Worten keine Taten folgen.« Susan legte die Hand schützend auf ihren Leib. »Sie werden ja sehen, wie recht ich habe. Wenn sich etwas ändern soll, müssen wir es selbst in die Hand nehmen. Mein Jake hat versprochen, daß er das Dach reparieren wird, egal wie. Er glaubt, daß er ein paar Pennies beiseite legen kann.« Ihrem nachsichtigen Lächeln war anzusehen, daß sie nicht wirklich daran glaubte. »Vielleicht reicht es, um die Hütte im Winter trocken und warm für das Baby zu halten.«

Caroline runzelte die Stirn. »Ich werde tun, was in meiner Macht steht. Das verspreche ich.«

»Ich weiß, daß Sie es versuchen werden.« Ein müdes Lächeln huschte über Susans Gesicht. »Sie waren immer gut zu uns.«

Aber nicht gut genug. Carolines Stirn war immer noch gerunzelt, als sie, selbst an einem so warmen Tag fröstelnd, die feuchte Hütte verließ. Es war nicht gerecht, daß eine Frau wie Susan, die so hart arbeitete und so wenig dafür forderte, so leiden mußte und ein Kind nach dem anderen verlor. Ob Susan wußte, daß sich Jake den Schmugglern angeschlossen hatte? Caroline glaubte es nicht. Aber hatte sie denn das Recht, ihm einen Vorwurf daraus zu machen, wenn er damit ein bißchen Geld in dieses bitterarme Haus brachte? Hätte sie an seiner Stelle nicht genauso gehandelt?

Der Klang von Hufgeklapper auf der Dorfstraße unterbrach sie in ihren Grübeleien, und als sie den Kopf hob, sah sie Marianne Rixby und ihren Bruder Stephen, die ihr hoch zu Roß entgegenkamen. Sie zügelten ihre Pferde vor ihr. Stephen zog den Hut. »Ist es nicht zu heiß, um zu Fuß zu gehen, Miß Caroline?«

Caroline lächelte. »Ich hatte keinen weiten Weg.« Verstohlen musterte sie die Reiterin vor ihr. Sie sah elegant und unnahbar aus in ihrem Reitdreß; der Hut, der auf ihren glänzenden Locken saß, warf einen zarten Schatten auf ihr Gesicht. Unwillkürlich zog Caroline den Vergleich zwischen dieser verwöhnten, verhätschelten jungen Frau mit ihren teuren, vornehmen Kleidern und den schlanken behandschuhten Händen und Susan in ihrem abgetragenen Rock aus selbstgesponnenem, grobem Tuch. Es war kein angenehmer Vergleich.

Sie unterdrückte ein boshaftes Lächeln. Was würde Marianne davon halten, wenn sie wüßte, daß sich ihr teurer Charles am Vorabend mit einer Schmugglerbande herumgetrieben hatte; was würde sie sagen, wenn sie wüßte, daß er Caroline einen Moment lang so heftig an sich gepreßt hatte, auch wenn das zugegebenermaßen im Zorn geschehen war?

Bei diesem Gedanken schoß ihr die Hitze in die Wangen. Sie strich mit den Händen darüber und sagte hastig: »Ich sollte besser zum Pfarrhaus zurückkehren. Ich hoffe, ich sehe euch bald wieder.«

»Oja, das wirst du sicher«, gab Marianne affektiert zurück. »Charles hat Papa für heute abend um eine Unterredung gebeten. Und wenn er mit ihm gesprochen hat und wir unsere

Verlobung bekanntgeben, werden wir eine Gesellschaft geben, zu der du selbstverständlich eingeladen wirst, liebe Caro.«

Liebe Caro! Caro! Noch Minuten später schäumte Caroline vor Wut. Noch nie hatte Marianne sie so genannt. Sie schwang den leeren Korb heftig von einem Arm zum anderen. Marianne würde das Lachen sicher vergehen, wenn sie Charles Dawsons aufbrausendes Temperament erst einmal am eigenen Leib erfahren und herausgefunden hatte, was für ein verlogener Heuchler er in Wirklichkeit war!

Der Pfarrer kehrte rechtzeitig zum Mittagessen zurück. Sein Gesicht strahlte vor Zufriedenheit. »Einer von den Kaiarbeitern hat geplaudert. Wir wissen jetzt, wer der Anführer der Bande ist!«

»Ihr wißt es?« Caroline starrte ihn schreckensbleich an.

Er nickte selbstgefällig. »Wir wissen nicht nur, wer es ist, sondern wir sind auch darüber informiert, daß sie heute nacht wieder eine Schiffsladung erwarten. Diese Halunken! Sie glauben, uns hinters Licht zu führen, indem sie zwei Nächte hintereinander ihr Unwesen treiben. Aber da haben sie sich gewaltig geirrt! Wir werden sie auf frischer Tat ertappen und sie allesamt hängen.«

»Papa ...«

»Nein, Caroline. Ich weiß, daß du ein weiches Herz hast. Aber sie haben die härteste Strafe verdient.« In diesem Augenblick klopfte Polly an die Tür und rief Vater und Tochter zum Mittagessen. Der Reverend wandte sich um. »Komm, meine Liebe, laß uns essen, dann kannst du während der Mittagsruhe deine Bibelverse auswendig lernen.«

Er konnte unmöglich über Charles Bescheid wissen. Denn hätte er erfahren, daß ein Mann aus dem Priesterstand, der Sohn des Bischofs gar, etwas mit dem Schmuggelgeschäft zu tun hatte, wäre er sicher nicht so ruhig geblieben! Bestimmt hätte er eine so entsetzliche und empörende Neuigkeit nicht für sich behalten! Sie betrachtete ihn verstohlen von der Seite. Nein, er konnte die Wahrheit nicht wissen. Ausgeschlossen.

Später, in ihrem Zimmer, stand Caroline am Fenster und

blickte in den Garten hinaus. Die Hitze des Nachmittags lag wie ein hauchdünner, flimmernder Gazeschleier über dem Land. Ihre Bibel lag aufgeschlagen auf ihrem Schreibtisch, aber sie hatte noch keinen Blick hineingeworfen.

Sie war mit ihren Gedanken anderswo.

Jake Forrester am Galgen. Susan und ihr Baby, das jetzt jeden Tag kommen konnte. Und Charles Dawson. Würde man ihn auch gefangennehmen? Würde man ihn hängen? Oder lauerte er unentdeckt im Schutze seiner gutbürgerlichen Existenz, während seine Männer in ihr sicheres Unglück rannten?

Warum? Warum tat er das?

Unruhig schritt sie im Zimmer auf und ab und hatte dabei im Geiste immer Susans abgehärmtes, bleiches Gesicht, ihren quälenden Husten vor Augen. Als sie beim Mittagessen die Hütte erwähnte, hatte ihr Vater die Stirn gerunzelt. »Ich werde noch einmal mit Joe Randall über diese Baracken sprechen«, hatte er gesagt. »Sie sind eine Schande für die Gemeinde. Sein Vater hätte es nie soweit kommen lassen. Er hat immer gut für seine Arbeiter gesorgt.«

Und damit mußte sie sich zufriedengeben.

Sie wanderte noch zweimal hin und her. Irgend etwas mußte sie tun. Sie durfte nicht zulassen, daß man Jake gefangennahm. Vielleicht hatten seine Gefährten wirklich einen Mann getötet, und sie mußten dafür bestraft werden, aber würde ihr Tod die Probleme lösen? Waren sie nicht alle Menschen, die durch Not und Verzweiflung ins Verbrechen getrieben wurden? Alle außer Charles Dawson, für den eine solche Entschuldigung nicht gelten konnte. Zorn stieg in ihr auf. Wie konnte er es wagen! Wie konnte er es wagen, diese Männer in den Tod zu schicken?

Ohne sich recht im Klaren darüber zu sein, was sie tat, hatte sie ihren leichten Baumwollumhang abgestreift und war in ihr Reitdreß geschlüpft. Sie würde ihn aufsuchen. So sehr sie ihn auch verachtete, mußte sie doch mit ihm reden und ihn zwingen, seine Männer zurückzurufen – um sie vor der Falle zu warnen. Um Susans willen mußte sie Jake retten.

Vor dem Schlafzimmer ihres Vaters blieb sie einen Moment stehen und lauschte an der Tür, bevor sie auf Zehenspitzen die Treppe hinunter schlich. Wie erwartet hörte sie leises Schnarchen hinter der Tür. Er hatte sich zurückgezogen, um sich in der Hitze des Nachmittags ein Schläfchen zu genehmigen.

Der Stallknecht hatte es sich in einem Heuhaufen bequem gemacht und schlief ebenfalls. Es dauerte Minuten, bis er sich aufraffte, Carolines hübsche Fuchsstute, Star, zu satteln und sie aus dem kühlen Schatten ihrer Box auf den sonnenüberfluteten Hof hinaus zu führen. Er erbot sich, Caroline zu begleiten, was zu seinen Pflichten gehörte, wenn sie ohne ihren Vater ausritt, aber er zeigte wenig Begeisterung und war offensichtlich erleichtert, als sie sein Angebot ablehnte.

Charles Dawsons Pfarrei war etwa fünf Meilen entfernt. Der Weg dorthin führte über die schmalen Landstraßen und unbefestigten Feldwege der Downs. Es war ein weiter Weg in der Hitze. Von Zeit zu Zeit ließ sie ihr schweißglänzendes Pferd in einen gemächlichen Schritt fallen und lenkte es in den lichtgesprenkelten Schatten der Bäume, die die Straße säumten. Ihr blieb noch genügend Zeit. Der Angriff würde erst nach Einbruch der Dunkelheit stattfinden, aber immerhin mußte ihm noch die Zeit bleiben, seine Männer zu warnen. Je näher sie der Pfarrei kam, um so langsamer wurde sie. Ihr Zorn war in der Hitze ein wenig verflogen, und sie mußte sich eingestehen, daß sie der Begegnung mit Charles Dawson nicht eben freudig entgegenblickte.

Das Pfarrhaus der Gemeinde Pengate war ein großer, georgianischer Bau, eingerahmt von zwei schlanken Zedern. Als sich Caroline über die langgezogene Auffahrt dem Haus näherte, sah sie, daß die Vorhänge zugezogen waren, und in diesem Augenblick sank ihr Mut. Sie hatte nicht damit gerechnet, daß er ausgegangen sein könnte. Sie sprang aus dem Sattel, zog die Glocke und wartete, Stars Zügel locker um die Hand geschlungen. Ihr Herz hämmerte jetzt wild, und sie mußte ihre ganze Kraft zusammennehmen, um nicht gänzlich den Mut zu verlieren.

Es schien ihr Minuten, bis die Tür geöffnet wurde und die hochgewachsene Gestalt des Butlers vor ihr stand. Der Pfarrer, so erfuhr sie von ihm, war tatsächlich ausgegangen.

»Das kann nicht sein!« rief sie in ihrer Verzweiflung aus. »Ich muß mit ihm sprechen.«

»Es tut mir leid, Miß. Aber wir erwarten ihn nicht vor morgen zurück!« James Kennet musterte ihr zerknittertes Kleid, die zerzausten Haarsträhnen, die unter dem Hut hervorlugten. Er runzelte die Stirn.

»Wo ist er? Er wollte heute abend die Rixbys aufsuchen, aber doch jetzt noch nicht?« Ihr war bewußt, daß man die Verzweiflung in ihrer Stimme hören konnte.

»Es tut mir leid, Miß.« Der Butler preßte mißbilligend die Lippen zusammen. »Ich weiß nicht, wo er sich aufhält.«

Mehr war aus dem Mann nicht herauszubringen. Deprimiert saß Caroline wieder auf und lenkte ihre Stute den Weg zurück, den sie gekommen waren.

Es war womöglich noch heißer geworden. Die trockene, verkrustete Erde war steinhart; als das Pferd aus dem Schatten der baumbestandenen Straße auf die offenen Felder der Downs hinaustrat, verschlug ihr die Hitze fast den Atem.

Aber so leicht wollte sie sich nicht geschlagen geben. Sie mußte zu den Rixbys reiten und dort auf ihn warten. Es blieb ihr keine andere Wahl. Sie wußte nicht, wann er dort eintreffen würde – vielleicht war es dann schon zu spät – aber was sonst sollte sie tun? Sie durfte nicht aufgeben. Noch nicht. Mit energischem Fersendruck trieb sie Star zum Galopp an, bevor sie der Versuchung erliegen konnte, sich feige im kühlen Schutz ihres abgedunkelten Zimmers zu verkriechen, und schlug den Weg ein, der zum Haus des Archidiakons unweit der Kathedrale führte.

Auf den Straßen von Larchester herrschte geschäftiges Treiben, und die Luft war staubgeschwängert. Während sie im Schritt dahinritt und hoffte, daß sie keiner bekannten Person begegnen würde, überlegte sie angestrengt, wie sie es anstellen sollte, Charles Dawson abzufangen, bevor er zu den Rixbys gelangen konnte. Jetzt, da sie ihr Ziel fast erreicht hatte, stand ihr die Absurdität ihrer Situation plötzlich mit aller Deutlichkeit vor Augen. Sie war hier in Larchester, ohne Schutz und Begleitung, auf der Suche nach einem unverheirateten Mann, den sie zu allem Überfluß des Mordes zu bezichtigen gedachte! Sie biß sich auf die Lippen. Und wenn schon! Sie hatte keine andere Wahl. Jake mußte gerettet werden.

In der Nähe der Kathedrale zügelte sie ihr Pferd im Schatten einer Baumgruppe. Man erwartete Charles am Abend. Mehr wußte sie nicht. Am frühen oder am späten Abend? Sie hatte keine Ahnung. Vielleicht hatte er seinen Besuch abgesagt, oder er war bereits eingetroffen! Bei diesem Gedanken trieb sie Star wieder an. Wenn er schon da war, mußte sie einen Weg finden, jetzt gleich mit ihm zu sprechen.

Star löste das Problem für sie. Auf den letzten Metern, bevor sie den Dombezirk erreichten, begann die Stute zu lahmen. Caroline ließ sich aus dem Sattel gleiten und tastete sanft die schweißfeuchten Fesseln des Tiers ab – dann zog sie es mit lockenden Worten weiter.

»Es tut mir leid, wenn ich störe«, entschuldigte sie sich bei Mrs. Rixby. »Ich wußte nicht, was ich tun sollte, als sie anfing zu lahmen, und dann kam ich auf die Idee, Ihren Stallburschen um Hilfe zu bitten, da ich zufällig in der Nähe war.«

In den Ställen hatte man Star gefüttert und getränkt und der Stute ein weiches Strohlager bereitet, auf dem sie sich ausruhen konnte, bis ihre Fesselschwellung zurückgegangen war. Mrs. Rixby hatte Caroline in den großen, angenehm kühlen Salon gebeten, wo man ihr Limonade und einen Fächer brachte, und sie war bereits ausgiebig darüber informiert, daß der Archidiakon in einer Stunde zurückerwartet wurde und daß seine Frau der Versuchung nicht hatte widerstehen können, ihm zu erzählen, daß Charles Dawson ihm um sechs Uhr einen Besuch abstatten wollte.

Um sechs Uhr. Caroline blickte verstohlen zu der Uhr auf dem Kaminsims hin. Es war noch mehr als eine Stunde bis dahin, und Caroline war nicht entgangen, daß sie, wenn auch nicht gerade unwillkommen, so doch zu einem ungünstigen Zeitpunkt in diesem Hause weilte.

»Unser Stallbursche wird Sie nach Hause fahren, sobald Sie Ihre Limonade ausgetrunken haben, meine Liebe«, erklärte ihre Gastgeberin entschieden. »Ihr Pferd kann hier bleiben, bis es sich erholt hat.«

Nach außen hin lächelte Caroline, doch innerlich überlegte sie fieberhaft. Sie wollte vor allem verhindern, daß man sie in Begleitung aus dem Haus schickte. Irgendwie mußte sie erreichen, daß man sie allein ziehen ließ. Sie stellte ihr Glas ab. »Vielen Dank, aber ich kann mit unserem Küster nach Hause zurückkehren. Er ist heute morgen in die Stadt gefahren und kann mich ohne weiteres in seiner Kutsche mitnehmen.« Damit sprang sie hastig auf. »Sie brauchen Ihren Stallburschen wirklich nicht zu bemühen. Aber ich werde schnell noch einmal nach Star sehen...«

Sie verabschiedete sich mit einem liebenswürdigen Lächeln von Mrs. Rixby, die sie mit arrogant hochgezogenen Brauen musterte, und machte sich allein auf den Weg in die Stallungen. Zu ihrer Erleichterung traf sie dort niemanden an, und es fiel ihr nicht schwer, in Sekundenschnelle eine leere Box ausfindig zu machen, in deren Schatten sie sich auf ein paar Strohballen niederließ, so daß sie von außen nicht zu sehen war.

Sie hörte, wie die Kirchturmglocke die Viertel-, dann die halbe Stunde schlug. Zweimal ging jemand dicht an ihrem Versteck vorbei, und einmal vernahm sie die Hufschläge eines Pferdes, das in den Hof getrabt kam. Sie kroch geduckt und mit angstvoll klopfendem Herzen zur Boxentür und lugte vorsichtig darüber, aber der Ankömmling war ein Fremder.

Sie wollte überhaupt nicht daran denken, was wäre, wenn Charles Dawson bei seiner Ankunft gleich direkt zur Haustür gehen würde. Statt dessen betete sie inbrünstig, daß er zuerst in den Hof der Stallungen reiten würde und daß sie seine Aufmerksamkeit auf sich lenken konnte, bevor er nach dem Stallburschen rief. Wenn nicht, war sie – und mit ihr Jake und all die anderen – verloren. Was Charles sagen würde, wenn er sie ausgerechnet hier an diesem Ort sah, daran wagte sie gar nicht zu denken.

Es war schon fast viertel nach sechs, als ein Reiter auf einem stämmigen Schwarzen in den Hof einbog. Der Stallbursche war bei ihm, bevor Caroline noch die Boxentür erreicht hatte. Ihr Herz klopfte bis zum Hals, als sie sah, wie Charles, korrekt gekleidet in Mantel und Abendhose, auf das Haus zu schritt, ohne einen Blick in ihre Richtung zu werfen. Der Stallbursche war es, der sie entdeckte.

»He! Was machen Sie denn hier? Kommen Sie da heraus!« Seine Stimme hallte durch den Hof beim Anblick des bleichen Gesichts, das über die Boxentür spähte.

Charles blieb wie angewurzelt stehen und blickte über die Schulter zurück. Starr vor Angst und Verlegenheit, wagte Caroline einen Augenblick lang nicht, sich zu bewegen.

»Oh, Miß, es tut mir leid.« Der Stallbursche hatte sie jetzt erkannt. »Was tun Sie dort? Ihre Stute ist hier drüben.« Er schien einigermaßen verwirrt.

»Miß Hayward?« Charles kam mit eiligen Schritten auf sie zu. Er riß die Tür auf und blickte fragend auf sie herunter.

»Ich ... ich muß mit Ihnen reden«, stammelte Caroline. »Ich wußte nicht, was ich tun sollte ...«

Einen Moment ruhte sein Blick nachdenklich auf ihr. Dann wandte er sich zu dem Stallburschen um. »Versorgen Sie bitte mein Pferd. Ich kümmere mich um Miß Hayward.«

»Ich ... ich habe gehört, daß Sie heute abend um Mariannes Hand anhalten würden«, fuhr sie mit unsicherer Stimme fort.

»Ich war bei Ihnen zu Hause, aber Sie waren schon fort.«

»Ich verstehe. Sie konnten den Gedanken nicht ertragen, daß ich eine andere heirate.«

Das belustigte Funkeln in seinen Augen strafte seinen sarkastischen Ton Lügen.

Carolines Wangen färbten sich feuerrot. »Das ist es absolut nicht!« fuhr sie empört auf. »Ich wollte Sie warnen ...« Erschrocken fuhr sie herum und schlug die Hand vor den Mund, dann senkte sie ihre Stimme zu einem leisen Flüstern. »Bitte, begreifen Sie denn nicht? Ich mußte Sie sehen. Ich weiß von meinem Vater, daß man sie verraten hat. Die Zollpatrouille wird heute nacht an der Küste auf der Lauer liegen. Ihre Männer werden alle in die Falle laufen ...«

Er schnitt ihr mit einer warnenden Geste mitten im Satz das Wort ab. Hinter ihnen war der Archidiakon aufgetaucht und sah Caroline verständnislos an.

Charles kam der Frage, die ihm offensichtlich auf der Zunge lag, zuvor. »Sie werden verzeihen, Archidiakon, aber Miß Hayward hat mir soeben eine dringende Nachricht überbracht. Sie ist zufällig einem meiner Gemeindemitglieder begegnet, der offensichtlich dringend meiner Dienste bedarf. Es scheint um Leben und Tod zu gehen. Seien Sie mir nicht böse, wenn ich sofort umkehre. Vielleicht können wir unsere Angelegenheiten morgen besprechen?« Er lächelte.

Auf der Stirn des Archidiakons hatten sich tiefe Furchen gebildet. Seine Miene war alles andere als erfreut. »Wenn Sie es als Ihre Pflicht empfinden, kann ich Sie nicht daran hindern.«

»So ist es«, entgegnete Charles mit einem Lächeln, das seine Augen nicht erreichte. Er winkte dem Stallburschen, ihm sein Pferd wieder zu bringen und drehte sich dann zu Caroline um. »Haben Sie noch mehr zu berichten?«

Sie nickte, und in diesem Moment merkte sie, daß sie vom Fenster des Salons, der hinter dem Rosengarten nördlich der Stallungen lag, beobachtet wurden.

»Dann entschuldigen Sie uns jetzt bitte, Archidiakon«, wandte er sich an seinen Gastgeber.

Joseph Rixby nahm seinen gebieterischen Ton mit ausdrucksloser Miene zur Kenntnis. Er wirkte verärgert. »Ich werde Sie beide nicht aufhalten«, bemerkte er kühl und wandte sich mit einer knappen Verbeugung zum Gehen.

»Also?« Die Zügel seines Pferdes in der Hand, richtete Charles das Wort wieder an Caroline. »Sie wissen Bescheid. Sie wissen, wer ihr Anführer ist«, flüsterte sie.

»Sie wissen es?« fragte er erstaunt. Dann verdüsterten sich seine Züge. »Und ich frage mich, ob es Ihr Vater war, der es ihnen erzählt hat.«

»Ich habe ihm nichts gesagt«, brauste sie auf. »Ich pflege mein Wort nicht zu brechen.«

Damit wandte sie sich erbost ab. Ihr wurde plötzlich bewußt, daß sich Stroh in ihrem Kleid verfangen hatte, und im selben Augenblick war ihr klar, daß es auch dem Archidiakon nicht entgangen sein konnte. »Ich weiß nicht, wie sie es herausgefunden haben und ob sie überhaupt richtig liegen mit ihren Vermutungen. Papa hat mir nicht gesagt, wen sie verdächtigen. Ich weiß nur, daß wir uns beeilen müssen. Daß Sie sich beeilen müssen. Ich bete nur, daß Sie noch rechtzeitig kommen, um Jake und die anderen zu warnen. Ihnen gilt meine Sorge.«

»Das bezweifle ich nicht.« Er zögerte. »Wer weiß außerdem noch Bescheid?«

»Ich weiß es nicht. Die Behörden. Papa hatte heute morgen in Larchester eine Besprechung mit den Zollbehörden.«

»Und dort hat er erfahren, daß ich etwas mit der Sache zu tun habe?«

»Das nehme ich an.«

»Warum laufe ich dann noch frei herum? Warum haben die Soldaten nicht hier auf mich gewartet?«

»Vielleicht, weil sie alle gleichzeitig festnehmen wollen. Ich habe keine Ahnung. Aber bitte, beeilen Sie sich. Sie müssen die anderen warnen ...«

»Wenn man mich beobachtet, muß ich vorsichtig sein und ihnen aus dem Weg gehen – wie sind Sie hierher gekommen?« fragte er in schroffem Ton.

»Auf meiner Stute. Aber sie lahmt.«

»Dann müssen wir uns ein anderes Pferd für Sie ausborgen. He, Bursche«, rief er über die Schulter zu den Stallungen hinüber. »Satteln Sie Miß Mariannes Stute, schnell ...«

»Aber das können Sie doch nicht – was werden die Rixbys sagen?«

»Nichts, solange Sie der Meinung sind, daß ich ihre Tochter heiraten will.« In seiner Stimme lag mit einem Mal eine eigenartige Bitterkeit. »Sie werden mit mir reiten. Wenn die Häscher nach einem einzelnen Mann oder nach einer Gruppe von Männern Ausschau halten, werden sie sich sicher nicht um eine Frau in Begleitung eines Geistlichen kümmern.«

»Wollen Sie damit sagen, ich soll mit zu Ihren Männern kommen?«

»Warum nicht? Sie machen sich doch Sorgen um Jake Forrester, oder nicht?«

»Ja, aber ...«

»Dann helfen Sie mir, ihn zu retten.«

In diesem Augenblick führte der Stallbursche eine elegante graue Stute aus einer der Boxen. Ein paar funkelnde Silbermünzen wechselten den Besitzer. »Kein Wort über diese Leihgabe, mein Freund.« Charles zwinkerte dem Stallburschen verschwörerisch zu. »Wir bringen das Pferd bei Tagesanbruch zurück. Ich nehme nicht an, daß Miß Marianne es heute abend noch braucht. Wenn doch, mußt du dir eine Ausrede einfallen lassen und ihr ein anderes geben.«

Charles machte auf dem Absatz kehrt und hob Caroline ohne große Umstände in den Damensattel. Erstaunt blickte der Stallbursche ihnen nach, als sie zum Hoftor hinaus ritten. Im Haus des Archidiakons fielen die Vorhänge hinter dem Fenster des Salons zu, und Marianne überließ sich ihrer Tränenflut.

Charles wandte sich Richtung Süden. Er legte ein scharfes Tempo vor, mit dem die graue Stute, die ausgeruht aus ihrem Stall kam, mühelos Schritt hielt. Er betrachtete sie mit anerkennendem Blick. »Sie ist sicher angenehm zu reiten, möchte ich wetten«, rief er Caroline über das laute Hufgeklapper hinweg zu.

Caroline warf einen besorgten Blick über die Schulter zurück. Zu ihrer Erleichterung war der Weg menschenleer. Fast hatte sie erwartet, blitzende Bajonette und leuchtend rote Uniformröcke hinter sich zu sehen. Es bereitete ihr einige Mühe, das erregte Pferd zum Stehen zu bringen. Dann rief sie: »Sie brauchen mich jetzt nicht mehr. Wir werden nicht verfolgt. Ich muß umkehren.«

»Warum? Macht Ihnen unser kleines Abenteuer keinen Spaß?« Er zügelte sein Pferd an ihrer Seite und tätschelte den schweißnassen Hals des Tieres. »Ich dachte, ein solcher Ausflug sei ganz nach dem Geschmack einer Frau, die des Nachts über Friedhöfe und durch Burgruinen geistert, in denen es spukt.«

Sie errötete. »Das ist es nicht. Aber Papa wird sich Sorgen machen. Am Ende schöpft er gar Verdacht ...«

»Daß Sie gemeinsame Sache mit einer Verbrecherbande machen?«

»Seien Sie nicht albern«, entgegnete sie ärgerlich. »Aber ich darf eigentlich nicht allein aus dem Haus gehen. Und er hat keine Ahnung, wo ich bin ...«

»Das wird sich spätestens in einer Stunde ändern«, lachte er grimmig. »Oder glauben Sie, die Rixbys werden sich nicht erkundigen, was Sie in Ihren Stallungen zu suchen hatten? Ihr guter Ruf könnte dahin sein, wenn ruchbar wird, daß Sie in meiner Begleitung davongeritten sind.« In seiner Miene drückte sich keine Spur von Reue aus.

»Das ist allerdings möglich, zumal, wenn ruchbar wird, daß Sie ein Schmuggler und ein Mörder sind, Sir«, gab sie mit scharfer Stimme zurück.

Mit einem Ruck fuhr er im Sattel auf. »Ich bin kein Mörder, Caroline. Weder ich noch ein einziger meiner Männer dort draußen. Es sind alles anständige Männer, wie Jake Forrester. Der Mann, der gestern sein Leben verloren hat, wurde im Handgemenge versehentlich von seinen eigenen Kameraden getötet. Keiner meiner Männer trug eine Schußwaffe bei sich. Es war ein tragischer Unglücksfall, aber es war nicht unsere Schuld.«

»Nicht Ihre Schuld?« Die Welle der Erleichterung, die sie bei seinen Worten erfaßt hatte, hinderte sie nicht daran, diese Frage zu stellen. »Dann ist der Schmuggel wohl auch eine lobenswerte und ganz normale Nebenbeschäftigung für einen Landpfarrer?«

»Nein.« Er trieb sein Pferd wieder an.

»Warum tun Sie es dann?« Ihre Pferde gingen jetzt, Schulter an Schulter auf dem schmalen Sträßchen, nebeneinander her. »Warum?«

»Ich habe gute Gründe.« Er trieb sein Pferd zu einem leichten Trab an. »Kommen Sie, wir müssen weiter. Wir kommen in Kürze an Hancombe vorüber. Wenn Sie wollen, können Sie heimkehren. Ich reite über die Downs weiter.«

»Nein!« Der Gedanke, in die bedrückende Atmosphäre des Pfarrhauses zurückzukehren, erschien ihr plötzlich unerträglich. Abgesehen davon hörte sie eine unbestimmte Herausforderung aus seinen Worten heraus. »Ich werde Sie begleiten. Wie Sie schon sagten, hält man nicht nach einer Frau Ausschau.«

Einen Moment lang musterte er sie aufmerksam, dann verzog sich seine Miene zu einem kaum merklichen Lächeln. »Sie wissen, in welche Gefahr Sie sich begeben?«

Sie nickte.

»Dann haben Sie wirklich Mut.«

Bevor sie den Mund zu einer Antwort öffnen konnte, hatte er seinem Pferd die Fersen gegeben und galoppierte davon, und ihr blieb nichts anderes übrig, als ihre Stute energisch anzutreiben, um nicht den Anschluß zu verlieren.

Sie hielten erst wieder an, als sie vor sich das Meer sehen konnten – ein leuchtend blaues Band, prachtvoll vergoldet von der tief am westlichen Horizont stehenden Sonne. Schwer atmend sprang Charles aus dem Sattel. »Es ist noch früh. Die Männer kommen erst nach Einbruch der Dunkelheit. Das läßt uns genügend Zeit, sie zu warnen. Die Schiffe kommen in den ersten Morgenstunden mit der Flut herein. Und wie ich die Soldaten kenne, werden sie sich erst spät versammeln. Ein nächtliches Besäufnis in Larchester, um sich Mut anzutrinken, ist mehr nach ihrem Geschmack als ein ungemütlicher Strand im Morgengrauen, und bis dahin haben wir der *Marie Blanche* Signal gegeben, mit ihrer Fracht nach Frankreich zurückzusegeln, und meine Männer liegen sicher und behaglich in ihren warmen Betten.« Sie saß noch in ihrem hohen Damensattel, und er mußte den Kopf heben, um sie anzusehen. »Kehren Sie jetzt besser um, bevor Ihr Vater noch einen Suchtrupp losschickt. Sagen Sie ihm, der Sohn des Bischofs habe Sie gebeten, etwas für ihn zu erledigen.«

Ein flüchtiges Lächeln huschte über sein Gesicht. »Wenn er Fragen stellt, schicken Sie ihn zu mir. Ich werde ihn schon beschwichtigen. Es ist wirklich besser, wenn Sie jetzt gehen. Sie können hier nichts mehr tun. Den Rest erledige ich allein.«

Sie blickte auf ihn herunter. Seine äußere Erscheinung war wie immer korrekt, kein widerspenstiges Härchen hatte sich unter seinem Hut hervorgestohlen, er war vom Scheitel bis zur Sohle der elegante Kirchenmann, der seine Auserwählte zu einem Sonntagspicknick ausführt. Nur seine Augen paßten nicht zu dem Bild. Silbern schimmernd in seinem sonnengebräunten Gesicht blickten sie lebendig, voller Spannung und – wie ihr mit einem Schlag klar wurde – freudig der Gefahr entgegen.

»Sie haben mir nicht gesagt, warum Sie das alles tun«, sagte sie leise.

»Nein, und ich werde mich auch hüten«, entgegnete er lächelnd. »Passen Sie gut auf das Pferd auf, Caroline, sonst haben wir die Rixbys am Hals. Ich fürchte, wir werden morgen einiges zu erklären haben!« Er sah nicht so aus, als würde ihm die Vorstellung Angst einjagen. »Ich werde mich morgen früh darum kümmern, daß es zurückgebracht wird.«

»Es ging um Leben und Tod, waren das nicht Ihre Worte?« murmelte sie. Sie wollte nicht allein durch die Abenddämmerung reiten und in ihr stickiges Zimmer zurückzukehren, um Bibelverse auswendig zu lernen – unvorstellbar. Einem plötzlichen Impuls folgend, nahm sie ihren Hut ab und schüttelte den Kopf, so daß sich das Haar aus den Kämmen löste. »Werde ich Sie wiedersehen?« Was sie eigentlich sagen wollte, war: Werde ich die ganze Geschichte erfahren?

Er lachte unbeschwert. »Zweifellos. Sie müssen zu unserer nächsten Gartengesellschaft kommen.« Er lockerte die Trense seines Pferdes und band das Tier unter den Bäumen an.

»Also, leben Sie wohl.« Sie spürte, wie sie ganz gegen ihren Willen von einem Gefühl der Traurigkeit übermannt wurde.

Er blickte noch einmal zu ihr auf. Dann zog er den Hut und verneigte sich schwungvoll. »Meinen aufrichtigen Dank, Miß Hayward.«

Sie nahm die Zügel auf. »Hätten Sie Papa wirklich Schwierigkeiten gemacht, wenn ich Sie verraten hätte?«

Er lachte. »Aber sicher.«

»Wie?«

»Ich hätte den Behörden von den vier Fässern Brandy erzählt, die er auf dem Heuboden versteckt hat! Leben Sie wohl, Miß Hayward.«

Er schlug ihrem Pferd mit der flachen Hand auf die Flanken, und es machte einen langen Satz vorwärts. Um ein Haar hätte Caroline das Gleichgewicht verloren. Als es ihr endlich gelungen war, ihr Pferd wieder zum Stehen zu bringen und sie sich umdrehte, war er verschwunden.

Die untergehende Sonne im Rücken, setzte sie sich langsam in Bewegung und folgte den Wegen, die ungefähr zu ihr nach Hause führen mußten. Die Gegend war ihr nicht vertraut, ihr Pferd war erschöpft, und so schien es ihr zu unsicher, irgendwelche Abkürzungen zu nehmen.

Zwei Meilen weiter, in dem kleinen Dörfchen Ewangate, sah sie dann die Miliz, ein gewaltiger Trupp berittener Soldaten, die sich vor einem Gasthof versammelt hatten. Es war unverkennbar, daß sie in ausgelassener Stimmung waren und daß es sich bei den meisten von ihnen um Leute handelte, die man von der Küste zusammengezogen hatte. Die Frauen waren aus ihren Hütten auf dem Dorfplatz zusammengelaufen und standen nun, leise und aufgeregt miteinander redend, in Grüppchen beieinander, während die Männer des Dorfes die Soldaten, die lachend und schwatzend ihr Ale tranken, mit unverhohlener Feindseligkeit beäugten. Angst legte sich eiskalt um Carolines Herz. Sie waren schon da – und so nah. Charles hatte sich geirrt. Man hatte sie nicht aus den Kasernen von Larchester geholt. Es waren Männer von der Küste, Männer, die das Meer kannten und die, auch wenn sie das eine oder andere Glas Ale zu sich nahmen, bei weitem nicht zu betrunken waren, um zu wissen, was sie taten.

Als sie ihre Stute zügelte und im Schritt die Dorfstraße hinunter ritt, spürte sie die Blicke aller Anwesenden auf sich. Aber zum Umkehren war es jetzt zu spät. Sie konnte nur noch vorwärts, und ihr war klar, daß sich jeder, der sie sah, an eine offensichtlich gut gekleidete junge Frau erinnern würde, die am Abend mutterseelenallein auf einem teuren Pferd durch die Gegend ritt.

Innerlich verfluchte sie ihre eigene Dummheit, so unbedacht in das Dorf hinein zu reiten, während sie, weder nach rechts noch nach links blickend, die Augen starr auf die vor ihr liegende Straßenbiegung geheftet, dahintrottete.

»Wo soll es denn hingehen, schönes Kind? Warum machen Sie nicht Halt und trinken ein Gläschen mit uns, he?« Starr vor Entsetzen sah sie, wie eine knochige Hand in die Zügel ihres Pferdes griff, so daß das Tier nervös zur Seite zu tänzeln begann. »Wohl zu stolz, um Leute wie uns eines Blickes zu würdigen, was?«

Sie starrte in das abstoßende, vernarbte Gesicht, auf den Mund, der sich, die schwarzen Zähne entblößend, zu einem lüsternen Grinsen verzogen hatte.

»Laß sie in Ruhe, Mann.« Als wäre ihr Stoßgebet erhört worden, trat ein Offizier aus dem Gasthof auf die Straße. Er salutierte vor ihr. »Es tut mir leid. Captain Warrender, Madam, zu Ihren Diensten. Beachten Sie diese Rüpel einfach gar nicht.«

Caroline sah ihn mit unsicherem Lächeln an. »Es erscheint mir eigenartig, hier eine Armee versammelt zu sehen, Captain. Wollen Sie in den Krieg ziehen?«

Die Männer, die sie jetzt umringten, quittierten ihre Bemerkung mit grölendem Gelächter.

»So gut wie. Wir kämpfen gegen die Freibeuter, Madam. Für die Burschen hier ist reiche Beute und die Genugtuung drin, dem Gesetz zur Geltung zu verhelfen.«

»Freibeuter?!« Caroline sah ihn fragend an.

»Schmuggler, schönes Kind.« Der Mann, der ihr Pferd angehalten hatte, grinste ihr dreist entgegen. »Die Küste ist eine wahre Brutstätte für sie.« Wieder brachen die Männer in lautes Gelächter aus, das in Caroline den Verdacht nährte, daß viele der hier versammelten Häscher selbst von Zeit zu Zeit unter den Schmugglern zu finden waren.

»Schmuggler?« echote sie. »Werden Sie sie erwischen?«
»Worauf Sie sich verlassen können!« lachte der Offizier. »Unten in der Windell-Bucht. Unsere Männer bewachen jeden Zugang zur Küste, und wir selbst werden noch vor der Dunkelheit dort sein und die Halunken erwarten.«

Sie schluckte schwer. »Dann bin ich nur froh, daß ich nicht dort sein werde. Guten Abend, Captain.«

Sie spürte die neugierigen Blicke aller Anwesenden im Rücken, als sie ihr Pferd die Dorfstraße entlang, vorbei am letzten Haus und auf die baumgesäumte Landstraße lenkte.

Sie mußte zurück zu Charles, um ihn zu warnen. Er war nicht auf das vorbereitet, was ihn erwartete! Die Männer hier waren alle bis an die Zähne bewaffnet. Sie hatte die Knüppel und Stöcke, die Messer und Schwerter gesehen, und ihr war auch der Stapel Musketen vor der Tür des Gasthofs nicht entgangen.

Sobald sie sich außer Sichtweite wähnte, lenkte sie ihr Pferd herum und jagte, so schnell es das erschöpfte Tier vermochte, über die offenen Felder zu der Klippe zurück, an der sie sich von Charles verabschiedet hatte. Aber wo war das? Verzweifelt versuchte sie, sich den Weg in Erinnerung zu rufen. Die Schatten wurden jetzt länger und tauchten den Weg vor ihr in Dunkelheit. Jetzt mußte die Miliz bereits ausschwärmen. Sie sah sich nach allen Seiten um, aber die grauen Schatten der Nacht ließen alles gleich aussehen. Sie konnte keine Landmarke erkennen, die ihr vertraut war. Mit klopfendem Herzen trieb sie ihr Pferd weiter, darauf gefaßt, jeden Moment die Verfolger hinter sich zu hören.

Ihr schien eine Ewigkeit vergangen, als sie endlich den richtigen Weg gefunden hatte und die Baumgruppe entdeckte, in deren Schatten Charles' Pferd zu ihrer Erleichterung immer noch angebunden stand und friedlich graste. Bei ihrem Herannahen hob es neugierig den Kopf, dann fraß es ungerührt weiter. Sie ließ sich aus dem Sattel gleiten, band ihre Stute ebenfalls an und wandte sich der Klippe zu. Ihren verhaßten Hut ließ sie achtlos am Sattelknauf hängen.

»Charles?« Ihr leiser Ruf wurde vom spöttischen Schrei

einer in einsamer Höhe kreisenden Möwe übertönt. Von Charles war keine Spur zu sehen. Zögernd trat sie an den Rand der Klippe und spähte in die Bucht hinunter. Sie lag völlig verlassen da. Das dunkel schimmernde Wasser lief in sanften Wellen im Ufersand aus.

»Charles, wo sind Sie?« Sie strich sich die Haare aus den Augen und blickte verzweifelt um sich. Es war keine Menschenseele hier.

Mit zusammengepreßten Lippen blickte sie auf die schmale Schafffährte, die in fast senkrechtem Zickzack zwischen Felsen, Grasbüscheln und niedrigen Blütenstauden den Hang hinunter führte. Die Sonne war im Begriff, im Meer zu versinken. Ein gleißender Lichtstreifen reichte vom Horizont bis zum flutbenetzten Sandstrand. Sie raffte den Rock ihres Reitdresses mit einer Hand zusammen und schickte sich an, den steilen Pfad hinunterzuklettern.

Am Fuß der Klippe, hinter einem Felsvorsprung, wartete Charles auf sie. »Ich hoffe, Sie haben gute Gründe dafür, daß Sie zurückgekommen sind.« Seine hochgewachsene Gestalt warf einen langen Schatten auf den Strand.

»Ich bin der Miliz begegnet – keine zwei Meilen von hier entfernt.« Ihre Worte überschlugen sich, so eilig hatte sie es, ihm die Neuigkeit zu überbringen. »Es sind Dutzende von Männern, alle bewaffnet, und sie werden hier sein, bevor es vollkommen dunkel ist.« Sie war von der anstrengenden Kletterpartie außer Atem. »Sie haben Straßensperren auf allen Zugangswegen errichtet. Sie wollen Sie in die Falle laufen lassen.«

Charles stieß einen Fluch aus.

Unwillkürlich schlich sich ein verschmitztes Lächeln in Carolines Züge. »Ich nehme doch an, da hat der Schmuggler aus Ihnen gesprochen, nicht der Pfarrer«, bemerkte sie spöttisch. Er warf ihr einen finsteren Blick zu, doch dann lachte er unerwartet auf. »Ich fürchte, Sie haben recht. Ich bitte um Verzeihung.« Einen Moment lang dachte er über die Lage der Dinge nach. »Mir scheint, ich stehe doppelt in Ihrer Schuld«, sagte er dann. »Ich hätte hier gesessen und gewartet, bis die Falle zugeschnappt wäre. Ich habe meinen Männern eine Nachricht geschickt, und ich hoffe, daß sie trotz der Straßensperren durchkommen wird, aber möglicherweise erreicht meine Warnung einige der Männer nicht mehr rechtzeitig.«

»Wie haben Sie die Nachricht übermittelt?« erkundigte sie sich erstaunt. »Es war doch kein Mensch hier.«

»O doch, es war jemand hier.« Mit dem Rücken an den Fels gelehnt, sah er zu, wie sich um die Sonne herum, deren Gold jetzt in ein tiefes Rot überging, Wolken scharten und sie allmählich mit sich ins Meer zogen. »Wir haben ein System, das für gewöhnlich gut funktioniert. Hier warten zwei Männer, die ihrerseits zwei weitere Männer informieren, diese wiederum geben die Nachricht an zwei andere Männer weiter und so fort, bis sie über alle Dörfer verbreitet ist. Wenn die Kette nicht irgendwo unterbrochen wird, wird die Warnung alle erreichen.«

»Und wenn die Kette doch unterbrochen wird?« Fasziniert beobachtete sie sein Gesicht, dessen Flächen, Linien und Kanten sich im Abendlicht scharf abzeichneten.

»Aus diesem Grund bin ich hiergeblieben. Nur für den Fall.«

»Und Sie hätten die ganze Nacht über hier ausgeharrt?«

Er nickte. »Die ganze Nacht, wenn nötig.«

»Das Wohl dieser Männer liegt Ihnen am Herzen.«

»Sie sind meine Brüder.«

»Natürlich.« Sie schwieg eine Weile nachdenklich. »Ich verstehe immer noch nicht, warum Sie das tun.«

»Wegen des Geldes.« Er ließ sich auf einer Felsplatte nieder. »Welchen Grund sollte ich sonst haben?«

Seine Worte versetzten ihr einen Stich der Enttäuschung. »Aber Sie brauchen das Geld doch gar nicht ...«

»Sie brauchen es.« Seine Lippen wurden schmal. »Sie wollen wissen, warum ich das hier tue, Miß Hayward? Ich werde es Ihnen sagen. Jeder dieser Männer, jeder einzelne von ihnen, ist durch die Art, wie dieses Land verwaltet wird, zur Armut verdammt. Und die beiden Produkte, die den Arbeitern, ihr Elend und ihre Not etwas versüßen, nämlich Alkohol und Tabak, sind durch die hohe Besteuerung derart teuer, daß nur die wenigsten sich dieses Vergnügen leisten können, und gleichzeitig werden diese Steuereinnahmen durch einen gleichgültigen und unfähigen Staat für Dinge vergeudet, die diesen Menschen nicht zugute kommen. Ich stamme aus einer Gesellschaftsschicht, Miß Hayward, die Menschen wie Jake Forrester helfen könnte. Aber wir tun es nicht. Wir sehen ungerührt zu, wie sie sterben. Wir sehen zu, wie sie als Säuglinge, als Kinder oder als junge Erwachsene an ihren Krankheiten und ihrer Not zugrunde gehen. Diese Männer sind alt, bevor sie die Dreißig erreicht haben. Und ich habe mich entschlossen, etwas dagegen zu tun und bediene mich dabei eines beliebten Zeitvertreibs der Leute in dieser Gegend.« Er lächelte freudlos. »Ich leite einen Teil des Geldes dorthin um, wo es gebraucht wird und wohin es gehört. Zu den Armen. Zu den Kranken. Zu denen, die es verdienen.«

»Wie Robin Hood«, warf sie leise ein.

Er lachte. »So ungefähr.«

»Abgesehen davon, daß Sie die Gefahr und das Abenteuer auch noch genießen.« In diesem Moment mußte sie sich eingestehen, daß ihr Charles Dawson im Grunde doch recht sympathisch war.

»Das bestreite ich nicht. Es ist amüsanter, als sich den Abend mit dem Entwurf von Predigten zu vertreiben.«

»Zweifellos haben Sie die Predigt für den nächsten Sonntag schon geschrieben.«

»Selbstverständlich«, griff er ihren spöttischen Ton auf. »Wie bringen wir Sie gefahrlos nach Hause, Caroline?« fuhr er dann, wieder mit ernster Miene, fort. »Sie können nicht allein in der Dunkelheit heimreiten.«

»Ich weiß.« Es gefiel ihr, wie er mit ihrem Namen spielte. Wie er sie einmal mit dem strengen Nachnamen, Miß Hayward, und dann wieder fast zärtlich mit ihrem Vornamen, Caroline, anredete. »Ich weiß den Weg nicht, und abgesehen davon werden die Straßen überwacht.«

Er runzelte die Stirn. »Es war unverzeihlich von mir, Sie mit hierher zu nehmen. Hatte Ihr Vater wirklich keine Ahnung, daß Sie vorhatten auszureiten? Er wird sich furchtbare Sorgen machen, jetzt, da es schon dunkel ist.«

Sie gab ein nervöses Lachen von sich. »Ich war eigentlich als Strafe für meine Widerspenstigkeit dazu verdammt, in meinem Zimmer zu sitzen und Bibelverse auswendig zu lernen.«

»Tatsächlich?« Er zog in gespielter Entrüstung die Augenbraue hoch. »Und darf ich fragen, welchen schrecklichen Vergehens Sie sich schuldig gemacht haben, daß man Sie so hart bestrafen mußte?«

Sie verzog das Gesicht. Es schien ihr plötzlich eine Ewigkeit her, daß ihr Vater in ihr Zimmer geplatzt war und ihr geliebte Buch entrissen hatte. »Ich habe die Gedichte von Lord Byron gelesen.«

Er brach in schallendes Gelächter aus, das er aber rasch wieder unterdrückte. »Meine arme Caroline. Ihre Seele ist also unrettbar dazu verdammt, in der Hölle zu schmoren. Der bedauernswerte George Gordon. Hält man ihn also immer noch für ein scheußliches Ungeheuer?«

»Ich nicht. Ich habe sein Buch geliebt. Papa hat es in den Ofen geworfen und verbrannt.«

»Eines Tages schenke ich Ihnen ein neues, in dem Sie dann nach Herzenslust lesen können ...« Das Geräusch eines herunterfallenden Steins war im sanften Plätschern der Brandung zu hören, und Charles verstummte abrupt. Leise richtete er sich auf, legte ihr schweigend den Arm um die Schultern und zog sie in den Schatten der zerklüfteten Felsen.

Caroline starrte angestrengt zur gegenüberliegenden Seite der kleinen Bucht hinüber. Sie hatte plötzlich entsetzliche Angst. In der Gegend wimmelte es von Männern mit Musketen, die bereit waren, auf alles zu schießen, das sich bewegte. Wenn man sie und Charles nicht erschoß, so bestand immerhin die Gefahr, daß sie gefangengenommen und gehängt wurden. Was war sie denn schließlich anderes als die willige Komplizin eines Schmugglers?

Sie schloß die Augen und atmete tief durch und spürte dabei wohltuend und tröstlich Charles' starken Arm um ihre

Schultern, seine hohe Gestalt dicht an ihrer Seite, die ihr ein trügerisches Gefühl der Sicherheit gab. Dann war sein Mund so dicht an ihrem Ohr, daß sie fast die Berührung spürte.

»Die Klippe hinauf. Schnell«, hauchte er kaum hörbar. Gleich darauf nahm er sie bei der Hand und zog sie, auf Zehenspitzen schleichend, zu der Schaffährte.

In der dunklen Bucht hinter ihnen rührte sich nichts. Wenn irgend jemand dort war, so hielt er sich im Schutz der Felsen verborgen.

Die Pferde standen noch da, wo sie sie zurückgelassen hatten. Charles' kräftiger Rappe begrüßte seinen Herrn mit einem leisen Schnauben, dann senkte sich wieder vollkommene Stille über das Wäldchen. Es war, als würde die Welt den Atem anhalten. Geräuschlos band Charles die beiden Pferde los und half Caroline in den Sattel. Er hielt ihre Hand ein ganz klein wenig länger als nötig. »Sie sind eine tapfere Frau, Caroline Hayward.« Als sie sich zu ihm hinunterbeugte und ihm in die Augen sah, streckte er die Hand aus und berührte ihre Lippen mit den Fingerspitzen. Dann verschwand er in der Dunkelheit, und Caroline hörte das leise Rascheln des Laubes unter den Hufen seines Pferdes, das er vor ihr her führte. Sie wollte eben ihre erschöpfte Stute antreiben, ihm zu folgen, als um sie herum ein Höllenlärm losbrach. Im aufblitzenden Mündungsfeuer von Musketen sah sie die Kette bewaffneter Männer, die das Wäldchen umstellt hatten, und sie wußte, daß sie in der Falle saßen.

Dritter Teil

In dem Augenblick als das Gewehrfeuer losprasselte, fuhr Charles herum. »Zurück«, schrie er, »zurück in den Wald. Ich werde sie ablenken!« Damit schwang er sich auf sein Pferd und preschte geradewegs auf die Linie der Soldaten zu.

Caroline konnte die ängstlich scheuende Stute nur mit Mühe beruhigen, dann glitt sie aus dem Sattel und zog das

Tier dorthin zurück, wo das Unterholz am dichtesten war. Dort band sie es mit fliegenden Händen fest, bevor sie sich geduckt zum Rand des Wäldchens zurückschlich.

Die Männer hatten mittlerweile Fackeln angezündet, und Caroline sah auf den ersten Blick, daß es Charles nicht gelungen war, die Reihen der Angreifer zu durchbrechen. Sie hatten ihn mit vereinten Kräften aus dem Sattel gezerrt und waren eben im Begriff, ihm die Arme hinter dem Rücken zu fesseln.

Ihr Mund war trocken vor Entsetzen, sie klammerte sich an den staubtrockenen Stamm des Baums, hinter dem sie sich versteckt hatte. Im flackernden Schein der Fackeln beobachtete sie, wie Charles, der stark aus einer klaffenden Stirnwunde blutete, von zwei Männern zu seinem Pferd geschleppt und in den Sattel gehievt wurde. Sein Pferd war dicht von Soldaten umringt. Durch den Rauch der Fackeln hindurch konnte sie im Lichtschein das Gesicht des Offiziers erkennen, mit dem sie zuvor im Dorf gesprochen hatte.

»Ein halbes Dutzend Männer kommen mit mir«, rief er. »Wir werden den sauberen Herrn hier an einen Ort bringen, an dem er keinen Schaden mehr anrichten kann. Die anderen schwärmen aus und suchen den Wald nach dem zweiten Pferd ab. Seht nach, ob sich irgendwo zwischen den Bäumen jemand versteckt hält. Und wartet dann in der Bucht.«

Mit einem ängstlichen Seufzer wich Caroline noch weiter in die Schatten des Waldes zurück.

»Das zweite Pferd gehört mir.« Charles' Stimme war deutlich aus dem allgemeinen Tumult herauszuhören. »Und meine Männer sind weit weg, mein Freund, sie sind vor eurer Falle gewarnt. Ihr werdet heute nacht niemanden erwischen.«

»Nein?« gab Captain Warrender mit einem hochmütigen Lächeln zurück. »Ich denke, davon überzeugen wir uns lieber selbst.«

Von panischer Angst getrieben, machte Caroline kehrt und kämpfte sich durch das Unterholz tiefer in den Wald zurück. Zweige und Blätter schlugen ihr ins Gesicht, als sie mit zitternden Knien zu ihrer Stute eilte. Sie riß die Zügel los und schaffte es irgendwie, in den Sattel zu gelangen. Fort! Nur fort von hier!

Sie drehte mit sanftem Druck der Zügel den Kopf des Tieres so, daß es den Fackelschein und die unter Geschrei ausschwärmenden Männer nicht sehen konnte und trieb es, von aufquellenden Tränen geblendet, in einen leichten Galopp, insgeheim betend, daß die Stute den Weg in der Dunkelheit besser erkennen konnte als sie selbst.

Sie war lange geritten, als sie endlich das Pferd zügelte und angestrengt in die Nacht lauschte. Hinter ihr war nichts von ihren Verfolgern zu hören. Sie hatte auf ihrer wilden Flucht Wiesen und Felder der Downs überquert und befand sich nun in einem Wald. Zwischen den Bäumen um sie herum herrschte Stille. Nur der ferne Schrei einer Eule durchbrach das Schweigen. Sie waren ihr nicht gefolgt.

Kehr um.

Sie schluckte und bemühte sich, ihre sieben Sinne zu sammeln.

Finde heraus, wohin sie ihn bringen.

Geh nach Hause, schrie eine andere Stimme in ihr. *Geh nach Hause und versteck dich. Vergiß ihn. Er hat es sich selbst zuzuschreiben.*

Na los doch. Folge ihm. Immerhin haben sie ihn nur deshalb gefangen, weil er dich retten wollte.

Sie legte die Stirn auf den schweißnassen Hals der Stute und verharrte so eine Weile reglos. Es stimmte. Er war den Soldaten direkt in die Arme geritten, um sie von ihr abzulenken. Hätte er eine andere Richtung eingeschlagen, wäre er in den Wald geritten, so hätte er ihnen möglicherweise entkommen können.

Sie richtete sich kerzengerade auf und atmete energisch durch. Sie würde umkehren und ihm folgen.

Behutsam lenkte sie die Stute auf dem Weg zurück, den sie gekommen waren und strengte dabei Augen und Ohren an, damit ihr auch nicht das leiseste verräterische Geräusch, die geringste Bewegung in der Dunkelheit entging. Aber Wiesen und Wälder lagen verlassen im fahlen Schein des Mondes da. Ganz leise und vorsichtig umrundete sie die Bucht, immer darauf bedacht, den Felsen nicht zu nahe zu kommen, hinter denen die Soldaten auf der Lauer lagen. Statt dessen hielt sie auf die im Westen liegende Hauptstraße zu. Auf dem höchsten Punkt der Anhöhe angelangt, spähte sie auf die Straße hinunter, und in diesem Moment riß der Dunstschleier auf, der Mond trat in seinem vollen Licht hervor und tauchte die Landschaft in seinen klaren, silbernen Schein.

Sie sah sie deutlich vor sich, ein dichtgedrängtes Grüppchen von einem halben Dutzend Reitern – aus dieser Entfernung konnte sie allerdings nicht erkennen, welcher von ihnen Charles war. Zu ihrer Erleichterung bewegten sie sich jetzt im Schritt vorwärts, so daß es ihr ein leichtes war, ihnen unauffällig zu folgen.

Nach etwa einer halben Stunde hatten sie die Randbezirke der Markt- und Hafenstadt Lakamouth erreicht, und zehn Minuten später eskortierten die Soldaten ihren Gefangenen in die Festung der Stadt. Caroline zügelte ihr Pferd am Anfang der Marktstraße und sah zu, wie sie unter dem Gewölbe des Torhauses verschwanden. Dann schloß sich das schwere Tor hinter ihnen.

Im nächsten Augenblick machte Caroline kehrt. Jetzt, da Charles außer Sicht war, fühlte sie sich von Gott und der Welt verlassen. Bis zu diesem Moment hatte sie sich voll und ganz darauf konzentriert, ihn nicht aus den Augen zu verlieren und selbst nicht gesehen zu werden. Jetzt jagte ihr die schlafende Stadt Angst ein. Sie warf einen Blick in die schmalen Gäßchen, in deren Winkel nie ein Mondstrahl drang, und schauderte unwillkürlich. Aus der Ferne hörte sie das Klappern eiliger Schritte, irgendwo schrie ein Kätzchen.

Was sollte sie tun? Sie hatte kein Geld und hätte es ohnehin nicht gewagt, zu dieser nächtlichen Stunde den Fuß in einen Gasthof zu setzen, schutzlos, wie sie war, nur in Begleitung ihrer Stute. Und das Tier war mit seinen Kräften am Ende. Es konnte sie unmöglich bis Larchester zurücktragen.

Mit einem tiefen Seufzer lenkte sie das Pferd aus der Stadt

hinaus. Im offenen Land fühlte sie sich sicherer als in den engen Straßen der Stadt, geschützt vor den heimlichen Lauschern, die ihr hinter jeder Häuserecke und in jedem Gäßchen zu lauern schienen.

Schließlich fand sie am Rande eines Dörfchens eine freistehende Scheune. Dankbar führte sie die Stute hinein, fütterte sie mit Heu und ließ sie an einem Wassertrog trinken. Dann rollte sie sich im duftenden Stroh zusammen, zu erschöpft, um sich Gedanken darum zu machen, wo sie war und wer sie am Morgen hier finden würde.

Als sie mit steifen Gliedern und ausgehungert erwachte, war es bereits hell. Die Stute zupfte zufrieden Heuhalme aus einem Ballen, Sonnenlicht strömte durch das weit geöffnete Scheunentor herein, auf den Feldern draußen verdampfte der Morgentau in der Wärme des neuen Tages. Sie erhob sich von ihrem Strohlager, klopfte die Halme von ihrem Reitdreß und blickte sich nach allen Seiten um. Es war niemand zu sehen. Erleichtert wusch sie sich am Trog Gesicht und Hände, bemühte sich vergeblich, ihr zerzaustes Haar zu glätten – den Hut hatte sie irgendwo im Wald verloren – und schickte sich an, ihr Pferd zu satteln.

Es war noch verhältnismäßig früh am Morgen, als sie endlich in ihrem Heimatdorf anlangte. Zum Glück waren um diese Zeit nur wenige Menschen unterwegs, denn wo immer sie jemandem begegnete, spürte sie die neugierigen und spöttischen Blicke, mit denen die Leute sie musterten.

Caroline wandte sich nicht gleich dem Pfarrhaus zu, sondern suchte zuerst die Hütte der Forresters auf. Vor der Tür traf sie auf Susan, die in zwei Eimern Wasser von der Pumpe auf der Straße geholt hatte. Als Caroline müde vom Pferd stieg, stellte Susan ihre Eimer ab und blickte der Besucherin verwundert entgegen.

»Susan, wo ist Jake?«

»Er ist drinnen. Er ist gestern abend doch noch nach Hause gekommen...«

Caroline drückte ihr die Zügel ihrer Stute in die Hand und eilte an ihr vorbei ins Haus. Jake war damit beschäftigt, seine

Stiefel zuzuschnüren. Bei Carolines Anblick richtete er sich erstaunt auf.

»Sie haben Charles – Mr. Dawson festgenommen«, begann Caroline ohne Umschweife, nachdem sie sich mit einem Blick über die Schulter überzeugt hatte, daß Susan ihr nicht ins Haus gefolgt war. »Sie haben ihn in die Festung von Lakamouth gebracht.«

»Großer Gott!« Jake sah sie erschrocken an. »Ich dachte, es hätten sich alle in Sicherheit bringen können. Er hat uns persönlich gewarnt...«

»Er ist geblieben, um mich zu schützen!« rief Caroline verzweifelt aus. »Wir müssen ihm helfen. Was sollen wir tun?«

Jake ließ sich schwer auf einen der beiden Holzstühle im Raum fallen. »Tja, was das betrifft...« Er kratzte sich am Kopf. »Lakamouth, sagen Sie. Warum so weit? Warum haben sie ihn nicht nach Larchester gebracht?«

»Ich weiß es nicht.« Sie zuckte ungeduldig die Achseln. »Vielleicht ist die Miliz dort stationiert.«

»Ja, das ist sehr gut möglich«, erwiderte Jake nachdenklich. »Überlassen Sie die Sache mir. Ich werde mich mit den anderen beraten, was zu tun ist. Ihr Vater hat nach Ihnen gesucht.« Er schien erst jetzt zu bemerken, in welcher Verfassung Caroline war. »Sie gehen jetzt am besten nach Hause...«

»Aber Sie benachrichtigen mich? Ich muß wissen, was Sie zu unternehmen gedenken.«

Jake schüttelte den Kopf. »Überlassen Sie das lieber uns, Miß...«

»Nein! Verstehen Sie denn nicht?« Sie faßte ihn beschwörend am Arm. »Jake, ohne mich wäre er entkommen. Ich bin es ihm schuldig, daß ich ihm helfe.«

Einen Augenblick lang schwieg Jake. Dann nickte er. »Also gut«, sagte er, »ich werde Sie benachrichtigen.«

Nachdem Caroline die Stute in die Stallungen der Pfarrei geführt und dem Stallburschen strikte Anweisungen gegeben hatte, sie trockenzureiben, zu füttern und zu tränken, schleppte sie sich zur Küchentür und stieß sie auf. Polly und die Köchin saßen am Tisch und schälten Erbsen.

»Miß Caroline!« Polly sprang auf. »Lieber Gott! Wie sehen Sie denn aus? Wo waren Sie?«

»Wo ist mein Vater?« Caroline ließ sich kraftlos auf einen Stuhl fallen.

»Er ist noch einmal nach Pengate geritten. War das eine Aufregung hier. Der Archidiakon kam gestern abend hierher, um zu fragen, warum Sie Miß Mariannes Pferd genommen hätten. Als wir Sie dann nirgends finden konnten und Mr. Rixby erzählte, daß sie mit Mr. Dawson fortgeritten waren, ist Ihr Vater sofort nach Pengate gefahren, und, o mein Gott, die Bediensteten sagten ihm, daß sie weder von Ihnen noch von Mr. Dawson eine Spur gesehen hätten. Mr. Hayward war drauf und dran, die ganze Gegend durchkämmen zu lassen. O mein Gott, und wie Sie aussehen! Sind Sie gestürzt?«

Caroline schloß dankbar die Augen und schickte ein Stoßgebet zum Himmel. Natürlich, das war die Rettung. »Ja, ich bin gestürzt. Es tut mir leid, daß sich alle hier um mich geängstigt haben. Ich muß bewußtlos gewesen sein. Jedenfalls war ich so benommen, daß ich nicht weiterreiten konnte, und darum habe ich mich entschlossen, bis zum Morgen in einer Scheune Schutz zu suchen.«

Die beiden Frauen hoben voll Entsetzen die Hände.

»Aber wo war Reverend Dawson? Wie konnte er Sie nur allein nach Hause reiten lassen?« Die Köchin sah sie mit mißtrauisch gerunzelter Stirn an.

»Er hatte noch etwas zu tun. Ich wollte aber so schnell wie möglich nach Hause. Es war nicht seine Schuld. Ich hätte bei ihm bleiben sollen, aber ich wußte, daß Papa sich Sorgen machen würde – und so habe ich alles nur noch schlimmer gemacht.«

Zu ihrer Erleichterung blieb ihr noch genügend Zeit, sich frisch zu machen und umzuziehen und etwas zu essen, bevor Mr. Hayward, vom Stallburschen informiert, zum Pfarrhaus zurückkehrte. Seine Sorge, als er von ihrem Sturz von dem geliehenen Pferd erfuhr, konnte seine Verärgerung nur geringfügig mildern. Vorsichtshalber ließ er den Arzt rufen, der Caroline gründlich untersuchte und sein Erstaunen darüber äußerte, daß sie keine sichtbaren Verletzungen davongetragen hatte. Dann verordnete er ihr für den Rest des Tages Bettruhe. Caroline folgte seiner Anweisung nur zu gerne, entging sie auf diese Weise doch den bohrenden Fragen ihres erzürnten Vaters, die bewirkten, daß sie sich immer tiefer in ihr Lügengespinst verstrickte.

In ihrem Zimmer war es kühl und ruhig. Im ganzen Haus war es jetzt still. Sie streckte sich auf dem Bett aus und blickte gedankenverloren zum offenen Fenster, wo sich die Vorhänge sacht im Wind bewegten. Was würde mit Charles geschehen? Würde man ihm den Prozeß machen? Man würde ihn doch sicher nicht hängen? Sie schloß mutlos die Augen und ballte die Fäuste so fest, daß sich ihre Fingernägel schmerzhaft in die Handflächen bohrten. Sie konnte den Gedanken an ihn nicht loswerden, und ihr wurde bewußt, daß sie eine unangemessen tiefe Bewunderung für Charles Dawson empfand.

Man hatte Boten zum Haus des Archidiakons und nach Pengate geschickt, die dort berichten sollten, daß Roß und Reiterin wohlbehalten waren, und Kennet, Charles' Butler, hatte sie seinerseits wissen lassen, Mr. Dawson sei aufgehalten worden. Caroline erbleichte bei diesem Wort – und werde erst in ein paar Tagen zurück erwartet. Wer hatte ihn informiert, fragte sich Caroline.

Den ganzen Tag über wartete sie auf die Nachricht – von Jake, von ihrem Vater –, daß Charles' Verhaftung bekannt geworden sei, aber nichts geschah.

Beim Abendessen fand sie dann einen Zettel auf ihrem Tablett: *Sind Sie bereit, zu helfen? Wenn ja, kommen Sie am frühen Morgen zum Haus der Forresters.* Das war alles. Keine Unterschrift. Sie starrte lange darauf. Die Nachricht war in der Handschrift eines gebildeten Menschen auf schwerem Papier von guter Qualität verfaßt. Sie hielt das Blatt Papier über den leeren Kamin und sah zu, wie es in der Flamme ihrer Kerze verbrannte, bis das letzte Stück Asche auf den kalten Rost rieselte. Ihr Herz klopfte angstvoll.

In dieser Nacht konnte sie kaum Schlaf finden. Lange vor der Morgendämmerung stand sie auf, zog ihr frisch gebügeltes Kleid an und steckte ihr Haar zum Knoten auf und streifte ein Netz darüber. Die Schuhe in der Hand, schlich sie auf leisen Sohlen die Treppe hinunter und trat in das kühle Morgengrauen des taufeuchten Gartens hinaus. Sie hatte keine Sekunde daran gedacht, nicht zu gehen.

Mit energischem Schritt ging sie die Dorfstraße hinunter, vorbei an den Häuserreihen, bis sie Jake Forresters Haus am Ende der Straße erreichte. Es lag still und dunkel da.

Nervös hob sie die Hand, aber bevor sie noch anklopfen konnte, wurde die Tür geöffnet. Im Innern des Hauses waren einige Männer versammelt. Susan war nicht zu sehen.

»Ich wußte, daß Sie kommen würden.« Mit fahrigen Bewegungen schob Jake ihr einen Stuhl hin. Auf dem zweiten Stuhl saß James Kennet, Charles Dawsons Butler. Er wußte also Bescheid. Jetzt dämmerte Caroline auch, wer die Nachricht an sie geschrieben hatte. Der Butler erhob sich halb von seinem Stuhl, um sie zu begrüßen, dann setzte er sich wieder. Er musterte sie aufmerksam.

»Mr. Charles und ich haben einen Plan ausgearbeitet für den Fall, der jetzt eingetreten ist, Miß Hayward«, informierte er sie förmlich. »Im Augenblick scheint das Glück noch auf unserer Seite zu sein. Sie haben ihn noch nicht von Lakamouth weggebracht, aber wir haben erfahren, daß man ihn nach Larchester bringen will, um ihm dort den Prozeß zu machen. Ich brauche Ihnen wohl nicht zu sagen, welchen Skandal es auslösen würde, wenn seine Identität bekannt wird. Wir müssen ihn also unter allen Umständen herausholen, bevor bekannt wird, wer er ist, und natürlich viel mehr noch, bevor es zum Prozeß kommt!«

»Und wie stellen wir das an?« Caroline stellte fest, daß ihr Mund trocken geworden war.

»Durch Bestechung, Miß Hayward.« Er seufzte. »In Lakamouth gibt es keine richtige Garnison, was uns die Sache leichter machen wird. Soweit ich gehört habe, sind die Gefängniswärter dort sehr einfache Leute. Mit etwas Glück können wir ihn ohne große Schwierigkeiten heraushauen.« Bei diesem Wort, das er offensichtlich für den in der gegebenen Situation angemessenen Jargon hielt, zog er pikiert die Mundwinkel nach unten.

»Wieviel Geld benötigen Sie?« Caroline blickte mutlos in die Runde der versammelten Männer. Das war es also, wozu man sie brauchte. Aber sie besaß kein eigenes Geld.

Kennet lächelte. Er schien ihre Gedanken zu erraten. »Das kommt darauf an, wieviel Sie bekommen können. Sie müssen zum Bischof gehen.«

»Zum Bischof?« Caroline starrte den Butler ungläubig an. »Sie meinen, er weiß Bescheid?«

»Nein, natürlich nicht«, entgegnete er verächtlich. »Aber Mr. Charles hat mir diesen Brief zur Aufbewahrung gegeben.«

Caroline faltete das Blatt Papier auseinander, das er ihr gereicht hatte. »Vater, ich benötige dringend einige hundert Guineen für eine Angelegenheit, die, wie ich weiß, Dein Herz erfreuen würde. Würdest Du das Geld bitte dem Überbringer dieses Briefes anvertrauen? Ich erkläre Dir alles, sobald es mir möglich ist. Dein Dich liebender Sohn, Charles.« Caroline hob den Kopf. »Er hat damit gerechnet, daß diese Situation eintritt!«

»Wir haben alle mit dieser Möglichkeit gerechnet.«

»Aber warum wollen Sie, daß *ich* zum Bischof gehe?«

»Sie sind eine respektablere Überbringerin der Botschaft, als selbst ich es wäre, Miß Hayward«, erklärte er mit dem leisesten Anflug eines Lächelns. »Sie könnten ihm eine größere Summe entlocken als ich. Wir brauchen so viel Geld wie nur irgend möglich und zwar sofort.«

Es war noch nicht später als zehn Uhr morgens, als Kennet und Caroline in der Kutsche der Pfarrei von Pengate vor der Residenz des Bischofs im Dombezirk von Larchester vorfuhren. Ihr Vater hatte ihr erst erlaubt, das Haus zu verlassen, als er von Kennet erfahren hatte, daß sie dem Bischof eine Nachricht von Charles Dawson zu überbringen hatte. Eine halbe Stunde später verließ sie das Haus des Bischofs, ausgestattet mit einem fingerhutgroßen Glas nervenberuhigenden Sherrys, einem kräftigen Händedruck, einem Säckchen mit Goldmünzen und einer Brieftasche voller Wechsel, ausgestellt auf die Bankhäuser in Larchester und Lakamouth.

Sie hatte für diesen Besuch ihr schönstes Kleid aus gemustertem Mousselin hervorgeholt und den besten Hut auf ihre glänzenden Locken gedrückt, und der Bischof hatte seiner anziehenden Besucherin mit einem bewundernden Augenzwinkern seine Anerkennung gezollt.

»Steckt Charles mal wieder in der Klemme?« hatte er mit dröhnender Stimme gelacht, nachdem er den Brief gelesen und ihr Glas gefüllt hatte. »Nein, geben Sie sich keine Mühe, es abzuleugnen. Charles hat sich schon als Junge ständig in Schwierigkeiten gebracht. Und das hat sich nicht geändert, seitdem er erwachsen ist. Ich hoffe nur, es geht ihm gut.« Er betrachtete sie aufmerksam. »Und Sie sind eine Freundin von Charles, sagten Sie?«

»Ich hoffe doch, Hochwürden.« Caroline spürte, wie ihr das Blut in die Wangen stieg.

»Haywards Tochter, habe ich recht?« Er versuchte offensichtlich, sie einzuordnen. »Gut, sehr gut.« Und schon wurde sie vom diensteifrigen Kaplan des Bischofs wieder hinauskomplimentiert.

Jetzt waren sie unterwegs nach Lakamouth, das Geld lag in Carolines Schoß.

»Die anderen werden uns dort erwarten, falls wir ihre Hilfe brauchen«, erklärte James Kennet, nachdem sie eine Weile schweigend dahingefahren waren. »Sie sorgen dafür, daß ein Boot bereit liegt, das ihn mit der Nachmittagsflut hinausbringt.«

»Und wenn sie ihn nicht freilassen?« fragte Caroline mit einem ängstlichen Blick auf das Profil ihres Begleiters.

»Dann müssen wir uns etwas anderes einfallen lassen. Aber ich glaube nicht, daß wir auf Schwierigkeiten stoßen werden. Die Hälfte dieser Männer sind selbst Schmuggler. Sie schließen sich der Miliz nur wegen des Geldes an. Wenn wir ihnen mehr bieten, werden sie es nehmen.« Er schnalzte mit den Zügeln.

Sie stellten die Pferde und die Kutsche im Hof des Angel

Inn ab. Jake lungerte dort mit drei weiteren Männern bei den Stallungen herum und wartete auf sie.

»Wir haben ein Signal an die *Marie France* gesandt. Sie warten draußen darauf, ihn an Bord zu nehmen und nach Frankreich zu bringen«, erklärte Jake mit zufriedenem Grinsen. »Jetzt müssen wir oben in der Festung nur noch ein wenig Überredungskunst aufwenden.«

Die Blicke sämtlicher Männer wandten sich Caroline zu.

»O nein. Nicht ich!« Entsetzt sah sie von einem zum anderen.

»Wer könnte besser geeignet sein?« sagte Jake aufmunternd. »Machen Sie Ihr Haar auf und reiben Sie sich die Augen, bis sie aussehen, als wären sie rot vom vielen Weinen. Dieser Anblick würde selbst das härteste Herz erweichen. Mr. Kennet wird sie begleiten.«

»Aber das kann ich nicht«, rief sie mit panischer Angst in der Stimme.

»Natürlich können Sie es. Es ist seine einzige Chance.«

Einen Augenblick lang war sie versucht, auf dem Absatz kehrtzumachen und davonzulaufen, aber dann nahm sie allen Mut zusammen. Hatte sie sich nicht nach dem Abenteuer gesehnt? Hatte sie sich nicht über die Eintönigkeit ihres Lebens im Pfarrhaus beklagt? Nun, ihre Gebete waren erhört worden. Hier hatte sie ihr Abenteuer. Abgesehen davon tat sie es für Charles, und für ihn, das war ihr mit einemmal klar, war sie bereit, alles zu wagen. Sie nickte zögernd. »Also gut. Ich tue es.«

»Braves Mädchen.« Sie glühte vor Stolz über dieses etwas gönnerhafte und eindeutig respektlose Lob aus Kennets Mund.

Sie brauchte sich jedoch nicht zu verstellen, um bleich und ängstlich zu wirken, als sie, das Gesicht unter einem Schleier verborgen und mit zitternden Knien, in den mächtigen Bogengang des Torhauses trat und wartete, während sich Kennet nach dem Weg erkundigte. An den Wachposten vorbei folgte sie ihm über das schlüpfrige Kopfsteinpflaster des Innenhofs.

Der für die Gefangenen zuständige Offizier räkelte sich gelangweilt an seinem Schreibtisch in einem kleinen Raum des Edward Tower. Als Caroline eintrat, knöpfte er hastig seinen Uniformrock zu. »Madam?« Sein Blick wanderte fragend zwischen Caroline und James Kennet hin und her.

Einen Augenblick lang stand Caroline wie betäubt vor ihm. Sie wußte nicht, was sie sagen oder tun sollte. Sie war keine Schauspielerin, und sie hatte schreckliche Angst. Mit mitleiderregender Miene sah sie den Mann an, und im nächsten Moment brach sie unvermittelt und ohne jede Verstellung in Tränen aus.

Es kostete sie jeden Penny, den sie bei sich hatten, und dazu noch das goldene Medaillon, das Caroline um den Hals trug, bis sie endlich, ein vom Hauptmann der Wache unterzeichnetes Entlassungspapier in Carolines Ridikül, durch die langen düsteren Gänge zu den Zellen der Gefangenen unterwegs waren.

Charles saß in einer winzigen Zelle an einem groben Holztisch. Sein Jackett war zerrissen, und aus seiner Stirnwunde war, bevor sich Schorf darüber gebildet hatte, Blut auf sein Hemd getropft, aber man hatte ihn nicht, wie Caroline insgeheim befürchtet hatte, in Ketten gelegt.

Und er war keineswegs erfreut, sie zu sehen. »Was, in Gottes Namen, tun Sie denn hier? Ich dachte, Sie seien den Soldaten entkommen!«

Der schroffe Ton in seiner Stimme empörte sie, und es dauerte einen Moment, bis sie sich wieder gefaßt hatte. »Wir sind gekommen, um Sie hier herauszuholen, und eigentlich dachten wir, Sie würden sich darüber freuen«, antwortete sie schneidend. »Sie sind frei.«

»Und das hat Ihren Vater ein ganz schönes Sümmchen gekostet, Mr. Charles«, warf Kennet mit einem Augenzwinkern ein. »Wir dachten, Miß Caroline könnte ihm vielleicht ein bißchen mehr Geld entlocken als ich, was ihr auch gelungen ist. Sind Sie bereit, Sir?« Er nahm Charles' zerrissene Jacke von der Stuhllehne und reichte sie ihm.

»Ihr Narren!« Mit einer wütenden Grimasse warf Charles

die Jacke über. »Wollt ihr sie in die Sache hineinziehen? Wollt ihr, daß man herausfindet, wer ich bin? Was glaubt ihr, wie lange es dauert, bis man sie erkennt? Ihren Hut haben sie schon gefunden!«

Die Wachen hatten ihm den Hut am Morgen hohnlachend präsentiert – von Hufen zertrampelt und tropfnaß, wie sie ihn vom aufgeweichten Boden des Waldes aufgelesen hatten.

»Sie wissen nicht mehr«, erklärte Caroline würdevoll, ohne sich anmerken zu lassen, wie sehr sie seine Undankbarkeit verletzte, »als daß es in Ihrem Leben eine Dame gibt, der Sie so viel bedeuten, daß sie bereit ist, ihren letzten Penny zu opfern, um Sie hier herauszuholen. Abgesehen davon, wer sollte mich denn erkennen? Ich habe im Zweifelsfall immer noch meinen Schleier.« Damit machte sie kehrt und marschierte hocherhobenen Hauptes aus der Zelle.

Charles runzelte die Stirn. »Caroline, es tut mir leid. Ich wollte nicht...« Aber sie war schon verschwunden.

Die beiden Männer wechselten einen raschen Blick, dann folgten sie ihr mit einem Gefühl des Unbehagens durch die Gänge zum Innenhof. Sie hatten den Hof fast erreicht, als sich die Tür zur Wachstube öffnete und ein Mann heraustrat. Er stellte sich ihnen in den Weg.

»Was hat das zu bedeuten? Ein Befreiungstrupp?« Sein Blick wanderte von einem zum anderen, schließlich blieb er an Caroline hängen, und seine Augen wurden groß. »Kenne ich Sie nicht?«

»Das glaube ich kaum«, sagte sie mit so leiser Stimme, daß die Worte kaum zu vernehmen waren. Sie hatte ihn sofort erkannt. Es war Captain Warrender, der Offizier, dem sie am Tag zuvor begegnet war, als sich die Miliz auf dem Dorfplatz versammelt hatte. Sie hätte in diesem Augenblick einiges gegeben, wenn ihr Hutschleier nicht aus gar so zartem Stoff gewesen wäre. Sie spürte seinen bohrenden Blick auf ihrem Gesicht und senkte den Kopf. Aber es war zu spät.

»Ich weiß, wer Sie sind! Die junge Frau auf der Vollblutstute gestern abend in Ewangate. Bei Gott! Sie gehören also zu der Bande! Sie haben die Halunken gewarnt...«

»Wir haben ein Entlassungspapier für diesen Herrn, Captain.« Kennet trat vor. »Das Ganze war eine Verwechslung. Sie müssen die junge Dame mit einer anderen Person verwechseln.« Hinter dem Rücken gab er Charles und Caroline ein Zeichen. »Wenn Sie es wünschen, können wir die Sache von Ihrem Vorgesetzten bestätigen lassen.«

Charles nahm Caroline am Arm und schob sie an den Wachposten vorbei. Noch ein paar Schritte über den Hof, und sie würden draußen sein.

»Halt...« rief der Captain. Sein Schrei brach abrupt ab, als Kennets Handkante seinen Nacken traf, und er stürzte zu Boden. Kennet schleifte den Bewußtlosen in die leere Wachstube, schloß die Tür ab und steckte den Schlüssel in die Tasche. Dann eilte er den beiden anderen nach. »Schnell!« flüsterte er.

Sie überquerten den kopfsteingepflasterten Hof so schnell sie konnten, ohne Aufmerksamkeit zu erregen, eilten durch den Bogengang des Torhauses und auf die Straße hinaus. Dort wurden sie sogleich vom lärmenden Gewimmel der Fußgänger, Reiter und Kutschen verschluckt, in dessen Schutz sie unbehelligt zum Angel Inn zurück gelangten.

»Das Boot liegt an der Kaitreppe bereit.« Jake erwartete sie mit Pferd und Kutsche am Tor der Stallungen. Hastig zog Kennet ein Hemd und einen Überzug aus der Kiste unter dem Sitz, in der er immer ein paar Kleider zum Wechseln aufbewahrte. Er half Charles aus seinen blutbespritzten Kleidern heraus und rollte sie zu einem Bündel zusammen, das er anschließend in der Kiste verstaute. Caroline konnte nicht umhin, Charles' breite Brust und muskulöse Schultern zu betrachten, und sie spürte einen Anflug von Sehnsucht tief in ihrem Innern, den sie sich nicht erklären konnte. Er bemerkte ihren neugierigen Blick und lächelte verlegen. »Es tut mir leid. Kein Anblick für eine Dame. Sie hätten sich umdrehen sollen.«

Sie errötete heftig. »Verzeihen Sie, bitte. Aber jetzt müssen wir uns beeilen.«

»Da haben Sie recht.« Kennet trat an ihre Seite. »Darf ich

Ihnen beim Einsteigen behilflich sein, Miß? Ach ja, und wenn Sie bitte Ihren Hut abnehmen würden. Ich dachte, eine kleine Tarnung würde vielleicht nicht schaden.« Wieder beugte er sich über die Kiste und zog diesmal einen roten Schal hervor. »Den können Sie sich um die Haare binden, Miß. So sehen Sie gleich ganz anders aus. Sehen Sie?« Ihren Hut stopfte er zu den blutbefleckten Kleidern in der Kiste.

Sekunden später saß Caroline eingeklemmt zwischen Kennet und seinem Herrn auf der Bank des Zweisitzers. Sie winkten Jake und den anderen Männern noch einmal zum Abschied zu, dann setzte sich das Gefährt in Bewegung.

Caroline war sich der Berührung seines Schenkels und seiner Schulter nur allzu bewußt. »Ich habe mich noch nicht bei Ihnen bedankt«, sagte sie. »Sie haben mich vor der Entdeckung bewahrt, indem Sie direkt auf die Soldaten zugeritten sind.«

»Das war nicht mehr als das, was Sie für mich getan haben«, gab er kurzangebunden zurück. Durch das kleine Fenster im Verdeck der Kutsche warf er einen Blick zurück. »Indem Sie hierher gekommen sind, haben Sie sich in viel größere Gefahr gebracht. Das war sehr dumm von Ihnen.«

»Sie hat sehr viel Mut gezeigt, Mr. Charles«, mischte sich Kennet von ihrer Rechten ein. In seiner Stimme schwang ein vorwurfsvoller Ton mit.

»Ich zweifle nicht an ihrem Mut. Ich bedaure lediglich ihren offensichtlich unstillbaren Drang, sich in Gefahr zu begeben«, entgegnete Charles. Dann überzog unerwartet ein breites Lächeln sein Gesicht. »Nicht, daß ich sie mir anders wünschen würde, wenn ich es mir recht überlege. Irgendwie scheinen mir aufsässige Frauen zu gefallen!« Er blickte mit spöttischem Lächeln auf sie hinunter. »Wenn Sie sich nicht in acht nehmen, werde ich eines Tages bei Ihnen anklopfen und Sie für meine Gefolgschaft rekrutieren.«

Caroline blieb keine Gelegenheit für eine Erwiderung, denn sie hatten jetzt den Hafen erreicht. Kennet lenkte die Kutsche bis an den Rand des Kais und hielt sie dann an einer Steintreppe an, die zum Wasser hinunterführte. Unter ihnen schaukelte ein kleines Boot auf dem Wasser. Der Mann, der darin saß, blickte auf und hob die Hand zum Gruß.

»Die *Lucy* dort unten wird Sie zur *Marie Blanche* hinausbringen. Viel Glück, Mr. Charles.« Kennet verabschiedete sich mit einer leichten Verbeugung.

Charles schwang sich aus der Kutsche. »Vielen Dank. Ihnen beiden.« Er deutete eine knappe Verbeugung in Carolines Richtung an, dann ergriff er, als hätte er es sich im letzten Moment überlegt, ihre Hand und hauchte einen Kuß darauf. »Bringen Sie sie nach Hause, James, und sagen Sie ihrem Vater, er soll sie vor Dummheiten bewahren.«

Das war alles. Er drehte sich nicht noch einmal um. Eine Weile blickten sie dem kleinen Ruderboot nach, das ihn zu dem in der Mitte des Hafenbeckens vor Anker liegenden Fischerboot hinausbrachte. Dort wurden bereits die Segel gehißt.

»Wohin fahren Sie?« erkundigte sich Caroline mit Wehmut im Herzen.

»Auf dem Kanal werden sie von einem Franzosen erwartet«, erwiderte der Butler, während er seinem Herrn nachdenklich nachblickte. »Mr. Charles wird in Frankreich für eine Weile untertauchen, während wir hier den Lauf der Dinge beobachten. Es wird einen Riesenärger geben, wenn sie herausfinden, daß seine Entlassung ein Irrtum war.« Er grinste zufrieden. »An der ganzen Küste wird es keinen sicheren Fleck geben, solange sie nach ihm suchen.« Er schnalzte energisch mit den Zügeln. »Und auch für Sie ist es nicht ratsam, sich noch länger hier herumzutreiben, Miß. Ich muß Sie jetzt nach Hause bringen, denn erst dort sind Sie in Sicherheit.«

Sie gab der Versuchung, noch einmal zurückzublicken, nicht nach, und nach kurzer Zeit tauchte die Kutsche in das geschäftige Treiben der Straßen ein.

Ihr Vater erwartete sie in seinem Arbeitszimmer. »Ich habe dich viel früher zurück erwartet.« Er runzelte vorwurfsvoll die Stirn. Dann fuhr er wißbegierig fort: »Und, hast du mit dem Bischof gesprochen?«

Sie lächelte müde. »O ja, und er war sehr zuvorkommend, Papa. Ich konnte Charles' – das heißt, Mr. Dawsons Auftrag erfüllen.«

»Und wann können wir Mr. Dawson einmal in unserem Haus begrüßen?« Er beobachtete sie lauernd.

Sie zuckte die Achseln. »Ich weiß es nicht, Papa. Er wird sich sicher mit seinem Vater in Verbindung setzen, wenn er zurückkommt.«

Der Reverend war offensichtlich begierig, mehr zu erfahren, aber die düstere Miene seiner Tochter hinderte ihn daran, weitere Fragen zu stellen. Er trat ans Fenster und blickte versonnen in den sonnenüberfluteten Garten hinaus. »Heute nachmittag war der Stallbursche der Rixbys hier und hat Mariannes Stute abgeholt. Er sagte, du kannst Star morgen holen«, erklärte er ruhig. Dann wandte er sich um und sah Caroline an. »Marianne scheint ziemlich erbost zu sein.«

»Das tut mir leid«, entgegnete Caroline freudlos. »Ich werde ihr natürlich einen Besuch abstatten.«

Der Reverend seufzte. »Das solltest du wirklich tun. Und jetzt geh hinauf und ruh dich vor dem Abendessen ein wenig aus. Das gibt dir Gelegenheit, deine Versäumnisse beim Auswendiglernen der Bibelverse nachzuholen.« Mit diesen Worten ließ er sich an seinem Schreibtisch nieder und zog ein Buch zu sich heran. Da er nicht noch einmal von seinem Buch aufblickte, kam Caroline zu dem Schluß, daß ihre Unterredung beendet war.

Marianne war in Tränen aufgelöst. »Aber wo wart ihr? *Wo?*«

Caroline zuckte die Achseln. »Ich habe es dir doch gesagt. Ich bin lediglich mit ihm durch die Gegend geritten. Irgendwo in der Nähe seiner Pfarrgemeinde – ich weiß nicht, wo.«

»Aber warum? Warum du?«

»Weil ich ihm die Botschaft überbracht habe.« Geduldig leierte Caroline die Geschichte, die sie sich zurechtgelegt hatte, ein ums andere Mal herunter. Sie kam der Wahrheit immerhin recht nahe.

»Er ist nicht zurückgekommen, weißt du«, fuhr Marianne klagend fort. »Er wollte am nächsten Tag mit Papa reden, aber er hat es nicht getan.«

»Er hatte gewiß die Absicht. Ich bin sicher, daß er es tun wird, sobald er Gelegenheit dazu hat.«

Caroline erhob sich müde. »Ich weiß nicht mehr als das, was ich dir erzählt habe, Marianne. Er hat sich mir nicht anvertraut.« Das zumindest entsprach der Wahrheit.

Das Leben im Pfarrhaus erschien ihr unerträglich. Die Tage zogen sich inhaltslos wie immer dahin, langweilig, von der Erfüllung der täglichen Pflichten bestimmt – und immer durchsetzt mit den Stunden, in denen sie die endlosen Verse lernen mußte, die ihr Vater für sie herausgesucht hatte. Sie kämpfte entschlossen gegen den Wunsch zu rebellieren an. Ihr Platz war an der Seite ihres Vaters. Aber selbst dieses Wissen konnte ihre Träume nicht verdrängen. Und diese Träume handelten von den wenigen gestohlenen Stunden, die sie in der Gesellschaft des gutaussehenden Pfarrers von Pengate verbracht hatte.

Sie mußte ständig an ihn denken. Seine Abschiedsworte in der Kutsche: Hatte er sie ernst gemeint? Hatte er wirklich die Absicht, zurückzukommen? Wieder und wieder erlebte sie in Gedanken den Moment, als er ihr flüchtig die Hand geküßt hatte, rief sich den beunruhigenden Anblick seines muskulösen Oberkörpers beim Kleiderwechsel in Erinnerung, der ihr in seiner Blöße so nah gewesen war. Wo war Charles jetzt? Hatte er das rettende französische Ufer erreicht, oder war die *Marie France* im Kanal von einem Zollschiff aufgehalten worden? Nicht einmal das war ihr bekannt. Ihr Vater hatte ihr erregt von der erfolglosen Hetzjagd erzählt und ihr berichtet, daß man den Anführer zwar festgenommen, später aber irrtümlich wieder laufengelassen habe. Seiner Miene nach zu schließen hatte er keine Ahnung, um wen es sich bei diesem Mann handelte. Bald versiegten auch diese knappen Berichte, und die Schmuggler wurden im Pfarrhaus nicht mehr erwähnt. Einmal hatte sie sich heimlich in die Scheune geschlichen, um nachzusehen, ob dort wirklich Brandyfässer versteckt waren. Aber wenn jemals welche dagewesen waren, so waren sie inzwischen jedenfalls verschwunden.

Die einzigen Momente des Glücks, die Caroline in dieser Zeit erlebte, waren ihre Besuche bei Susan Forrester, deren winzige neugeborene Tochter zu ihrem Erstaunen und ihrer Freude auf den Namen Caroline getauft worden war. Jake hatte nichts Neues zu berichten; die Schmuggelei war eingestellt worden. An der Hütte waren noch keine Reparaturen vorgenommen worden.

Zum Michaelistag kam dann die Einladung des Bischofs. In den Gesellschaftsräumen der bischöflichen Residenz wimmelte es, wie immer bei solchen Gelegenheiten, von Menschen. Caroline stand mit blassem, ernstem Gesicht an der Seite ihres Vaters und sah sich lustlos im Saal um. Sie hatte nicht kommen wollen. In diesem Moment tauchten auf der anderen Seite des Raumes die Rixbys auf. Caroline entdeckte sie sofort, und ihre Stimmung sank, wenn überhaupt möglich, noch tiefer. Marianne machte längst keinen Hehl mehr daraus, wie sehr ihr Caroline verhaßt war und daß sie ihr die Schuld für Charles' Verhalten gab, das sie als persönliche Zurückweisung empfand. Carolines zaghaftes Lächeln beantwortete sie mit einem finsteren Blick, und verächtlich warf sie den Kopf in den Nacken. Dann wandte sie sich wieder dem jungen Mann an ihrer Seite zu.

»Der junge Lord Wentworth.« Dem Reverend war nicht entgangen, welche Richtung der Blick seiner Tochter genommen hatte. »Offensichtlich grämt sich Miß Rixby nicht mehr um ihren verlorenen Liebsten.« Ihm entging nicht, daß Caroline bei diesen Worten heftig errötete, und er nickte sorgenvoll vor sich hin. Wie er es sich gedacht hatte. Das törichte Kind bildete sich ein, Charles Dawson zu lieben. Er seufzte schwer. Welch glückliche Fügung, daß der älteste Sohn des Bischofs aus Gesundheitsgründen, wie aus der Residenz verlautete – auf unbestimmte Zeit verreist war und seine Pfarrgemeinde einem Stellvertreter übergeben hatte. George Hayward verneigte sich geistesabwesend zu einem Amtskollegen hin. Als er sich wieder umwandte, war Caroline verschwunden.

Der Garten war menschenleer. Das goldene Herbstlaub raschelte unter ihren Sohlen, als sie an der Eibenhecke entlang ging und durch die Lücke in den dahinterliegenden Teil des Gartens schlüpfte. Im Gras unter der Schaukel hatte sich Laub gesammelt, und selbst auf den Sitz der Schaukel waren die Blätter an diesem windstillen Nachmittag heruntergeschwebt. Einen Augenblick lang blieb sie neben der Schaukel stehen und strich fast zärtlich über das Seil. Der einzige Laut in der Stille war das fröhliche Zwitschern eines Rotkehlchens, das in der Nähe auf einem Blumenspalier saß und sein Lied in den klaren Herbsthimmel trällerte.

»Sie haben hoffentlich nicht vergessen, daß Sie zu schwer sind für diese Schaukel.«

Im ersten Moment glaubte sie zu träumen. Sie fuhr hastig herum. Charles stand bei der Hecke und beobachtete sie. Diesmal war er wieder in nüchternes Schwarz gekleidet, sein Haar war sorgfältig gekämmt, auf seinen glänzend polierten Schuhen war kein Stäubchen zu sehen. Er deutete eine knappe Verbeugung an. »Wie ich sehe, machen Sie sich immer noch nichts aus Gesellschaften, Miß Hayward.«

»Was tun Sie hier?« Zögernd ging sie einen Schritt auf ihn zu und stellte unwillig fest, daß ihre Knie zitterten.

»Ich bin Ihnen nachgegangen. Ich dachte mir, daß ich Sie hier finden würde.«

»Ich meine, was tun Sie hier in England?«

»Ich nehme an der Gesellschaft meines Vaters teil.«

»Aber es ist viel zu gefährlich ...«

»Ich mußte zurückkommen, Caroline. Ich kann meine Schäfchen ja nicht ewig im Stich lassen.« Er zögerte einen Moment. »Ich habe Ihnen etwas mitgebracht. Kennet hat mir erzählt, daß Sie Ihr Medaillon geopfert haben, um mich freizukaufen. Ich kann es Ihnen natürlich nicht wiederbringen, aber ich möchte Ihnen das hier dafür geben.« Mit diesen Worten zog er ein dünnes Goldkettchen mit Anhänger aus der

Tasche und hielt es ihr entgegen. »Bitte. Ich möchte, daß Sie es nehmen.«

»Das kann ich nicht.« Caroline starrte auf das zarte Schmuckstück, das in seiner Handfläche lag wie ein filigraner Traum aus Gold und Perlen. »Ich kann kein Geschenk von Ihnen annehmen. Es wäre nicht recht.«

»Es ist kein Geschenk, Caroline, sondern ein Ersatz für das Verlorene. Ich bitte Sie. Es ist doch das Mindeste, was ich tun kann. Ich verdanke Ihnen mein Leben.«

Unsicher sah sie ihn an. »Sie wissen, daß ich es eigentlich nicht annehmen dürfte.«

Er lächelte. »Aber Sie tun doch immer, was sie nicht dürfen, oder nicht? Haben Sie Ihre Bibelverse auswendig gelernt?« In seinen Augen blitzte es spöttisch auf.

Sie nickte trübsinnig. »Es gab kein Entrinnen.«

»Dann sind Sie jetzt also wieder ganz die brave, pflichtbewußte Pfarrerstochter? Keine nächtlichen Ausritte mehr mit verbrecherischem Gesindel?«

Sie schüttelte den Kopf. »Ich fürchte, davon bin ich bekehrt.«

Er sollte nicht merken, welche Mühe sie dieses unverbindliche Plaudern und Scherzen kostete, wie sehr sie sich nach seiner Berührung sehnte.

»Arme Caroline.« Er nahm ihre Hand, legte das Kettchen hinein und schloß ihre Finger darüber. »Also gönnen Sie sich diesen letzten Akt der Rebellion. Nehmen Sie mein Geschenk als Zeichen meiner Dankbarkeit an. Ich muß jetzt ins Haus zurück.« Sein Blick verweilte forschend auf ihrem Gesicht, und einen Augenblick lang hatte sie das Gefühl, er wolle noch etwas sagen, aber dann machte er kehrt und ging wortlos davon.

Sie wartete lange, bis sie ihm ins Haus zurück folgte.

Ihr Vater stand noch an derselben Stelle, an der sie ihn verlassen hatte. Er war jetzt in ein Gespräch mit dem Archidiakon vertieft.

»Papa! Hier bist du.« Die beiden Männer hoben den Kopf

bei dieser Störung, und sie sah, daß ihr Vater die Stirn runzelte.

Marianne unterhielt sich immer noch mit Lord Wentworth. Carolines Hand schloß sich fester um die Kette, und sie ließ sie schweren Herzens in die Tasche gleiten. Sie würde sie nie tragen können. Ihr Vater würde sie sofort entdecken und fragen, woher sie den Schmuck hatte. Er hatte sich bereits nach dem Verbleib des Medaillons erkundigt, das ein Erbstück ihrer Mutter gewesen war.

»Sie sehen ganz reizend aus, Caroline, meine Liebe«, wandte sich der Archidiakon artig an sie und musterte sie aufmerksam, während sie spürte, wie ihr die Röte in die Wangen stieg. »Wie geht es Ihnen?«

»Gut, vielen Dank.« Ihr Lächeln gefror, als Charles an der Seite ihres Vaters auftauchte. Er verneigte sich. »Miß Hayward, meine Herren. Wie schön, Sie hier zu sehen.«

George Hayward warf ihm einen fragenden Blick zu. »Ich wußte gar nicht, daß Sie wieder in England sind, junger Mann.«

Charles lächelte liebenswürdig. »Ich bin gestern zurückgekommen, weil ich meine, daß meine Gemeinde keinen Tag länger ohne mich auskommen kann.«

»Und hatten Sie angenehme Ferien?« bohrte der Reverend weiter.

»Ferien konnte man das eigentlich nicht nennen«, entgegnete Charles geheimnisvoll.

»Als wir uns das letzte Mal begegnet sind«, mischte sich jetzt der Archidiakon in das Gespräch, »wollten Sie mit mir reden, über meine Tochter, wenn ich mich recht erinnere.«

Darauf folgte ein unbehagliches Schweigen. Caroline sah Charles wie gebannt an. Einen Augenblick lang schien er durch die Frage des Archidiakons aus der Fassung gebracht, aber er hatte sich schnell wieder in der Gewalt.

»Sehr richtig, Sir. Vielleicht kann ich meinen Besuch nächste Woche nachholen und Ihnen die Umstände, die zu meiner Abreise geführt haben, ausführlicher erklären.«

»Das sollten Sie tun.« Die Züge des Archidiakons entspannten sich ein wenig. »Und nun, George, gibt es noch einige Dinge, die wir zwei zu besprechen haben.« Damit nahm er Carolines Vater am Arm und zog ihn mit sich. Caroline blieb verlegen mit Charles zurück.

Eine Weile sagte keiner von beiden ein Wort.

»Werden Sie um Mariannes Hand anhalten?« fragte sie schließlich. Sie wußte, daß es sie nichts anging. Kaum hatte sie die Worte ausgesprochen, hätte sie sich am liebsten auf die Zunge gebissen.

Er warf einen suchenden Blick über die Schulter zurück. »Ich nehme an, das könnte man aus meinen Worten schließen.«

Sie zwang sich zu einem Lächeln. »Und werden Sie ihr von Ihrem Doppelleben berichten?«

»Das bezweifle ich«, entgegnete er. »Ich fürchte, damit ist es vorbei. Ich werde mir andere Methoden überlegen müssen, Geld für die Bedürftigen zu sammeln.« Er schwieg einen Moment. »Caroline...«

»Ich bin sicher, daß Marianne Ihnen dabei tatkräftig unter die Arme greifen wird.« Sie trat einen Schritt zurück, nicht länger fähig, ihren Schmerz zu verbergen. »Entschuldigen Sie mich jetzt, es gibt jemanden, mit dem ich reden muß.«

Blindlings stürzte sie in die Richtung davon, in die sich ihr Vater und der Archidiakon entfernt hatten.

Wie hatte sie nur so töricht sein können, zu glauben, daß er eines Tages etwas anderes in ihr sehen könnte als eine nützliche Person, die für ihn da war, wenn er Hilfe brauchte? Er hatte in ihr nie die Frau gesehen – und wenn doch, dann nur als eine Tatsache, die seinen Unternehmungen eher hinderlich war. Die Kette hatte nichts zu bedeuten. Sie war nur ein Ersatz für das verlorene Medaillon, genau wie er gesagt hatte; nicht mehr.

Ohne es zu merken, hatte sie den Archidiakon angestarrt. Er warf ihr ein fragendes Lächeln zu. »Sie sehen ein wenig zerstreut aus, meine Liebe. Soll ich Ihnen eine Limonade holen?« Forschend sah er ihr ins Gesicht. »Hat Sie irgend jemand geärgert?«

»Nein, ganz und gar nicht.« Caroline bemühte sich verzweifelt, sich ihren Kummer nicht anmerken zu lassen. In diesem Augenblick spürte sie, daß Charles hinter sie getreten war, das Gefühl seiner Nähe verursachte eine Gänsehaut auf ihrem Rücken.

»Ihre Tochter, Archidiakon, scheint große Stücke auf Lord Wentworth zu halten«, bemerkte er nachdenklich. »Ich frage mich, ob sie überhaupt noch Zeit für mich hat.«

Der hochmütige Ausdruck im Gesicht des Archidiakons vertiefte sich womöglich noch. »Wenn Sie damit andeuten wollen...«

»Ich will gar nichts andeuten, Sir«, unterbrach ihn Charles mit weit ausholender Geste. »Es war nur eine Feststellung.« In diesem Augenblick tönte Mariannes kehliges Gelächter deutlich zu ihnen herüber, und sie klopfte Lord Wentworth spielerisch mit dem Fächer auf den Arm. Sie hatte den Pfarrer von Pengate keines zweiten Blickes gewürdigt, und seine Anwesenheit war ihr offensichtlich vollkommen gleichgültig.

Der Archidiakon runzelte die Stirn. »Meine Tochter ist noch sehr jung, Charles...« Carolines erstickter Entsetzensschrei unterbrach ihn mitten in seiner Rede.

Nur zehn Schritte von ihnen entfernt stand, ins Gespräch mit dem Bürgermeister von Larchester vertieft, Captain Warrender, der Befehlshaber der in Lakamouth stationierten Miliz. Bevor sie noch reagieren konnte, drehte er sich um und blickte ihr mit offenem Mund direkt ins Gesicht. Sie wußte im selben Moment, daß er sie erkannt hatte.

»Was ist los?« erkundigte sich Charles. Sie war aschfahl geworden.

Der Mann hatte sich bereits in Bewegung gesetzt und drängte sich durch die Gästegrüppchen in ihre Richtung.

»O Gott! Schnell!« Ohne eine Sekunde nachzudenken, faßte Caroline Charles bei der Hand und zog ihn unter den verwunderten Augen des Archidiakons und der übrigen Gäste im Sturmschritt quer durch den Saal.

In der Eingangshalle blickte sie sich verzweifelt um. »Ein Versteck!« keuchte sie. »Wir müssen uns verstecken!«

»Das Arbeitszimmer meines Vaters!« Charles riß eine Tür auf und schob sie in den dahinterliegenden Raum. Dann machte er die Tür hinter sich zu, drehte den Schlüssel im Schloß und wandte sich zu Caroline um. »Wer war das?«
»Der Befehlshaber der Miliz. Er hat mich erkannt!«
»Und wie ist es möglich, daß der Befehlshaber der Miliz Sie erkennt, Miß Hayward?« Beim Klang der tiefen Stimme des Bischofs fuhren die beiden erschrocken herum. Charles' Vater hatte sich für ein paar Minuten aus dem Trubel der Gesellschaft zurückgezogen und saß nun an seinem Schreibtisch.

Charles schloß die Augen und atmete tief durch. »Vater, ich fürchte, ich muß dir einiges erklären ...«
In diesem Augenblick drehte jemand den Türknauf um und rüttelte energisch an der verschlossenen Tür. Die Türfüllung bebte, als sich offensichtlich jemand mit aller Kraft von der anderen Seite dagegen warf. Der Bischof spähte über seine goldgeränderte Brille hinweg zur Tür. »Ich schlage vor, ihr beide zieht euch in meine Privatkapelle zurück, meine Kinder, und betet darum, daß euch für diesen Auftritt eine gute Erklärung einfällt, während ich mich darum kümmere, wer mich da so dringend zu sprechen wünscht.« Gemächlich erhob sich der Bischof von seinem Schreibtisch.

Charles ergriff Carolines Hand und zog sie hastig durch eine halb hinter einem Vorhang verborgene Tür, die in die kleine Privatkapelle des Bischofs führte. Drinnen war es dunkel, nur eine Öllampe, die über dem Altar brannte, verbreitete einen schwachen Lichtschein. Charles zog vorsichtig die Tür hinter sich ins Schloß. Dann drehte er sich zu Caroline um und legte warnend den Zeigefinger an die Lippen. Schweigend warteten sie im Halbdunkel des winzigen Raums, in den aus dem Arbeitszimmer des Bischofs kein Laut herüberdrang. Caroline sank erschöpft auf einen der vier Stühle. Sie stellte fest, daß sie an allen Gliedern zitterte.

Charles ließ sich vor ihr auf ein Knie nieder und ergriff ihre Hände. Keiner von ihnen wagte zu sprechen. So verharrten sie in tiefem Schweigen dicht beieinander in der düsteren Kammer, bis endlich die Tür aufging.

Betreten folgten sie dem Bischof in sein Arbeitszimmer und stellten sich wie arme Sünder vor seinem Schreibtisch auf, an dem er nun wieder Platz nahm.

»Ich habe Captain Warrender gesagt, daß er sich irren muß, wenn er glaubt, einer meiner Gäste könnte in einen Gefängnisausbruch verwickelt sein«, sagte er mit pikiert hochgezogener Augenbraue, »und sich am Überfall auf einen Offizier der Miliz beteiligt haben«, fügte er gedehnt hinzu. »Der Captain hat sich entschuldigt und die Residenz verlassen. Charles, würdest du so freundlich sein, und mir genau berichten, was sich abgespielt hat? Von Anfang an, wenn ich bitten darf.«

Und Charles erstattete einen ausführlichen Bericht.

Caroline hörte zu. Während er seinem Vater die ganze Geschichte erzählte, schwankte seine Stimme kein einziges Mal. Und der Bischof verriet mit keiner Miene, was in ihm vorging, während er dem Bericht lauschte.

Als Charles seine Erzählung beendet hatte, sagte lange Zeit niemand ein Wort.

»Dir ist sicher klar, daß die Motive für dein Handeln, so ehrenwert sie zum Teil auch sein mögen, deine Taten nicht rechtfertigen«, ließ sich der Bischof schließlich vernehmen.

Charles verzog das Gesicht. »Das ist mir bewußt, Vater.« Er schaute in diesem Moment drein wie ein gemaßregelter kleiner Junge.

»Ich könnte dich nicht in deiner Pfarrei belassen, selbst wenn es ungefährlich für dich wäre.«

Charles wurde blaß.

»Und wie steht es mit Miß Hayward?« fuhr der Bischof ohne Gnade fort. »Sie ist in ebenso großer Gefahr wie du. Man könnte sie jederzeit erkennen. Ganz abgesehen davon, daß mir scheinen will, als sei sie auf unverzeihliche Weise kompromittiert worden. Ist dir eigentlich klar, in welche unangenehme Lage du diese junge Frau gebracht hast, Charles?« Er stieß einen tiefen Seufzer aus.

»Das zumindest könnte ich wieder gutmachen«, warf Charles mit einem Lächeln ein, das keine Reue erkennen ließ, »indem ich sie heirate.« Er machte eine kleine Kunstpause. »Und vielleicht könntest du das auch als Strafe für mich gelten lassen – daß ich mich mit einer Pfarrerstochter verheirate?« Er warf seinem Vater einen erwartungsvollen Blick zu.

Carolines Wangen brannten vor Empörung. »Ich würde Sie nicht einmal heiraten, wenn Sie der einzige Mann auf der ganzen Welt wären«, brauste sie auf. So war es in ihrem Traum nicht gewesen; so wollte sie diesen Mann nicht haben. »Ihr Sohn ist bereits verlobt, Hochwürden. Und ich versichere Ihnen, daß ich mich nicht kompromittiert fühle.«

Der Bischof betrachtete sie nachdenklich. Dann wandte er sich an Charles. »Glaubst du, daß dich die Rixbys immer noch als Schwiegersohn haben wollen, wenn sie erfahren, daß du ein gesuchter Verbrecher bist?«

Charles stieß ein grimmiges Lachen aus. »Das bezweifle ich sehr. Aber Marianne selbst hat die Sache ohnehin schon entschieden. Sie hat amüsantere Gesellschaft gefunden als mich! Ich bin sicher, es wird sich herausstellen, daß die Rixbys nicht mehr auf einen Antrag von meiner Seite warten.« Er sah Caroline offen in die Augen. »Ich habe es ernst gemeint, weißt du. Ich fühlte mich von dem Augenblick an, als ich dich damals auf der Schaukel gesehen habe, sehr stark zu dir hingezogen. Ich fand dich schon immer schön, nur ein bißchen zu still für meinen Geschmack.« Er grinste herausfordernd. »Später stellte ich dann fest, daß du ganz anders bist als Pfarrerstöchter im allgemeinen zu sein pflegen, und ich habe mich hoffnungslos in dich verliebt. Wenn uns alle Zeit der Welt zur Verfügung stünde, hätte ich mich unbeirrbar an deine Fersen geheftet und ohne Zögern bei deinem Vater um deine Hand angehalten. Aber so, wie die Dinge liegen, muß ich es dir jetzt ohne Umschweife sagen: Ich bin absolut sicher, daß du der Mensch bist, den ich zur Frau haben möchte.«

»Als Strafe!« warf Caroline ein.

Der Bischof brach in prustendes Gelächter aus.

»Eine schöne Strafe! Sehen Sie denn nicht, daß er ganz vernarrt in Sie ist? Und ich kann es ihm nicht verdenken. Mir würde es genauso gehen, wenn ich zwanzig Jahre jünger wäre.« Er erhob sich und ging um den Tisch herum. »Arme Miß Hayward. Ein so indiskreter Heiratsantrag. Und auch noch von einem so verworfenen Taugenichts. Wäre er nicht mein Sohn, so müßte ich Ihnen raten, seinen Antrag zurückzuweisen.«

Er legte ihr väterlich den Arm um die Schultern. »Ich fürchte, die Hinterlist liegt in der Familie, meine Liebe. Gegen Charles und mich zusammen haben Sie keine Chance. Sie müssen einwilligen. Vorausgesetzt, daß Sie ihn auch lieben, versteht sich. Den Archidiakon könnt ihr mir überlassen. Nach allem, was ich heute gehört habe, wird der Verlust Mariannen nicht das Herz brechen. Und Ihren Vater, Caroline, kann ich vermutlich dazu bringen, sein Einverständnis zu geben. Ich denke schon länger über einen Nachfolger für den armen alten Probst Peter nach, und ich meine, Ihr Vater wäre vielleicht nicht ungeeignet für das Amt.« Er lächelte, und einen Augenblick lang schwiegen alle.

»Ich werde dich nicht zwingen, Bibelverse auswendig zu lernen«, murmelte Charles ihr ins Ohr. »Und du bekommst einen neuen Hut und einen Gedichtband von Lord Byron ganz für dich allein.«

Gegen ihren Willen mußte Caroline lachen. »Angesichts solcher Verlockungen, muß ich gestehen, bin ich tatsächlich versucht, ja zu sagen. Ich werde darüber nachdenken.«

»Gut.« Der Bischof nickte zufrieden. »Und nun zu unserem anderen Problem. Du kannst nicht nach Pengate zurückkehren, Charles. Dieser Captain ist nicht dumm, er läßt sich nicht so leicht täuschen. Er wird sich vor der Residenz auf die Lauer legen und sich mit eigenen Augen überzeugen, ob die junge Dame, die er hier unter den Gästen gesehen hat, wirklich nicht die ist, für die er sie gehalten hat, und wenn er das tut, muß er zwangsläufig auch dich sehen. Ihr werdet alle beide hier bleiben müssen, bis wir einen Weg gefunden haben, euch gefahrlos von hier wegzuschaffen.« Er legte die Stirn in nachdenkliche Falten.

»Und in der Zwischenzeit könntest du uns trauen, Vater,

oder nicht?« Charles ergriff Carolines Hand und sah seinen Vater fragend an.

»Ich glaube, das wäre ein wenig übereilt, Charles«, entgegnete dieser mit einem verwunderten Blick auf seinen Sohn. »Eine Dame plant ein so wichtiges Ereignis wie eine Hochzeit im allgemeinen Monate im voraus.«

»Nicht diese Dame, Vater«, widersprach Charles. »Sie ist eine rebellische Seele. Nichts würde sie mehr begeistern als eine heimliche Hochzeit bei Nacht in der Kathedrale, gefolgt von einer Hochzeitsreise nach Frankreich auf der *Marie France*. Habe ich nicht recht?« wandte er sich beschwörend an Caroline.

Sie lachte. »Ich fürchte, Charles kennt mich nur allzu gut, Hochwürden«, erklärte sie. »Sein Vorschlag klingt wirklich sehr reizvoll in meinen Ohren.«

»Und der Gipfel des Vergnügens wird es dann sein, wenn sich eine Horde bewaffneter Soldaten mit einem Haftbefehl in der Tasche an eure Fersen heftet«, bemerkte der Bischof trocken. »Ich würde es lieber sehen, wenn ihr eure Flitterwochen gemütlich in London verbringt, während ich mich für dich nach einer ruhigen kleinen Pfarrei weit weg von der Küste umsehe!«

»Aber Vater...«

»Das ist meine Entscheidung, Charles.« Zum ersten Mal an diesem Abend schwang ein Anflug von Verärgerung in der Stimme des Bischofs mit. »Du kannst jetzt mit Caroline ein wenig in den Garten hinausgehen, während ich mich mit ihrem Vater unterhalte.«

Charles setzte sich auf die Schaukel und stieß sich sachte vom Boden ab. Er lächelte zu ihr auf. »Du kannst die Kette jetzt tragen.«

Sie nahm das Goldkettchen aus ihrer Tasche. »Macht es dir etwas aus, eine andere Pfarrei zu übernehmen?«

Er schüttelte den Kopf. »Ich muß mich damit abfinden, daß mein Vater auch mein Bischof ist. Ich muß ihm gehorchen. Abgesehen davon ist es eine Herausforderung! Denk doch nur, was wir zwei in einer neuen Gemeinde alles tun können.«

»Du könntest ein Räuberhauptmann werden«, sagte sie verschmitzt.

»Mit dir als Räuberbraut?« lachte er. »Wir würden ein tolles Paar abgeben. Ich sehe schon, mit dir wird das Leben nie langweilig werden!« Seine Miene wurde wieder ernst. »Und was ist, wenn ich in mich gehe und mich zu einem ehrsamen, arbeitsreichen Leben entschließe? Würde dich das abschrecken?«

Sie sah ihn ernsthaft an. »Wenn das Leben zu langweilig wird, Charles«, erklärte sie, »kann ich immer noch Captain Warrender zum Tee bitten!«

Die Gabe der Musik

Für den Bruchteil einer Sekunde schien der Ball in der Luft stillzustehen, ein leuchtend weißer Punkt vor dem blauen Himmel, dann schmetterte Kim ihn mit energischem Schwung über das Netz.

»Auf-*schlag!*« Die Bewunderung in Fels Stimme war nicht gespielt. »Warum hast du das beim letzten Mal nicht gemacht, Schatz?«

Sie lachte. »Denk nur nicht, ich hätte es nicht versucht!«

Sie ging zur Grundlinie zurück und hielt den Ball an den Schläger, bereit zum nächsten Aufschlag. Auf dem Boden vor ihr wuchs kaum noch Gras. Jedesmal, wenn der Ball aufsetzte, stob eine Staubwolke auf. Es war drückend heiß. Sehnsüchtig dachte sie an die kühle Veranda und die aus echten Zitronen gepreßte Eislimonade, die in der Küche wartete. Durch diese Gedanken abgelenkt, unterlief ihr ein Doppelfehler.

»Einstand!« rief Fel. »Was ist los, ich dachte, du wolltest mich schlagen?«

»Ich kann nicht.« Sie warf ihren Schläger ins Gras und trocknete die Hände an ihrem kurzen Tennisröckchen. »Schluß, aus. Ich brauche etwas zu trinken. Laß uns einen Wettlauf zum Haus machen.«

Lachend sprang sie über das Netz, während er die Bälle einsammelte. Sie wußte, daß es ihn ärgerte, ein Spiel vor dem Ende abbrechen zu müssen, und ihr machte es Spaß, ihn damit zu provozieren. Fel war ein Mensch, der alles genau nahm, und das machte zum Teil auch seinen Charme aus. Aber von Zeit zu Zeit mußte man ihm zeigen, daß das Leben auch Überraschungen bereithielt, wie vor kurzem für sie, als sie den jungen Anwalt in London kennengelernt und schon nach wenigen Monaten geheiratet hatte und nun plötzlich in New York heimisch werden mußte.

Sie rannten über den Rasen zum Haus und ließen sich auf

der Veranda auf zwei Liegestühle fallen. »Wer holt nun die Limonade?« fragte sie mit einem Seitenblick auf ihn, während sie sich die dunklen Haare aus den Augen strich.

Er stöhnte. »Allmählich frage ich mich, ob diese Heirat wirklich eine so gute Idee war, meine Liebe. Schnell gefreit ist lang bereut. Bei diesem Tempo wird mir nicht viel Zeit für die Reue bleiben.« Widerwillig erhob er sich wieder aus dem Liegestuhl und sah auf sie hinunter. Aus dieser Perspektive wirkte ihr zartes Gesicht mit dem spitzen Kinn und den nußbraunen, von langen Wimpern beschatteten Augen eigenartig verwundbar und kindlich. Unwillkürlich streckte er die Hand wie in einer beschützenden Geste nach ihr aus, und sie lächelte zu ihm auf und hielt ihm die ihre entgegen.

Irgendwo im Haus klingelte das Telefon. Fel hob lauschend den Kopf, dann brach das Klingeln ab.

»Ma muß drangegangen sein«, murmelte er.

Es war nicht unproblematisch gewesen, mit Kim hierher zu kommen. Darum hatte er damit gewartet, sie seiner Mutter vorzustellen, bis sie im sicheren Hafen der Ehe waren. Er warf einen Blick über die Schulter zu der im Schatten liegenden Tür. Seine Mutter war eine dominante Person. Sie mischte sich gern in alles ein, wollte das Leben ihrer Kinder bestimmen. Seine Schwester hatte schon vor langer Zeit die Flucht ergriffen, und er hatte gelernt, aus sicherer Entfernung mit ihr zu verhandeln. Aber Kim. Würde Kim ihr gewachsen sein?

Er lächelte sie an. »Ma scheint dich zu mögen, Liebling. Es war richtig, daß wir hergekommen sind, um ihr persönlich von unserer Heirat zu erzählen.«

»Ich mag sie auch.« Kims Blick schweifte versonnen über das Rosenbeet zu den beiden mächtigen Kastanienbäumen, hinter denen das Nachbarhaus fast vollständig verschwand. »Sie ist ganz anders, als ich sie mir vorgestellt habe.«

Er grinste. »Ganz anders als ich, meinst du wohl? Das liegt daran, daß ich Pa nachgeschlagen bin. Er hätte dir gefallen, Kim. Er war ein wunderbarer Mensch. Meine Schwester Penny ist Ma ähnlicher.«

Kim warf ihm einen raschen Blick zu. Ja, da war er wieder, dieser bedrückte, nachdenkliche Blick, den sie jedesmal an ihm entdeckte, wenn er von seiner Schwester sprach. Sie überlegte, ob jetzt der richtige Moment war, ihn danach zu fragen, aber er war bereits zu einem anderen Thema übergegangen. Er ließ vorsichtig ihre Hand los, trat an das Geländer der Veranda und lehnte sich dagegen. Die Limonade schien er vergessen zu haben.

»Ich habe Ma gestern abend von dir erzählt. Ich meine von deinem Wunsch, Musik zu studieren.« Mit gerunzelter Stirn kratzte er ein Stück abblätternder Farbe vom Geländer. »Sie war nicht gerade begeistert über deine Pläne. Sie ist der Meinung, eine Frau sollte zu Hause bleiben und sich um ihren Mann kümmern.« Mit einem leisen Lachen versuchte er der letzten Bemerkung die Schärfe zu nehmen.

»Genau wie du!« fuhr Kim auf. »Was für ein Zufall! Vermutlich ist sie auch der Meinung, eine Frau sollte barfuß in der Küche gehalten werden. *Kinder, Küche, Kirche*, die klassische Konstellation. Ich wette, das wäre ganz in ihrem Sinn. Direkt aus dem letzten Jahrhundert. Wie altmodisch!«

Als sie sich jetzt im Liegestuhl aufsetzte und die Beine über den Rand schwang, wirkte ihre Miene angespannt vor Verärgerung und Enttäuschung.

»Beruhige dich, Kim. Sie hat nichts dergleichen gesagt.« Fel stützte sich am Geländer ab und sah ihr in die Augen. »Hör zu, Liebling. Natürlich würde es mir gefallen, wenn du zu Hause bleiben und dich um mich kümmern würdest. Welchem Mann würde das nicht gefallen? Und ich hätte auch gern so bald wie möglich Kinder. Ich möchte eine Familie haben, und ich habe nie einen Hehl daraus gemacht. Aber genauso wenig hast du ein Geheimnis daraus gemacht, daß du deinen Job aufgeben und klassischen Gesang studieren willst. Schön. Ich kannte deine Pläne, seit wir uns begegnet sind, und ich habe dich trotzdem gefragt, ob du mich heiraten willst, nicht wahr?«

Sie erhob sich von ihrer Liege und trat zu ihm. Dann pflückte sie ein kleines Knospenbüschel von der Kletterrose, die sich um einen Stützpfeiler rankte, und roch daran.

»Warum bringst du das Thema dann immer wieder zur Sprache? Willst du mir ein schlechtes Gewissen machen?«

»Kim!« Er legte ihr die Hände auf die Schultern und zwang sie sanft, ihn anzusehen. »Du weißt doch genau, daß das Unsinn ist. Ich habe das Thema nicht zur Sprache gebracht. Das war Ma. Es ist doch nur natürlich, daß sie sich Gedanken darum macht. Sie wünscht sich Enkelkinder.«

»Sie hat Enkelkinder, Fel.«

Er starrte sie an. »Wie meinst du das?« Unmerklich verkrampften sich seine Hände um ihre Schultern.

Mit Befremden registrierte Kim den gereizten Ausdruck in seinen Augen. »Du hast mir erzählt, daß deine Schwester Kinder hat – bei unserer ersten Begegnung.«

»Wirklich?« Seine Hände glitten von ihren Schultern, und er musterte sie einen Augenblick lang. Dann zog er ein Päckchen Zigaretten aus der Hosentasche. »Das hatte ich vergessen«, murmelte er. »Habe ich dir von ihr erzählt?«

»Was ist mit ihr?« Sie gab sich Mühe, nicht allzu neugierig zu klingen. Im Grunde hatte er ihr so gut wie nichts erzählt. Aber er schwieg beharrlich, schüttelte das Streichholz aus und warf es in die Rosenbüsche vor der Veranda. »Ich hole die Limonade«, erklärte er schroff, um gleich darauf im Haus zu verschwinden. Kim starrte ihm entgeistert nach.

Im Eßzimmer, hinter den mit Fensterläden verschlossenen Fenstern, klapperten May Bernsteins Absätze auf dem glänzend gebohnerten Parkett. Hinter den Läden standen die Fenster offen, so daß es in dem schattigen Raum verhältnismäßig kühl war. Kim kam kurz der Verdacht, daß sie ihr Gespräch mit Fel belauscht hatte, aber dann zuckte sie die Achseln. Wenn schon! Sie mußte schließlich die Wahrheit erfahren – daß Kim eine Karriere als Sängerin anstrebte. Und letztlich ging sie das ja auch nichts an. Fel vielleicht. May Bernstein ganz sicher nicht.

Sie hob die Rose, die bereits den Kopf hängen ließ, an ihr Gesicht und roch bedrückt daran. Und wenn sie nun wählen mußte zwischen Ehe und Karriere? Für was würde sie sich entscheiden?

Sie wußte, daß sie singen konnte. Professor Bertolini selbst hatte ihr vorgeschlagen, bei ihm Gesangsunterricht zu nehmen und gleichzeitig die Musikhochschule zu besuchen. Aber wenn sie nun danach versagen würde? Niemand konnte ihr den Erfolg garantieren. War es nicht ratsamer, sich für die Ehe mit einem Mann zu entscheiden, der sie liebte und der ihr ein Heim, Sicherheit und Geborgenheit bieten konnte?

Es war nicht der Gedanke, daß sie arbeitete, der Fel störte. Sie hatte auch jetzt einen Beruf. Aber er wußte, daß die Musik zu einem ernsthaften Rivalen werden konnte, wenn sie gut wäre, sie könnte ihr ganzes Leben bestimmen. Und das war es, was zu einer Bedrohung für ihre Ehe werden könnte.

»Und ich bin gut.« Ihr wurde bewußt, daß sie die Worte laut ausgesprochen hatte. Verlegen lauschte sie ins Haus, aber aus dem Eßzimmer war kein Laut mehr zu hören. Dann drang Fels Stimme aus größerer Entfernung an ihr Ohr. »Bist du das, Ma? Komm mit hinaus und trink eine Limonade mit uns. Wir sind auf der Veranda.«

Die Schritte der beiden hallten auf den Holzdielen, als sie aus der Küche in den Flur hinaus traten, und Kim hörte May Bernsteins nörgelnde Stimme.

»Das war Penny am Telefon. Stell dir das vor! Plötzlich kennt sie mich wieder, nach all den Jahren. Und warum? Weil sie meine Hilfe braucht! Aber ich habe ihr gesagt, daß ich diese Kinder nicht nehmen kann. Völlig ausgeschlossen. Ich kann das einfach nicht, Fel. In meinem Alter! Was soll ich denn mit zwei Kindern anfangen?«

»Ma, du würdest sie lieben.« Das Unbehagen in Fels Stimme war nicht zu überhören.

»Ach ja? Sie wären eher mein Tod! Warum, zum Teufel, kann sich *seine* Familie nicht um die Kinder kümmern? Das möchte ich gern wissen!«

Die Fliegentür knarrte, als Fel sich mit dem Tablett hindurchschob. Auf dem Tablett standen drei hohe beschlagene Gläser und ein Krug mit Limonade.

Hinter Fel trat May Bernstein auf die Veranda. Sie war eine kleine, gedrungene Person mit kunstvoll dauergewelltem

Haar, das für ihr Alter unnatürlich dunkel war. Nur wenn sie lächelte, wurden ihre strengen, verschlossenen Züge etwas weicher.

Und sie lächelte jetzt, als ihr Blick auf Kim fiel. »Es ist furchtbar heiß, meine Liebe. Ich bin froh, daß ihr euer Tennisspiel beendet habt. Trink eine Limonade. Fel, gib dem Mädchen ein Glas, sie muß ja sterben vor Durst.«

Fel hatte bereits ein Glas eingeschenkt. In der trüben Flüssigkeit schwammen winzige Zitronenstückchen.

Dankbar nahm Kim das Glas in Empfang und nippte daran. Die Eiswürfel stießen gegen ihre Lippen. »Was hält Kim von der ganzen Sache?« fragte May unvermittelt. Sie ließ sich schwer auf einen der Stühle fallen und streckte Fel erwartungsvoll die Hand entgegen.

»Ich habe ihr nichts davon erzählt«, erklärte er mit unglücklicher Miene. »Ich wollte sie nicht mit unseren familiären Problemen belasten.«

»Aber sie gehört doch jetzt zur Familie, oder nicht?« Sie warf Kim einen indignierten Blick zu. »Du möchtest es doch wissen, nicht wahr?«

Kim nickte eifrig, sie starb geradezu vor Neugier.

»Nun, dann werde ich es dir erzählen. Meine Tochter hat ihr wunderschönes Zuhause bei der erstbesten Gelegenheit verlassen, um sich mit einem unnützen, schwächlichen Versager zusammenzutun. Nicht um ihn zu heiraten, o nein. In wilder Ehe haben sie zusammengelebt. Und er hat es ihr gedankt, indem er sie mit seinen zwei Kindern sitzengelassen hat. Das ist die ganze Geschichte. Und jetzt kriecht sie vor mir zu Kreuze und will, daß ich die Kinder nehme.«

Kim musterte sie verblüfft. »Du meinst, es sind nicht ihre Kinder?«

»Ganz genau.« Mays Lippen wurden schmal. »Ihre Mutter war eine Schwarze.«

»Und sie kann sich nicht um sie kümmern?«

»Sie ist tot, Kim«, mischte sich Fel leise ein. »Die Sache ist furchtbar kompliziert, aber wenn Ma dich schon in die Geschichte mit hineinzieht, sollst du auch alles erfahren.« Er warf seiner Mutter einen herausfordernden Blick zu. »Penny hat Brad vor Jahren kennengelernt, als sie noch hier zu Hause wohnte, und die beiden hatten lange Zeit eine wirklich gute Beziehung. Dann gab es Probleme. Penny ging für ein paar Jahre nach Europa, um dort zu arbeiten, und als sie zurückkam, erfuhr sie, daß er inzwischen Val geheiratet und schon zwei Kinder mit ihr hatte. Aber sie war schwer krank und starb, als das ältere der beiden kaum zwei Jahre alt war. Sie hatte keine Familie. Dann stand Brad wieder bei Penny vor der Tür, und natürlich nahm sie ihn samt seiner Kinder auf. Aber er verlor immer mehr den Halt. Für Penny war es die Hölle. Er sprach von nichts anderem als von seiner wunderbaren verstorbenen Frau und wie sie ihm fehlte. Dabei schien er überhaupt nicht zu merken, wie sehr Penny ihn liebte und wie tief er sie verletzte, indem er ständig von einer anderen Frau redete. Nun ja, um es kurz zu machen – er ließ sie für immer längere Zeitspannen mit den Kindern allein. Offensichtlich konnte er die Kinder nicht mehr in seiner Nähe ertragen – vermutlich erinnerten sie ihn zu stark an Valentine. Vor sechs Monaten verschwand er dann auf Nimmerwiedersehen. Penny hinterließ er nur eine Nachricht, sie könne die Kinder behalten oder in ein Heim stecken, ganz nach ihrem Belieben.«

»Aber das ist ja schrecklich!« Kim blickte entsetzt von einem zum anderen.

May machte Anstalten, etwas zu sagen, aber Fel kam ihr zuvor. »Das ist es allerdings. Penny ist mit ihrer Weisheit am Ende. Sie hat die Möglichkeit, ihren alten Job wieder zu bekommen, aber das würde heißen, daß sie in absehbarer Zeit ins Ausland gehen muß. Sie liebt die Kinder, aber sie kann sich weder allein um sie kümmern, noch kann sie es sich leisten, jemanden für sie einzustellen.«

»Aber kann sie nicht gerichtlich gegen ihn vorgehen ...«

»Sie hat keine Ahnung, wo er sich aufhält. Natürlich kann sie ihn per Gerichtsbeschluß suchen lassen, aber was wird in der Zeit, bis sie ihn gefunden haben, aus den beiden Kleinen?«

»Und sie will, daß *ich* sie zu mir nehme!« May trank den Rest ihrer Limonade in einem Zug.

»Geht das denn nicht?« Unwillkürlich schweifte Kims Blick über den weitläufigen Garten, und sie dachte an das stille, menschenleere Haus.

»Ausgeschlossen. Ich bin nicht gefühlsduselig, und mir geht es nicht gut. Man kann doch nicht zwei Kinder wie Hündchen irgendwo abliefern und sagen: ›Hier, nimm du sie, ich will sie nicht mehr haben.‹«

Kim biß sich auf die Lippen. »Wie alt sind sie?«

»Vier und fünf«, erklärte Fel. »Solltest du nicht lieber duschen und dich umziehen, Kim? Wenn wir vor unserer Abfahrt noch etwas essen wollen, müssen wir uns beeilen.«

Ihr Blick wanderte von Mutter zu Sohn, dann nickte sie bedächtig. Fels Miene hatte sich mißbilligend verdüstert, der Blick seiner Mutter ruhte eigensinnig und böse auf Kims Gesicht.

Mit einem plötzlichen Schaudern setzte Kim ihr Glas ab. »Ich sehe euch später, wenn ich mich umgezogen habe.« Mit diesen Worten machte sie auf dem Absatz kehrt und verschwand im Haus.

Das Wasser prasselte wie eiskalte Nadeln auf ihre Haut. Sie stand ein paar Minuten lang unter der Dusche und spürte, wie es auf ihre geschlossenen Lider prasselte, ihre Haare aus der Stirn spülte und über ihre Schultern herunterströmte. Warum überredet Fel seine Mutter nicht, die Kinder zu sich zu nehmen, dachte sie, während sie nach der Seife tastete. Hoffentlich fühlt er sich nicht verpflichtet, selbst einzuspringen.

Der Gedanke beschäftigte sie immer noch, als sie im abendlichen Verkehr in die Stadt zurückfuhren. Sie betrachtete aus den Augenwinkeln sein Gesicht. Er summte leise die Radiomelodie mit, augenscheinlich ganz auf den Verkehr konzentriert.

»Will Penny, daß Brad zu ihr zurückkommt?« fragte sie, als der Wagen an einer roten Ampel zum Stehen kam.

»Meinst du, ob sie ihn noch liebt?«

Kim nickte.

»Ich denke schon. Aber ihr muß eigentlich klar sein, daß es nicht gut gehen kann, selbst wenn er zu ihr zurückkehren würde. Er hat sich wahnsinnig verändert.«

»Kanntest du ihn?«

»O ja. Ich habe die beiden miteinander bekannt gemacht.«

Kim starrte ihn an. »Ja, fühlst du dich dann nicht ein bißchen verantwortlich, um Himmels willen?«

»Warum sollte ich? Jeder hält sein eigenes Schicksal in der Hand«, entgegnete er mit einem Achselzucken.

»Aber ein vierjähriges Kind doch nicht, Fel!« Hitzige Röte stieg ihr zu ihrer eigenen Verwunderung in die Wangen.

»Nein.« Fels Stimme hatte plötzlich einen traurigen Klang. »Und es sind zwei wirklich süße Kinder.«

»Du kennst sie?«

»Ja, ich kenne sie schon seit ihrer Geburt. Als Penny ins Ausland ging, blieb ich mit Brad in Verbindung, und ich kannte auch Valentine. Sie war eine wunderbare Frau. Sie wußten schon bei der Hochzeit, daß sie Krebs hatte. Darum konnte ich ihm auch nie verzeihen, daß er dennoch Kinder in die Welt gesetzt hat. Sie wußten beide, daß sie nicht mehr lange in der Lage sein würde, sich um sie zu kümmern. Ach, zum Teufel, Kim, es war eine verfahrene Situation. Sie wollte ein Baby, weil sie das Gefühl hatte, auf diese Weise in dem Kind weiterzuleben, und er konnte ihr natürlich keinen Wunsch abschlagen. Das habe ich auch Ma erklärt. Aber wie sie selbst sagt – sie ist nicht gerade ein gefühlsbetonter Mensch. Sie würde sich nicht einmal bemühen, es zu verstehen. Valentine war Jazz-Sängerin. Sie sang wie ein Engel, und sie hat mir einmal gesagt, daß diese Gabe ganz sicher in ihren Kindern weiterleben würde –«

Seine Stimme war bei den letzten Worten brüchig geworden, und als Kim zu ihm hinübersah, war sein Blick starr geradeaus gerichtet, und er hielt das Lenkrad so fest umklammert, daß sich seine Knöchel weiß färbten.

Einen Augenblick lang sagte sie nichts.

Plötzlich wurde ihr alles klar. Sie wußte, wie Valentine zumute gewesen sein mußte. Ihr wäre es genauso gegangen, und plötzlich wußte sie auch, wie sie sich entscheiden würde, wenn sie einmal vor die Wahl gestellt werden sollte. Und die Entscheidung würde nicht zu Fels Gunsten ausfallen. Sie schloß die Augen und ließ den Kopf auf die Rücklehne sinken.

»Wie lange wird Penny im Ausland zu tun haben?«

»Drei Monate.« Sie scherten in eine langsam dahinkriechende Autoschlange ein. Aus einem Wagen vor ihnen übertönten Musikfetzen die leise schnurrenden Motorengeräusche.

»Drei Monate sind keine sehr lange Zeit«, hörte sich Kim zu ihrer eigenen Verwunderung sagen. Fel hatte das Seitenfenster heruntergekurbelt und den Ellbogen aufgestützt. Er gab durch keine Reaktion zu erkennen, daß er ihre Worte vernommen hatte.

Es war schon spät, als sie die Treppe zu ihrer Wohnung hinaufstiegen. Kim stellte ihr Gepäck ab und ging in die Küche, um eine Dose Orangensaftkonzentrat aus dem Eisfach zu holen.

»Bitte, Kim, hör auf, dir darüber den Kopf zu zerbrechen.« Fel war ihr in die Küche gefolgt.

»Ich zerbreche mir nicht den Kopf.« Sie warf ihm einen finsteren Blick zu und griff nach dem Wasserkessel.

»Kim, wir können nichts tun. Wir können sie schließlich nicht hierher holen«, erklärte er, indem er mit weit ausholender Geste auf den Rest ihrer Behausung deutete. Drei winzige Zimmer.

»Wieso eigentlich nicht?«

Er starrte sie ungläubig an. »Kim, Liebling. Wir können es uns nicht leisten. Du müßtest aufhören zu arbeiten, um für die Kinder da zu sein, und wir sind noch eine Weile auf dein Gehalt angewiesen. Abgesehen davon«, fügte er triumphierend hinzu, »was würde aus deiner Gesangsausbildung werden?«

»Und was ist aus Valentines geworden?« gab sie mit kummervoller, belegter Stimme zurück.

»O Gott!« Fel schlug sich mit der Faust an die Stirn. »Ich hätte dir nie etwas davon erzählen sollen. Val ist tot, mein Liebling. Wir können nichts mehr für sie tun. Wenn die Kinder singen können – schön, dann werden sie singen. Es spielt keine Rolle, wer für sie sorgt.«

Kim warf ihm einen vernichtenden Blick zu. »Das glaubst du doch selbst nicht, Fel, also sag es auch nicht. Im übrigen bin ich immer noch der Meinung, daß deine Mutter einspringen müßte. Warum sprichst du nicht noch einmal mit ihr? Du könntest es wenigstens versuchen, weißt du!«

»Kim, vergiß meine Mutter. Laß sie aus dem Spiel, Liebling.« Er runzelte mißmutig die Stirn. »Ich werde nicht einmal den Versuch machen. Genaugenommen möchte ich meine Mutter jetzt erst einmal eine Weile nicht sehen.«

Am nächsten Morgen rief sie, nachdem Fel aus dem Haus gegangen war, in ihrem Büro an und meldete sich krank. Dann blieb sie mit einer Tasse schwarzen Kaffees sitzen und starrte auf das Telefon. Auf ihren Knien lag Fels Telefonbuch. Sie hatte die Nummer unter dem Buchstaben »P« gefunden – Fel hatte nur den Namen Penny eingetragen.

Mit einem tiefen Atemzug wählte sie die Nummer. Die Frauenstimme am anderen Ende der Leitung klang dunkel und angenehm.

»Kim?« fragte sie erstaunt. »Fels Frau?«

»Ja, wie geht es dir?«

»Ich bin schwer im Streß! Hat er dir erzählt, was passiert ist?«

»Ja. Mußt du ins Ausland gehen?«

»Ich wüßte nicht, wie ich mich davor drücken könnte. He, Kim, warum kommst du nicht einfach vorbei? Ich würde dich furchtbar gern kennenlernen.«

Penny bewohnte, wie sich herausstellte, ein großes, unaufgeräumtes Apartment im West-Side-Viertel. Kim war nervös, als sie an der Tür klingelte, aber in Pennys Gegenwart verflog ihr anfängliches Unbehagen schnell. Sie begrüßte ihre Besucherin mit einer herzlichen Umarmung. Penny sah Fel ähnlich, war aber ein paar Jahre älter als er. Sie war eine große, kräftig gebaute Frau und hatte ihr dichtes blondes Haar zu einem Pferdeschwanz zusammengebunden, der bei jeder Bewegung energisch in ihrem Nacken hüpfte. Sie war Kim auf Anhieb sympathisch.

»Entschuldige das Chaos«, rief Penny fröhlich mit einer ausholenden Geste. Die Kinder hatten gestern eine Party, und ich war hinterher so erledigt, daß ich mir das Aufräumen für heute aufgehoben habe. Komm mit, wir machen uns einen Kaffee.«

»Wo sind die Kinder?« erkundigte sich Kim.

»In der Schule. Tad zumindest. Und Betsy Hen geht jetzt vormittags in den Kindergarten.«

»Betsy Hen?« fragte Kim mit einem Kichern.

»Elizabeth Henrietta. Sie ist das süßeste kleine Fräulein, das du je gesehen hast. O Gott, Kim, was soll ich bloß machen?«

Penny ließ sich auf einen Hocker sinken und stützte sich mit den Ellbogen auf die Frühstückstheke.

»Ich liebe diese Kinder, als ob es meine eigenen wären, und meist komme ich auch gut zurecht. Ich habe eine wunderbare Frau, die auf sie aufpaßt, wenn ich beruflich unterwegs bin – ich bin Journalistin, das hat Fel dir sicher erzählt. Sie nimmt nur die Hälfte dessen, was ich ihr eigentlich bezahlen müßte. Aber sie kann nicht drei Monate am Stück hier sein. Wer könnte das schon?«

»Kannst du die Wohnung behalten?« erkundigte sich Kim besorgt.

Penny nickte. »Der Vater der Kinder hat sie auf meinen Namen überschreiben lassen, bevor er verschwand, Gott sei Dank. Es ist die einzige Sicherheit, die er uns hinterlassen hat – aber das ist schon eine Menge. Nein, die Wohnung ist nicht das Problem, sondern das Geld. Ich muß irgendwie genug Geld aufbringen, damit ich Annabel die drei Monate über bezahlen kann.« Penny nahm eine Kaffeetüte vom Regal und schüttete Bohnen in die Kaffeemühle.

»Ich war am Wochenende bei deiner Mutter, als dein Anruf kam«, sagte Kim. »Sie war der Meinung, daß du sie dazu bewegen wolltest, die Kinder zu sich zu nehmen. Darum hat sie auch gesagt, sie könnte dir nicht helfen.«

»Oh, sie könnte mir schon helfen. Mit Links.« Penny drückte erbost auf den Knopf der Kaffeemühle. »Daß sie mir nicht helfen will, hat zwei Gründe. Erstens sind die Kinder zur Hälfte schwarz. O ja, du hast keine Vorstellung, wie bigott sie ist. Und zweitens will sie mir eins auswischen. Sie zahlt es mir heim, daß ich damals so aus dem Haus gegangen bin. Wenn sie ihren Willen nicht bekommt, trägt sie es dem Betreffenden bis an sein Lebensende nach. Bring meine Mutter nie gegen dich auf, Kim. Niemals.« Sie goß kochendes Wasser in die Kanne.

Kim sog den Kaffeeduft mit genießerisch geschlossenen Augen ein. »Warum bist du damals von zu Hause weggegangen, Penny?«

Penny hob den Kopf. »Hat Fel dir das nicht erzählt?«

Kim schüttelte den Kopf.

»Weil ich es einfach nicht mehr ertragen konnte. Du hast sicher selbst schon gemerkt, daß meine Mutter eine egozentrische, herrschsüchtige Person ist, die in alles ihre Nase stecken muß. Sie hatte mein Leben bis ins kleinste Detail durchgeplant, und für meinen Wunsch, Schriftstellerin zu werden, war in ihren Plänen kein Platz. Ich sollte heiraten – natürlich einen Mann ihrer Wahl –, Enkelkinder für sie großziehen, mit ihr Bridge-Abende besuchen und kleine Einkaufstouren in die Stadt mit ihr unternehmen. Ich wußte, daß sie fähig war, alle diese Pläne in die Tat umzusetzen, also zog ich es vor, die Flucht zu ergreifen, bevor sie Gelegenheit dazu gehabt hatte. Seitdem will sie nichts mehr von mir wissen. Es war dumm von mir, sie anzurufen, aber sie schwimmt im Geld und hat dieses riesige Haus und, ach zum Teufel – es war einen Versuch wert!«

Kim biß sich auf die Lippen. »Valentine wollte, daß sie singen lernen, wie Fel mir erzählt hat«, sagte sie nach kurzem Zögern leise.

Penny lächelte. »Und das werden sie höchstwahrscheinlich auch tun. Nimmst du Zucker?«

»Ich beginne im nächsten Winter meine Gesangsausbildung im Opernfach.« Nachdenklich löffelte sie etwas von dem braunen Zucker in ihren Kaffee und rührte dann um. »Ich weiß also, wie viel die Musik einem Menschen bedeuten kann.« In ihrer Miene drückte sich eine Mischung aus Stolz, Mitgefühl und Sehnsucht aus.

Penny betrachtete sie prüfend. »Ich weiß, daß du mir gern helfen würdest. Aber es geht nicht. Konzentrier du dich auf deine eigene Karriere und mach eine erfolgreiche Sängerin aus dir. Mit meinen Problemen muß ich selbst fertig werden. Vielleicht kündige ich meine Stellung und suche mir einen Job, bei dem ich nicht so viel unterwegs sein muß.«

»Aber das ist doch albern. Deine Mutter muß dir einfach helfen«, protestierte Kim. »Es wäre doch ein leichtes für sie. Sie ist so reich. Vielleicht, wenn ich ihr erkläre, wie sehr du die Kinder liebst – oder Fel? Fel könnte mit ihr reden.«

Penny schüttelte den Kopf. »Da beißt man bei meiner Mutter auf Granit, Kim. Mach dir nichts daraus. Und misch dich bloß nicht ein, sonst mußt du es am Ende noch ausbaden.«

Aber Kim mischte sich ein. Sie bestieg noch am selben Nachmittag den Zug. Am Ziel angekommen, rief sie May an und bat sie, sie vom Bahnhof abzuholen. May war hocherfreut, sie zu sehen. Während der Fahrt plauderte sie liebenswürdig mit Kim, später forderte sie sie auf, es sich in einem Sessel auf der Veranda bequem zu machen. Als sie aber den Grund für Kims Besuch erfuhr, wurden ihre Lippen schmal.

»Wir haben nichts mit ihnen zu tun, Kim«, erklärte sie mit säuerlicher Miene. »Irgendwo muß es doch Verwandte geben, die sich um sie kümmern können. Verwandte von *ihrer* Seite, meine ich; ihre eigenen Leute.« Geziert schnippte sie ein unsichtbares Staubkorn von ihrer Seidenbluse.

»Du weißt, daß sie keine Verwandten mütterlicherseits haben.« Kim schüttelte den Kopf. »Ma – ich darf doch Ma zu dir sagen?« Sie bedachte ihre Schwiegermutter mit einem einschmeichelnden Lächeln. »Ich war heute morgen bei Penny. Warst du schon einmal in ihrer Wohnung?«

»Es ist nicht ihre Wohnung, meine Liebe. Sie gehört diesem Mann.«

»Sie gehört ihr«, widersprach Kim geduldig. »Er hat sie ihr und den Kindern überlassen. Es ist ein glückliches Heim, so voller Liebe. Du würdest dich dort bestimmt wohlfühlen. Und Penny würde dich so gern sehen. Sie vermißt dich, weißt du.«

Sie hatte immer stärker das Gefühl, daß Penny ihre Mutter falsch einschätzte. Im Grunde ihres Herzens war May Bernstein nicht weniger empfindsam als andere Menschen. Man mußte sie nur richtig zu nehmen wissen.

»Penny vermißt mich?« May warf ihr einen erstaunten Blick zu. Kim entging jedoch nicht, daß sich ihre Wangen unter der Maske des dick aufgetragenen Make-ups mit einer zarten Röte überzogen hatten. »Hat sie das gesagt?«

Kim hielt insgeheim die Luft an. Dann nickte sie.

»Sie war ein so eigenwilliges Kind«, seufzte May. »Eigentlich hat sie mich nie gebraucht. Fel war es, der ständig meine Aufmerksamkeit forderte. Penny ist immer ihre eigenen Wege gegangen. Sie konnte es gar nicht erwarten, aus dem Haus zu kommen und die Welt zu sehen. Ihr armer, gütiger Vater war ganz gebrochen, als sie uns verließ.«

»Sie hat auch darunter gelitten«, entgegnete Kim sanft. »Sie wollte zurückkommen, aber sie war zu stolz dazu. Erst die Liebe zu ihren Kindern hat ihr den Mut gegeben, ihren Stolz zu überwinden und dich um Hilfe zu bitten.« Sie zog die Gefühlsregister, so gut sie nur konnte, denn sie war sich jetzt sicher, daß sie May Bernstein durchschaute. Hinter der makellos geschminkten Fassade, hinter all dem Geld und den Bridge-Partien verbarg sich eine sehr einsame alte Frau, die sich nach der Liebe ihrer Kinder sehnte.

Das Haus strahlte eine ungeheure Leere aus.

May holte die Whiskyflasche, die auf einem Tischchen in der Ecke der Veranda auf einem Tablett stand. Sie goß sich einen großzügigen Drink ein, dann bot sie nach kurzem Zögern auch Kim ein Glas an.

Kim schüttelte den Kopf und holte tief Luft. »Ich habe die

Kinder kennengelernt. Sie kamen mittags zum Essen nach Hause, kurz bevor ich gehen mußte. Sie beten Penny an, wirklich, Ma.«

Sie sah die beiden Kindergesichter immer noch vor sich. Sie hatten die dunkle Hautfarbe und das Kraushaar ihrer Mutter geerbt, aber es konnte keinen Zweifel daran geben, wen sie jetzt als ihre Mutter betrachteten. Sie hatten sich Penny an den Hals geworfen, ihre Gesichter in ihrer blonden Mähne vergraben und wie ein Wasserfall über alles geredet, was sie am Vormittag erlebt hatten. Dann hatten sie auch Kim einen verlegenen Begrüßungskuß auf die Wange gedrückt, und sie hatte augenblicklich ihr Herz an die beiden verloren. In diesem Augenblick war in ihr der Entschluß gereift, ihre Schwiegermutter um Hilfe zu bitten.

»Ich weiß, daß es Penny schwerfällt, über ihre Gefühle zu sprechen«, fuhr Kim zögernd fort. Sie mußte sich jetzt ganz auf ihre Intuition verlassen. »Denn auch wenn sie eine großartige Journalistin ist, verschließt sie doch vieles in sich. Und sie hat Angst davor, verletzt zu werden, sie befürchtet, daß du sie nach all den Jahren zurückweisen könntest. Aber sie braucht dich jetzt wirklich, Ma. Sie will, daß du ihr hilfst. Sie liebt diese beiden Kinder, als wären es ihre eigenen. Und sie wünscht sich so sehr, daß du sie auch liebst, sie sehnt sich danach, von dir zu hören, daß sie das Richtige tut, wenn sie den Kindern ein Heim und Geborgenheit gibt. Sie möchte, daß du sie kennenlernst. Du bist die einzige Großmutter, die sie haben.« Alles, was sie an Gefühlen besaß, legte sie in diese Bitte hinein.

May ließ sich schwer in einen Korbsessel fallen. »Penny glaubt, ich würde sie zurückweisen?« wiederholte sie mit schleppender Stimme. »Aber sie war so aggressiv am Telefon. Sie klang so, als wäre sie eine eiskalte Person geworden.« Bei der Erinnerung an das Gespräch mit ihrer Tochter verkrampfte sich ihre Miene.

»Sicher nur aus Angst«, warf Kim hastig ein. »Sie fühlte sich in der Defensive, weil sie erwartete, daß du nein sagen würdest.«

»Was ich ja auch getan habe, nicht wahr?« Ein gedankenverlorenes Lächeln schlich sich in die Augen der alten Frau.

Kim ging zu dem Tischchen in der Ecke und schenkte sich ein Glas Limonade ein. Die dichte Wolkendecke, die am Vormittag den Himmel verdunkelt hatte, lichtete sich allmählich, und ein heller Sonnenfleck zeigte sich auf dem Rasen.

»Du meinst also, ich sollte sie besuchen?« fragte May in das Schweigen hinein.

Mit hoffnungsvoll leuchtenden Augen drehte sich Kim zu ihr um. »Würdest du das tun? Es ist natürlich furchtbar unordentlich bei ihr und alles, aber ...

»Penny war schon immer unordentlich. Ihr Zimmer sah aus wie ein Schweinestall.« May setzte ihr Glas ab. »Hat ihr dieser Mann eigentlich einen Pfennig Geld für seine Kinder dagelassen?«

Kim drückte sich insgeheim selbst die Daumen und hoffte inständig, das Richtige zu sagen. »Keinen roten Heller. Nur die Wohnung. Ich glaube, es ist nicht leicht für Penny, aber sie kommt zurecht.«

»Und du sagst, sie liebt die Kinder?«

Kim nickte mit angehaltenem Atem.

Seufzend erhob sich May aus dem Sessel. »Und du liebst sie auch? Warum, um alles in der Welt? Du kennst sie nicht einmal richtig. Also schön. Sag es mir. Woher weiß ich, daß sie mir nicht die Tür vor der Nase zuschlägt, wenn ich sie besuche?«

»Das würde sie nie tun.«

»Würde sie jemanden finden, der sich um die Kinder kümmern kann, wenn sie das nötige Geld hätte? Ich will sie nicht hier haben. Das meine ich ernst.«

»Sie hat schon jemanden. Sie kann es sich nur nicht leisten, der Frau noch mehr zu bezahlen – schon gar nicht drei Monate lang.«

»Weiß Fel, daß du hier bist, Kim?« May war unvermittelt herumgefahren und musterte Kim nun mit eindringlichem Blick.

Kim räusperte sich und schüttelte den Kopf. »Er wollte nicht, daß ich mich einmische.«

Ein boshaftes Lächeln spielte um Mays Lippen. »Und Penny?«

»Nein, sie weiß auch nichts davon.«

»Das habe ich mir gedacht. Komm. Du mußt jetzt gehen, wenn du deinen Zug bekommen willst. Ich werde Penny morgen einen Brief schreiben.«

Kims Herz tat einen Satz vor Freude.

Während sie ihr Glas absetzte ließ sie ein letztes Mal den Blick zum Tennisplatz hinüber schweifen. Sie malte sich bereits aus, wie Tad und Betsy Hen hier spielen würden; und wie sie dann zum Haus zurück rennen und in das Musikzimmer stürmen würden. Vielleicht würde May ihnen erlauben, auf dem wundervollen Bechstein-Flügel mit all den Erinnerungsfotos darauf zu üben.

Wie falsch Fel und Penny sie doch eingeschätzt hatten. Tief im Innern war May ein weicher, gefühlvoller Mensch. Und es war so leicht, mit ihr auszukommen.

Sie zuckte zusammen, als sich eine Hand schwer auf ihre Schulter legte.

»An all das knüpfe ich ein paar Bedingungen, Kim«, erklärte May ruhig. In ihrer Miene lag ein seltsam schroffer Ausdruck. »Penny bekommt von mir so viel Geld, wie sie braucht, nicht nur jetzt, sondern so lange, daß sie den Bälgern eine anständige Bildung zukommen lassen kann. Aber nur, wenn sie mir verspricht, nie mit ihnen hierher zu kommen. Ich will sie nicht sehen. Und meine Tochter im übrigen auch nicht, solange sie ein solches Leben führt. Und du wirst mir auch ein Versprechen geben müssen.«

Kim sank der Mut. »Natürlich, Ma. Du weißt, daß ich dir alles versprechen werde.«

Mit ihren harten, ozeangrünen Augen sah May ihrer Schwiegertochter unerbittlich ins Gesicht. »Du verzichtest ein für alle Mal auf eine Karriere als Sängerin. Ich möchte, daß du mit Fel zu mir ziehst. Ich habe es Fel gegenüber gestern erwähnt, und er sagte, du würdest nie damit einverstanden sein. Aber das stimmt nicht, habe ich recht? Wir beide werden großartig miteinander auskommen. Und ich möchte, daß du zu Hause bleibst und dich um meinen Sohn kümmerst und mir Enkelkinder schenkst. Wenn du damit nicht einverstanden bist, gibt es keinen Handel. Von mir aus können diese Kinder vor die Hunde gehen.«

Damit kehrte sie Kim den Rücken und trug ihr Glas zum Tablett zurück. Die goldenen Anhänger ihres Armreifs klirrten vernehmlich gegen das Glas.

Hexenkunst unserer Tage

In Sarahs Küche hatte ich mich schon immer wohlgefühlt. Es war keine dieser modernen Einbauküchen, nicht das, wovon praktische Hausfrauen im allgemeinen träumen: Maßgefertigte Einbauschränke aus hell gebeizter Eiche, funktionale Arbeitsflächen und eine Backröhre in Augenhöhe, provenzalische Keramik und Kupfertöpfe und -pfannen von Le Creuset suchte man hier vergeblich. Es war vielmehr ein Zimmer wie jedes andere, ein Wohn- und Eßzimmer, in dem eben auch gekocht wurde. Die alte walisische Anrichte und der gewachste Eichentisch waren vermutlich schon immer Küchenmöbel gewesen – aber sie verschwanden ohnehin meist unter Bergen von Zeitungen und Zeitschriften. Und überall waren Katzen. Ein Wurf war aus unerfindlichen Gründen nie weggegeben worden und schlich nun, sehr zum Mißfallen der Katzenmutter, um das Haus herum, bis die Geschwister zu dicken, hochmütigen und behäbigen Geschöpfen herangewachsen waren, die sich nur noch hie und da an ihre Kindertage erinnerten und im Rudel auf den Regalborden der Anrichte ihr Unwesen trieben. Sie warfen das Steingut um und brachten zwei Jahre alte Einladungen und noch ältere Rechnungen durcheinander, die dann mit Bedacht wieder an ihren verstaubten Platz zurückgeschoben wurden.

Sarah war meine beste Freundin. Wir kannten uns schon seit unserer Schulzeit, und unsere Beziehung, mal enger, mal distanzierter, je nachdem, wie sehr uns Ehemänner und Beruf in Anspruch nahmen, war über die Jahre immer locker und angenehm geblieben. Als es sich dann so ergab, daß wir nur fünfzehn Meilen voneinander entfernt in dieselbe Gegend zogen, empfanden wir das beide als glückliche Fügung. Ich wohnte mit meinem Mann in einer hübschen Terrassensiedlung in einer der symmetrisch angelegten Straßen aus dem achtzehnten Jahrhundert in einer Kleinstadt in East Anglia. Sie bewohnte ein geräumiges Farmhaus in einem weit auseinandergezogenen, einst idyllischen Dorf, das jetzt aber verschandelt war durch die Wohnsiedlungen einer grauenhaften Nachkriegsarchitektur, für die Großbritannien dereinst, wenn beim Jüngsten Gericht die Architekturpreise vergeben werden, aus dem Pantheon der Künste verbannt werden wird.

Bei meinem ersten Besuch erlebte ich eine Überraschung.

»Sarah!« Ich küßte sie auf die Wange und umarmte sie freudig.

»Belinda!« Ihre Lippen streiften meine Wange nur flüchtig, als sie meinen Begrüßungskuß erwiderte, dann zog sie mich in die Küche und drückte mich in einen alten Lehnsessel, über den sie ein großes besticktes Schultertuch gebreitet hatte. Dem Zustand nach zu schließen, in dem sich mein Rock nach diesem Besuch befand, hatte die gesamte Katzenfamilie kurz zuvor ihren Mittagsschlaf in dem Sessel gehalten.

Sie stellte Kaffee in einer schweren irdenen Kanne auf den Tisch – starken, köstlichen Kaffee, mit dem man Tote hätte wecken können – und dazu selbstgemachtes Gebäck. Dann zog sie ihren Stuhl zu mir heran. In der Küche hielt sich jetzt nur noch eine Katze auf. Ein silbergrau getigertes Tier mit wunderschöner Zeichnung, das hinten auf dem mächtigen Herd saß und uns mit eindringlichem Blick musterte.

»Donald hat mich verlassen.«

Die Feststellung kam so unvermittelt, daß es mir die Sprache verschlug. Die Worte waren ohne sichtbare Gefühlsregung, ohne das geringste Beben in ihrer Stimme herausgekommen. Aber beim näheren Hinsehen bemerkte ich auf einmal die dunklen Ringe unter ihren Augen und den heimlichen Kummer in ihrer Miene.

»Wann? Warum?«

Ich war selbst erschrocken über meine ungeschickte Frage, aber ihre Bemerkung war wie aus heiterem Himmel für mich gekommen. In meinen Augen hatten sie eine vollkommene Ehe geführt – eine dieser großen Liebesbeziehungen, von denen man meint, sie müßten bis ans Ende aller Tage halten.

»Wann? Am siebten Mai.« Sie lächelte. »Gegen sechs Uhr, abends, um genau zu sein. Und warum? Warum verlassen Männer ihre Frauen? Sie haben jede Menge Erklärungen dafür parat, aber am Ende läuft es doch immer darauf hinaus, daß sie Angst haben. Angst davor, alt zu werden, Angst vor der Verantwortung. Angst vor dem Tod. Er strengt sich verzweifelt an, seine Jugend zurückzugewinnen.«

»Gibt es eine andere Frau?« fragte ich mit sehr leiser Stimme.

Wieder lächelte sie. »Die jüngere Märchenprinzessin. Selbstverständlich. Offenbar sieht sie mir auch noch ähnlich. Ihre Stimme klingt am Telefon sogar wie meine. Ich müßte mich vermutlich geschmeichelt fühlen, daß er die Prozedur noch einmal von vorne beginnen will. Unser Zusammenleben kann ihm nicht so furchtbar verhaßt gewesen sein, wenn er bereit ist, das Ganze noch einmal zu wiederholen. Was er sucht, ist natürlich die Kraft ihrer Jugend. Er braucht sie, um seine eigene zurückzugewinnen.« Sie zerbröselte ein Biskuit auf ihrem Teller und schob die Krümel mit der Fingerspitze zu einem sternförmigen Muster zusammen.

Ich wußte nicht, was ich sagen sollte. Wenn Keith mich je verließe, würde ich sterben, und ich hatte unsere Beziehung immer als viel lockerer empfunden als die zwischen Sarah und Don.

»Werdet ihr euch scheiden lassen?« Sobald die Frage heraus war, wußte ich, daß sie unpassend war, aber was hätte man in einer solchen Situation schon Passendes sagen können?

Sie schüttelte nachdenklich den Kopf. Dann erhob sie sich und trat ans Fenster. In der Küche war es warm und behaglich. Der Backofen, in dem unser Mittagsmahl vor sich hin schmorte, verbreitete einen vielversprechenden Essensgeruch. Auf der Anrichte standen eine Flasche Harvey's Amontillado und zwei Sherrygläser aus Bleikristall neben einem alten Teddybär. Ein Strauß aus Nelken und Lavendelblüten verbreitete mit Knoblauch und Thymian um die Wette seinen wohltuenden Duft.

Ich zuckte zusammen, als eine Katze mit weichen Pfoten

auf meinen Schoß sprang und mich mit großen grünen Augen fixierte.

»Ich werde ihn zurückholen.« Sie wandte sich vom Fenster ab und musterte mich, an einen großen Kühlschrank gelehnt, der unter einem Sammelsurium angepinnter Notizzettel und Ansichtskarten fast verschwand, mit einem forschenden Blick, der so katzenhaft und intensiv war, daß ich mich einen Augenblick lang unbehaglich fühlte. Ihr Blick war wie ein Eindringling, der meine private Welt usurpierte, und ich war erschrocken über den Ansturm von Gefühlen, die den Raum plötzlich mit ihren Schwingungen erfüllten. Trauer, Angst, Sehnsucht, Eifersucht – wie lebendige Wesen strichen, kreisten, wirbelten sie um mich herum und nährten sich von der Energie des Raums.

»Sarah...« Meine Stimme klang erstickt in meinen Ohren, und ich hob unwillkürlich die Hand zum Gesicht, wie um etwas Unsichtbares, aber physisch Vorhandenes abzuwehren. Die Katze sprang von meinem Schoß und verschwand durch die Katzenklappe.

Plötzlich lächelte Sarah, und die Atmosphäre im Raum war wie verwandelt.

»Entschuldige bitte.«

Einen Augenblick lang schien es so, als wollte sie noch etwas sagen, aber dann überlegte sie es sich anders und holte den Sherry. Sie füllte die beiden Gläser und reichte mir eins, und obwohl ich meinen Kaffee noch nicht ausgetrunken hatte, stellte ich wortlos die Tasse ab und nahm statt dessen das Glas.

»Glaubst du an Magie?« Bei dieser mit betont gleichgültiger Stimme gestellten Frage spürte ich, wie alles in mir erstarrte. Eine Gänsehaut lief mir über den Rücken. Irgendwie war mir klar, daß hier nicht von billigen Zaubertricks die Rede war.

»Glaubst *du* daran?« fragte ich atemlos zurück.

Sie schien eine Weile nachzudenken, dann nickte sie.

Ich sollte an dieser Stelle vielleicht einfügen, daß Sarah dichtes, etwas widerspenstiges graues Haar, Gärtnerinnenhände und ein angenehmes, freundliches Äußeres hatte, wie man es von einer Großmutter dreier Enkelkinder erwarten würde – was sie im übrigen auch war. Auch wenn an ihren Deckenbalken duftende Kräuterbüschel in Hülle und Fülle hingen – Kräuter, die ich jetzt ein wenig mißtrauisch beäugte – hatte sie auf mich bisher nie den Eindruck einer Hexe gemacht.

»Was willst du tun?« fragte ich nach längerem Schweigen. Mein Mund fühlte sich trocken an. Ich kippte meinen Sherry wenig damenhaft in einem Zug hinunter und hielt ihr das leere Glas entgegen. Sie füllte es, ohne recht zu merken, was sie tat. Offensichtlich war sie mit ihren Gedanken anderswo.

»Ich habe es bereits getan«, beantwortete sie meine Frage.

Meine Augen wurden groß wie Untertassen, und mein Blick wanderte unwillkürlich zu dem Teddybären, der auf der Anrichte saß. Die Mittelnaht war an Bauch und Brust aufgerissen, und die Holzwolle quoll an manchen Stellen heraus.

Ein schallendes Gelächter unterbrach meine hektischen Überlegungen. Sarah war offensichtlich meinem Blick gefolgt, und sie hatte meine Gedanken erraten. »Oh, Belinda! Das doch nicht! Nicht Puh!« Sie nahm den Teddy von der Anrichte und drückte ihn an sich. »Er ist hier, weil er repariert werden muß, nicht als Voodoo-Puppe! Glaubst du etwa, ich würde *ihn* mit einer Nadel durchbohren?«

Irgend etwas an der Art, wie sie den Satz betonte, mißfiel mir zutiefst. Es sprach Bände. »Was durchbohrst du dann mit Nadeln?« erkundigte ich mich mißtrauisch.

»Ich benutze gar keine Nadeln.« Sie trat zum Herd. Die Kasserolle im Backofen war, wie sich jetzt herausstellte, doch von Le Creuset. Sie nahm sie heraus, hob den Deckel und rührte den Inhalt um. Dann schob sie die Kasserolle in die Röhre zurück und stellte einen schweren, mit Wasser gefüllten Topf auf die Herdplatte.

»Es ist überhaupt nicht schwierig, weißt du. Das mit der Magie. Wenn man erst einmal die anfänglichen Widerstände überwunden hat. Man denkt, daß es etwas Schlechtes ist. Etwas Böses. Ich mußte ständig daran denken, daß ich Mitglied der presbyterianischen Kirche bin.« Sie kicherte leise vor sich hin. »Aber im Grunde ist nicht viel mehr daran, als daß man die Ereignisse bewußt steuert. Um sein Ziel zu erreichen, braucht man sich eigentlich nur völlig auf diesen einen Wunsch zu konzentrieren.«

»So einfach kann es nicht sein«, widersprach ich. »Sonst würden doch ständig und überall die Träume, Verwünschungen, Hoffnungen oder Ängste irgend eines Menschen Gestalt annehmen.«

Sie setzte sich wieder auf ihren Stuhl, lehnte sich selbstzufrieden zurück und nippte langsam und genüßlich an ihrem Sherryglas.

»Und wer sagt dir, daß es nicht so ist?« gab sie leise zurück.

Mir blieb vor Staunen der Mund offenstehen. »Aber das weiß doch jeder, daß es nicht so ist«, sagte ich. Wahrscheinlich hörte man meiner Stimme an, daß ich mich ein bißchen auf den Arm genommen fühlte. So einfach konnte es nun wirklich nicht sein. Sonst hätte sie doch jünger ausgesehen, hätte eine glücklichere, siegessichere Miene zur Schau getragen. Und ich, nun ja, meine Träume und Sehnsüchte standen hier nicht zur Debatte.

»Hast du eigentlich eine Ahnung, einen wie großen Teil unseres Gehirns wir nie benutzen?« Sie betrachtete mich über ihr Sherryglas hinweg mit zusammengekniffenen Augen.

Diese Theorie hatte ich schon oft genug gehört. Mit verständnisvollem Nicken griff ich nach der Flasche. Sie schien es nicht zu bemerken.

»Einen Bruchteil seines Potentials. Nicht bewußtes logisches Denken, sondern die reine geistige Kraft.« Wieder warf sie mir einen vielsagenden Blick zu. »Wenn man sie auf einen Punkt konzentriert, kann sie wie ein Laser wirken.«

Was sie da andeutete, gefiel mir ganz und gar nicht. »Willst du damit sagen«, warf ich zweifelnd ein, »daß Magie nichts anderes ist als eine Konzentration der geistigen Kräfte?«

»Genau!« Sie nickte nachdrücklich. »Und wenn du das richtig beherrschst, kannst du *alles* erreichen.«

»Ich nehme an, es ist ungefähr so wie Beten«, fuhr ich mit

einem versonnenen Blick in mein Glas fort. Es war der verzweifelte Versuch, dem Ganzen einen Anstrich von Normalität zu geben.

»Nein!« Sie schüttelte entschieden den Kopf. »Nein. Nein. Nein! Ein Gebet ist eine Bitte. Es ist ein einseitiger Handel zu unseren Gunsten. Wir machen uns damit klein, wir machen uns zu Bittstellern. Wir kriechen vor unserem Gott im Staub und bitten ihn, alles für uns zu richten und uns das zu geben, was wir haben wollen. Magie ist ein Befehl. Wir befehlen den Mächten dort draußen, sich unseren Wünschen zu beugen. Dabei haben wir das Steuer in der Hand.«

In dem langen Schweigen, das nun folgte, wagte ich nicht, ihr in die Augen zu sehen. Als ich endlich den Kopf hob, war ihr Blick starr auf mich gerichtet. Ein eigenartiger Ausdruck lag darin.

»Also, was hast du denn nun getan?«, fragte ich, obwohl ich nicht sicher war, ob ich es wirklich wissen wollte.

»Sie wird in den nächsten Tagen ins Ausland geschickt werden.«

Ich mußte nicht erst fragen, wer »sie« war. »Wie das?«

Sie zuckte die Achseln. »Ich habe es mir nicht in allen Einzelheiten überlegt. Das ist auch nicht nötig. Ich weiß nur, daß es passieren wird.«

»Und dann kommt Donald zu dir zurück?«

Ein rätselhafter Blick traf mich. »Er kommt so oder so zurück. Wenn ich bereit bin, ihn wieder aufzunehmen.«

Das war nun ganz sicher Aufschneiderei. Selbst mir war das klar. Es war nicht zu übersehen, wie sehr sie diesen Mann noch liebte. Für einen Moment schweifte mein Blick zum Fenster. Würde ich Keith noch haben wollen, wenn er mit einer anderen Frau davonlief? Ich konnte es mir nicht vorstellen. Denn wie sollte man einem solchen Menschen jemals wieder vertrauen? Aber vielleicht hatte sie auch daran schon gedacht. Vielleicht hatte sie auch dieses Problem geregelt.

Als wir uns zum Essen an den Tisch setzten, wurde mir bewußt, daß ich den Teller, den sie vor mich gestellt hatte, mit einem gewissen Mißtrauen beäugte. Mein Unbehagen entging ihr nicht, und sie brach in schallendes Gelächter aus. »Lurchenauge, Krötenfuß, Fliegendreck, ein Körnchen Ruß«, deklamierte sie mit einem boshaften Funkeln in den Augen. »Belinda, du bist albern. In was, glaubst du, will ich dich verwandeln?«

Ja, in was? Eine gute Frage.

Nach diesem Intermezzo bewegte sich unsere Unterhaltung in normaleren Bahnen. Wir tauschten Tratsch und familiäre Neuigkeiten (unsere Männer ausgenommen) aus und übertrumpften uns gegenseitig mit Geschichten über die fantastischen Leistungen unserer Kinder. Ich überwand mein Mißtrauen und genoß das Ergebnis ihrer Kochkünste und den starken Kaffee, den sie nach dem Essen servierte, und wir erwähnten Donald nicht mehr, bis ich die Autoschlüssel aus meiner Handtasche hervorkramte.

»Halt mich über die Entwicklung auf dem Laufenden«, bat ich sie mit einem vielsagenden Blick, wie man es eben so tut.

Sie schenkte mir ein strahlendes Lächeln. »Ich rufe dich an, wenn es etwas zu berichten gibt«, versprach sie.

Ihr Anruf kam vier Tage später.

»Du erinnerst dich doch an das kleine Projekt, das ich neulich erwähnt habe«, sagte sie betont beiläufig. »Es sieht so aus, als hätte man Sandra den Job ihres Lebens in New York angeboten.«

Mir fehlten die Worte. Endlich sagte ich ohne Überzeugung: »Und sie nimmt ihn vermutlich an?«

»Selbstverständlich.« Sarahs Stimme klang unter den gegebenen Umständen geradezu bescheiden. »Ihr ist klar geworden, daß er nur mit ihr gespielt hat. Sie hatte geglaubt, er würde sie heiraten, sobald er von mir geschieden ist. Offensichtlich hatte sie den Eindruck gewonnen, daß unsere Scheidung nur noch eine reine Formalität sei. Stell dir vor!«

»Stell dir vor!« echote ich lahm. »Und was passiert jetzt?«

Es dauerte zwei Wochen, bis ich die Antwort auf meine Frage bekam. Obwohl eigentlich Sarah an der Reihe war, mir einen Besuch abzustatten, nahm ich ihre Einladung zum Mittagessen bereitwillig an. Ich hatte inzwischen einiges über den bösen Blick (von dem in historischen Romanen so oft die Rede ist) gelesen und mich kundig gemacht, wie sich die Leute in früheren Zeiten dagegen gefeit hatten!

Schon als sie mir die Tür öffnete, wußte ich, daß etwas passiert war. Nicht nur, daß sie ungefähr zehn Pfund abgenommen haben mußte und blonde statt graue Haare hatte – da war noch etwas anderes. Sie strahlte, ja, sprühte vor Glück.

Wir vergeudeten keine Zeit mit Kaffee oder Sherry. Im Kühlschrank wartete eine Flasche Champagner.

»Ich brauche wohl nicht zu fragen«, bemerkte ich, während sie den überschäumenden Champagner in einem der hohen, geschliffenen Kristallgläser auffing. »Donald ist zurückgekommen.«

Sie füllte aufmerksam zwei Gläser und reichte mir eins davon. Dann erst schüttelte sie den Kopf. »Ich arrangiere es so, daß Donald auch nach New York geht«, erklärte sie.

Verständnislos starrte ich sie an. Ich machte mir nicht die Mühe, mich zu erkundigen, was sie mit »arrangieren« meinte.

»Aber ...«, war alles, was ich herausbrachte. Eine dicke schwarze Katze musterte mich von ihrem Platz auf der Anrichte.

Sarah kicherte. »Ich war das letzte Mal nicht ganz offen zu dir, Belinda, weil ich nicht genau wußte, ob es klappen würde.« Geziert nippte sie an ihrem Glas.

Sie machte ein kunstvolle Pause, um ihre Worte auf mich wirken zu lassen, und ich ließ mich auf ihr Spiel ein.

Als sie sicher war, daß sie mich lange genug auf die Folter gespannt hatte, stellte sie ihr Glas ab. Sie hatte, wie ich in diesem Augenblick bemerkte, ihren Ehering abgelegt.

»Ich hatte etwas über Gedankenformen gelesen«, erklärte sie. »In einem dieser herrlichen New-Age-Bücher.« Daher wehte also der Wind. »Na ja, und da dachte ich, ich probiere es einmal aus und erschaffe eine.«

»Eine Gedankenform?« Mir war völlig schleierhaft, wovon sie sprach.

Sie nickte. »Man stellt sich in Gedanken etwas vor. Und man stellt es sich so oft und so intensiv und in allen Einzelheiten vor, daß es irgendwie real wird. Es passiert in Wirklichkeit.« Sie errötete unvermittelt.

»Sarah...« Es dauerte eine Weile, bis ich den Sinn ihrer Worte erfaßte. »Du willst damit doch nicht sagen...«

Sie beantwortete meine unausgesprochene Frage mit einem Nicken. »Ich wußte ja nicht, ob Donald wirklich zurückkommen würde«, sagte sie mit einem, wie mir schien, bewußt arglistigen Unterton. »Also fing ich an, mit ein paar Ideen zu spielen.«

Mit Betonung auf dem Wort »spielen«, dachte ich. Ich hing wie gebannt an ihren Lippen, gespannt, was als nächstes kommen würde. Mir war mittlerweile aufgefallen, daß der Tisch für drei Personen gedeckt war.

Sie nippte wieder an ihrem Glas. »Nicht zu jung«, sagte sie träumerisch. Also kein Jüngling, der ihr aus der Hand frißt, revidierte ich meine erste Vorstellung. »Aber jünger als Donald.« Armer alter Donald. »Groß. Gutaussehend. Wohlhabend. Ein Witwer, dachte ich, aber einer, der seine Trauer verarbeitet hat.«

Mein Gott! Der Traum einer jeden Frau. Atemlos wartete ich darauf, daß sie fortfuhr.

»Ich stellte ihn mir immer wieder vor, und ich dachte daran, was wir alles miteinander tun könnten.« Ihr Blick war plötzlich ausweichend, fast unstet. »Dinge, die ich mit Donald seit Jahren nicht mehr getan habe.« Sie stieß ein verlegenes Lachen aus. »Die Tagträume und das Pläneschmieden haben mir unglaublich viel geholfen. Es war etwa so, als würde ich an der Erfindung des vollkommenen Kochrezepts arbeiten. Hiervon eine kleine Prise mehr, davon eine etwas andere Kombination...«

Schelmisch neigte sie den Kopf zur Seite. »Mit dem Verstand habe ich wahrscheinlich nicht geglaubt, daß es funktionieren würde, aber offensichtlich habe ich alles richtig gemacht.«

Offensichtlich.

»Aber was ist mit Donald?« brachte ich endlich hinaus.

Sie zuckte die Achseln. »Ich dachte, ich würde Donald bis

an mein Lebensende lieben. Und er dachte das auch. Er war überzeugt, daß er jederzeit zu mir zurückkommen könnte, und ich würde hier auf ihn warten und ihn mit offenen Armen wieder aufnehmen. Er hat alles kaputtgemacht. Es sind immer die Männer, die alles kaputtmachen.« Einen Augenblick lang wirkte ihre Miene fast traurig. »Aber was soll's. Selbst wenn Sandra ihn nicht mehr will, gibt es in New York Hunderte von Frauen, die ihn mit Kußhand nehmen werden.«

»Und was ist mit dir?« fragte ich.

»Ich werde in der Toskana leben«, entgegnete sie. »Mit Antonio.« Sie erhob sich. »Belinda, darf ich dir meine Gedankenform vorstellen?«

Er mußte im Flur auf sein Stichwort gewartet haben. Die Tür ging auf, und herein kam er. Alles an ihm so, wie es in ihrem Rezept beschrieben war. Groß. Gutaussehend. Reich (diesen Eindruck machte er jedenfalls). Charmant. Etwas über vierzig schätzungsweise. Mein erster Gedanke, als er mir galant die Hand küßte, war: armer, armer Donald. Aber er war schließlich selbst an allem schuld. Mein zweiter Gedanke war: Wie lernt man einen solchen Zauber?

Wenn die Kastanienblüten fallen

Eine Trilogie

Die Geliebte

Es war mitten im Winter. Das Restaurant war nur spärlich erleuchtet, und über den auf Untertellern stehenden Kerzen sahen sie ihre Gesichter nur blaß und verschwommen, wurden zudem ein wenig geblendet von der Velourstapete mit ihren dicht an dicht hängenden viktorianischen Drucken. Der Kellner, die Kaffeekanne in der Hand, gab neben ihnen eine noch weniger faßbare Gestalt ab und ließ verdrossen die Schultern hängen.

»Noch Kaffee, Tina?« Derek setzte ein freundliches Gesicht auf, und sie erwiderte sein Lächeln. Hoffentlich würde er jetzt nicht nach seiner Brille langen, um die Rechnung zu lesen, eine Geste, die ihn vorzeitig alt wirken ließ.

Sie schüttelte den Kopf. »Den trinken wir bei mir, einverstanden?«

Der Zauber löste sich endgültig, als er auf seine Uhr schaute. Sofort fühlte sie, wie Unmut in ihr aufkam. Immer wieder stand die Uhr zwischen ihnen, immer dieses Zeitlimit, die Barriere, das Tor, durch das er aus ihrem Leben hinaus und in das einer anderen hineinglitt.

Er hatte sich dem Kellner zugewandt. »Kein Kaffee mehr, danke. Die Rechnung, bitte.«

Der Mann verbeugte sich – die Rechnung war bereits fertig –, und Derek fischte nach seiner Brille.

»Wir haben gerade noch Zeit, gemeinsam zurückzugehen, Tina, aber das fände ich ganz gut.« Er schenkte ihr jenes flüchtige Lächeln, das sie immer aufheiterte. Dann nahm er dem Kellner ihren Mantel ab und half ihr hinein. So lag seine Hand bereits auf ihrer Schulter, als sie durch die Tür auf die nasse

Straße traten, und es war nur natürlich, sie dort zu belassen, während sie durch die noch glänzenden Straßen in die gräulich schimmernde Dunkelheit schritten und den Kopf wegen der Kälte und des Regens senkten.

Sie hatte den Kamin in ihrer Wohnung vorhin angelassen. Das war in jedem Fall hilfreich: Falls er das Gefühl hatte, nun zu seiner Frau zurückkehren zu müssen, machte es Tina die Einsamkeit erträglicher, und wenn nicht, falls er doch mit zu ihr kam, machte es den Raum einladend und heimelig – sein zweites Zuhause. Als sie ihn anschaute, stieg ein warmes, glückliches Gefühl in ihr auf. Dieses Mal blieb er da.

Sie warf ihren Mantel ab und rannte in die Küche, wo sie zwei Tassen, zwei Unterteller und zwei Gläser holte.

»Was magst du zu deinem Kaffee, Derek?« rief sie. Er hatte es sich am Kamin in dem Sessel bequem gemacht, der für sie immer seiner war.

»Scotch, wenn noch welcher da ist. Weißt du Tina, wir müssen mit dem Zimmer hier etwas machen. Soll ich dir einen neuen Teppich kaufen? Das würde es sicher ein bißchen aufheitern.«

Sie blieb wie angewurzelt stehen. Er fand ihre Wohnung freudlos, sie gefiel ihm nicht. Ihre Hand zitterte ein wenig, während sie weiter eingoß, und als sie ihm antwortete, hatte sich ihre Stimme bereits gefangen. »Das wäre schön. Ich bin damit einverstanden.«

Derek schien sofort zu begreifen, was ihr auf dem Herzen lag. Er stand auf, trat auf die Küche zu, lehnte sich in den Türrahmen und sah ihr zu, wie sie Kaffee machte. Derek nahm ihr den Scotch aus der Hand. »Ich mag deine Wohnung, Tina. Sie ist gemütlich. Ein Zufluchtsstätte, das weißt du. Ich dachte bloß, ein wenig mehr Farbe könnte dich vielleicht aufheitern, wenn ich nicht hier bin ...«

Ihm war also klar, wie ihr zumute war. Natürlich, er war ja auch sehr einfühlsam, und deshalb liebte sie ihn. Das war jedenfalls einer der Gründe. Er war sensibel, warmherzig, freundlich, alles Dinge, die seine Kuh von Frau nicht begriff oder nicht begreifen wollte.

Tina hatte ihm nie von den grauen, trostlosen Abenden erzählt, an denen er nicht bei ihr war. Oder von den langen, leeren Nächten, vom öden, einsamen Frühstückstisch, an dem sie auch schon mal ihr Versprechen ihm gegenüber vergaß, das Rauchen aufzugeben, und sich statt einem Toastbrot eine Zigarette zu ihrem schwarzen Kaffee genehmigte. Sie erzählte ihm nur von positiven Dingen, von witzigen, von solchen, die ihn an sie binden würden. Sie wandte sich ihm zu und lächelte ihn an. »Du bist ein Schatz, Derek.« Sie schlang die Arme um seinen Nacken. Als er die Umarmung erwiderte, spritzte ihr ein wenig Scotch auf die Schulter, und lächelnd beschnupperte er ihn und tat so, als leckte er ihn dort vom Wollkleid ab.

»Mein Gott, ich wünschte, ich könnte heute abend bleiben!« Plötzlich hielt er sie fest. Er tastete blind nach der Arbeitsfläche hinter ihr und stellte das Glas unbeholfen ab.

»Und warum kannst du nicht?« flüsterte sie. Sie wußte, daß er nur den Kopf schütteln würde. Wahrscheinlich schaute er gerade hinter ihrer Schulter auf seine Armbanduhr und veranschlagte rasch die Zeit, die er für den Nachhauseweg brauchte.

»Oh, Derek!« Verzweifelt schob sie ihn von sich. »Reich endlich die Scheidung ein. So kann ich nicht weitermachen. Ich will dich, und sie liebt dich noch nicht einmal, wie du mir gesagt hast.«
Er hatte sein Glas wieder in die Hand genommen und war ein wenig aus der Fassung gebracht, wie immer, wenn sie verbotenes Terrain betrat.

»Nein. Ich sagte, sie versteht mich nicht, Tina. Das ist etwas anderes. Sie liebt mich sehr wohl. Das ist ja das Problem. Deswegen kann ich sie nicht verletzen. Sie liebt mich sehr.«

»Aha, sie kannst du nicht verletzen, aber mich verletzt du jeden Tag?« Tina haßte sich für das, was sie sagte. Sie drängte an ihm vorbei und kniete sich im matten Licht der Tischlampe vor den Kamin. »Und sie verletzt dich«, konnte sie nicht umhin, hinzuzufügen, als er im Rahmen der Küchentür stehenblieb. »Sie weiß doch, wie sehr du dir eine Familie wünschst, weigert sich aber, mit dir Kinder zu haben. Ich finde, das allein ist schon genug, um die Scheidung einzureichen.«

»Mag sein.« Er schüttelte bedächtig den Kopf, ging dann zu seinem Sessel. »Es ist noch zu früh, Tina. Auf Dauer vielleicht ... Ich weiß nicht.« Er zuckte hilflos mit den Achseln und saß da, den Blick auf die sanft vor sich hinzüngelnden Flammen gerichtet.

»Und ich würde so gern Kinder haben«, fuhr sie kläglich fort, halb zu sich selbst gesprochen. »Das Leben ist schrecklich ungerecht.«

Er antwortete nicht. Seine Augen starrten nach wie vor in das Kaminfeuer. Möglicherweise hatte er ihr überhaupt nicht zugehört.

»Würdest du dich von ihr scheiden lassen, wenn ich ein Kind bekäme?« Mit einemmal sah sie zu ihm auf. »Weißt du Derek, ich glaube, wenn du ihr das sagtest, würde sie es verstehen.« Doch er schaute unentwegt und mit ausdruckslosem Gesicht in die Säulen der blauen Flamme.

»Hast du überhaupt gehört, was ich gesagt habe?«

Er riß sich sichtbar zusammen, richtete seine Aufmerksamkeit wieder auf sie und lächelte. »Tut mir leid, ich war gerade ganz weit weg. Was hast du gesagt?« In dem weichen Licht wirkte sein Gesicht abgespannt.

Sie richtete sich auf. Die Idee, die ihr in diesem Moment gekommen war, ließ ihre Augen glänzen, doch als sie vor ihm stand und auf seine Augen hinabschaute, wurde ihre Stimme ganz sanft. »Du bist müde.«

Er nickte und stand schwerfällig auf. »Ich glaube, ich gehe jetzt besser. Es ist schon spät, und die Fahrt ist lang.«

Dieses eine Mal bemühte sie sich nicht, ihn aufzuhalten. Sie schmiegte sich an ihn, gab ihm einen letzten, bedeutungsvollen Kuß und schaute dann zu, wie er den widerhallenden Hausflur entlangging. An der Ecke zum Aufzug blieb er stehen und drehte sich wie immer noch einmal kurz um. Dann war er verschwunden.

Sie schloß die Tür und lehnte sich mit dem Rücken dagegen. Als sie die Augen schloß, spürte sie, wie ihr Herz gegen die

Rippen pochte; sie holte tief Luft und ging ins Schlafzimmer. Ihre Antibabypillen bewahrte sie in der obersten Schublade der Kommode unter dem Fenster auf. Es lagen drei Päckchen darin. Sie beförderte sie alle nach draußen in die Mülltonne.

Als sie den Deckel zuklappte, merkte sie, wie ihr die Hände zitterten; nervös wischte sie sich die Handflächen an ihrem Kleid ab, als sie zurück in ihre Wohnung ging. Sie hatte ihre Entscheidung getroffen, jetzt gab es kein Zurück mehr. Sie nahm Dereks Flasche und goß sich einen großzügigen Drink ein. Es war das erste Mal, daß sie so etwas tat, wenn sie allein war.

Derek hatte versprochen, am Wochenende mit ihr aufs Land zu fahren. Es war bitterkalt, und sie saß neben ihm im Wagen und strahlte ihn unter ihrer Wollmütze an.

»Was ist los? Du siehst ja aus, als hättest du ein Vermögen geeerbt.«

Sie grinste zufrieden. »Ich bin bloß glücklich, das ist alles. Schau dir nur den Rauhreif auf den Bäumen an, Derek. Es ist schön, mal aus der Stadt rauszukommen.« In diesem Augenblick war es ihr gleich, daß er ja auf dem Land wohnte, daß sein Haus wahrscheinlich nicht nur an den Wochenenden mit Rauhreif geschmückt war und seine Frau aus dem Küchenfenster den Schnee auf den Ästen ihres Apfelbaums sehen konnte.

Sie parkten am Rand des Buchenwalds und spazierten gemächlich hindurch; ihre Schuhe versanken im auftauenden Schlamm, der sich um die Eisränder der Pfützen gebildet hatte. Sie schauten auf die hochragenden, silbernen Baumstämme und den darüberliegenden azurblauen Himmel und hielten einander bei der Hand. Der Rauch ihres Atems vereinte sich, wenn sie lachten. Sie wollte ganz einfach loslaufen, fürchtete jedoch, er könne dann daran erinnert werden, daß er viel älter war als sie, außer Atem kommen, rot anlaufen, sagen, er sei zu alt für so etwas und damit alles kaputtmachen.

Vor dem lodernden Kaminfeuer in einem kleinen Restaurant tranken sie Tee, bestellten sich eine zweite Portion Buttergebäck mit Sahne. Derek sah sie an und lächelte. »Es würde dir auch nichts schaden, wenn du ein paar Pfund zunimmst. Du bist so dünn wie eine Bohnenstange.«

Sie erwiderte sein Lächeln und hätte ihm fast erzählt, was sie getan hatte, brachte aber doch nicht den Mut dafür auf.

Danach sprachen sie nur noch selten über Dereks Frau. Janet nahm im gleichen Maß an Bedeutung ab, in dem Tinas Glück wuchs. Es scherte sie einfach nicht mehr darum, was Janet tat oder dachte. Sie zerbrach sich nicht länger den Kopf über sie, sondern dachte nur noch an das, was geschehen würde, wenn sie Derek endlich sagen konnte, daß sie ein Kind von ihm erwartete. Sie hatte keinerlei Zweifel an seiner Reaktion. Und sie war überglücklich.

Er kaufte ihr einen neuen Teppich für die Wohnung. Tiefrot, mit einem zotteligen Kaminvorleger darauf, auf dem sie sitzen konnte, denn das war ihr Lieblingsplatz: auf den Knien vor dem Feuer, wo sie las, sich mit ihm unterhielt oder Musik hörte.

Monate vergingen. Allmählich hüllte der Frühling die Bäume ein und nahm der morgendlichen Kälte ihre Schärfe. Gespannt zählte sie die Tage ab, voller Erwartung, voller Hoffnung, um dann doch wieder enttäuscht zu sein.

Derek wirkte entspannter und glücklich damit, sie gut gelaunt zu sehen, und überhäufte sie mit Geschenken – besuchte sie jedoch seltener.

Im Frühjahr war bei ihm im Büro immer viel zu tun, glaubte sie sich noch an das letzte Jahr zu erinnern. Die Ausreden, die er sonst immer für seine Frau erfunden hatte – Überstunden, Seminare, Konferenzen –, waren nun Wirklichkeit, jedenfalls für ein paar Monate, wie er ihr versicherte. Tina vermißte ihn schrecklich, aber immerhin gab es die Nachmittage. Einmal in der Woche gelang es ihm, sich für ein paar Stunden freizumachen. Dann blieben sie bei ihr in der Wohnung, kehrten dem Frühling in seiner Pracht draußen den Rücken zu und lagen dicht beieinander in ihrem schattigen Schlafzimmer, beide sich des Weckers bewußt, den sie stellen mußten, um daran erinnert zu werden, wann ihre Zeit abgelaufen war.

Sie hatte die Hoffnung beinahe schon aufgegeben, als es endlich geschah. Aus einem Monat wurden fünf Wochen – sechs, schließlich sieben. Sie war atemlos vor Aufregung und Begeisterung. Und sie wartete, zählte die Tage, fragte sich, wann sie den Mut aufbringen würde, es ihm zu erzählen.

Schließlich konnte sie nicht länger warten. Er war überrascht, als sie ihn komplett angezogen an ihrer Wohnungstür begrüßte, denn in den vergangenen Wochen hatte sie immer einen Kimono oder ein Negligé getragen und den Part seiner Geliebten gespielt, um ihn zu verführen. Er lächelte, war erfreut, sie so begeistert anzutreffen und nahm den Drink entgegen, den sie vorbereitet hatte. Die Fenster standen weit offen, und man konnte den steten Verkehrslärm von unten hören, sah aber nichts als die überschäumende Schönheit der Roßkastanien auf dem Gehweg.

»Du siehst heute aber flott aus«, sagte er mit Blick auf ihren schicken Rock und die Sandalen. »Willst du ausgehen?«

Sie schüttelte den Kopf. Sie hatte sich das Haar lang wachsen lassen, um ihm eine Freude zu machen, und es fiel ihr schwer über die Schultern. Er langte herüber, um eine Strähne in die Hand zu nehmen und mit ihr zu spielen. Dann wandte er sich ab und nippte an seinem Drink.

»Ich muß dir etwas sagen, Derek. Ich hoffe, du freust dich darüber.« Sie zögerte. Erst jetzt kam ihr in den Sinn, daß er nicht unbedingt glücklich über das sein könnte, was sie getan hatte. Sie schluckte und blickte auf den Boden. Die Sonne schien von draußen durch die Blätter und warf ein Gitterwerk an Mustern auf den prächtigen Teppichflor. Auf Dereks Teppich.

»Was gibt es denn, Tina?« Er betrachtete sie, amüsiert über ihre plötzliche Verwirrung. Ahnungslos.

Sie sah auf und holte tief Luft. »Ich bekomme ein Kind von dir.«

Es entstand ein längeres Schweigen im Raum. Selbst draußen auf der Straße war es einen Moment ruhig, weil der Verkehr durch eine rote Ampel zum Stillstand gekommen war. Dann dröhnte ein Bus vorbei, dessen hohes, rotes Dach unter den Ästen entlangwischte und den Baum durchschüttelte, so daß eine Reihe von Blüten zu Boden fielen.

»Bist du ganz sicher?« Er klang bestürzt.

Betroffen schaute sie weg. »Na ja, ziemlich sicher. Ich habe zwar keinen Test machen lassen, aber ...«

»Das mußt du aber.« Urplötzlich war er besorgt. Nicht zum ersten Mal erinnerte er sie an ihren Vater. »Sobald wir es wissen, können wir entscheiden, was wir tun.«

»Aber Derek! Da gibt es doch nichts zu entscheiden.« Sie merkte, wie sich eine seltsame Kälte ihres Magens bemächtigte, als sie ihm ins Gesicht sah. »Deine Frau wird bestimmt sofort in die Scheidung einwilligen, wenn sie von dem Baby erfährt. Das weißt du. Dann können wir heiraten und ...«

»*Nein!*«

Er stellte sein Glas ab, trat ans Fenster und schaute nach unten auf die Straße. »Es tut mir leid, Tina. Vielleicht habe ich mich nicht klar genug ausgedrückt. Da du es schon so lange nicht mehr angesprochen hast, dachte ich, du hättest die Situation akzeptiert. Eine Scheidung kommt nicht in Frage.«

»Aber du hast dir doch ein Baby gewünscht. Du hast mir gesagt, daß du dir ein Baby wünschst.«

»Ich will ein Baby mit meiner Frau, Tina.« Seine Stimme war sanft. »Es tut mir leid, Schatz, wenn du die Situation mißgedeutet hast. Allerdings verstehe ich gar nicht, wie du das konntest. Ich habe doch nie ein Geheimnis daraus gemacht, daß ich eine Familie will.«

»Ja, deswegen wollte ich doch schwanger werden«, erwiderte sie kleinlaut.

Er wirbelte herum. »Willst du damit etwa sagen, du hast es absichtlich gemacht?«

Sie nickte.

»Herrgott noch mal!« Er schlug sich mit der flachen Hand auf die Stirn. »O Tina, es tut mir so leid. Aber es geht einfach nicht. Nicht so. Du mußt es loswerden. Ich weiß, das ist hart, aber ... Es gibt keine andere Möglichkeit.«

»Nein, Derek.« Plötzlich sprach sie ruhig und gelassen. »Deine Frau hat alles: dich, ein schönes Zuhause, deinen Namen. Dieses Kind ist alles, was ich von dir habe.«

»Das kannst du nicht tun, Tina!«

»Dann versuche mal, mich davon abzuhalten!« Nun war sie wütend und erbittert. »Das ist allein meine Entscheidung, Derek.«

»Dann wäre es aus mit uns, Tina. Ich habe nicht vor, hinter Janets Rücken eine zweite Familie zu gründen.«

Mit Mühe kämpfte sie gegen ihre Tränen an. »Ach nein, aber du hast dir sehr wohl zwei Jahre eine Geliebte gehalten.«

Sie wandte sich vom sonnigen Zimmer ab, rannte ins Schlafzimmer und knallte die Tür hinter sich zu.

Mit zitternden Händen suchte er nach seinen Zigaretten und schüttelte eine aus dem Päckchen heraus. Er stellte sich ans Fenster, schaute nach unten und beobachtete, wie die Autos vorüberfuhren. Es war kurz vor vier. In fünf Minuten mußte er zurück ins Büro.

Er blickte zum Schlafzimmer, aus dem keinerlei Geräusche drangen. Er hatte befürchtet, ein Schluchzen zu vernehmen. Mit einem Seufzer drückte er die kaum angerauchte Zigarette im Aschenbecher aus und verließ leise die Wohnung.

Tina lag auf dem Bett und hörte, wie die Wohnungstür zufiel. Sie weinte nicht. Dafür fühlte sie sich viel zu schockiert und enttäuscht, vielleicht auch zu benommen, um mitzubekommen, was geschehen war. Erst nach einer ganzen Weile stand sie auf. Sie streifte sich ihre Sandalen ab und ging dann teilnahmslos zurück ins Wohnzimmer. Die Sonne war hinter den gegenüberliegenden Dächern versunken, und das Zimmer lag nun im Schatten. Sie hörte eine Amsel aus den Bäumen heraus pfeifen; ihr Lied erhob sich deutlich über den Verkehrslärm.

Sie setzte sich an den Tisch und zog langsam ein Stück Papier zu sich heran. Geschrieben hatte sie Derek noch nie, das war Teil ihrer Übereinkunft gewesen.

»Derek, mein Schatz«, schrieb sie mit zitternder Hand im Gedanken daran, was sie ihm sagen wollte. »Es tut mir so leid, daß ich mißverstanden habe, was du dir wünschst. Ich hatte ehrlich geglaubt, daß es dich glücklich machen würde. Bitte verzeihe mir. Wir hatten zwei so herrliche Jahre miteinander – und ich liebe dich sehr. Ich würde nicht ertragen, wenn es so endete. Ich möchte das Kind unbedingt behalten, aber ich verspreche, daß ich dir gegenüber weder jetzt noch in Zukunft Ansprüche stellen werde. Schenk uns einfach ein bißchen Liebe und bleibe in Verbindung. Meine Liebe ist dir für immer gewiß. Tina.«

Langsam las sie es noch einmal durch, faltete das Papier dann in einen Umschlag und adressierte ihn an sein Zuhause. Sie dachte noch einen Moment nach und schrieb dann *Persönlich* auf den Umschlag. Bevor sie es sich noch hätte anders überlegen können, lief sie mit dem Brief zum Briefkasten, um danach langsam wieder in ihre Wohnung zurückzukehren.

In dieser Nacht fiel ihr das Einschlafen sehr schwer. Sie wälzte sich im Bett hin und her, und ihr war so elend zumute, daß sie überhaupt nicht mehr wußte, wie sie sich entscheiden sollte. Immer wenn sie gerade am Einnicken war, glaubte sie Dereks Stimme zu hören, doch als sie dann ihre Augen im Dunkel aufschlug, merkte sie, daß sie allein war und er sie verlassen hatte. »Aber das Baby habe ich«, dachte sie und kuschelte sich zusammen. Sein Baby. Das Kissen war heiß. Sie drehte es um und trommelte verzweifelt mit den Fäusten dagegen. Ihre Augen schmerzten vor Müdigkeit. Sie stand auf und ging in die Küche; die Kacheln unter ihren Füßen waren kühl, und sie goß sich ein Glas Milch ein.

Als sie die kalte Milch trank, fröstelte ihr. Zum ersten Mal hatte Derek ihr ohne einen Hauch von Zweifel bestätigt, daß er, wenn er sich zwischen Janet und ihr entscheiden mußte, bei Janet bleiben würde, ganz gleich, was passierte.

»Er ist ein Feigling«, flüsterte sie wütend gegen die halb nach unten gezogenen Jalousien über dem dunklen Fenster. »Ein Feigling und ein Lügner.« Sie konnte den Gedanken nicht zulassen, daß sie sich in ihm getäuscht haben könnte.

Seltsamerweise konnte sie nun in einen traumlosen Schlaf sinken. Als sie aufwachte, wurde es gerade hell. Die Straße war ruhig, bis auf den ersten, vorsichtigen Gesang von ein oder zwei Vögeln im Morgengrauen. Einen Moment fragte sie sich, was sie aufgeweckt hatte. Dann wußte sie es. Der vertraute, quälende Schmerz in ihrem Kreuz. »Oh nein.« Sie sprang aus dem Bett. »Bitte, lieber Gott, nein.« Zitternd schaltete sie die Nachttischlampe ein und zog die Decke zurück. Auf dem Laken war ein kleiner, verräterischer Blutfleck. Es gab kein Baby. Es hatte nie eins gegeben.

Der Mann

Es war Winter. Der Garten war mit einer frischen Reifschicht überzogen, die in der glänzenden Sonne graugrün und unwirklich schien. Derek war auf dem Weg zum Frühstückstisch. Seine Frau, die sich gerade Kaffee eingoß, sah auf und lächelte. »Na du? Wenn du dich nicht beeilst, kommst du wieder zu spät.«

»Und was ist mit dir?«

»Ich auch.«

Er nahm das Auto, sie den Zug, weil sie den Verkehr verabscheute. Beide schwiegen eine Weile. Dann schaute sie auf. »War das heute abend, daß du Überstunden machen mußt? Ich könnte in der Stadt bleiben und einkaufen; vielleicht gehe ich ja sogar ins Theater.«

Er zog die Stirn in Falten. Ihre Nachsicht beschämte ihn ein wenig. »Janet, ich lasse dich nicht gern so oft allein, wirklich nicht.« Er meinte es ernst.

Er griff nach dem Toastständer. Ein Stück Toastbrot brach ab und fiel auf das Tischtuch, und er lachte ein wenig verlegen. »Ich bin froh, daß du so viel Verständnis hast. Es gibt nicht viele Männer, die dynamische Geschäftsfrauen zur Frau haben.« Er hatte es als Kompliment gemeint, doch sie legte sofort die Stirn in Falten.

»Laß uns um Himmels willen jetzt nicht wieder darüber sprechen, Derek. Ich habe es satt, ständig zu hören, wie dynamisch ich bin. Du weißt verdammt gut, daß es nur ein Job ist, ein Job wie tausend andere Frauen ihn auch haben.«

»Ich weiß, ich weiß.« Gereizt machte er sich mit dem Messer in der Butterschale zu schaffen. »Es ist bloß so, daß Tausende anderer Frauen es heutzutage fertigbringen, Karriere und Familie unter einen Hut zu bringen.« Ruckartig schob er seinen Stuhl zurück, so daß er sich in den Binsenmatten verfing, mit denen der Boden ausgelegt war, und beinahe zur Seite gefallen wäre.

»Ich mag nun mal keine Kinder, Derek.« Ihre Stimme war geduldig, aber entschieden. »Himmel noch mal, warum müssen wir denn jeden Tag wieder damit anfangen? Ich liebe meinen Job. Ich habe es dir klar gesagt, bevor wir heirateten, ich habe dir da in keiner Weise etwas vorgemacht. Und nun reden wir seit acht Jahren darüber! Wie oft muß ich es denn noch sagen?«

»Überhaupt nicht. Bitte, laß uns nicht streiten.« Er legte einen Arm um sie und drückte ihr einen Kuß auf die Stirn. »Es tut mir leid. Ich will das Thema eigentlich nie anschneiden.« Er lachte unbehaglich. »Wahrscheinlich fühle ich mich bloß wieder einmal alt und will mich durch einen Sohn unsterblich machen oder so etwas.«

War es das denn wirklich? Immerhin war Janet erst zweiunddreißig und hatte noch reichlich Zeit, aber er, nun, er war fast doppelt so alt. Er runzelte die Stirn, während er das Garagentor öffnete und langsam auf die Auffahrt zurücksetzte. Die Auspuffgase des Wagens kräuselten sich zu einer kleinen Wolke empor, die ihn umnebelte und für einen Moment von der Außenwelt abschnitt. Vorsichtig setzte er rückwärts auf die Straße und fuhr dann in großem Bogen auf London zu. Oder war er bloß eifersüchtig auf Janets Unabhängigkeit? Es ärgerte ihn ein wenig, mußte er zugeben, daß sie es sich leisten konnte, einfach loszuziehen und Sachen zu kaufen, ohne daß sie ihn um Geld bitten mußte; teure Sachen, zum Beispiel für das Haus. Die Vorstellung, daß junge Paare sich zusammensetzten und solche Dinge miteinander besprachen, ein Budget erstellten, sparten und gemeinsam aussuchten, hatte ihm immer schon gefallen, war ihm romantisch und behaglich vorgekommen. Es mußte sie zusammenschweißen.

Als er den Bahnübergang erreichte, fluchte er. Die Schranke ging herunter, was hieß, daß er wenigstens drei Pendlerzüge hintereinander würde abwarten müssen. Ungeduldig trommelte er mit den Fingern auf das Lenkrad. Dann dachte er an Tina.

Bei ihr war er derjenige, der kaufte, ohne sich vorher abzusprechen. Er wartete mit Geschenken für ihre Wohnung auf und kam sich dabei recht nobel vor, obwohl er wußte, daß sie manchmal gerne mitgegangen wäre zum Aussuchen. Doch davor schreckte er zurück; es war, als richteten sie sich gemeinsam ein Zuhause ein. Das würde eine Dauerhaftigkeit einräumen, die er verweigerte.

Oft nahm er sich ins Kreuzverhör, was Tina betraf, und kam dabei immer zum gleichen Urteil: schuldig. Sicher, er hatte sie gern. Er fand sie attraktiv, und ihre Wohnung war eine Zuflucht und praktische Zweitwohnung in London, doch wenn er nicht bei ihr war, stellte er sich vor, sie hörte auf zu existieren oder werde zu einer ganz anderen: selbstbewußt, ausgeglichen, unverwundbar und ganz.

Daß sie für ihn allein lebte und ihn liebte, kam ihm nie wirklich in den Sinn. Ein, zwei Mal hatte er darüber nachgedacht, diese Vorstellung aber als zu unbequem wieder fallengelassen.

Zwei Züge rasten in entgengesetzter Richtung aneinander vorbei; hinter jedem Fenster verbarg sich ein Mikrokosmos des Lebens. Schließlich ging die Schranke langsam wieder hoch. Derek schaute auf seine Uhr und beschleunigte. Schon wieder zu spät.

Um sechs war er mit Tina verabredet. Es war ein kühler Abend. Naß. Während der Schneeregen auf dem Land zwar eisig, aber sauber war, war er in London unangenehm und wirkte bedrückend. Derek seufzte und wünschte sich fast, direkt nach Hause gehen zu können, um sich vor dem Kamin zu entspannen, den Janet abends immer mit Holzscheiten befeuerte, ungeachtet der Mehrarbeit, die das für sie bedeutete.

Dann sah er Tina, überpünktlich wie immer im Foyer seines Bürogebäudes wartend, wo sie Schutz vor der Kälte suchte, und er gab seinem Herzen einen kleinen Ruck. Der Regen hatte ihr dunkles Haar strähnig werden lassen, und es lag ihr lose auf den Schultern, noch immer ein wenig durcheinander, weil sie sich beim Hereinkommen das Kopftuch abgezogen hatte.

»Hallo Tina! Habe ich dich warten lassen?« Als ihre Blicke sich begegneten, wußte er, warum er es immer so weiterlaufen ließ. Er würde immer fasziniert sein von ihrer klaren, ehrlichen Art und der unkomplizierten Anbetung, die sie ihm entgegenbrachte. Und er fühlte sich jung bei ihr.

Sie legte das durchnäßte Kopftuch wieder an und zog sich den Mantelkragen hoch; er drückte die Drehtür für sie auf und schaute ihr wohlwollend zu, als sie wie ein Kind hinausrannte, die Hand auf die Glastür gedrückt, bis sie atemlos auf den Eingangsstufen stand. Dort drehte sie sich um, lachte glücklich und sah zu, wie er ihr nachkam.

Nach dem Film aßen sie beide eine Soup du jour. Sie war gehaltvoll und heiß und voller Porree. Sie streute sich immer schon Salz in ihre Suppe, bevor sie sie probierte, was ihn irritierte, doch er sagte nie etwas. Es war ihr Abend. »Hat dir der Film gefallen?« fragte er. Eine Haarsträhne hatte sich auf ihre Nase verirrt. Sie blies sie beiseite, ganz wildes Mädchen. »Ich fand die Szene toll, als er die anderen mit dem Wagen verfolgt hat. Das war wirklich spannend!«

»Meinst du, ich sollte auch so Auto fahren?« Er lächelte nachsichtig und griff nach ihrer Hand.

Sie wirkte nachdenklich. »Kein Mensch könnte in einem Auto wie deinem so fahren, Derek. Schade, daß du keinen Sportwagen hast!«

»Ach, dafür bin ich zu alt! Ich fuhr einen, als ich zwanzig war.« Er lachte ein wenig gequält, machte sich aber nichts daraus, sich selbst auf den Arm genommen zu haben. Sie aber, die Zwanzigjährige, wirkte betroffen. Wieder einmal wünschte er, sie würde den Altersunterschied einfach akzeptieren und darüber lachen, so wie Janet, und nicht ständig so tun, als gäbe es ihn nicht.

»Wir müssen unseren Ausflug aufs Land planen, meine Liebe«, fuhr er unbeschwert fort, um sie zu beruhigen. »Ich fände Burnam Beeches ganz nett. Was meinst du?«

Erst vor einer Woche hatte Janet ihm von ihrer Konferenz erzählt. Es hatte ihn verletzt und wütend gemacht. Es war schon übel genug, daß ihre Arbeit die Abende über Gebühr in Anspruch nahm, aber ihm jetzt noch ein ganzes Wochenende wegzunehmen! Um sich zu rächen, hatte er Tina angerufen, und deren begeisterte, glückliche Stimme, als er vorschlug, die beiden Tage gemeinsam zu verbringen, hatte ihn ein wenig besänftigt und sein Selbstwertgefühl wieder aufgebaut.

Der Kellner stand in ihrer Nähe herum, und Derek seufzte. Er hätte gern noch ein wenig getrödelt. »Noch Kaffee, Tina?« Er lächelte, um seinen Unmut zu verbergen.

Sie schüttelte den Kopf, schaute den Kellner an und beugte sich zu Derek vor, um ihm verschwörerisch zuzuflüstern: »Den trinken wir bei mir, einverstanden?«

Verstohlen schaute er auf seine Uhr. So spät war es noch nicht. Vielleicht konnte er noch eine halbe Stunde bleiben, bevor er durch den Regen nach Hause fuhr. Er tastete nach seiner Brille, wandte sich dem Kellner zu und bedeutete ihm, daß er bezahlen wollte.

Es gefiel ihm, daß sie den Kamin und eine kleine Tischlampe in ihrer Wohnung anließ. Am Anfang hatte er ihr Verschwendung vorgeworfen, aber das hatte sie derart verletzt, daß ihm dämmerte, sie könne es ihm zuliebe tun, und das hatte ihn sehr berührt. Daß es sie auch aufmuntern konnte, falls sie alleine nach Hause gehen mußte, kam ihm nicht in den Sinn.

Er setzte sich in den Sessel vor dem Feuer, entspannte sich und schaute sich im Zimmer um, während sie in der Küche Kaffee machte. Es war gemütlich und nett, wenn auch ein wenig schäbig. Er schloß die Augen und stieß einen zufriedenen Seufzer aus. Vielleicht konnte er ja etwas tun – ihr etwas Neues kaufen, zum Beispiel. Er schielte auf den abgetragenen Teppich und hatte eine Idee. Sie wirkte einen Augenblick lang geknickt, als er seinen Vorschlag machte, und verunsichert ging er in die Küche, um sich den Scotch zu holen, den sie ihm eingeschenkt hatte. »Mir gefällt deine Wohnung sehr, Tina«, murmelte er verlegen. »Ich dachte bloß, ein wenig mehr Farbe könnte sie vielleicht für dich aufheitern, wenn ich nicht hier bin ...«

Sie drehte sich zu ihm um und warf sich ihm in die Arme, wobei er seinen Drink verschüttete. Er stellte sein Glas ab, zog sie an sich heran und spürte das gewohnte Verlangen, als er den Duft ihrer Haare roch. Vorsichtig schaute er hinter ihrem Rücken auf seine Armbanduhr und fluchte stumm. Es war keine Zeit mehr.

In dem verräterischen Moment, als er die Hand verdrehte, um die Uhr aus dem Ärmel freizulegen, spürte er, wie sie sich anspannte. Sie wußte, an was er dachte, und sie haßte es. Tina stieß ihn von sich. Er sah, wie ihr die Tränen in den Augen standen. Er wußte, was nun kommen würde, und wappnete sich, indem er seine Brille aufsetzte. Es war schon Wochen her, daß sie das letzte Mal von Janet und Scheidung und all jenen unschönen Themen gesprochen hatte, die man besser ausblendete, weil sie ihn in Schrecken versetzten und ihm die Erkenntnis aufdrängten, daß es so nicht weitergehen konnte. In einem törichten und unverzeihlichen Moment des Selbstmitleids hatte er einmal erwähnt, daß ihm Janet keine Kinder schenken wollte, und das hatte Tina begierig aufgegriffen; nun kam sie sicher, wie so oft, wieder damit an, um es ihm als Druckmittel gegen ihre Rivalin, vor die Füße zu werfen.

Noch immer weinend drängte sie sich an ihm vorbei und warf sich in der Nähe des Kaminfeuers auf die Knie. Erschöpft schüttelte er sich. Was sagte sie da? Daß Janet irgend etwas verstehen müßte. Wie naiv war sie eigentlich?

Dann stand sie auf, und ihre schlechte Laune war so schnell und unbegreiflich verflogen, wie sie gekommen war. Sie strahlte ihn sanft lächelnd an. »Du bist müde.« Als er nickte, küßte sie ihn.

»Ich glaube, ich gehe jetzt besser. Es ist schon spät, und die Fahrt ist lang.«

Sie küßten sich zum Abschied und er ging langsam auf dem langgezogenen, mit Teppich ausgelegten Hausflur auf den Aufzug zu.

Janet schlief, als er ins verdunkelte Schlafzimmer schlich. Leise zog er sich im Badezimmer aus und betrachtete sich eine Weile im beschlagenen Spiegel. Sein Gesicht zog sich in Falten, die seine Wange zerfurchten und auf seiner Stirn Müdigkeit und Sorgen zum Ausdruck brachten. Er runzelte die Stirn, und die Furchen vertieften sich.

»Du arbeitest zuviel, Derek.« Janets Stimme aus dem Dunkel ließen ihn zusammenfahren. Sie tauchte in der Tür auf und lächelte. »Mein armer Schatz. Ich wünschte, du würdest dir mal ein oder zwei Tage freinehmen und es dir ein wenig gutgehen lassen. Soll ich dir noch einen Tee machen?«

Den Blick noch immer auf den Spiegel gerichtet, sah er sie attraktiv und feminin in dem Spitzennegligé, das er ihr geschenkt hatte; ihre makellosen Haare waren vom Kissen verwuschelt. Als er ihr Gesicht vor sich im Spiegel sah, entspannte er sich sichtbar.

»Liebling.«

»Ja?«

»Mußt du dieses Wochenende wirklich weg?« Burnam hatte er vergessen.

»Das weißt du doch.«

Er setzte sich auf den Rand der Badewanne und ließ die Schultern hängen; sie kam auf ihn zu, nahm seinen Kopf in die Arme und lehnte ihn an ihre Brust.

»Danach werde ich aber weniger arbeiten, Derek. Ich denke schon seit einer ganzen Weile darüber nach, und ich glaube, es gibt eine Menge Dinge, die ich delegieren kann.« Sie lächelte und drückte ihm einen Kuß auf die Stirn. »Ich habe meinen Mann nämlich schändlich vernachlässigt.«

Er sah zu ihr auf. Ihre Augen waren klar und ihr Gesicht entspannt und hübsch. Plötzlich begehrte er sie heftig. Er stand langsam auf und nahm sie in die Arme.

Dieses letzte Vergnügen würde er Tina noch bereiten. Dann mußte er ihr sagen, daß es aufhören mußte. Beinah fürchtete er sich davor, sie am Samstag abzuholen, doch als es soweit war, ging die Zeit in einem Schleier voll Glück vorüber. Nicht ein einziges mal brachte Tina Janet oder eine mögliche Scheidung ins Spiel und sagte auch nichts, das ihn sich alt fühlen ließ. Im von der Sonne beschienenen Frostwetter lachten und scherzten sie miteinander, sahen zu, wie ihr Atem sich in weißen Wölkchen miteinander mischte, und Derek vergaß, daß er hatte Schluß machen wollen. Noch ein paar weitere Begegnungen konnten ja nicht schaden und bereiteten ihr ja schließlich auch Vergnügen. Immer, wenn ihn im Lauf der Wochen sein Gewissen plagte, kaufte er ihr ein Geschenk, nun seltener für die Wohnung, sondern eher Dinge wie Blumen und Pralinen, die weniger Nachdenken erforderten.

Nach und nach stellte er fest, daß seine Frau sich veränderte, und er freute sich enorm darüber. Sie zankten nicht mehr, und nach einer Weile merkte er, daß es daran lag, daß sie sich nicht länger in der Defensive befand. Es war so, als habe sie sich entspannt, habe etwas akzeptiert – was genau, wußte er nicht so recht –, mit dem sie sich lange Zeit herumgeplagt hatte. Verblüfft, doch erfreut, und bemüht, ihr neugewonnenes Glück nicht zu gefährden, fiel es ihm überraschend leicht, jetzt früher aus dem Büro nach Hause zu kommen, und als der Frost seinen Griff lockerte und die Landschaft erwachte, freute er sich auf den langen, zähen Nachhauseweg durch den Berufsverkehr.

Ab und zu machte er sich nachmittags ein paar Stündchen frei, um Tina zu besuchen. Auch sie hatte sich verändert. Sie war nun gelassener, selbstbewußter, beinahe geistesabwesend. Und sie strahlte ein neues, inneres Glück aus, das zu gefährden er sich hütete. Doch er wußte, daß er ihr etwas sagen mußte. Es war unfair, sie ihn weiter lieben zu lassen. Ein wenig hoffte er, sie habe einen anderen gefunden und der sei der Grund für ihr neues Glück. Zwar verabscheute er die Vorstellung, doch gleichzeitig wünschte er feige, es wäre die Wahrheit. Dann bräuchte er es ihr nie zu sagen.

An diesem letzten Tag nun, als er sich endlich dazu aufgerafft hatte, Schluß zu machen, erleichterte ihn, daß sie ihm gänzlich angekleidet die Tür aufmachte. Er hatte sie noch nicht darauf angesprochen, doch hatte es ihn schon ziemlich irritiert, daß sie ihn in den vergangenen Wochen an der Tür halb nackt wie eine Hure empfangen hatte, allzu offenkundig darauf aus, daß er mit ihr ins Bett ging. Erleichtert lächelte er sie an. Vielleicht gab sie ihm heute ja den Laufpaß und ersparte sich die Verletzung.

Er trat ein, und automatisch goß sie ihm einen Drink ein. Sie trug einen scharlachroten und orangefarbenen hochgeschlitzten Rock, der beim Gehen ihre Beine zeigte. Es sah verführerisch aus. Nun, da er sich entschieden hatte, mit ihr Schluß zu machen, fühlte er ein seltsames, dringendes Verlangen, noch einmal mit ihr zu schlafen. Er trat ans Fenster, betrachtete die laute Straße und nippte an seinem Drink. Ihre Wohnung lag im ersten Stock, auf gleicher Höhe mit den üppig blühenden Roßkastanienbäumen, die die Straße säumten, und durch das geöffnete Fenster konnte er die Blüten beinahe berühren.

»Ich hab' dir etwas zu sagen, Derek. Ich hoffe, du freust dich.« Ihre Stimme war zögerlich, verlor sich fast im Röhren eines Busses, der draußen im Verkehrsfluß beschleunigte.

»Was gibt es denn, Tina?« Er wandte sich um und lächelte, um es ihr einfacher zu machen.

Einen kurzen Moment zögerte sie, um dann zu sagen: »Ich bekomme ein Baby von dir.«

Ausdruckslos hielt sich das Lächeln noch kurz auf seinem Gesicht. Dann verblaßte es allmählich, und er merkte, wie es kalt aus dem Fenster hinter ihm zog. Allmächtiger Gott! Wie hatte er nur so dumm sein können? Aber sie nahm doch ganz bestimmt die Pille? Er holte tief Atem, um sich zu beruhigen und lächelte dann wieder; er mußte sie beruhigen.

»Bist du ganz sicher?«

»Na ja, ziemlich sicher. Ich habe zwar keinen Test machen lassen, aber ...«

»Das mußt du aber. Sobald wir es wissen, können wir entscheiden, was wir tun.«

Er fragte sich, was es wohl kosten würde, und danach würde er sie natürlich in wirklich schöne Ferien schicken. Doch sie redete und redete, hörte ihm gar nicht zu, hatte plötzlich Panik in den Augen ... Scheidung ... sie heiraten ... das Baby behalten ... die Scheidung von Janet einreichen.

»*Nein!*« Seine Stimme war viel lauter, als er es beabsichtigt hatte. O Gott, warum hatte er es auch so lange weiterlaufen lassen? Er verwünschte sich leise, ging wieder zurück ans Fenster, um Zeit zu gewinnen, nicht imstande, in ihr verzweifeltes Gesicht zu schauen. Nein. Nein. Auf keinen Fall würde er sich von ihr auf diese Art erpressen lassen, sich zwingen lassen, Janet weiter zu betrügen. Grimmig biß er die Zähne zusammen. Er mochte das Mädchen, liebte sie sogar auf seine Weise noch immer, doch Janet war ihm wichtiger.

Später rannte sie weinend aus dem Zimmer und rief trotzig, sie wolle das Baby behalten, mit oder ohne ihn, und knallte ihm die Schlafzimmertür vor der Nase zu. Mitgenommen griff er nach einer Zigarette und rechnete damit, sie hinter der Türe schluchzen zu hören. Doch aus dem Schlafzimmer drangen keinerlei Geräusche. Nach wenigen Zügen machte er die Zigarette wieder aus. Automatisch schaute er auf seine Uhr. Es war Zeit, wieder ins Büro zu gehen.

Sollte er vor dem Gehen noch etwas sagen? Lieber nicht. In den nächsten Tagen würde er sie anrufen; er würde sich darum kümmern, daß es ihr an nichts fehlte, wie sie sich auch entschied, doch das Baby würde er niemals zu Gesicht bekommen. Ganz gleich was geschah, das würde er Janet nicht antun.

Er zuckte die Schultern und schaute sich ein letztes mal im Zimmer um. Dann ging er langsam hinaus und machte die Wohnungstür sorgsam hinter sich zu.

Die Ehefrau

Mich beim Frühstück mit Derek zu streiten, ärgerte und verletzte mich hinterher immer. Im großen und ganzen verliefen die Auseinandersetzungen stets nach dem gleichen Muster, als hätte sie ein Schriftsteller extra für uns verfaßt. Danach versuchte ich darüber hinwegzugehen, schenkte mir mit zitternder Hand noch einen Kaffee ein. Wenn ich auf die Uhr schaute, wußte ich haargenau, daß er zweieinhalb Minuten bis zur Tür brauchen würde, wo er Aktentasche und Mantel aufnahm, drei Minuten, bis draußen an die Garage. Noch einmal drei, um den Motor anzulassen und langsam knirschend auf die Auffahrt zurückzusetzen – dann Stille.

Meist blieben mir dann noch etwa zwanzig Minuten, um meinen Zug in die Stadt zu erreichen. Ich konnte den Straßenverkehr nicht ausstehen, und auch nicht, mich stundenlang durch die Vororte zu quälen, wie Derek es tat, dafür war ich zu ungeduldig, und so fuhr ich nie mit ihm.

Dieses Mal hatte der Streit mit einer versöhnlichen Geste geendet. Derek hatte sich entschuldigt und humorvoll versucht, eine Lebensweisheit von sich zu geben. »Wahrscheinlich will ich mich mit einem Sohn unsterblich machen oder so etwas«, hatte er lachend von sich gegeben und dann die Zeitung zusammengefaltet, damit sie in seine Aktentasche paßte. Stirnrunzelnd tastete ich in meiner Handtasche nach einer Zigarette. Dieser dahingeworfene Kommentar hatte mich im Gegensatz zu vielen anderen Argumenten getroffen. Schließlich war er um so viel älter als ich, und Kinder zu haben, bedeutete ihm viel. Ich jedoch hatte nie das Bedürfnis verspürt, eine Familie zu gründen, rief ich mir grimmig in Erinnerung, und das hatte ich ihm auch deutlich gemacht, bevor wir heirateten. Er zog mich mit der Beschreibung »dynamische Karrierefrau« auf, und ich wußte, daß das aus seinem Mund eher kein Komplimennt war. Doch es entsprach den Tatsachen, und ich ging in meinem Beruf auf.

»Morgen, Mrs. H.«. Maggies fröhliche Stimme hallte von der Küche durch die Durchreiche. Bedächtig stand ich auf, nahm meine Tasse und meine Zigarette und ging nachdenklich zu ihr hinaus.

»Kalt ist es heute morgen! Packen Sie sich dick ein, und passen Sie auf dem Weg zum Bahnhof mit dem Glatteis auf!« Meine Putzfrau war eine vergnügte, mollige, mütterliche Frau. Ich schaute zu, wie sie den Mantel ablegte und hinter der Tür aufhängte, und plötzlich wollte ich mich ihr anvertrauen, wollte sie um ihre Meinung bitten. Ich nippte an meiner Tasse. Natürlich wäre das töricht und würde sich in Windeseile im Dorf verbreiten. »Möchten Sie eine Tasse Kaffee, Maggie? Er ist noch heiß.«

»Danke, meine Liebe. Heute morgen mache ich das wirklich. Es wird mich aufwärmen.«

»Maggie ...« Ich war seltsam verlegen, wußte nicht, wie ich anfangen sollte. Schon lange hatte ich mich damit abgefunden, daß die Leute – Freunde, vor allem Bekannte – fragten: »Und wann gründet Ihr eine Familie?«, und ich hatte stets ungehalten erwidert, daß das niemanden etwas anginge. Aber wir waren nun acht Jahre verheiratet, und die Fragen waren weitgehend versiegt. Von Derek abgesehen.

»Maggie, finden *Sie* es falsch, daß ich keine Kinder will?«

Sie starrte mich eine Weile an. Dann lächelte sie wohlmeinend. »Tja, jeder auf seine Weise, würde ich sagen. Wir können uns wohl nicht alle Kinder wünschen, denke ich, und es wäre sicher falsch, wenn Sie nach all dieser Zeit eins bekämen und gar nicht wollten. Was natürlich nicht heißt, daß ich mich nicht freuen würde, wenn Sie eins bekämen. Erst letzte Woche noch sagte ich zu meinem Harry, was das Haus hier bräuchte, wären Kinder. Mr. H. wäre ein wunderbarer Vater.« Sie goß sich Kaffee ein und beugte sich zu mir, um auch mir nachzuschenken. »Ihre Arbeit bedeutet Ihnen aber zuviel, nicht wahr?«

Sie fing an, den Frühstückstisch abzuräumen. »Sie verpassen noch Ihren Zug, wenn Sie sich nicht beeilen.«

»Bestimmt könnte ich ein Baby haben und trotzdem arbeiten gehen. Viele Frauen tun das. Sie holen sich ein Kindermädchen oder ein Aupair oder so.«

Sie ging mit dem beladenen Tablett zur Spüle und strahlte dabei. »Ich würde Ihnen helfen, wo immer ich kann. Ich liebe Kinder.«

Ich stellte die Tasse ab und langte nach meinem Mantel. »Erzählen Sie niemandem davon, Maggie, ja? Ich denke noch darüber nach.« Ich schnitt eine Grimasse, während ich mir den Mantel zuknöpfte, und sie warf mir ein verschwörerisches Lächeln zu.

»Mund halten, heißt die Devise, Mrs. H. Jetzt laufen Sie aber los, sonst verpassen Sie den Zug wirklich. Und Vorsicht mit dem Glatteis!«

Der Tag war arbeitsreich und verlief recht gut. Um sechs klappte ich den Terminkalender auf meinem Schreibtisch zu und legte ihn seufzend beiseite. Dann stand ich auf und streckte mich. Draußen war es bereits dunkel, doch in den hochragenden Bürotürmen glänzten Tausende von Lichtern. Um diese Tageszeit pulsierte London vor Leben, und mir gefiel das. Ich nahm meine Handtasche und ging auf die Toilette, um mein Make-up neu aufzutragen. Es war einer jener Tage, an denen Derek spät nach Hause kommen würde; er stand im Büro schwer unter Druck und war an zwei oder drei Abenden erst nach Mitternacht heimgekehrt. Ich spürte ein Gefühl der Erleichterung, denn so konnte ich meinen Arbeitstag ausklingen lassen und mußte nicht gleich darüber nachdenken, ob Maggie alle Einkäufe erledigt und daran gedacht hatte, den Ofen anzumachen. Ich konnte den Abend über ich selbst bleiben und brauchte nicht häuslicher zu tun, als mir zumute war.

Der Abend gehörte mir. Ich hängte mir die Handtasche über die Schulter und rannte die Treppen hinab in die Eingangshalle. Digby, der Portier, elegant wie immer, wünschte mir einen schönen Abend, als er mir die Tür aufmachte, und dann stand ich draußen. In der feuchten, kalten Luft atmete ich erst einmal tief ein. Die Luft in London hatte eine merkwürdige Eigenart. Sie war weder schneidend wie die Landluft noch frisch wie die auf den Anhöhen. Sie verströmte einen bitteren, sauren Geruch, der Abgase und dahineilende Menschen verband, nasse, verunreinigte Gehsteige und die Hektik der Lichter, Geräusche und des fortwährend pulsierenden Hin und Hers. Ich liebte sie einfach.

Ich mußte an Derek denken, der in seinem verräucherten Sitzungssaal in der Innenstadt festhing, und plötzlich war ich ihm wohlgesinnt, meinem armen Schatz. Er arbeitete immer so hart.

Dann fiel mir mein Plan wieder ein. Es war ein verkaufsoffener Abend, und ich hatte beschlossen, ihn zu nutzen, um meine Seele ein wenig zu ergründen. Der Gedanke war mir nach und nach im Laufe des Tages gekommen. Es war für mich eine ideale Gelegenheit, meinen Seelenzustand zu analysieren.

Ich drängte mich mit der Menge in die Läden hinein und ließ mich wahllos auf hoch und unansehnlich mit Waren beladene Ladentische zutreiben. Ein- oder zweimal hielt ich an und ließ mich in Versuchung führen, blieb aber unentschlossen. Ich wollte mit dem vorankommen, weshalb ich gekommen war. Ich steuerte auf die Rolltreppen zu und ließ mich von ihnen hoch und weg von den Menschenmassen bringen. Eine Etage, zwei, drei, vier. Warum so hoch? Oben war es viel ruhiger. Ich trat aus dem sich bewegenden Menschenfluß heraus, hielt inne und schaute mich um. Vor mir erstreckten sich Babybetten und Kinderwagen, elegant, prächtig und leer. Ich schluckte. Daß es so seelenlos sein würde, hatte ich nicht erwartet. Langsam setzte ich mich wieder in Bewegung.

Zehn Minuten ging ich in dieser Abteilung umher, von den Kinderwagen zum Spielzeug, der Babykleidung, dem Puder und den Rasseln. Echte Babys waren keine da. Wahrscheinlich war es für sie schon zu spät. Ich schaute auf meine Uhr. Es war nach sieben. Noch einmal ging ich um die ausgestellten Buggies herum, in denen jeweils ein Teddybär lag. Gedankenversunken schritt ich dann auf die nach unten fahrende Rolltreppe.

Ich merkte regelrecht, wie ich die Stirn in Falten legte, als ich mich wieder in die Menschenansammlungen hinabbegab.

Der Besuch war alles andere als aufschlußreich gewesen. Das, was ich gesehen hatte, hatte mich nicht wie befürchtet abgestoßen, doch andererseits auch nicht gerade begeistert. Mir gingen alle Babys durch den Kopf, die ich kannte. Das Problem war bloß, daß ich kein einziges wirklich *kannte*. Ich sah sie mir immer aus sicherer Entfernung an, und wich gewöhnlich noch ein wenig zurück, unangenehm berührt von dem Geruch saurer Milch, der vielen von ihnen zueigen schien.

»Gott noch mal, Janet«, hatte Derek bei einer unserer ersten Streitereien gesagt, als er noch die Energie aufbrachte, die praktische Seite der Dinge ins Gespräch zu bringen. »Du brauchst dich doch noch nicht einmal darum zu kümmern, wenn du nicht willst. Bring es einfach nur zur Welt, das ist alles, worum ich dich bitte. Dann holen wir uns jemanden aus dem Dorf, der zu uns kommt. Das kann ich mir leisten. Verdammt, das kannst *du* dir auch leisten, wenn du darauf bestehst, weiter zu arbeiten.«

»Wenn du's unbedingt wissen willst: die Vorstellung, schwanger zu sein, stößt mich ab«, hatte ich scharf erwidert, um ihn zu verletzen. »*Du* mußt ja dann nicht herumlaufen wie ein Bus, ein Dreivierteljahr Krampfadern und weiß der Himmel was noch bekommen!«

Armer Derek. Es sprach für ihn, daß er sich so lange nicht beirren ließ. Allerdings hatte ich es gar nicht so gesehen. Ich war drauf und dran gewesen, ihn deswegen zu verlassen, und doch...

Das Problem bestand darin, eine klare Entscheidung zu treffen. Ich liebte meinen Mann und mein Zuhause. Noch mehr aber liebte ich meinen Job und meine Unabhängigkeit. Ich verabscheute die Vorstellung, zu jemandem zu gehen und ihn um Geld bitten zu müssen, und falls ich die Arbeit aufgäbe, gäbe ich in gewisser Weise mein Recht auf, ein Individuum zu sein – auch wenn es nur für einige Monate wäre.

So sah ich es.

Ich steckte den Schlüssel ins Schlüsselloch und drückte die Wohnungstür auf. Das Haus war warm und einladend. Nichts hatte sich verändert. Es war mein Zuhause. Dankbar seufzend schleuderte ich meine Schuhe weg und schlenderte ins Wohnzimmer, um das Licht anzumachen. Im Winter machte Maggie das Feuer an, bevor sie nachmittags ging, und so hatte sie es auch heute getan, nicht wissend, daß ich spät nach Hause kommen würde. Es war bis auf die Glut heruntergebrannt. Ich legte ein paar Scheite auf und goß mir einen Drink ein.

Drei Monate frei zu nehmen, sollte theoretisch kein Problem sein. Doch da war Ronnie Maxton. Ronny, der als mein Assistent gekommen war, abwartend, zuschauend, voller Elan und einem Ehrgeiz, den ich von Anfang an als rücksichtslos erkannt hatte. Ich war gut in meinem Job, doch wenn es darauf ankäme, wenn ich Mutterschaftsurlaub nähme, würde Ronnie seine eigenen Pläne verfolgen.

Ich zündete mir eine Zigarette an und lief auf dem Teppich auf und ab. Ob es noch einen Platz für mich gäbe, wenn ich zurückkehrte? Die Holzscheite loderten nun in der Glut, ließen Funken den Kamin emporspringen und erfüllten das Zimmer mit dem herrlichen Duft von Backäpfeln. Ich warf die halbgerauchte Zigarette in das rote Herz des Feuers.

Ich nahm ein ausgiebiges, entspannendes Bad und ging dann ins Schlafzimmer. Der Regen hatte aufgehört, und als ich die Vorhänge aufzog und nach draußen schaute, konnte ich sehen, daß der schwarze Himmel von einer Unzahl schimmernder Sterne durchdrungen war und der Garten im Frost glitzerte. Hoffentlich waren die Straßen nicht vereist, wenn Derek von seinem Meeting heimkehrte.

Meine Antibabypillen bewahrte ich im Badezimmerschrank auf. Jeden Abend, bevor ich mir die Zähne putzte, nahm ich eine davon ein. An diesem Abend holte ich die noch ungeöffnete neue, rosa und weiße Packung heraus und betrachtete sie in meiner Hand. Für mich war dies der richtige Moment, sie abzusetzen – wenn ich sie denn absetzen wollte. Ich holte tief Luft.

Sie wegzuwerfen, hatte ich keinen Mut. Ich nahm die Schachtel mit ins Schlafzimmer und legte sie hinten in die oberste Schublade meiner Kommode. Das schien mir nicht so unwiderruflich, wie sie in den Papierkorb zu werfen.

Als Derek schließlich nach Hause kam, schlief ich schon. Ich wachte auf, als er auf Zehenspitzen ins Schlafzimmer geschlichen kam und dann wieder hinaus ins Bad ging; schläfrig und nachdenklich lag ich da, hörte, wie das Wasser im Bad rauschte, sah, wie im Dielenlicht Dampffetzen aufstiegen und sich im Dunkel wieder verloren. Schließlich konnte ich nicht länger liegenbleiben. Ich stand auf und zog mir meinen Morgenmantel an.

Er sah müde aus. Ich schaute ihm zu, während er sich die Zähne putzte. Dann beugte er sich über das Waschbecken und betrachtete eine Weile sein Spiegelbild. Er wirkte abgespannt, und mein Herz schlug ihm entgegen.

»Du arbeitest zuviel, Derek«, flüsterte ich. »Mein armer Schatz. Ich wünschte, du würdest dir mal ein oder zwei Tage freinehmen und es dir ein wenig gutgehen lassen. Soll ich dir einen Tee machen?«

Er schaute noch immer in den Spiegel. Wie im Halbschlaf hob er den Arm und wischte mit dem Ärmel seines Bademantels über das beschlagene Spiegelbild. Einen Augenblick begegneten sich unsere Blicke im Glas. Er drehte sich um.

»Janet.« Er machte einen derart gequälten Eindruck, daß ich es einen Moment mit der Angst zu tun bekam.

»Was hast du denn?«

»Mußt du dieses Wochenende weg?«

Ich fuhr zusammen. Dieses Wochenende. Die zweitägige Konferenz, auf die ich mich so gefreut hatte. Sie war mir völlig entfallen. Einen Augenblick war ich versucht, Ronnie statt meiner fahren zu lassen und mir das Wochenende für Derek freizuhalten. Doch dieses eine Mal noch mußte ich selber daran teilnehmen.

»Das weißt du doch.«

Er ließ die Schultern hängen, und plötzlich fühlte ich ein unbändiges Verlangen, ihm zu sagen, was ich getan hatte –

die Pillen in der Kommodenschublade –, wußte aber, daß ich es für mich behalten mußte. Angenommen, er hatte recht, als er vor nicht allzulanger Zeit meinte, ich wäre bald zu alt, um noch ein Kind zu bekommen? Angenommen, ich nahm die Pille schon zu lange? Angenommen, ich bekäme es morgen mit der Angst zu tun und änderte meine Meinung?

Er setzte sich plötzlich auf den Rand der Badewanne und sah so mitleiderregend niedergeschlagen aus, daß ich ihn in den Arm nahm. Wenigstens konnte ich ihm versprechen, es nicht zuzulassen, daß uns noch einmal ein Wochenende trennte. Langsam hob er die Arme und schlang sie um mich, und als er mich berührte, entspannte ich mich und war glücklich – wie schon seit Jahren nicht mehr.

Danach wurden wir beide wieder glücklicher. Derek schien ein anderer Mensch zu werden, und der letzte Streit lag Wochen, bald Monate zurück. Er kam auch nicht mehr so spät nach Hause. Vermutlich hatte die Spätschicht endlich ein Ende, und nun, da ich nicht mehr schuldbewußt in jedem seiner Worte Kritik und Sarkasmus ausmachte, unterhielten wir uns entspannt, ohne verletzende, emotionsgeladene Kommentare.

Ich war zufrieden – meistens jedenfalls. Manchmal bekam ich einen Schrecken, wie ich es mir gedacht hatte. Dann saß ich im Büro, umklammerte den Schreibtischrand, spürte, wie mir der Schweiß auf die Stirn trat, und konnte den Gedanken nicht ertragen, alles aufzugeben. An diesen Tagen nahm ich mir Arbeit mit nach Hause, hielt meine Aktentasche fest wie einen Talisman. Wenn ich dann meine Regel bekam, entspannte ich mich wieder, war vielleicht sogar ein wenig enttäuscht, weil es nicht geschehen war.

Allmählich ging der Winter vorüber. Ich sah, wie der Frühling erwachte, eine Jahreszeit, die ich immer geliebt hatte, sah die schwellenden Knospen im Garten, das langsame Hervortreten der Knollen, und dann die Pracht der Osterglocken und Narzissen im Obstgarten. Es war eine herrliche Jahreszeit.

Als es schließlich geschah, empfand ich weder Angst noch

Zweifel. Statt dessen war ich mir ganz sicher, daß es dieses Mal wirklich passiert war. Zwei Monate wartete ich ab, behielt mein Geheimnis für mich. Dann ging ich zu Dr. Forbes.

Es war ein sonniger Frühlingstag, wundervoll mit dahinziehenden Wolken, die Blüten der Roßkastanie draußen vor der Praxis schütteten ein Meer an weißen Blumenblättern auf den Gehsteig herab, als ich nach Hause ging. Es war schwer, Maggie nichts zu erzählen, doch mit ihrem untrüglichen weiblichen Instinkt dürfte sie es erraten haben, als ich sagte, ich nähme mir ein paar Tage frei.

»Sie haben etwas zu feiern?« erkundigte sie sich, als ich an diesem Nachmittag begann, das Abendessen vorzubereiten, alles Dereks Lieblingspeisen.

Ich nickte, bemühte mich, meine Aufregung zu verbergen, und sie stellte keinerlei Fragen mehr.

Er kam früh nach Hause, doch kaum daß er durch die Wohnungstür ging, merkte ich, daß etwas mit ihm nicht stimmte. Er hatte wieder seine graue, gehetzte Miene aufgesetzt wie im Winter, ging sofort auf das Tablett mit den Drinks zu und goß sich einen großen Scotch ein, noch bevor er mich begrüßte.

Erst dann lächelte er mir zu und gab durch einen kurzen Augenaufschlag zu verstehen, daß ihm mein neues Kleid gefiel.

»Was ist denn los, Derek?« Ich bemühte mich um einen ausgeglichenen Tonfall, während ich mir einen Drink einschenkte.

»Oh, entschuldige, ich hätte dir einen anbieten sollen. Gar nichts, Janet. Ein lausiger Tag im Büro, sonst nichts.«

Ich drängte ihn nicht. Er goß sich noch einen Drink ein, ging zum Kamin und trat gegen die Holzscheite, so daß die Funken aufflogen. Abends war es immer noch kalt, und ich hatte Feuer gemacht, damit das Zimmer behaglich würde, so wie er es gern hatte.

Er lehnte die Hand, mit der er sein Glas hielt, auf den Kaminsims, nahm mit der anderen den Schürhaken und zeichnete in die verglühte weiße Asche am Rand des Feuers Muster. Ich setzte mich, tat so, als schaute ich nicht hin, und versuchte den Kloß im Hals zu ignorieren, den meine Enttäuschung verursacht hatte. Monatelang hatte ich mich bewußt und unbewußt auf diesen Moment vorbereitet, dabei aber nicht bedacht, daß Derek von nichts eine Ahnung und keinerlei Grund hatte, sich seinerseits auf diesen Abend zu freuen. Es war offensichtlich, daß er nicht in Feststimmung war.

Er tat sein bestes, um seine schlechte Laune und augenscheinlichen Sorgen zu verbergen. Ich wollte, daß er mir erzählte, was er auf dem Herzen hatte, damit ich ihm vielleicht hätte helfen können, fragte ihn jedoch lieber nicht. Schließlich hatte ich mein Geheimnis so lange für mich bewahrt, daß ich es auch noch einen oder zwei Tage für mich behalten konnte.

Die Stille, in der wir das Festessen zu uns nahmen, wurde nur von der leisen Musik durchbrochen, die ich aufgelegt hatte, um die Spannung aus dem Zimmer zu verbannen. Derek schien nicht aufzufallen, daß ich sein Lieblingsgericht zubereitet hatte, und seinen Lieblingswein kippte er hastig hinunter. Ich hatte keine Ahnung, was schiefgelaufen war. Bis zum nächsten Morgen.

Die Post kam früh. Wie immer brachte er sie zum Frühstückstisch, zwei Briefe für mich, zwei für ihn. Ich sah, wie er einen der Umschläge hin- und herdrehte, verwirrt, als ob ihm die Handschrift nichts sagte. Ich behielt den Blick auf meinem Teller. Er hatte schlecht geschlafen, sich im Bett hin- und hergeworfen, war mindestens zweimal in der Nacht aufgestanden, und ich hatte gehofft, daß ihn die Morgendämmerung vielleicht bewegen könnte, sich mir anzuvertrauen. Doch das tat er nicht.

Er nahm sein Messer und schlitzte den Umschlag auf. Dann zog er einen blaßblauen Briefbogen hervor und las ihn langsam. Ich nippte an meinem Kaffee.

Kommentarlos schob er den Brief wieder in den Umschlag und steckte diesen in die Zeitung neben seinem Teller. Dann trank er seinen Kaffee, erhob sich und schaute wie immer auf seine Uhr. »Ich muß los, Janet. Heute abend zur selben Zeit, Schatz.« Er setzte ein gezwungenes, abwesendes Lächeln auf und nahm die Zeitung, um sie in seine Aktentasche zu stecken.

Unbemerkt fiel dabei der Brief zu Boden. Ich sagte nichts. Ob ich schon zu diesem Zeitpunkt geahnt hatte, was in ihm stand?

Derek, mein Schatz, stand dort in gewundener, allzu femininer Schrift. *Es tut mir so leid, daß ich mißverstanden habe, was du dir wünschst. Ich hatte ehrlich geglaubt, daß es dich glücklich machen würde. Bitte verzeihe mir. Wir hatten zwei so herrliche Jahre miteinander – zwei Jahre! –, und ich liebe dich sehr. Ich würde nicht ertragen, wenn es so endete. Ich möchte das Kind unbedingt behalten, aber ich verspreche, daß ich dir gegenüber weder jetzt noch in Zukunft Ansprüche stellen werde. Schenk uns einfach ein bißchen Liebe und bleibe in Verbindung. Meine Liebe ist dir für immer gewiß. Tina.*

Sorgsam steckte ich den Brief wieder in seinen Umschlag und entdeckte erst in diesem Moment, daß oben links *Persönlich* darauf stand.

Was mich am meisten schmerzte, war meine eigene Beschränktheit. Daß ich ihm vertraut und geglaubt hatte, stellte sich nun als naiv heraus. Ich goß mir noch eine Tasse Kaffee ein. Meine Hand zitterte so, daß ich ihn auf das Tischtuch verschüttete. Als ich daran nippte, merkte ich, wie sich mir plötzlich der Magen heftig zusammenzog. Klirrend stellte ich die Tasse ab. Plötzlich fröstelte ich und merkte, daß ich mich unweigerlich übergeben mußte. Außerdem war ich schon spät dran für meinen Zug.

Das Erbe

Jaqueline schaute in ihre leere Tasse und konzentrierte sich auf den Bodensatz; sie hatte entschieden, daß es nicht recht wäre, Gefühle zu zeigen, wenn sie an die Reihe kam. Aus den Augenwinkeln heraus sah sie, wie die Hand ihrer Mutter zu zittern begann, als sie den Brief öffnete, und dieser Anblick entmutigte sie. Für Mrs. Percival hielt der Brief des Anwalts natürlich keine Überraschungen bereit; sie wußte genau, was sie geerbt hatte. Wahrscheinlich zitterte ihre Hand deshalb, weil der Brief ihr den Tod ihrer Großmutter noch einmal vor Augen rief, und Jaqueline erkannte am unnatürlichen Gesichtsausdruck ihrer Mutter und den beiden weißen Grübchen unter ihren Wangenknochen, daß sie entschlossen war, nicht zu weinen.

»Dieser Brief betrifft euch drei.« Sie schaute ihre Kinder an und zog die Nase hoch. Dann lächelte sie matt. »Ich hoffe, Ihr werdet zufrieden sein. Eure Urgroßoma hat euch allen etwas hinterlassen. Debbie, du und Greg, ihr bekommt jeweils fünftausend Pfund.« Sie schaute erst den einen, dann den anderen der Zwillinge an. »Das ist eine Menge Geld«, fügte sie unnötigerweise hinzu. »Und ihr müßt achtgeben, wofür ihr es verwendet.«

Debbie und Greg starrten sie mit offenem Mund an. Dann stieß Greg einen Freudenschrei aus. »Endlich kann ich mir ein neues Rennrad leisten!« Er stürzte hinter seinem Rühreiteller hervor und drückte seiner Mutter einen Kuß auf die Stirn. Debbie schien es die Sprache verschlagen zu haben. Sie saß mit glasigen Augen da und zerkrümelte ein Stück Toastbrot auf dem Tischtuch.

Jaqueline heftete den Blick erneut auf das Innere ihrer Kaffeetasse und schluckte. Sie war mit Abstand die Älteste und und außerdem anerkannter Liebling gewesen.

Sie schloß die Augen und holte tief Luft. In diesem Moment legte ihre Mutter den Brief zwischen den Tellern, leeren Tassen und klebrigen Messern ab und schneuzte sich. Dann blickte sie auf. Es klang fast wie ein nachträglicher Einfall. »Dir, Jackie, hat Urgroßoma natürlich ihre Uhr hinterlassen.«

Jaqueline wartete hoffnungsvoll.

Schließlich schaute ihr Vater von der Zeitung auf. Geräuschvoll faltete er sie zusammen und sah auf seine Armbanduhr. »Nun los, Zwillinge, wenn ihr euch beeilt, setze ich euch an der Schule ab. Jackie, du kommst schon wieder zu spät zur Arbeit.« Offenbar unbeeindruckt von den Neuigkeiten – vielleicht hatte er gar nicht zugehört – stand er auf, drückte seiner Frau abwesend einen flüchtigen Kuß aufs Haar und verließ das Zimmer, gefolgt von seinen beiden jüngeren Kindern, die mit mäßigem Erfolg versuchten, den Triumph aus ihrem Gesicht zu verbannen.

Jaqueline blieb sitzen, den Blick auf den Brief geheftet. Ihre Mutter hatte ihn liegenlassen. Jetzt stand sie auf und begann, die Teller zusammenzuräumen.

»Komm schon, Jackie, beweg dich. Du hast gehört, was dein Vater gesagt hat.« Emsig eilte sie hin und her, bemüht, die für das Naseputzen verwendete Zeit wieder wettzumachen.

»Ist das alles?« brachte Jaqueline schließlich erstickt hervor.

»Ist was alles, Schatz? Komm, komm.« Mrs. Percival hatte den Brief beiseitegefegt und auf die Kommode geworfen.

»Die Uhr. Bekomme *ich* denn gar kein Geld?« Es war schrecklich, so etwas zu sagen, das wußte sie. Sie schluckte schuldbewußt und stand auf.

Wie erwartet fuhr ihre Mutter sie an. »Alles? Alles! Diese Uhr war Urgroßmutters kostbarstes Stück! Sie hat diese Uhr angebetet!« Plötzlich brach sie laut in Tränen aus.

»Ich weiß.« Jaqueline litt Qualen. »Es tut mir leid. Ich wollte nicht undankbar sein, ich habe bloß gehofft, daß ... na ja, ich hatte auf ein bißchen Geld gehofft, wie für die Zwillinge. Dann könnte ich mir den Modelkurs leisten und den Job bei Mr. Grenside aufgeben ...« Jaquelines Stimme verlor sich, als das Mädchen bemerkte, wie sich die Lippen ihrer Mutter zur gewohnt dünnen Linie zusammenzogen.

Erneut tastete Mrs. Percival nach ihrem Taschentuch. »O Jackie, kannst du dir diese lächerliche Idee nicht endlich aus dem Kopf schlagen? Dein Vater und ich haben es dir doch schon hundert Mal gesagt. Du hast bei Grenside einen guten Job. Er ist solide, seriös und wird anständig bezahlt. Als Model zu arbeiten ist so unsicher. Das ist nicht das zauberhaft schöne Leben, das du dir vorstellst, glaub mir. Ich wünschte, du würdest nicht immer wieder damit anfangen.«

Jaqueline hütete sich davor, einen Streit vom Zaun zu brechen. Deprimiert wandte sie sich ab, zuckte mit den Schultern und zog sich ihren Mantel an. Es war gar nicht so, daß sie überhaupt Geld aus dem Testament erwartet hätte; das hatte keiner von ihnen. Doch in der kurzen, wunderbaren Zeit, nachdem sie gehört hatte, was die Zwillinge erbten, war echte, überschwengliche Hoffnung in ihr aufgeblitzt. Einen Moment spielte sie mit der Idee, sich Geld von den Zwillingen zu leihen, schüttelte sie dann aber wieder ab. Sie hätte doch keine Chance.

Als die Uhr schließlich angeliefert wurde, zog sich Jaqueline mit dem braunen Päckchen in ihr Schlafzimmer zurück, um ungestört zu sein. Sie konnte sich noch deutlich an die Uhr erinnern. In ihrer abgenutzten Lederhülle hatte sie stets auf der Kommode im Schlafzimmer ihrer Urgroßmutter gestanden, umgeben von Nähkästchen, Tüten mit alten Strümpfen und Arzneiflaschen. Das weiße Zifferblatt, verblüffend klar und präzise in der Einfassung des zerkratzten roten Saffianleders, durch das es zum Vorschein kam, war ihr immer unerträglich geziert vorgekommen. »Das ist mein kostbarstes Stück.« Die Stimme der Urgroßoma hallte in Jaqueline nach, während sie sich an der Kordel zu schaffen machte. »Diese Uhr ist mein kleines Prachtstück. Sie hat meinem Großvater gehört, und eines Tages wird sie dir gehören, denn du bist die Älteste.«

Geduldig wickelte Jaqueline die Kordel zu einer ordentlichen Rolle auf, um sie dann auf ihrem Nachttisch abzulegen. Natürlich, das hatte Urgroßoma gesagt, so lange sie sich erinnern konnte. Die meisten Familiensachen fielen an Mama und dann wahrscheinlich an Greg, bloß weil er ein Junge war, aber die Uhr war für sie bestimmt.

Sie machte das Papier ab und warf es auf den Boden, und da war die Uhr, ihr Zifferblatt kam so geziert wie eh und je aus der Ledereinfassung hervor. Dieses Mal ging sie falsch. Ihre Zeiger waren mittags – oder um Mitternacht? – stehengeblieben. Während Jaqueline sie betrachtete, fragte sie sich plötzlich, ob die Uhr in dem Augenblick, als Urgroßoma gestorben war, stehengeblieben war und nun nie mehr gehen würde.

»Sie geht absolut pünktlich. Absolut.« Die Stimme ihrer Urgroßmutter klang ihr in den Ohren.

An der Fassung hing ein Umschlag. Darin befand sich ein Schlüssel.

Man brauchte sie also nur aufzuziehen.

Sie lächelte die Uhr an und streckte ihr dann wie ein kleines Kind die Zunge heraus. »Ich ziehe dich nie mehr auf. Sonst bleibst du nicht so schmuck.«

Sie stellte sie auf ihre Kommode und wurde sofort an den säuerlichen Alte-Leute-Geruch im Schlafzimmer ihrer Urgroßmutter erinnert. Ihr eigenes Zimmer schien sich zu verändern – jetzt fehlten nur noch die dicken Strümpfe und die Flaschen mit Medizin. Schaudernd hob sie die Uhr wieder hoch. Sofort war das Zimmer wieder ihr eigenes.

Schließlich klemmte sie das Erbstück in eine Bücherlücke auf einem der Regale. Als Buchstütze machte es sich wunderbar.

Jaqueline verlor keinen Gedanken mehr an sie, bis sie ihren Wecker vom Nachttisch warf. Sie schüttelte ihn hoffnungsvoll, erntete aber lediglich ein unheilverkündendes Schnarren – ein Ticken war nicht mehr zu vernehmen. Sie brachte ihn auf dem Weg zur Arbeit zu einem Juwelier und holte noch am gleichen Abend Urgroßmutters Uhr aus ihrer Position zwischen Dylan Thomas und Jilly Cooper heraus. Als erstes blies sie den Staub ab. Sicher, eine Weckfunktion hatte sie natürlich nicht, doch mit je einem lautstarken Zwilling rechts und links nebenan brauchte Jaqueline auch nicht unbedingt eine.

Sie öffnete den Umschlag und nahm den Schlüssel heraus. Zu ihrer Überraschung war er feinziseliert vergoldet, ganz klein und zerbrechlich.

Behutsam öffnete sie die Lederfassung. Die Uhr war in ein Samtfutter gebettet, und ihr vergoldeter Griff hob einen Glasdeckel empor. Sie ergriff ihn, nahm die Uhr aus ihrer Hülle und stellte sie neben ihre Lampe auf den Nachttisch.

Jaqueline betrachtete sie eine ganze Weile.

Im Schein der Lampe funkelte und glitzerte die Vergoldung makellos. An allen Seiten und Ecken war die Uhr mit winzigen, glitzernden Einlegearbeiten aus farbiger Emaille dekoriert, und um das Zifferblatt herum führte ein Ring winziger Diamanten. Sie war einmalig. Durch die Glasfelder oben und an den Seiten konnte sie innen die ausgeklügelten Details des Uhrwerks sehen, das glänzte wie Gold. Aus seiner Hülle endlich befreit, wirkte das weiße Elfenbein des Zifferblatts nun nicht länger geziert. Es war einfach wunderschön.

Mit zitternder Hand steckte Jaqueline den Schlüssel in eines der beiden Löcher auf der Rückseite und drehte ihn behutsam. Für eine solch kleine Uhr war das Ticken erstaunlich laut. Sie steckte den Schlüssel in das andere Loch, und erwartete, daß sich nun die Zeiger drehen würde. Da schlug die Uhr – ein gefühlvolles, silberhelles Glockenspiel, das von zwölf samtweichen Tönen gefolgt wurde.

Die Uhr war lebendig, und Jaqueline war hingerissen.

Sie ließ den Blick selbst dann nicht von ihr, als sie ihren Bürorock mit der Jeans vertauschte. Schließlich kniete sie sich neben sie und ließ ihren Finger sanft auf dem Glasdeckel ruhen. Er vibrierte vor Energie.

Erst nach einer ganzen Weile rief sie ihre Familie.

»In all den Jahren, in denen ich mich an diese Uhr erinnere, habe ich sie noch nie ohne Hülle gesehen«, rief ihre Mutter. »Kein Wunder, daß deine Urgroßmutter ein solches Aufheben um sie gemacht hat.«

»Sie ist wunderschön, Jackie, du Glückliche.« Zum ersten Mal schien Greg seinen Erbanteil zu bedauern, mit dem er fortwährend taktlos angegeben hatte.

»Sind das echte Diamanten?« Debbie hatte sich niedergekniet, um die Uhr, die auf dem niedrigen Tisch stand, besser betrachten zu können. »O Jackie, sie ist wunderhübsch. Warum um alles in der Welt hast du sie erst jetzt aus ihrer Fassung geholt?«

»Diese Uhr muß ein Vermögen wert sein, Jackie«, kommentierte ihr Vater und runzelte die Stirn. »Ich denke, wir sollten zusehen, daß wir sie versichern lassen. Außer natürlich, du willst sie verkaufen?« Er schaute sie an und blinzelte. »Ich vermute, das würde dich diesem Kurs ein gehöriges Stück näherbringen, dem du so hinterherhängst.« Er grinste.

»Roger!« hielt Mrs. Percival ihm entgegen. »Wie kannst du nur so etwas vorschlagen. Großmutters Uhr verkaufen! Natürlich wird sie das nicht tun. So einen Unsinn habe ich ja noch nie gehört. Sie muß sie für immer behalten.« Sie setzte sich schwerfällig aufs Bett und langte nach ihrem Taschentuch. »Es ist das schönste Stück, das ich je gesehen habe.« Sie zog die Nase hoch. »Und wenn man bedenkt, daß keiner von uns eine Ahnung davon hatte...«

Der Modelkurs. Jaqueline schaute erst die Uhr und dann ihren Vater an.

»Wie können wir herausfinden, was sie wert ist?« Ihr Herz klopfte vor Aufregung.

»Ich kann sie Mittwoch mit in die Stadt nehmen. Sicher finde ich jemanden, der mir das ungefähr sagen kann.« Er beugte sich vor und nahm sie in die Hand. »Hübsches Ding. Aber ich wäre dafür, sie zu verkaufen, wenn sie etwas wert ist.«

Sie war eine Menge wert. Der Juwelier, dem er sie zeigte, brachte respektvoll Sotheby's oder Christie's ins Gespräch und polsterte die Uhr mit mehreren Lagen dicker Wellpappe, bevor er Mr. Percival gestattete, sie wieder mit nach Hause zu nehmen. Sei es aus Taktgefühl, sei es aus natürlicher Vorsicht, sagte er dort kein Wort zu seiner Frau, sondern wartete, bis seine Tochter heimkam.

Jaqueline ging gleich auf ihr Zimmer, zog die Vorhänge zu und machte Licht und Gasofen an, bevor sie sich ihr Kleid aufknöpfte. Sie hatte ihren Bademantel an, als ihr Vater anklopfte.

»Das ist mehr Geld, als man sich je erträumt hätte, Jackie«, sagte er ruhig, nachdem er ihr alles berichtet hatte. Sie saßen nebeneinander auf dem Bett und schauten die Uhr an, die sich jetzt mit einer kleinen, gewichtigen Abfolge von Klicken und Surren daran machte, die volle Stunde zu schlagen.

»Sie ist das Schönste und Wertvollste, das ich je besessen habe.« Wehmütig kuschelte sich Jackie in den Bademantel.

»Damit könntest du dir diesen Kurs leisten, Jackie, und hättest immer noch einen Notgroschen, den du auf die Bank legen könntest.« Mr. Percival legte den Arm um sie. »Ich weiß, wie sehr du dir wünschst, als Model zu arbeiten, mein Schatz. Ich glaube, du hast eine Chance verdient. Du hast eine tolle Figur und ein tolles Gesicht. Du hast das, was man dazu braucht, davon bin ich überzeugt.« Er lächelte sie liebevoll an.

»Mama ist da anderer Meinung. Sie war immer total dagegen.« Sie zog die Stirn in Falten.

»Deine Mutter ist eine vernünftige Frau. Sie weiß, wieviel Plackerei und Kummer damit verbunden sein können.« Er stand auf und schaute mit dem Rücken zum Ofen zu ihr hinab. »Sie wollte dir eine Enttäuschung ersparen, Jackie, und bis zu einem gewissen Punkt gebe ich ihr recht.« Er seufzte. »Aber man kann die Sache auch von einer anderen Warte aus betrachten: Wer nicht wagt, der nicht gewinnt.«

Jackie lächelte ihn dankbar an. »Du meinst, ich sollte es probieren?«

»Wenn du's nicht tust, wirst du dich bestimmt dein ganzes Leben lang fragen, ob du das Zeug zu einem Covergirl gehabt hättest. Da ist es besser, es herauszufinden, so oder so.«

Jaqueline starrte die Uhr an. Sie hatte einen Kloß im Hals.

»Schrecklich ist bloß«, sagte sie dann plötzlich, »daß ich die Vorstellung nicht ertragen könnte, sie zu verkaufen.«

»Tja. Sie ist mit Sicherheit ein wunderschönes Stück.«

»Ich habe heute meinen Wecker abgeholt.« Sie fischte in ihrer Handtasche und zog eine Schachtel heraus. Sie stellte den Wecker neben ihr Bett. »Er geht wieder. Die Reparatur hat bloß ein paar Pfund gekostet. Er hat eine Alarmfunktion. Er ist in jeder Hinsicht nützlicher...«

Mr. Percival lächelte. »Aber er hat kein hübsches Glockenspiel und glitzert nicht vor Diamanten, was?«

»O Papa, ich weiß nicht, was ich tun soll. Wenn ich die Uhr verkaufe, ja, dann habe ich das Geld. Aber was, wenn ich ein lausiges Model bin? Es wäre eine solche Verschwendung. Eine Uhr wie diese könnte ich mir nie wieder leisten.«

Nachdenklich rieb sich Mr. Percival das Kinn.

»Keine leichte Entscheidung, mein Schatz. Ich weiß, was ich tun würde. Ich würde sie verkaufen. Und ich weiß, was deine Mutter tun würde. Sie würde sie aus Sentimentalität behalten. Selbst dann, wenn wir halb am Verhungern wären.« Bedächtig schüttelte er den Kopf. »Aber es besteht kein Grund zur Eile, oder? Wenn ich du wäre, würde ich es mir eine Zeitlang durch den Kopf gehen lassen.«

Nachdem er hinuntergegangen war, saß Jaqueline noch eine ganze Weile auf dem Bett und schaute die Uhr an.

Eine halbe Stunde noch grübelte sie und hörte dabei zweimal, wie die Uhr die Viertelstunden schlug. Dann griff sie langsam nach einer Zeitschrift unter ihrem Kissen. Wie immer war sie an der Anzeige für die Modelschule zurückgefaltet. *Für nähere Informationen, schreiben Sie an...*

Schreiben konnte nicht schaden. Schließlich verpflichtete sie das zu nichts, oder? Sorgsam trug sie Namen und Adresse ein. Hungrig machte sie dann das Licht aus und ging hinunter.

Das Wochenende

Die Jacht lag wieder in der Bucht, hatte vor der Landspitze Anker geworfen, wie ich gehofft hatte. Einen Moment vergaß ich völlig, daß ich es eilig hatte, blieb statt dessen einfach am hohen Erkerfenster meines Schlafzimmers stehen und schaute sie an, wobei ich mich in meinen Morgenmantel kuschelte. Die vom Meer kommende Brise strich mir über die Haut, und ich schauderte. Ich mußte an den bevorstehenden Abend denken.

»Nur ein paar Leute fürs Wochenende, Liebes«, hatte Sylvia besorgt zu mir gesagt, als sie mich vom Zug abholte. »Es wird schon nicht so anstrengend.«

Schon seltsam, was für übertriebene Sorgen sich manche Leute machen, wenn sie erfahren, daß man gerade eine gescheiterte Liebesbeziehung hinter sich hat. Es ist, als sei man krank gewesen. Dabei war ich es gewesen, die Schluß gemacht hatte, weil die Beziehung für mich nie wirklich existiert hatte. Andererseits war ich Sylvia dankbar, daß sie so freundlich war. Ich mochte die Frau, mit der Vater lebte, auch wenn ich Vater haßte. Sie war es, deretwegen ich noch immer nach Hause kam. Sie und das Geld, das Vater für meine Wohnung in London bezahlte.

Widerwillig wandte ich mich vom Fenster ab. Meine Hoffnungen auf ein ruhiges Wochenende, an dem ich für mich allein schwimmen, segeln und dabei alles überdenken konnte, waren dahin. Statt dessen mußte jetzt das Wochenende überstanden werden. Doch irgendwie tröstete mich die Gegenwart der Jacht draußen auf dem Wasser. Ich hatte sie in diesem Sommer schon einige Male gesehen, stets mit dem gleichen Mann an Bord. Heimlich hatte ich ihn mit dem Fernglas beobachtet. Er war groß, hübsch und von der Sonne gebräunt. Das Gegenteil von Ben.

Der gute Ben. Ich mochte ihn immer noch, obwohl er mich

so beschimpft hatte. Vielleicht hatte er ja recht, vielleicht war ich unreif und frigide; vielleicht lebte ich ja wirklich in einer Traumwelt – meine Phantasie über den Unbekannten auf der Jacht bewies dies ja wohl –, aber war es denn so schrecklich, den Zynismus und die Weltverdrossenheit abzulehnen, mit der sich Leute wie Ben und Vater einhüllten wie mit einem Mantel? Bestimmt war der Mann dort draußen auf der Jacht anders, ein Freigeist.

Als ich nach unten ging, hatten sich die Gäste meines Vaters im Salon versammelt. Der einzige Wagen, den ich erkannt hatte, als Sylvia mich nach Hause gebracht hatte, war der Alfa meines Bruders David gewesen, und ich sah David nun mit zwei anderen Männern an den offenen Glastüren sitzen. Sylvia stand am Büfett, bei ihr Davids Frau, Betinne. Meine Zuversicht sank. Ich konnte meine Schwägerin nicht ausstehen.

Sie schaute mich von oben bis unten an, als ich von Sylvia ein Glas Champagner entgegennahm. »Ben hat dir den Laufpaß gegeben, wie ich höre, Anna«, sagte sie. »Ehrlich gesagt überrascht mich das nicht.« Sie nippte an ihrem Drink. »Don muß ja erleichtert sein, daß du dich nun um seine Gäste kümmern kannst.« Aus ihrem Mund klangen diese Worte recht zweideutig.

Ich sah, wie Sylvia die Stirn runzelte, wollte aber nicht, daß sie mich verteidigte. Hastig wandte ich mich um, um einen Blick durch den Raum zu werfen. »Wo ist denn Vater? Ich habe ihn noch gar nicht gesehen.«

»Don ist nebenan. Mit Parker Forbes«, sagte Sylvia ruhig.

»*Der* Parker Forbes«, hob Betinne hervor. Sie schaute mich nach wie vor mit einem seltsamen Ausdruck an.

Parker Forbes, der Multimillionär, dem das halbe West End von London gehörte. Schon ewig versuchte Vater, ihn auf ein Geschäft festzunageln, und sein Name war seit Monaten an den Wochenenden Gesprächsthema Nummer Eins.

Sylvia schaute mich besorgt an. »Ich glaube, er wird dir gefallen, Anna. Er ist ziemlich attraktiv. Und er mag Musik.«

Plötzlich begriff ich. Die dringliche Einladung, nach Hause zu kommen, die plötzliche Sorge um mein Wohlergehen, das

Interesse an meinem Bruch mit Ben. Und ich hatte gedacht, Sylvia sei auf meiner Seite!

Schon einmal hatte Vater so etwas getan, hatte einen Kollegen zu sich nach Hause eingeladen und mich dann das ganze Wochenende gedrängt, mich ihm an den Hals zu werfen. Zu der Zeit war ich jünger gewesen und naiver. Der Mann hatte Mitleid mit mir gehabt, über meine linkische Art gelacht und hätte den Vertrag sowieso unterschrieben. Parker Forbes jedoch war aus einem anderen Holz geschnitzt, das hatte ich im Gefühl. Sein Ruf war bis zu mir ins College vorgedrungen.

Wortlos wandte ich mich ab, bewußt, daß viele Blicke mir folgten, als ich angewidert auf David zuging. Eigentlich hätte ich gleich wieder gehen sollen, doch ich wußte, daß mein Bruder meine Schüchternheit wie immer auffangen würde. Tatsächlich breitete er die Arme aus und umarmte mich. »Anna, was macht das College? Ich seh' dich ja kaum mehr«, sagte er und stellte mich seinen beiden Begleitern vor.

David war der einzige in diesem Haus, der mich so kannte, wie ich wirklich war, der mich in London kannte, in meiner Welt, weg vom Wohlstand meines Vaters und dem seichten, vergnügungssüchtigen Leben, das er führte. In London stand ich mit meiner Musik auf eigenen Beinen. Ben wäre es fast gelungen, eine Brücke zwischen diesen beiden Welten zu schlagen, doch dann war wohl etwas schiefgelaufen. Ich nahm die beiden Männer ins Visier, die bei uns standen. Es waren typische Kollegen meines Vaters, wohlhabend, taktlos, ausgesprochene Trinker, die ein wenig zu viel lachten. Ich stieß einen Seufzer aus. Noch war das ganze Wochenende zu überstehen.

Den anderen Gästen begegnete ich erst beim Essen. Melanie Whittacker, die Frau eines der Begleiter Davids, war eine seltsam farblose Frau, still und offensichtlich von ihrem ungehobelten Mann ziemlich eingeschüchtert. Sie tat mir auf Anhieb leid. Bei ihr waren zwei weitere Frauen: Naomi, ein Model, wie ich erfuhr, und Jane Peters. Die beiden anderen Gäste waren Robin Hamilton, der Journalist – und Parker Forbes.

Robin saß mir gegenüber. Er war ein hochaufgeschossener, attraktiver Mann, gebräunt, sportlich, charmant – ein Mann, der jede Frau sofort auf sich aufmerksam machte und sich dessen auch bewußt war. Betinne hing ihm geradezu an den Lippen, als er sie und Melanie Whittacker mit einem Wust von Skandalgeschichten erfreute. Allerdings konnte ich mich des Eindrucks nicht erwehren, daß er ihre Begeisterung nicht erwiderte. Als er einmal aufschaute, fing er über dem Kerzenschein meinen Blick auf, und ich war fast überzeugt davon, daß er mir zublinzelte. Mich durchfuhr eine Art freudige Erregung – und ich war sofort wütend auf mich.

Ich hatte allerdings keine Gelegenheit, mir großartig darüber den Kopf zu zerbrechen, denn meine Aufmerksamkeit wurde nun von Vater und Parker Forbes in Anspruch genommen.

»Sie müssen sich nachher von Anna auf die Terrasse führen lassen, Parker«, sagte Vater nun schon zum zweiten Mal. »Lassen Sie sich von ihr unseren Mond hier in Sussex zeigen ...«

Wie konnte er nur so aufdringlich sein! Verzweifelt schaute ich mich nach David um, doch der unterhielt sich gerade am anderen Ende des Tischs. Mir blieb nichts anderes übrig, als zu lächeln und zu nicken und so zu tun, als sei ich einverstanden.

Und so traten Parker und ich eine halbe Stunde später mit unseren Kaffeetassen in der Hand in die samtige Nacht hinaus. Es war angenehm, dem heißen Zigarrenrauch und dem Geruch des Weins zu entkommen. Die Meeresluft war sanft, gemildert noch vom Duft von Geißblatt und frischgemachten Heu.

Er kam direkt zur Sache. »Ich wußte gar nicht, daß Don ein so schönes Haus hat«, murmelte er. Am Rand der Terrasse blieben wir stehen, um über den Rasen auf das Meer zu schauen, das sanft gegen die Felsen ansäuselte. »Und auch nicht solch charmante Damen. Wie lange kennt er Sylvia schon?«

»Seit ein paar Jahren«, erwiderte ich. Sylvia war die neueste und bei weitem netteste Freundin, mit denen Vater zusammenlebte, seit ihn meine Mutter vor zehn Jahren verlassen hatte. Ma lebte nun mit einem Pferdezüchter in Argentinien. Daß sie fortgegangen war, hatte ich ihr nie verübelt. Vater war immer schon ein rücksichtsloser, selbstsüchtiger Mistkerl gewesen. Ich wünschte nur, auch ich brächte die Charakterstärke und den Mumm auf, ihm den Rücken zuzukehren.

Parker und ich setzten uns wieder in Bewegung. Gemächlich gingen wir auf das Sommerhaus zu, das Sylvia auf dem Gipfel des niedrigen Felsens hatte bauen lassen. Ich spürte, wie der Tau mir allmählich durch die dünnen Sandalen und den Rocksaum drang. Irgendwo in der Nähe rief eine Möwe in die Nacht hinein.

»Mögen Sie Sylvia?« wollte er neugierig wissen. Er schaute mich noch immer nicht an.

»Sehr«, entgegnete ich.

»Ich kann mir vorstellen, daß sie Ihnen eine Menge Arbeit abnimmt. Don hat mir erzählt, daß Sie schon als seine Gastgeberin fungiert haben.«

Ich lachte unbehaglich. »Ich fürchte, das war nie meine Stärke.«

»Das kann ich mir nicht vorstellen.« Seine Worte schmeichelten mir. »Hätte ich gewußt, welch ein Empfang mir in seinem Haus bereitet wird, dann würde ich schon seit Monaten Geschäfte mit Don machen.«

Er sah mich an und warf mir einen langen, taxierenden Blick zu, der von oben bis unten über mich glitt, so daß ich mir nackt und befangen vorkam. Dann nahm er mir die Tasse aus der Hand und stellte sie auf die Stufe des Sommerhauses, neben seine. Er war wesentlich größer als ich und kräftig gebaut, und als er mir die Hände auf die Schultern legte und mich zu sich heranzog, bekam ich es regelrecht mit der Angst zu tun.

»Darf ich Ihnen etwas Gesellschaft leisten?« Als uns eine kühle, tiefe Stimme aus der Dunkelheit unterbrach, ließ Parker mich abrupt los und drehte sich weg. Sein Gesicht war unbewegt, aber es war deutlich erkennbar, daß er wütend war. Der Journalist Robin Hamilton kam auf uns zugeschlendert, eine glimmende Zigarre in der Hand. Etwa einen Meter neben mir hielt er inne und betrachtete die Aussicht. »Passen Sie auf, daß Sie sich nicht erkälten, Anna«, sagte er ruhig. »Ihr Kleid ist ja klatschnaß vom Tau.«

»Sie haben recht.« Ich hätte ihn vor Erleichterung schier küssen können. »Entschuldigen Sie mich bitte, Parker, aber ich gehe wohl besser wieder hinein.«

Parkers Reaktion wartete ich gar nicht erst ab, sondern flüchtete mich auf die Lichter des Hauses zu.

Zehn Minuten später nahm mich Vater beiseite. »Anna? Ich dachte, du kümmerst dich um Parker?«

Wie mir das gefiel, mich um jemanden zu kümmern! »Das habe ich auch. Und dann bin ich wieder hineingegangen.« Ich sah ihn an. »Ich lasse nicht zu, daß er zudringlich wird, Don, nur damit er besser in deine Pläne paßt. Der Mann ist abscheulich!«

Das Gesicht meines Vaters verdunkelte sich. »Er gefällt dir nicht? Wer, zum Teufel, bist du eigentlich, Anna, eine zwölfjährige Jungfrau? Werde endlich erwachsen, Gott noch mal. Begreifst du denn nicht, was Parkers Unterschrift auf diesem Vertrag für mich bedeutet?« Wir standen in der Ecke des Eßzimmers, wo ich mir noch einen Kaffee geholt hatte und wir allein waren, doch er schaute über meine Schulter auf die offene Flurtür und senkte seine Stimme zu einem häßlichen Geflüster.

»Sei nett zu Parker, Anna. Hörst du? Jeder hier in meinem Haus leistet seinen Beitrag, und wenn er es nicht tut, fliegt er raus, verstanden?« Er starrte mich eine kleine Ewigkeit an, um dann auf dem Absatz kehrtzumachen und mich allein im Raum zurückzulassen.

Mechanisch fuhr ich damit fort, meine Tasse aufzufüllen, und nahm sie dann mit zur Fensterbank. Doch ich rührte den Kaffee nicht an, sondern starrte nur auf die farbigen Spiegelungen auf der Scheibe.

Ich hörte, wie sich hinter mir die Tür schloß, und drehte

mich um. Es war Betinne. »Ich habe gesehen, wie Don dich stehen gelassen hat«, sagte sie leise. »Er wirkte fuchsteufelswild. Was war denn los?«

»Geht dich das etwas an?« schnaubte ich.

Ihr Gesicht glühte und hatte etwas Raubtierartiges. »Wenn es Parker angeht, schon.« Sie trat näher. »Er will mit dir schlafen, stimmt's? Er konnte ja beim Essen die Augen nicht von dir lassen. Ich hab's genau gesehen. Gefällt Don die Vorstellung etwa nicht?«

»Du weißt doch genau, was Don will«, gab ich zurück.

Betinne stand nun ganz dicht vor mir. »Aber die keusche junge Dame mag nicht?« hauchte sie abfällig.

»Du etwa?« Wütend sah ich sie an, und plötzlich begriff ich. In den geweiteten, grauen Augen, aus denen sie mich mit großen, dunklen Pupillen anschaute, stand das nackte Verlangen geschrieben. »Du würdest es tun, nicht wahr?« Die Antwort gab ich mir selbst. »Ja, du würdest mit ihm schlafen.«

»Mit ihm schlafen«, äffte sie sarkastisch nach. »Natürlich würde ich mit ihm schlafen; ich würde alles tun, was er will. Hast du überhaupt eine Vorstellung, wieviel Geld der Mann besitzt? Wieviel Macht?«

Wir starrten uns an. Mir wurde speiübel.

»Armer David«, sagte ich schließlich.

»Halt David da raus!« fauchte sie böse.

»Tja, du jedenfalls scheinst das zu tun«, gab ich zurück. »Hör zu, Betinne. Wenn du Parker Forbes haben willst, dann nimm ihn dir. Don wird sich sicher freuen, wenn ihn sich eine Frau aus der Familie angelt. Aber bitte laß mich dabei aus dem Spiel!«

Mit glühenden Wangen drängte ich mich an ihr vorbei und kam gerade in den Flur, als Robin Hamilton aus dem Garten zurückkehrte. Ich sah, wie er mich rasch anschaute, um dann über meine Schulter einen Blick ins Eßzimmer zu werfen. Er grinste. »Hi. Ich hoffe, ich habe Sie eben da draußen nicht gestört.«

»Sie haben mir das Leben gerettet«, sagte ich mit mehr Nachdruck als beabsichtigt. »Das heißt ...«

»Ich verstehe schon«, sagte er und lachte leise. »Sie brauchen es gar nicht zu erklären.« Er zögerte. »Ihre Schwägerin wirkte eben ziemlich hitzig.«

»Das war sie auch.« Ich hatte nicht die Absicht, Robin Hamilton oder sonst jemandem zu sagen, worüber ich mit Betinne gestritten hatte. Seine Gegenwart besänftigte mich jedoch, als wir in den Salon gingen, wo die Whittackers neben meinem Vater und David saßen. Die vier lachten. Vater schaute auf, und ich merkte, wie sich sein Blick verhärtete, als er über uns glitt. Dann starrte er auf die Terrasse hinaus. Ich folgte seinem Blick und sah nun Sylvia bei Parker stehen. Während ich die beiden beobachtete, gesellte sich Betinne zu ihnen.

Der nächste Tag war von Beginn an sonnig und wunderschön. Nach dem Frühstück holten sich die meisten Gäste der Hausgesellschaft Handtücher, breitkrempige Hüte und Strandtaschen und steuerten auf die rustikale Treppe zu, die von der Klippe zu unserem Privatstrand hinabführte. Zu meiner großen Irritation setzte sich Parker direkt neben mich. Er grinste.

»Schade, daß wir gestern abend unterbrochen wurden, Anna. Ich wollte Ihnen nämlich gerade ein mitternächtliches Bad vorschlagen. Oder ein Stelldichein unter dem Sternenhimmel vielleicht? Ich habe es danach noch mal an Ihrer Türe versucht. Warum schließen Sie sie denn ab?« Er sprach mit gesenkter, vertraulicher Stimme, gleichzeitig jedoch konnte ich sehen, daß Robin mich mit spöttischem Gesichtsausdruck beobachtete.

»Weil ich meinen Schönheitsschlaf brauche«, brachte ich lächelnd hervor. Mir lief es kalt über den Rücken, als er sich zu mir beugte, mir die Hand auf den Knöchel legte und leicht daran zog. Seine Handfläche war feucht.

Ich wich ein wenig zurück. Da fiel Vaters Schatten über uns. »Ich hoffe, meine Tochter unterhält Sie gut, Parker«, sagte er leise. »Wir wollen immer, daß unsere Gäste glücklich sind, nicht wahr, Anna?«

Ich schaute auf und empfand in diesem Moment tiefe Abscheu gegenüber Vater. Doch hatte mich meine Erziehung und das, was uns als gute Manieren beigebracht worden war, so konditioniert, daß ich bloß steif lächelte. »Natürlich«, sagte ich. Ich entzog mich Parkers Reichweite und sprang auf die Füße. »Wir wollen immer gut ankommen, nicht wahr, Don?« Ich rannte zum Wasser. »Kommen Sie, Parker. Lassen Sie uns schwimmen!«

Das Wasser war eiskalt. Parker rührte sich nicht. Robin folgte mir statt seiner und holte mich mit Leichtigkeit ein, während ich auf das Floß zuhielt, das knapp fünfzig Meter vom Strand entfernt verankert lag. Er hielt sich daran fest, während ich mich an ihm hochzog, und schaute dann zu mir auf.

»Hier kriegt er Sie nicht, was?« Lachend schüttelte er sich das Wasser aus den Augen. Beide schauten wir zum Strand, wo Betinne, eingeölt und glänzend, meinen Platz auf der Decke neben Parker eingenommen hatte.

»Vater...« Ich unterbrach mich abrupt und biß mir auf die Lippen. Fast hätte ich mich ihm anvertraut, ihm verraten, was Vater vorhatte, doch irgend etwas hatte mich im letzten Moment davon abgehalten. Immerhin war Robin Journalist. Und wer konnte schon einer Schlagzeile widerstehen, die meine Story mit sich bringen konnte?

Robin grinste. »Stehen Sie für sich ein, junge Dame«, sagte er ruhig. »Sie sind doch ein freier Mensch, nicht wahr?«

Er warf mir einen langen, forschenden Blick zu, tauchte dann unter und schwamm zum Strand zurück. Robin Hamilton weiß genau, was hier vor sich geht, dachte ich. Und ich hatte den Eindruck, daß er auf meiner Seite stand. Ich beobachtete, wie er den Strand erreichte und aus dem Wasser watete, um sich ein Handtuch zu holen. Er sah extrem gut aus und war sehr nett. Plötzlich wünschte ich, er wäre derjenige, den zu verführen Vater von mir verlangte! Der Gedanke rief ein Lächeln bei mir hervor. Hätte Ben gewußt, was mir da in den Sinn gekommen war, hätte er es nicht glauben wollen. Sexuell waren Ben und ich nicht glücklich miteinander gewesen; vielleicht lag es daran, daß mir jeder Mann verdächtig war, den Vater mir vorstellte.

Hinter Robin sah ich, wie Betinne sich auf den Bauch rollte, ihr Bikini-Oberteil löste und ihre prallen Brüste in den Sand bettete. Es war nur eine Frage von Minuten, bis sie Parker bitten würde, ihr den Rücken einzucremen. Beinahe beneidete ich sie um ihre zwanglose Sinnlichkeit. Ben hatte letztendlich wohl doch recht. Scheinbar brachte ich es einfach nicht fertig, loszulassen. Oder lag es daran, daß mir noch nicht der richtige Mann begegnet war? Beinah unbewußt suchten meine Augen Robin; dann aber drehte ich mich mit einem Seufzer um, damit ich im Liegen das Meer betrachten konnte. Die Jacht war immer noch da, ihr Beiboot lag nach achtern. Zwei knallbunte Handtücher flatterten in der Takellage. Wäre ich wirklich ein freier Mensch, dachte ich wehmütig, dann wäre ich jetzt dort draußen in meinem eigenen kleinen Segelboot und würde für immer aus Dons Welt verschwinden. Aber dafür hatte ich eben nicht die Courage.

Die Hitze nahm zu. Zu Mittag aßen wir im Schatten der Zedern auf dem Rasen, und dann gingen die Gäste zur Siesta auf ihre Zimmer. Ich folgte ihrem Beispiel.

Die weichen, rosafarbenen Vorhänge in meinem Schlafzimmer spendeten Schatten, und ich streifte meinen Badeanzug ab, um mich nackt auf die kühlen Laken zu legen, dankbar, der glühenden Sonne entronnen zu sein. Doch dann stand ich urplötzlich wieder auf: Ich hatte vergessen, die Tür zu verschließen. Ich rannte über den Teppich und wollte den Schlüssel umdrehen, doch er steckte überhaupt nicht im Schloß. Verdutzt suchte ich ihn auf dem Teppich, im Glauben, er könne dorthin gefallen sein. Schließlich machte ich die Tür auf und tastete draußen nach ihm, doch dort war er auch nicht.

Während ich noch dastand und dem Verdacht, der in mir aufkeimte, keinen Glauben schenken wollte, hörte ich, wie im Flur eine Tür aufging.

Ich nahm meinen Badeanzug vom Stuhl und streifte ihn mir gerade über, als sich meine Tür bewegte.

Parker trug einen marinefarbenen, braungestreiften Morgenmantel aus Seide und roch stark nach Parfüm. Er trat ein und machte die Tür hinter sich zu. Triumphierend langte er in seine Manteltasche und hielt mir den Schlüssel entgegen. Er schloß die Tür ab, wandte sich mir zu und grinste.

»Don meinte, wir könnten uns heute nachmittag ein bißchen besser kennenlernen«, sagte er leise. »Was hältst du davon?«

Dieses Mal hatte ich weder Angst noch Abscheu. Als er sich mir näherte und mir wie zuvor die Hände auf die Schultern legte, empfand ich nur nackte, glühende Wut. Er drückte mich hart gegen die Wand, rechnete aber wohl nicht damit, daß ich mehr als nur halbherzigen Widerstand leisten würde. Als er mir seinen Mund auf die Lippen drückte, stieß ich ihm mit aller Macht mein Knie zwischen die Beine und griff ihm mit den Fingern in die Augen. Dann stürzte ich zur Tür und hantierte verzweifelt mit dem Schlüssel herum.

Hinter mir krümmte sich Parker stöhnend vor Schmerzen. Er machte keinerlei Anstalten, mir zu folgen, als ich in den Flur rannte, trotzdem steuerte ich instinktiv auf den Dachboden zu, wo ich mich als Kind immer versteckt hatte, wohlwissend, daß mich dort, im Labyrinth miteinander verbundener Speicher, niemand finden würde.

Ich harrte lange dort aus. Unter dem Dach war es heiß und roch nach Holz und Staub, doch hier befand ich mich in Sicherheit. Natürlich war mir klar, daß ich irgendwann wieder hinuntergehen mußte, und sei es nur, um den letzten Zug zurück nach London zu nehmen. Auf keinen Fall würde ich noch einmal eine Nacht in Vaters Haus verbringen. Nie mehr!

Erst als in der Ferne der Gong ertönte, begriff ich, wie spät es schon war. Vorsichtig ging ich hinab. Totenstille lag im Haus. Als ich in mein Zimmer spähte, war es verlassen, und der Schlüssel steckte noch immer im Schloß. Erleichtert ging ich hinein und schloß hinter mir ab. Dann duschte ich mich und legte mich aufs Bett, bemüht, meine Gedanken zu ordnen.

»Anna?« Es war Sylvia, die gekommen war. Sie klopfte leise. »Anna? Bist du da drinnen?«

Ich stand auf und ließ sie herein. »Ich komme nicht runter«, sagte ich trotzig. »Ich habe furchtbare Kopfschmerzen.«

Ich sah ihren Blick auf mir ruhen, und ihr stand Besorgnis im Gesicht geschrieben. Ob Parker etwas erzählt hatte? Letztendlich wohl nicht, vermutete ich. Es würde seinem Ruf nur schaden, wenn bekannt wurde, daß eines seiner Opfer sich gewehrt – und gewonnen – hatte.

»Anna, Liebes.« Sie setzte sich aufs Bett. »Es tut mir leid. Ich weiß, wie dir zumute sein muß. Dein Vater ist manchmal ein bißchen unsensibel.« Im silberfarbenen Abendkleid, das ihren Teint erst richtig zur Geltung brachte, sah sie wunderschön aus. »Bitte komm runter.«

»Ich habe wirklich Kopfschmerzen«, sagte ich. »Es ist so schwül draußen. Morgen geht es mir wieder besser.« Ich vermied es, ihr in die Augen zu schauen.

Sie seufzte und stand auf. »Ich werde veranlassen, daß man dir etwas hochbringt, ja?«

Als sie gegangen war, verschloß ich die Tür aufs neue und trat ans Fenster. Es wehte kein Lüftchen, und plötzlich wurde mir bewußt, daß es wirklich so war: Ja, in meinem Kopf raste es, aber ich war nach wie vor entschlossen, zu gehen. Ich würde mit meinem alten Mini zum Bahnhof fahren. Die Woche über ließ ich ihn immer vor dem Haus stehen, da es keinen Sinn machte, ihn in London zu haben, und jetzt würde ich damit zum Zug kommen. Außerdem erlaubte mir das, mich noch ein Stündchen hinzulegen und klaren Kopf zu bekommen.

Gerade wollte ich ins Bett zurück, als ein wütendes Klopfen ertönte. Es war Vater. »Anna, mach sofort die Tür auf!«

Ich gehorchte und stellte mich ihm trotzig entgegen. »Was, zum Teufel, hast du getan?« rief er. »Parker droht damit, das Haus zu verlassen!«

»Ich habe dich gewarnt, Don.« Zum ersten Mal in meinem Leben hatte ich keine Angst vor ihm. Ich sah ihn so, wie er war: ein tobender, tyrannischer, schwacher Mann, der Angst vor dem Versagen hatte. »Wenn Parker deinen Vertrag wirklich unterzeichnen will, wird ihn nichts davon abhalten«, sagte ich und begriff, daß das die Wahrheit war. »Wenn er aber nach einer Ausrede sucht, einen Rückzieher zu machen, liegt das daran, weil er kein Vertrauen in dich hat, und nicht daran, daß ich mich geweigert habe, mit ihm zu schlafen.«

Vaters Gesicht war dunkelrot.

»Wenn du unbedingt willst, daß sich jemand aus deiner Familie für dich prostituiert, dann frag Betinne. Sie ist mehr als willig«, fuhr ich fort. »Ich fahre noch heute abend nach London zurück.«

Vater beherrschte sich nur mit Mühe. »Das wirst du nicht tun. Du wirst dich bei Parker entschuldigen. Ich weiß nicht, was zwischen euch vorgefallen ist, aber bei Gott, Anna, du wirst dich entschuldigen.«

Sein Blick schweifte über meine Kommode, auf der meine offene Handtasche stand. Er stürzte darauf los und durchkämmte den Inhalt. »Du brauchst gar nicht zu glauben, daß du dich aus dem Haus schleichen kannst. Du bleibst hier, bis ich dir sage, daß du gehen kannst.«

Sprachlos sah ich zu, wie er aus dem Zimmer marschierte und die Tür hinter sich zuknallte. Ungläubig dachte ich einen Moment, er würde mich einschließen, hörte dann aber, wie er den Flur entlangging. Ich rannte auf meine Handtasche zu und schaute hinein. Er hatte mir mein Geld, meine Rückfahrkarte und die Autoschlüssel weggenommen.

Ich setzte mich aufs Bett. Meine Beine zitterten, und ich wurde wütend wie noch nie in meinem Leben. Mehr oder weniger war ich eine Gefangene.

Aus purer Erschöpfung schlief ich schließlich ein, doch als ich das nächste Mal die Augen aufmachte, waren die Kopfschmerzen weg, und draußen vor dem Fenster hörte ich Stimmen und Gelächter. Ich stand auf und schaute hinaus. Die Dinnergäste standen alle mit ihren Drinks unten auf der Terrasse. Ich sah sie mir an, einen nach dem anderen. Es fehlte niemand. Betinne unterhielt sich in der Ecke bei der Wistarie mit Parker. Ich sah das Gold an ihrem Hals glitzern, als sie mit ihm lachte. In der Nähe bemerkte ich Vater. Er hatte die beiden ins Visier genommen.

Die Jacht lag nach wie vor ruhig auf dem Meer, das wie geölte Seide wirkte. Das Beiboot war verschwunden. Er mußte an Land gegangen sein, wahrscheinlich ins Pub am Kai im Dorf, etwa eine Meile den Strand hinab. Das Boot spiegelte sich sanft im Wasser. Die Meeresarme dahinter verschwammen im dunkler werdenden Dunstschleier. In der Ferne zogen große, schwarze Wolken auf, und als ich vom Fenster zurücktrat, hörte ich entferntes Donnergrollen. Als ich aufgewacht war, hatte ich genau gewußt, was ich tun wollte.

Ich zog mir eine Jeans, ein T-Shirt und Espandrillos an und schlich dann auf den leeren Flur. Falls Vater dachte, mich im Haus festhalten zu können, bis Parker mir nachts nachstellte, dann hatte er sich getäuscht. Die Küche war verlassen; die Bediensteten hatten aufgeräumt und sich wie immer zurückgezogen, als sie mit dem Abräumen des Abendessens fertig waren. So konnte ich unbemerkt auf den Hof hinaus. Dort stand noch immer mein altes Fahrrad, das ich noch nicht einmal aufpumpen mußte.

Bis zum Kai brauchte ich zehn Minuten. Ich lehnte das Fahrrad gegen die Wand und stierte ins Wasser. Es wogte gedämpft hin und her, und in der Ferne hörte ich erneut leises Donnergrollen.

Ich ging bis ans Ende der Mole, wo eine Reihe kleiner Boote festgemacht hatten. Vorsichtig stieg ich in eines hinab, löste die Vorleine und griff nach den Rudern. Zunächst tat ich mich etwas schwer, war wohl aus der Übung gekommen. Überdies geriet ich in ziemliche Panik, als die Pubtür aufging und im Licht, das nach außen drang, drei Gestalten auf das Ende der Mole zugingen. Jeden Moment rechnete ich damit, wütende Stimmen zu vernehmen, doch nichts dergleichen geschah. Schließlich legte ich einen regelmäßigen Ruderschlag ein. Ich schaute gerade zurück, um mich zu vergewissern, daß ich den richtigen Kurs eingeschlagen hatte, als ich spürte, wie die Strömung an meinem Boot zerrte. Ich mußte an diesem Abend verrückt gewesen sein; so etwas würde ich jedenfalls nie wieder wagen. Aber in jenem Moment verspürte ich keine Angst, sondern war nur aufgeregt und empfand ein unglaubliches Gefühl von Freiheit. Die Angst kam erst, als es zu spät war, etwas zu ändern.

Ich hatte Blasen an den Händen, bevor ich die Hälfte des Wegs geschafft hatte, doch ich biß die Zähne zusammen und ruderte weiter. Hätte ich eine Pause eingelegt, hätten mir sicher die Nerven versagt, so aber hatte ich aus den Augenwinkeln immer das Licht auf der Klippe im Blick – das Haus meines Vaters. Dieser Anblick spornte mich an.

Eine Leiter hing an der Seite der Jacht herunter. Zitternd vor Erschöpfung griff ich danach und zog mich an Deck. Ohne mein Gewicht schwankte das Beiboot hinter mir wie ein Korken hin und her, stieß gegen die weiße Seite der Jacht, um dann in der Dunkelheit zu verschwinden. Mit beinahe entrückter Erleichterung sah ich zu, wie es davontrieb. Jetzt konnte ich nicht mehr zurück, war von der Außenwelt abgeschnitten.

Ich drehte mich um und ging ins Cockpit hinunter. Die Luke stand halb offen, und ich starrte hinab in die im Dunkel liegende Kajüte. Warum, verflixt, hatte ich nicht an eine Taschenlampe gedacht? Licht mußte es hier geben – ich hatte es aus den Bullaugen dringen sehen –, aber ich wollte nicht gleich auf mich aufmerksam machen. Ich stieg die Kajütstreppe hinab, hielt den Atem an und lauschte. Zum ersten Mal stellte ich mir die Frage, was ich eigentlich tun würde, falls er jemanden an Bord zurückgelassen hatte. Doch im Boot war es ruhig. Unheimlich ruhig sogar, bis auf das gelegentliche Glucksen und Schlagen des Wassers an die beiden Seiten der Jacht und ein erneutes, unheilvolles Rollen des Donners im Westen.

Ich tastete mich weiter vor und stieß mit der Hand auf ein Regal gleich hinter der Luke. Zwischen Seekarten lag eine große, in einer Gummihülle steckende Taschenlampe. Ich schaltete sie ein, und der Lichtstrahl überflutete die Kajüte.

Es war eine prachtvolle Jacht – mit fünf Schlafplätzen, zwei Kajüten, einer Duschkabine, einer Kombüse und einem Segelspind, der groß genug für die fünfte Koje war. Das ganze Boot war makellos sauber, alles sorgsam an seinem Platz verstaut, und auf dem Kartenständer war bereits eine Seekarte befestigt. Über mir hatte eine Flaggleine begonnen, gegen den Mast zu schlagen, und ich spürte, wie sich der Boden unter mir ein wenig bewegte, als eine Welle unter dem Rumpf entlangglitt. Der Wind wurde stärker.

Ich ging ins Cockpit hinaus, machte die Lampe aus und schaute mich um. Der Himmel war mittlerweile schwarz – schwarz vor Wolken, die Mond und Sterne verhüllten und nur noch das Ankerlicht am Masttopp sichtbar ließen. Das Boot drehte sich allmählich und zerrte an seinem Anker. Ich schaute angestrengt auf die Küste. Da sah ich es – die Umrisse eines schon auf halbem Weg zur Jacht befindlichen Beiboots, das weiße Eintauchen von Rudern, die im schwarzen Wasser aufblitzten.

Furcht packte mich, und ich drehte mich um und kehrte in die Kajüte zurück. Nun ließen mich meine Nerven doch noch im Stich, und verzweifelt bemühte ich mich, irgendwo ein Versteck zu erspähen. Logisch war das nicht gerade; vernünftig wäre gewesen, mich auf der Stelle zu zeigen und ihn, falls er wütend würde, zu bitten, mich an Land zu bringen. Aber logisch dachte ich zu diesem Zeitpunkt schon längst nicht mehr. Die Wut, die mich aus Dons Haus hatte fliehen lassen, die gewitterschwüle Luft, die auf dem Boot lag, meine Kopfschmerzen, die blutigen Hände und das Bild von Parker, sein erregter Körper unter dem Morgenmantel, als er mich gegen die Wand drückte, all das hatte mich zu einem verängstigten Tier werden lassen, und wie solches suchte ich nun eine dunkle Ecke, in der ich mich verbergen konnte. Die Achternkoje schien dafür der richtige Platz zu sein – die Koje gegenüber dem Kartenständer, bestehend aus einer halben Couch, aber so unter dem Cockpit untergebracht, daß man seine Beine hineinstecken konnte und eine Schlafgelegenheit in voller Länge erhielt. In diesen Zwischenraum schlängelte ich mich nun hinein, erleichtert, daß er recht geräumig war, und zog dann hinter mir die beiden Kojenkissen zusammen, um nicht entdeckt werden zu können. Wenn er diese beiden Kissen nicht bewegte, konnte er mich nicht sehen. Es war eine ziemlich ungemütliche Position, denn ich konnte weder sitzen noch mich ausstrecken. Ich mußte zusammengekrümmt im Dunkeln liegen, hörte nur meinen Herzschlag, der das Schlagen des Wassers jenseits der dünnen Planken an meinem Ohr noch übertönte.

Es gab ein leichtes Schlingern, als das Beiboot längsseits anlegte, und dann hörte ich das dumpfe Geräusch von Gummisohlen fast unmittelbar über meinem Kopf. Wenige Minuten später war die Kajüte von Licht durchflutet; die Kissen erwiesen sich nun doch nicht als groß genug, um mich abzuschirmen, und ich zog mich noch mehr zurück. Dabei hoffte ich, er würde nicht bemerken, daß sie bewegt worden waren.

»Sieh zu, daß alles verstaut ist, und mach die Lichter so bald wie möglich wieder aus. Ich will die Batterie schonen.« Seine Stimme war derart nah, daß ich einen Augenblick lang glaubte, er spräche zu mir. Ich hielt den Atem an. Er sprach mit einem breiten Akzent, doch seine Stimme verlor sich bereits wieder, und auf Deck waren Schritte zu hören. Offensichtlich war da noch jemand anderes in der Kajüte, ganz in meiner Nähe. Ich biß mir auf die Lippen, wagte nicht, mich zu rühren und rätselte, wer ihm wohl Gesellschaft leistete. Nie hatte ich noch jemand bei ihm auf der Jacht gesehen.

Eine Frauenstimme, rauh, attraktiv und mit amerikanischem Einschlag, rief: »Pete? Wir können doch sicher bis morgen warten. Der Typ im Pub sagte, es gebe Sturmwarnung, und dieses Donnern da gefällt mir überhaupt nicht.«

Die Schritte näherten sich wieder. »Du hast doch keine Angst, Sam, oder?« Seine Stimme kam jetzt aus dem Cockpit und hatte einen spöttischen Unterton. »Ich dachte, du wolltest jedes Risiko auf dich nehmen, um an soviel Stoff zu kommen. Du hättest gar nicht erst mitmachen sollen, wenn du das Tempo nicht halten kannst. Der Treffpunkt steht. Und ich bin dabei. Wenn du aussteigen willst, kannst du gleich losschwimmen.« So wie er redete, sträubten sich mir die Nackenhaare.

Die junge Frau flucht leise. »Schon gut, schon gut, du weißt sicher, was du tust.«

Wenig später gingen die Lichter aus, und ich hörte, wie sich die Luke schloß. Ich saß in der Falle und hatte eine Heidenangst. Dieser Mann mochte zwar ein Freigeist sein, wie ich es mir zu Anfang vorgestellt hatte, doch bestand nun kein Zweifel daran, daß er auch sehr gefährlich werden konnte, und ich verwünschte mich und meine Situation. Es gab aber keinen Ausweg.

In meinem Versteck wurde es zunehmend heiß. Ich versuchte, es mir ein klein wenig bequemer zu machen und schob eines der Kissen beiseite, um Luft zu bekommen. Dann hörte ich über mir das Brausen und Klatschen von losgemachtem Segeltuch, als das Hauptsegel an den Wind ging. Kurz darauf ließ das Brausen nach, und die Segel blähten sich auf; die Jacht neigte sich zur Seite, und wir nahmen offensichtlich Kurs aus der Bucht heraus. Kaum hatten wir die Landzunge passiert, als wir auf schwere See gerieten, und das Toben des Meeres wurde ohrenbetäubend. So gut ich konnte, legte ich meinen Kopf in die Beuge meiner Ellbogen und schloß die Augen; ich versuchte alles, um etwas anderes in den Sinn zu bekommen, als das, was gerade um mich herum geschah. Lange Zeit später hörte ich, wie die Luke zurückgezogen wurde, und in der Kajüte wurde es wieder hell. Über mir trommelte der Regen auf das Deck.

»Kaffee oder Suppe?« hörte ich die Frauenstimme rufen. Die Antwort bekam ich nicht mit, nur das Röhren des Windes und der Wellen und plötzlich einen sehr lauten Donnerschlag.

Das Boot schien hart gegen den Wind zu schlagen, und ich konnte nun die Frau sehen, wie sie durch die Kajüte auf die Kombüse zuging und dabei Halt suchte, wo sie nur konnte. Sie hatte tropfnasses gelbes Ölzeug an, ihr Kopf war jedoch unbedeckt. Ihr Haar war lang und blond. Sie zog die Kombüsentür auf und zwängte sich in die Kochecke, wo sie mit Streichhölzern hantierte und einen Kessel auf dem Kocher arretierte. Das Geräusch und der Geruch der Gasflamme und die Lichter in der Kajüte wirkten seltsam gemütlich gegenüber dem schrecklichen Tosen, das die Elemente im Hintergrund von sich gaben. Aus meinem Versteck heraus taxierte ich das Gesicht der Frau. Ich war versucht, meinen ganzen Mut zusammenzunehmen, herauszukommen und mich ihr auf Gedeih und Verderb auszuliefern. Sie mußte Mitte Zwanzig sein, auch wenn ihr Gesicht müde und abgespannt wirkte und sie dunkle Ringe unter den Augen hatte. Besonders sympathisch war sie mir nicht gerade. Letztendlich machte ich mir keine Hoffnung.

Sie blieb beim Kessel, bis das Wasser kochte, und machte dann zwei Becher Kaffee.

»Pete?« rief sie. »Komm und trink ihn hier unten!«

Er gab keine Antwort. Sie seufzte nur und trank aus einem der Becher, zog sich dann ihre Öljacke hoch und trat an die Luke. »Komm schon, Pete, ich löse dich ab, wenn du Pause machst«, rief sie und verschwand aus meinem Blickwinkel.

Als der Mann auftauchte, hielt ich erneut den Atem an. Auch er hatte tropfende Ölsachen an, streifte sie jedoch ab und ließ sie auf dem Kajütenboden liegen. Er trug Pullover und Jeans, wie ich schon durch mein Fernglas beobachtet hatte, war groß, robust, sah ziemlich gut aus und hatte, wie ich jetzt sah, von der Sonne gebleichtes Haar und stechend blaue Augen. Wie ihr Gesicht war auch seines hart, und seine Brauen waren tief zerfurcht. Er steuerte auf die gleiche Art auf die Kombüse zu wie zuvor die Frau und holte sich seinen Becher. Zu meinem Entsetzen kam er dann aber zurück und setzte sich auf die Achternkoje, kaum einen halben Meter von meinem Kopf entfernt. Er brauchte jetzt nur noch in meine Richtung zu schauen. Ich erstarrte und hielt den Atem an. Er nippte an seinem Becher, beugte sich dann vor, um angestrengt etwas zu betrachten, was vor ihm lag. Der Kartenständer, natürlich.

Er beschäftigte sich eine Weile damit, nahm sorgsam Messungen und Berechnungen vor, warf schließlich seinen Bleistift hin und lehnte sich zurück. Er grunzte überrascht auf, als er hinter sich nach den Kissen tastete und feststellte, daß sie verrückt worden waren. Daraufhin drehte er sich um und schaute mich direkt an.

Einen Augenblick lang schien er seinen Augen nicht zu trauen. Dann verfinsterte sich sein Gesicht.

»Wer in Gottes Namen bist du denn?« flüsterte er. Er gab mir keine Gelegenheit, mich einigermaßen würdevoll aus meinem Versteck zu befreien. Statt dessen machte er einen Satz vorwärts und packte meinen Arm, zog mich mit dem Kopf voran auf den Kajütenboden, wo ich ihm einen Moment zu Füßen lag, zu erschöpft und steif, um mich zu regen.

»Nun? Ich habe dich etwas gefragt!« blaffte er mich an.

»Es tut mir leid«, hörte ich mich stammeln. »Es tut mir wirklich leid. Ich hab's nur aus Spaß gemacht.«

»Aus Spaß!« Seine Stimme schwoll vor Ärger an.

Zitternd vor Angst und Verlegenheit versuchte ich mich aufzurichten, doch der enge Raum und die Bewegung des Boots machten es fast unmöglich, so daß ich vor ihm kniete und den Kartenständer umklammert hielt, um mir Halt zu verschaffen.

»Ehrlich, es tut mir leid«, wiederholte ich, bemüht, meine Stimme, die bebte wie die eines Kindes, unter Kontrolle zu bekommen. »Ich wollte mich aus Spaß an Bord schmuggeln. Sie sind so oft am Strand vor unserem Haus vor Anker gegangen. Ich wollte nichts Böses tun.« Draußen leuchtete ein Blitz auf, erhellte die Kajüte, ließ die Lichter flackern und wurde direkt über uns von Donnergetöse gefolgt. Ich zuckte zusammen, doch er rührte sich nicht von der Stelle. Seine Gesichtszüge wurden nicht milder und ließen keinerlei Anzeichen von Humor erkennen.

Hinter ihm öffnete sich die Luke, und der Kopf der jungen Frau erschien, tropfnaß vom Regen. »Hast du was gesagt, Pete? Gott noch mal, was für ein Sturm! Mir wäre es ganz lieb, du kämst hoch und ...« Erstaunt unterbrach sie sich, als sie mich bemerkt hatte.

»Sieht aus, als hätten wir einen blinden Passagier«, sagte er.

Sie starrte mich noch einen Moment an, bevor sie die Luke ganz öffnete und hinabkletterte. Tropfnaß setzte sie sich auf die Kajütstreppe.

Auch Pete hatte den Blick nicht von mir gewandt, fuhr sie

jedoch jetzt scharf an. »Du sollst Wache halten, Sam«, sagte er.

»Auf dem Radarschirm ist nichts«, gab sie zurück. »In so einer Nacht ist niemand so verrückt, hier draußen zu sein. Wir sind außerhalb der Schifffahrtswege, und es macht keinen Sinn, mit Selbststeuerung ausgerüstet zu sein und sie dann nicht zu benutzen. Wer ist sie denn?«

Er hob die Braue. »Gute Frage.«

Ich schluckte und versuchte, wieder Fassung zu gewinnen, doch das war schwer, wenn man vor den beiden auf dem harten, schlingernden Boden kniete. »Ich heiße Anna Marshall«, fing ich an. Dann bemühte ich mich, alles zu erklären.

Sie hörten beide mit frostigen Mienen zu, während ich erklärte, wie ich das Beiboot genommen und mich versteckt hatte, als sie im Pub waren. Als ich geendet hatte, entstand ein Schweigen, das nur von einem erneuten Donnerhall über uns durchbrochen wurde.

»Was willst du denn mit ihr machen?« fragte Sam schließlich. Sie sagte es ganz ruhig, aber ihr Tonfall ließ es mir kalt über den Rücken fahren.

Pete sah mich fest an. »Ich bin überzeugt, daß Sie intelligent genug sind, Miß Marshall«, sagte er, »um zu erkennen, daß Sie hier auf dem Boot unerwünscht sind.«

Um das zu wissen, hatte ich genug mitgehört. Mein Blick ruhte auf seinem Gesicht, doch ich zuckte nur die Schultern. Dann schaute ich Sam an und sah etwas in ihren Augen glänzen. »Sie hat Angst, Pete. Scheißangst!«

»Das sollte sie auch, denn wir nehmen keine Passagiere mit.« Er schob sich ein wenig an den Rand der Schlafkoje vor, und ich wich erschreckt zurück, doch er reckte nur den Hals, um durch die halboffene Luke hinauszuschauen. Abrupt langte er nach seinen Ölsachen. »Der Wind hat sich gedreht. Ich muß hoch. Paß auf sie auf, Sam.«

Er stieg über mich, ging die Kajütstreppe hoch und verschwand, wobei er die Luke hinter sich verschloß.

Die junge Frau betrachtete mich halb neugierig, halb ängstlich, nun, da Pete weg war. Ich packte die Gelegenheit beim Schopf und richtete mich an der Koje auf. Meine Knie schmerzten. Ich brachte ein mattes Lächeln zustande. »Sie haben nicht zufällig ein bißchen Kaffee übrig, oder?«

Sie starrte mich unvermindert an, und ich war schon sicher, sie würde es ablehnen, als sie aufstand und auf die Kombüse zutappte. Gleich darauf kam sie mit einem vollen Becher zurück. Wortlos reichte sie ihn mir, und ich trank ihn dankbar aus. Er war nur noch lauwarm und ganz bitter, aber er beruhigte mich ein wenig.

»Danke«, sagte ich.

Sie schaute mich noch immer an, als Pete nach ein paar Minuten wieder auftauchte.

Sam wandte sich ihm zu. »Du kannst sie nicht einfach über Bord werfen, Pete. Das wäre Mord.«

»Und auf Mord hast du dich nicht eingestellt, Liebling, auch nicht für eine Million Pfund?« fragte er sarkastisch.

Ich sah, wie sie die Lippen anspannte, bis jede Farbe aus ihnen wich. Doch sie schüttelte den Kopf. »Kein Mord, Pete.«

Er sah mich kurz an – dieses Mal hatte er seine wasserdichten Sachen nicht abgelegt –, beugte sich herunter, packte mich am Ellbogen und zog mich auf die Füße. Ich schrie auf vor Angst, doch statt mich auf Deck zu zerren, stieß er mich vor sich her auf den Bug zu. »Sie müssen uns schon nachsehen, Miß Marshall, wenn wir auf Ihre Gesellschaft verzichten«, sagte er mit übertriebener Höflichkeit. »Bis ich entscheide, wie ich weiter mit Ihnen verfahre. Es ist eine stürmische Nacht, wie Sie bemerkt haben dürften, und ich brauche Sam, um diesen Pott zu segeln.«

Er stieß mich in den vorderen Segelspind, zog die Tür hinter mir zu und überließ mich der Dunkelheit. Daß draußen an der Tür ein Vorhängeschloß hing, hatte ich bereits gesehen; ich brauchte nicht erst das Klicken zu hören, um zu wissen, daß er mich einsperrte.

Diese zusätzliche Koje war mit einer plastiküberzogenen Schaumstoffmatratze ausgerüstet, ansonsten jedoch bis auf die ordentlich verstauten Segelsäcke, die mehr als die Hälfte des engen Raums ausmachten, leer. Bullaugen gab es keine.

Ich setzte mich hin und schlang die Arme um mich, damit mir etwas wärmer wurde. Tränen liefen mir die Wangen hinab.

Später wickelte ich mich in eines der Segel. Das kalte, knisternde Terylene war nicht gerade gemütlich, aber besser als gar nichts. Ich mußte ein Weilchen eingenickt sein, denn als ich aufwachte, hatten wir bereits an Fahrt verloren. Über mir hörte ich Schritte. Ich rechnete damit, daß die Luke aufgehen würde, doch das geschah nicht. Statt dessen hörte ich plötzlich ein ohrenbetäubendes Rasseln, als die Ankerkette fiel.

Wir waren schon eine Weile sanft hin und her geschaukelt, als das Geräusch eines Außenbordmotors an meine Ohren drang. Das Boot näherte sich, hielt sich eine Weile auf und entfernte sich dann wieder. Endlich klirrte das Schloß, und die Tür wurde aufgestoßen. Das schlagartig einfallende Licht blendete mich.

»Guten Morgen, Miß Marshall. Ich hoffe, Sie haben gut geschlafen.« Pete langte herein und packte mich am Arm.

Dieses Mal gingen wir an Deck. Er drängte mich über die Kajütstreppe ins Cockpit, und noch leicht benommen schaute ich mich um. Sam stand am Steuer. Die Ölsachen war weg; sie trug jetzt Shorts und ein gestreiftes T-Shirt. Ihr blondes Haar wehte im Wind. Sie grinste mich an.

»Hoffentlich kannst du schwimmen«, sagte sie.

Ich versuchte mich zu befreien, doch er hatte schon die Arme um mich gelegt und hob mich über die Reling. Ich hatte keine Chance, etwas dagegen zu unternehmen. Keine Zeit zum Nachdenken. Ich hörte mich schreien, und dann schloß sich das eiskalte Wasser über meinem Kopf.

Ich kämpfte wie eine Verrückte dagegen an, würgte verzweifelt, bis ich endlich in einem Dunst von Blasen wieder an die Luft kam. Da erst bemerkte ich, daß ich keine dreißig Meter von der Küste entfernt war. Ich schwamm los, schaute aber noch einmal über die Schultern zurück auf die Jacht. Sie hatte die Segel gesetzt und hielt Kurs nach Steuerbord. Nur Sam hatte sich umgedreht, um zu sehen, ob ich wieder aufgetaucht war. Die Jacht hatte gar keinen Namen – fiel mir plötzlich auf.

Ich blieb so lange am Strand liegen, bis meine Kleider getrocknet waren und ich nicht mehr zitterte. Halb bewußtlos vor Erschöpfung und Hunger schleppte ich mich dann über den Sand auf die Dünen zu. Mein Kopf dröhnte, aber ich war derart dankbar, wieder heil an Land zu sein, daß ich kaum darauf achtete. Ich rutschte aus und torkelte mehr, als daß ich ging, doch schließlich stieß ich auf eine Straße, und in der Ferne konnte ich ein Haus erkennen.

Ungläubig blieb mein Blick auf dem Straßenschild hängen, als ein Lastwagen mit quietschenden Reifen neben mir zum Stillstand kam. Der Fahrer lehnte sich aus der Kabine und grinste. »*Salut!*« sagte er.

Ich starrte ihn an. Meine erste Reaktion war ein ungläubiges Schluchzen. »Hier ist doch nicht Frankreich!« sagte ich.

Das gemütliche Lächeln schwand aus seinem Gesicht. Er schaute mich einen Augenblick fest an, bemerkte meine zerknitterte, salzbefleckte Kleidung und meine wirren Haare. Dann erstarb der gewaltige, schnaufende Motor, und der Mann öffnete die Fahrertür und sprang zu mir herab. Er war groß, vielleicht Mitte Vierzig, kräftig gebaut und hatte muskulöse Arme. Als er zu mir herabschaute, stand ihm die Sorge in seinem freundlichen Gesicht geschrieben. »Du bist Engländerin, ja? Was meinst du denn damit, daß das hier nicht Frankreich ist?« Er hatte einen kräftigen Akzent.

Ich schüttelte nur den Kopf und kämpfte gegen die Tränen an. Er würde mir doch keinen Glauben schenken. Kein Mensch würde es mir je glauben.

Doch er tat es. Nachdem er sich ein paar Minuten freundlich mit mir besccháftigt hatte, ging ihm auf, daß ich kein Geld, keine Papiere und seit fast vierundzwanzig Stunden nichts gegessen hatte. Letzteres schien ihn ein wenig aufzuheitern, denn das war etwas, das er in Ordnung bringen konnte.

Dieser französische Fernfahrer gab mir den Glauben an die Menschheit wieder. Er nahm mich in seinem schweren Lastwagen mit bis ins nächste Dorf, ging mit mir in ein kleines Restaurant und bestellte etwas, das mir wie ein Festessen vorkam.

Solange die Suppe auf dem Tisch stand, sprachen wir kein Wort. Sie war kochendheiß, voller Zwiebeln und Käse und einfach herrlich. »Da. Schon besser. Stimmt's?« sagte er schließlich.

»Viel besser.« Ich brachte ein einigermaßen annehmbares Lächeln hervor. Ich hatte mir seinen Kamm geborgt und wusch mir das Salz aus dem Gesicht. »Ich weiß nicht, was ich getan hätte, wenn Sie nicht gekommen wären.«

Er beugte sich zu mir vor, schob die Teller beiseite und legte seine kräftigen Arme auf den Tisch. »So, und wenn wir fertig sind, dann rufst du zu Hause an, ja?« Er goß mir noch einmal von dem Landwein ein.

»Aber ich bin doch von zu Hause weggelaufen«, protestierte ich. »Wenn ich anrufe ...«

Er unterbrach mich mit einem Schulterzucken. »*Bien sûr*. Aber ohne Geld und ohne Paß wegzulaufen, war nicht so gut durchdacht, was?«

Der Wirt räumte unsere Suppenteller ab und ersetzte sie durch Fisch in einer kräftigen Sauce.

Ich seufzte. »Sie haben recht. Ich muß wohl meinen Vater anrufen«, sagte ich. Es schien mir schrecklich, nach meinem gefahrvollen Griff nach der Freiheit nun eine Niederlage eingestehen zu müssen.

»Dieser Vater, er ist wohl ein Tyrann, was?« Jean-Pierre schaute mich an. Ich sah einen Hauch von Belustigung in seinem Blick aufblitzen. »Das verstehe ich nicht. Ich dachte, englische Mädchen wären – wie sagt man? – befreit.«

»Emanzipiert.« Ich erwiderte sein Lächeln. »Das sind sie auch, die meisten jedenfalls.«

»*Bon*. Dann kannst du ja vielleicht jemand anderen anrufen. Deinen Freund?«

Er riß sich ein Stück vom Baguette ab, das zwischen uns auf dem rotweiß karierten Tischtuch lag, und kaute nachdenklich darauf herum.

Freund. Ben? Was Ben wohl sagen würde, wenn ich ihn anriefe und erzählte, daß ich ohne Geld und Paß in Frankreich gelandet war, gerade mit einem Fernfahrer Wein trank und speiste, nachdem ich kurz zuvor von Drogenschmugglern über Bord geworfen wurde? Da fehlte ja nur noch das vor Haien wimmelnde Meer!

Er grinste. »Du hast an etwas Lustiges gedacht, ja? Das ist gut. Du bist nicht mehr unglücklich. Es sieht jetzt alles nicht mehr ganz so schlecht aus, stimmt's?«

»Ja«, pflichtete ich ihm bei. Plötzlich wußte ich, was ich tun würde.

»Mir ist jemand eingefallen«, sagte ich.

Wir tranken einen Kaffee, dann nahmen wir das Telefon des *patron* in Beschlag. Ich weiß nicht, wer das Gespräch entgegennahm, aber als Jean-Pierre wieder an unseren Tisch kam, hatte er Robin Hamilton an den Apparat zitiert.

»Robin? Hier ist Anna. Hören Sie, ich bin in Frankreich.«

»Und ich dachte, Sie lägen mit Kopfschmerzen im Bett!« Die Belustigung in seiner Stimme war unverkennbar. »Sind Sie etwa getürmt?«

»Na ja, so ähnlich. Ich erkläre Ihnen alles später. Robin, können Sie herkommen und mich abholen? Und können Sie meinen Paß und ein bißchen Geld mitbringen?«

»Wo finde ich das denn?«

»Sie tun es also?« Ich konnte es zunächst gar nicht fassen.

»Ohne Sie ist die Party ziemlich schrecklich, und ich kann das nächste Hovercraft nehmen. Wo finde ich ihre Sachen?« Seine Stimme klang beiläufig, als würde er jeden Tag um so etwas gebeten. Bei Journalisten war das ja vielleicht auch so. Im Hintergrund hörte ich Musik und Gelächter.

Als ich wieder zu Jean-Pierre kam, hatte der eine weitere Karaffe Wein bestellt.

»*Tout va bien?*« erkundigte er sich.

Ich nickte. »Ich habe ihm erklärt, wo ich sein werde, genau wie Sie es beschrieben haben. Sind Sie wirklich sicher, daß, es Ihnen nichts ausmacht...« Plötzlich war es mir peinlich. Dieser wildfremde Mann war in weniger als zwei Stunden zu einem Freund geworden, einem echten Freund. Sein Lastwagen war leer, und er war auf dem Nachhauseweg, um nach einer vierundzwanzigstündigen Pause wieder eine Ladung nach Paris aufzunehmen, und er hatte mir versichert, er könne sich kein größeres Vergnügen vorstellen, als die Zeit mit mir zu verbringen!

Wir trafen Robin noch am gleichen Abend um sieben Uhr. Er hatte die Fähre nach Boulogne genommen und sich dort einen Wagen gemietet. Auf dem Rücksitz lag einer meiner Koffer. Er war auf mein Zimmer gegangen, hatte meine Schubladen und Schränke durchwühlt und ganz nach seinem Geschmack irgendwelche Kleider für mich ausgesucht. Ich merkte, wie Jean-Pierre ihn offenkundig anerkennend musterte und freute mich darüber. Es sah nicht so aus, als müßte ich bereuen, mich Robin auf Gedeih und Verderb ausgeliefert zu haben. Und doch war ich traurig, als Jean-Pierre gehen mußte. Eines Tages, das versprachen wir, würden wir ihn besuchen kommen. Vorher aber mußte ich wohl erst noch mein Leben umkrempeln.

Als Jean-Pierre gegangen war, holte Robin meinen Paß aus seiner Tasche und gab ihn mir. »Das wäre das«, meinte er. »Aber jetzt brauchen Sie auch noch Geld. Mir fiel auf, daß in Ihrer Handtasche keines war.«

Er schaute mich genauer an. »Wollen Sie mir erklären, warum nicht?«

Ich nickte. »Ich denke schon. Außerdem ist es wohl eine gute Story. Ich schulde Ihnen ja auch einiges dafür, daß Sie einfach so gekommen sind.«

Er grinste. »Das stimmt wohl.« Er machte mir die Tür des roten Renault auf. »Zunächst aber, denke ich, steht Umziehen und dann Abendessen an. Ich habe uns ein Hotel gebucht.«

Es war ein Doppelzimmer.

»Ist das auch etwas, das ich Ihnen schulde?« fragte ich und schaute mich um. Seltsamerweise war ich nicht wütend.

Er warf meinen Koffer aufs Bett und schloß die Fensterläden. Draußen auf der Straße herrschte reger Verkehr; zwei Männer stritten sich unmittelbar unter dem gußeisernen Balkon, und die Luft war erfüllt von ihren Stimmen und dem Geruch von französischer Küche.

Er drehte sich um, lehnte sich mit der Schulter gegen die Wand und schaute mich an. »Nicht, wenn Sie nicht wollen«, sagte er. »Ich kann mich auch genausogut auf ein keusches Nebeneinander beschränken. Aber eine Erklärung hätte ich schon gerne. Jedenfalls bin ich kein Lüstling wie Parker. Gehe ich recht in der Annahme, daß Sie ihn in die Schranken verwiesen haben? Seit Sie weg sind, ist die Atmosphäre in Ihrem idyllischen Haus lange nicht mehr so angenehm wie vorher.«

»Ist Dons Geschäft geplatzt?« Ich nahm das seidene Negligé aus dem Koffer.

Robin zuckte die Achseln. »Soweit ich weiß, ist der Vertrag noch nicht unterschrieben. Aber das wird schon noch. Parker läßt sich bei seinen Geschäften nicht nur von seiner Geilheit leiten. Er wird Don zum Schwitzen bringen, aber wenn er schon zu ihm nach Sussex kommt, dann unterschreibt er auch.«

Zu meinem Erstaunen merkte ich, daß mir das alles gar nichts mehr bedeutete. Das Haus, Don, irgendwie war das alles schon Vergangenheit, wohl genauso wie meine Wohnung, mein Taschengeld und mein Auto! Ich nahm erstmal in aller Ruhe ein Bad, und dann gingen wir essen.

Auf halber Strecke wurde mir allmählich klar, daß ich Robin Hamilton wirklich sehr mochte. Er war ganz anders als die anderen Männer, die ich kennengelernt hatte: entspannt, humorvoll, völlig unkonventionell und erstmals ein Mann, dessen Berührung mich nicht steif vor Abneigung werden ließ, wie ich feststellte, als er am Tisch seine Hände auf die meinen legte. Im Gegenteil: Ich spürte, wie in mir unverkennbar Erregung aufstieg.

An diesem Abend gab es viel zu erzählen, und einiges davon mußte der Polizei gemeldet werden. Robin war nicht bereit, über die Art und Weise hinwegzugehen, wie ich in Frankreich gelandet war. Er nahm die ganze Sache sehr ernst.

Und er gab die Story an die Presse weiter. Sie machte

Schlagzeilen in den meisten englischen Zeitungen, aber so viel ich weiß, wurden Pete und Sam nie geschnappt.

Die andere Geschichte, die von einem Geschäftsmann, der seine Tochter für einen Vertrag verkaufen wollte, behielt Robin für sich.

In dieser ersten gemeinsamen, Nacht in unserem Schlafzimmer, als ich darauf wartete, daß er vom Telefonieren mit seiner Zeitung und mit Don zurückkam, trat ich ans Fenster und schaute hinaus. Vom Café auf der gegenüberliegenden Straßenseite drang der Klang eines Akkordeon herüber, und ich hörte Gelächter und Singen. Ich dachte kurz an Ben – ohne Reue.

Als Robin schließlich zurückkehrte, kam er ans Fenster zu mir und legte seine Arme um mich. »Ich habe Don übrigens auch noch erzählt«, sagte er leise, »daß wir beide noch ein paar Tage an die Riviera fahren.«

Ich drehte mich um und schaute ihn an. Sein Gesicht war ganz dicht vor meinem. »Das gefällt mir«, sagte ich.

Er lächelte. »Es gibt keinen Haken dabei. Wir werden einfach sehen, wie es läuft, nicht wahr?«

Mir fiel Ben ein und all die Haken, die in dieser Beziehung gesteckt hatten, und ich mußte lachen. »Keine Haken«, pflichtete ich ihm bei und war überrascht zu merken, daß ich es wirklich so empfand. Ich freute mich darauf, zu sehen, was die Zeit und die Freiheit, endlich wieder ich selbst zu sein, noch alles mit sich bringen würde.

»Ich habe Don auch gesagt, daß seine kleine Anna erwachsen geworden ist«, fügte Robin hinzu. »Sie trifft jetzt ihre eigenen Entscheidungen.«

»Das stimmt«, flüsterte ich. »Und eine der ersten hat mit dir zu tun.«

Während ich auf ihn gewartet hatte, hatte ich mir mein Negligé angezogen, und nun löste ich den Gürtel und ließ die blaue Seide langsam von meinen Schultern gleiten. Robin hatte kein Nachthemd eingepackt, und so hatte ich natürlich auch keins an.

Blumen für die Lehrerin

Dankbar schloß ich die Haustür hinter mir, lehnte mich noch einen Moment dagegen und schaute mich im kühlen Wohnzimmer meines kleinen Cottages um. Es war so friedlich hier drinnen, daß ich fast augenblicklich wieder zur Ruhe kam.

Das war die schrecklichste Woche gewesen, seit ich meine Stelle als Lehrerin in der Dorfschule von Sherbridge angetreten hatte. Es hatte Momente gegeben, in denen ich geglaubt hatte, es überhaupt nicht mehr bis Freitag zu schaffen. Und alles wegen einem neuen Jungen, der zu Beginn des Schuljahrs gekommen war.

Er hieß Paul Danefield und war acht. Ein kleines, robustes Kind mit Sommersprossen, und soweit ich es beurteilen konnte, bestand sein einziges Ziel darin, die Schule in ein Chaos zu verwandeln – und mich in ein Nervenbündel. Beides hatte er schon so gut wie geschafft.

Seufzend legte ich meine Bücher auf einem Stuhl ab und stöpselte den Wasserkocher ein. Ich war fix und fertig. Ich schleuderte meine Schuhe von den Füßen, fuhr mir mit den Fingern durch das Haar und schaute aus dem Küchenfenster auf den Lavendel und die Ringelblumen draußen im Beet. Da klopfte jemand an der Tür. Ich war versucht, gar nicht zu reagieren, hatte aber schon bald nach meinem Umzug nach Sherbridge herausgefunden, daß die Lehrerin hier, wie auch die Krankenschwester, als Gemeineigentum betrachtet wurde. Wenn ich da war, dann war ich auch ansprechbar. Und daß ich da war, mußten mittlerweile alle wissen.

Als ich die Tür öffnete, stand ich einem großen jungen Mann in einem schicken, grauen Anzug gegenüber. Verblüfft versuchte ich dahinterzukommen, wer er war. Mittlerweile kannte ich die meisten Leute im Dorf, und mit Sicherheit alle Eltern, aber ich konnte mich nicht entsinnen, ihn schon einmal gesehen zu haben.

»Miß Stanley?« Seine Stimme war leise und ruhig. »Ich wollte fragen, ob ich kurz einmal mit Ihnen sprechen darf. Ich heiße James Danefield. Es ist wegen meines Sohns Paul.«

Mir rutschte das Herz in die Hose. Trotzdem lächelte ich und bat ihn herein. Hätte ich mir doch die Schuhe wieder angezogen, bevor ich die Tür aufmachte! Barfuß kam ich mir lächerlich und schutzlos vor.

»Sicher können Sie sich denken, warum ich hier bin.« Seine grauen Augen musterten mich eher grimmig, und ich bemerkte, wie er den Blick über mein zerzaustes Haar und meine Zehen gleiten ließ. Offensichtlich mißbilligte er, was er sah.

»Ich vermute, Sie wollen mit mir über Pauls Hausaufgaben sprechen«, sagte ich schwach. »Und sein unverschämtes Verhalten«, hätte ich gern hinzugefügt, doch ich biß mir auf die Lippen, wollte den Mann nicht gegen mich aufbringen.

Nebenan klapperte der Deckel des Wasserkochers, und ich bot dem Mann eine Tasse Tee an. Er nahm an, war aber recht kurz angebunden und wartete mit geschürzten Lippen, während ich in die Küche ging.

Ich goß den Tee auf, holte dann einen Kamm aus der Kommode und meine Sandalen unter einem Stuhl hervor, so daß ich mir etwas weniger unordentlich vorkam, als ich mit dem Tablett ins Wohnzimmer zurückkehrte.

»Wir sind uns ja noch nicht begegnet, Miß Stanley.« Mr. Danefield setzte sich nicht, sondern beobachtete mich beim Eingießen. Er stand mit dem Rücken zum Kamin. »Wie Sie wissen, war es meine Schwester, die Sie gesehen haben, als Paul in Ihre Schule kam. Eine Mutter hat er nicht.« Er zögerte einen Moment, als überlegte er, ob er mir erzählen sollte, was mit ihr geschehen war. Dann besann er sich eines besseren und fuhr fort. »Und ich war die letzten Wochen über in London.«

Er nahm die Tasse, die ich ihm entgegenhielt, und rührte geistesabwesend darin herum. »Miß Stanley, ich mache mir, große Sorgen über die Art und Weise, wie Sie meinen Jungen behandeln.«

»Wie bitte?« Ich schaute ihn verständnislos an.

»Er ist ein sensibles, unglückliches Kind«, fuhr er fort, als hätte ich gar nichts gesagt, »und noch immer verstört, seine Mutter verloren zu haben. Ich bin äußerst bestürzt, zu erfahren, daß Sie auf ihm herumhacken, an ihm vor der ganzen Schule ein Exempel statuieren und ihn sogar geschlagen haben.«

»Ich tue was?« Mein Tee schwappte auf die Untertasse, als ich die Tasse darauf stellte. Ich war aufgebracht. »Hat er Ihnen das erzählt? Dann habe ich Neuigkeiten für Sie, Mr. Danefield. Ihr Sohn scheint mir alles andere als sensibel. Er hat alles unternommen, um die Schule und alle meine Bemühungen auseinanderzunehmen. Er ist unfreundlich, unverschämt, ungehorsam und boshaft. Von dem Moment an, als er kam, hat es nichts als Ärger gegeben. Und ich habe weder ihn noch irgendein anderes Kind jemals geschlagen, nicht ein einziges Mal.«

Ich zitterte vor Wut. Die ganze Woche hatte ich mich beherrscht, obwohl Paul zielstrebig auf das Gegenteil hingearbeitet hatte. Nun aber lief das Faß über.

Mr. Danefield stellte seine Tasse bedächtig ab. Seinen Tee hatte er gar nicht angerührt. Wortlos schaute er mich eine Weile an, wobei sein hübsches Gesicht keinerlei Regung verriet. Schließlich sagte er: »Es tut mir leid, Miß Stanley, aber diese Angelegenheit ist offensichtlich etwas für die Schulbehörde.« Ohne ein weiteres Wort ging er hinaus und schloß hinter sich die Tür.

Ungläubig blickte ich ihm nach. Dann warf ich mich in voller Länge auf das Sofa und brach in Tränen aus.

Wie hatte ich nur so dumm sein können, ihm so etwas zu sagen? Wo war meine Ausbildung, mein Taktgefühl, all das, was ich in den Psychologievorlesungen gelernt hatte? Wo meine natürliche Höflichkeit? Wie hatte ich nur so eine Närrin sein können? Ich liebte meine Arbeit und Sherbridge, und jetzt würde ich vielleicht entlassen werden, weil ich nach der schrecklichsten Woche seit meiner Ausbildung die Nerven verloren hatte, einer Woche, die jeder Lehrer in seinen

Alpträumen befürchtet und inständig hofft, daß sie nicht Wirklichkeit wird. Ich hätte die Angelegenheit nüchtern mit dem Vater des Kindes besprechen sollen. Paul *war* sensibel, vielleicht *war* sein Verhalten einzig und allein Ausdruck seines Unglücks. Warum hatte seine Tante mir das mit seiner Mutter nicht erzählt? Mit aller Macht versuchte ich mich an ihre Worte zu erinnern, war aber sicher, daß sie nur davon gesprochen hatte, daß seine beiden Elternteile nicht da waren.

Ermüdet vom Weinen und der Anstrengung schlief ich schließlich auf dem Sofa ein, und als ich erwachte, war es beinahe dunkel. Ich schaute mich um. Der Tee auf dem Tablett neben mir war kalt, und auf der Flüssigkeit in den Tassen hatte sich ein milchiger Film gebildet. Mir schauderte beim Anblick, und ich nahm das Tablett und ging damit langsam in die Küche. Durch das offene Fenster drang der Duft von Nachtgewächsen und in der Dämmerung quiekten umherhuschende Fledermäuse.

Statt des erhofften entspannten und glücklichen Wochenendes, waren die beiden folgenden Tage eine Qual für mich. Samstagnachmittag sah ich James Danefield im Dorf, aber entweder bemerkte er mich nicht, oder er gab es vor. Dieses Mal war er salopper gekleidet, trug einen Rollkragenpullover und unterhielt sich mit Mrs. Crowell vor der Bäckerei. Es versetzte mir einen unerwarteten Stich, daß er ein sehr einnehmendes Lächeln besaß. Doch es galt nicht mir.

Paul kam am Montag wie üblich zur Schule und wirkte auf mich ein wenig gedämpft. Mit Sicherheit aber benahm er sich viel besser, und ich brauchte meinen Entschluß, ihn mit Samthandschuhen anzufassen, gar nicht in die Tat umzusetzen.

Dienstag war das gleiche, und es hatte den Anschein, als käme die Klasse wieder zur Ruhe. Entspannen konnte ich mich aber nicht. Ich rechnete jeden Tag mit einem Brief oder einem Besuch der Schulbehörde, denn ich mußte davon ausgehen, daß der Mann mit dem kühlen, grimmigen Gesicht es ernst gemeint hatte, als er sagte, er würde die Behörde informieren. Und wer würde mir glauben, wenn Aussage gegen Aussage stand?

Am Donnerstag geschah etwas sehr Seltsames. Paul kam viel zu spät. Ich hatte schon geglaubt, er käme gar nicht, als ich sah, wie er sich in den hinteren Teil der Klasse schlich. Da er sich weder entschuldigte noch eine Erklärung abgab, beschloß ich, ihn bis zur Pause zu ignorieren und dann erst zu fragen, was passiert war. Doch zu meiner Verblüffung kam er von sich aus auf mein Pult zu, nachdem die anderen hinausgegangen waren. Sein Gesicht war tränenüberströmt, und er hielt etwas hinter seinem Rücken.

»Guten Morgen, Paul«, sagte ich ruhig. Überrascht stellte ich fest, daß mein Herz dem Kind entgegenschlug. Er wirkte so geknickt und unglücklich.

»Bitte, Miß, die habe ich Ihnen mitgebracht.« Er flüsterte beinahe. Hinter seinem Rücken zog er einen Strauß verwelkter Blumen hervor. Es tut mir leid, daß ich so gemein war, Miß.« Mit diesen Worten drehte er sich um und rannte hinaus.

Ich war so berührt und erstaunt, daß ich eine Weile einfach nur dasaß und das verwelkte Sträußchen betrachtete; vorsichtig zupfte ich ein paar widerspenstige Grashalme aus den angestoßenen Stiefmütterchen, Primeln und Butterblumen. Der kleine Junge mußte sie den ganzen Morgen an sich gedrückt haben. Schließlich holte ich aus dem Wandschrank ein leeres Marmeladenglas, füllte Wasser hinein, steckte die Blumen behutsam hinein und stellte das Glas vorne auf mein Pult.

Pauls Gesicht hellte sich ein wenig auf, als er in das Klassenzimmer zurückkehrte, aber den Rest des Tages saß er nur schweigend da, und nach Schulschluß schoß er allein davon, bevor eines der anderen Kinder sein Pult verlassen hatte.

Als ich zu Abend gegessen hatte, überlegte ich noch immer hin und her, was wohl passiert war. Ich saß gerade am offenen Fenster und las im letzten Tageslicht, als es an der Tür klopfte.

Wieder war es James Danefield. Dieses Mal jedoch trug er ein Hemd mit offenem Kragen, und in der Hand hatte er einen großen Strauß roter Rosen.

»Miß Stanley, entschuldigen Sie bitte, wenn ich so spät noch zu Ihnen komme. Ob ich noch einmal kurz mit Ihnen sprechen dürfte?« Ich sah, wie sein Blick sofort auf meine Füße fiel, die schon wieder barfuß waren. »Ich ...« zögerte er. »Ich möchte mich entschuldigen.« Sein Gesicht rötete sich ein wenig, und ich bemerkte, welche Anstrengung es ihn kostete, diese Worte auszusprechen.

Er stellte sich wie vor ein paar Tagen vor den Kamin, die Rosen noch immer in der Hand, und lächelte mich zum ersten Mal an.

»Ich habe mit Mrs. Greville gesprochen, meiner Nachbarin. Ihr Sohn teilt sich eine Bank mit Paul, glaube ich. Sie war Ihrer Meinung, was Paul angeht. Daher habe ich mir das unglückliche Kind vorgenommen, und es hat zugegeben, mich angelogen zu haben und sich Ihnen gegenüber gemein und unverschämt verhalten zu haben. Hoffentlich verzeihen Sie uns beiden unsere schlechten Manieren.«

Er glich Paul verblüffend, als er mir halb lächelnd, halb verlegen die Rosen entgegenhielt. Fast rechnete ich damit, daß er sich abwenden und davonlaufen würde wie sein Sohn, doch das tat er nicht. Er setzte sich aufs Sofa.

»Ich schulde Ihnen eine Erklärung«, sagte er und verzog das Gesicht. »Meine Frau und ich leben schon eine Weile getrennt, und vor einem halben Jahr wurden wir geschieden. Vor kurzem hat sie wieder geheiratet, und Paul geht es sehr schlecht damit. Sie will ihn eigentlich gar nicht mehr bei sich haben, wissen Sie, obwohl er sie alle zwei Wochen besucht.« Er legte eine Pause ein, als suche er nach Worten. »Ich glaube, Paul hat sich danebenbenommen, weil er so Ihre Aufmerksamkeit auf sich lenken wollte. Er suchte Zuwendung, auch wenn er dafür die falsche Art und Weise an den Tag gelegt hat.« Er schaute mich unter seinen langen Wimpern an. »Er hat mir nicht nur erzählt, daß Sie ihn schlagen ...«

»Das habe ich nie getan«, unterbrach ich ihn entrüstet.

»Das ist mir jetzt klar. Aber er hat mir auch erzählt, Sie hätten eine Haarfarbe wie polierte Kastanien und Sie seien sehr hübsch. Recht aufmerksam für ein Kind von acht Jahren, möchte ich meinen.« Er grinste, und ich merkte, wie ich hochrot anlief.

»Aber natürlich hat er auch gesagt«, fuhr er fort, »daß ›Miß‹ ein schreckliches Temperament habe, das zu kastanienbraunem Haar paßt.«

»Und das habe ich Ihnen beim letzten Mal ja liebenswürdigerweise unter Beweis gestellt.« Ich war zerknirscht. »Ich sollte mich bei Ihnen entschuldigen, Mr. Danefield. Ich hätte nie so etwas zu Ihnen sagen sollen, selbst wenn es wahr ist. Armer kleiner Paul. Ich hätte mir denken sollen, daß etwas nicht stimmte.«

»Sagen Sie James zu mir, bitte.« Er stand auf und hielt mir die Hände entgegen. »Wollen Sie Samstag mit mir essen gehen? Wir vergessen alle gegenseitigen Entschuldigungen und fangen noch einmal ganz von vorn an. Dann können wir einen Plan aushecken, was wir mit meinem auf Abwege geratenen Sohn anstellen.« Er schaute mich lächelnd an, und ich spürte, wie ich in der Wärme schmolz, die von seinem Charme ausging.

Natürlich hätte ich nein sagen sollen. Ich hätte auf einer strikten Eltern-Lehrer-Beziehung bestehen und ihn höflich verabschieden sollen. Statt dessen erwiderte ich sein Lächeln. »Gern«, erwiderte ich. »Danke für die Einladung.«

»Schön. Ich freue mich.« Er strahlte mich an. »Da ist aber noch etwas.« Er zögerte, und ich bemerkte einen schelmischen Ausdruck in seinen Augen. »Vor dem Restaurant, in das ich Sie einladen möchte, liegt ziemlich tückischer Kies. Es könnte daher angebracht sein, vielleicht ein Paar Schuhe zu tragen ...«

Er war schon unterwegs zur Haustür, aber das Kissen, das ich ihm nachwarf, erwischte ihn an der Schulter. Lachend hob er es auf und warf es zurück. Dann war er weg.

Ich hob seine wunderschönen Rosen auf und tänzelte in die Küche, um eine geeignete Vase zu holen. Vielleicht war mein Job in Sherbridge ja doch keinem vorzeitigen Ende geweiht. Und vielleicht ... Nein, Traumschlösser wollte ich noch keine bauen. Ich würde abwarten und sehen, was geschah.

An Bord der Moonbeam

Ich streckte mich genüßlich aus und schaute auf das Lichtspiel an der Decke. Es verblüffte mich einen Moment. Dann erinnerte ich mich wieder. Am Abend zuvor war ich in dem alten Haus am Rand von Chichester Harbour angekommen. Draußen vor meinem Schlafzimmerfenster erstreckte sich eine weite Wasserfläche.

Ich zog meinen Morgenmantel an und fröstelte, als meine Füße die Bodendielen berührten, um zum Fenster zu gehen und einen Blick hinauszuwerfen. Es war noch früher Morgen, und der Hafen war menschenleer. Nach Osten hin verlieh die Morgensonne dem Wasser einen Stich ins Rote.

Ein einzelnes Boot, groß und schwarz, hatte entlang der Hafeneinfahrt festgemacht. Fasziniert und in Gedanken versunken, schaute ich es eine Weile an. Da hörte ich von unten einen Ruf.

Mein Cousin, Jim, war in der Küche.

»Oma bleibt bis zum Mittagessen im Bett«, erklärte er, »und ich fahre in die Stadt. Ruh dich einfach aus und werde wieder gesund.« Er lächelte.

Wirklich krank war ich nicht, doch das monatelange Pfeiffer-Drüsenfieber hatte mich geschwächt und entmutigt. Andrea, meine Großtante, die Jim schon bei sich aufgenommen hatte, meinte, sie würde auch mich gerne ein paar Monate beherbergen. Sicher ahnte sie, wie einsam und aus dem Gleichgewicht ich geraten war. Außerdem wußte sie, wie sehr ich es in meiner Kindheit immer genossen hatte, in ihrem Haus die Ferien zu verbringen.

Nachdem Jim gegangen war, machte ich es mir im Wohnzimmer bequem, um noch eine zweite Tasse Kaffee zu trinken. Unvermeidlich, daß ich wieder an Graham denken mußte.

Wehmütig betrachtete ich den Verlobungsring an meinem

Finger. Er saß noch immer ein wenig lose. Wir waren nie dazu gekommen, ihn passend machen zu lassen. Lieber Graham. Keiner von uns beiden hatte es angesprochen, aber ich spürte, daß es an mir lag, ihm bei unserer nächsten Begegnung den Ring zurückzugeben. Allzu erpicht war er darauf gewesen, nach Neuseeland zurückzukehren, und allzu leicht hatte er den Grund akzeptiert, weshalb ich die Hochzeit verschoben hatte. Er hatte sogar geradezu erleichtert gewirkt, als ich sagte, ich würde erst später nachkommen.

Dieses Mal hatte ich bei unserem Abschied auch nicht geweint. Meine Kehle war wie zugeschnürt, zugleich aber empfand ich unerklärlicherweise ein Gefühl plötzlicher Freiheit.

Ich war derart in Gedanken versunken, daß ich nicht sofort begriff, daß jemand an die Seitentür klopfte. Draußen stand ein junger Mann, der seinen dicken Schal bis dicht ans Kinn hochgezogen hatte. Vermutlich war es einer der Fischer aus dem Dorf.

»Morgen.« Er starrte mich an. Offenkundig fragte er sich, wer ich wohl sein mochte. »Ich dachte bloß, ich sage Ihnen Bescheid, daß die *Moonbeam* Zeichen gibt.«

»*Moonbeam*?« Verdutzt schaute ich ihn an.

Er nickte. »Ist Jim da? Er fährt immer rüber.«

»Er ist in die Stadt gefahren.«

Der Mann kratzte sich am Kopf. Er wirkte besorgt. »Könnte was Dringendes sein. Oft passiert das nicht, daß er Zeichen gibt.« Er merkte, daß bei mir der Groschen noch immer nicht gefallen war. »Der Knabe lebt dort drüben auf der *Moonbeam*.« Er wies auf den schwarzen Schiffskörper, den ich zuvor ins Visier genommen hatte. »Jim rudert fast jeden Tag rüber und bringt ihm zu essen und Zeitungen und so weiter. Edward Avon, so heißt er, hat ein Notsignal ausgemacht, falls er Hilfe braucht.«

»Warum kann er denn nicht herüberkommen?« Ich war entrüstet. In meinen Augen war das eine einseitige Abmachung.

»Hat sich's Bein gebrochen. Mrs. Andreas hat ihm mit ihrem guten Herzen natürlich angeboten, daß er bei ihr bleiben kann, aber davon will er gar nichts wissen. Er wolle ihr keine

Unannehmlichkeiten bereiten, hat er gemeint. Lassen Sie nur. Ich will mal sehen, ob vielleicht jemand aus dem Dorf rüberfährt.«

»Ich kann rudern.« Keine Ahnung, was mich das sagen ließ. Vielleicht war ich einfach neugierig. Oder es lag an der leichtfertigen Art, mit der dieser junge Mann davon ausging, daß ich nicht von Nutzen sein konnte. »Wenn Sie mir zeigen, wo das Boot liegt, dann fahre ich rüber und sehe mal nach.«

»Sind Sie sicher, daß Sie das hinbekommen?« mit seinen blauen Augen warf er mir einen durchdringenden Blick zu.

Ich grinste. »Warten Sie einen Moment, ich hole nur meine Jacke.«

Ich folgte ihm in die belebende Herbstsonne, hinab zum Rand des Kais, und kletterte in das dort angebundene Ruderboot. Er stieß mich ab, und als ich mit ungeübten Muskeln an den Rudern zog, hielt ich mich alles in allem recht gut. Ich lächelte starr, während er stehenblieb, um mich zu beobachten. Zu meiner Erleichterung harrte er nur eine Minute aus, wohl um sich zu vergewissern, daß diese Stadtfrau tatsächlich rudern konnte. Dann wandte er sich um und eilte auf das Dorf zu.

Der Weg hinüber zum Hafen war weitaus länger, als ich gedacht hatte. Ich ruderte langsam, kam im kräftigen, salzigen Wind aber trotzdem außer Atem. Außerdem verwünschte ich mich dafür, daß ich Handschuhe vergessen hatte. Meine Finger färbten sich abwechselnd rot, blau und weiß, und bald merkte ich, daß meine Schläge schwächer wurden. Ich hatte meine verflixte Schlappheit vergessen und auch nicht berücksichtigt, daß es in diesem Hafen eine Strömung gab, anders als auf dem See zu Hause, wo ich rudern gelernt hatte.

Während ich zunehmend schwächer wurde, schaute ich ständig über die Schulter auf die *Moonbeam*, die schwarz und düster gegen eine Schilfbank lag. Mir lief es kalt den Rücken hinunter. Ob ich es überhaupt schaffen würde? Und was, wenn nicht? Die Strömung, die durch die breite Fahrrinne rauschte und große Klumpen Tang mitbrachte, zeigte nun ihre wahre Stärke.

Zu guter Letzt aber schaffte ich es doch und hielt mein kleines Beiboot auf die Leiter zu, die von der Seite des Boots herunterhing. Insgeheim bedachte ich Edward Avon mit allen nur möglichen Schimpfwörtern. Hatte der dämliche Kerl denn kein Mobiltelefon, kein Funkgerät oder sonst etwas in der Art? Und wieso tauchte er jetzt nicht auf und half mir, seine biestige Leiter hinaufzuklettern? Ganz überzeugt war ich nämlich nicht davon, es aus eigener Kraft zu schaffen.

Ich schielte hoch auf die Flagge, die am stumpfartigen Mast über mir hing. Auf ihr war ein hübsches gelbes Boot zu sehen, und sie war verkehrt herum gesetzt. Das mußte das Signal sein, schloß ich, während ich mich schwach und mit klammen Fingern auf die Seite des Boots zumühte.

Dann hatte ich die Leiter erreicht, und es gelang mir, mich vorsichtig auf das glitschige Deck hochzuziehen. Ich schaute mich um. Das Boot schien verlassen. Ich ging auf die Kajüte, zu und klopfte an, vor Kälte zitternd. Niemand antwortete, und so drückte ich die Tür auf und spähte hinein.

Die Kajüte war sauber und warm; über dem Tisch brannte eine Öllampe. In der Ecke konnte ich eine Koje sehen, und darauf die zusammengekauerte Gestalt eines Mannes, der seinen in einem Gipsverband steckenden Knöchel auf den Fußboden neben dem Kajütenbett abgewinkelt hatte.

»Hallo, kann ich reinkommen?« Ich war überrascht, daß meine Stimme bebte. Mir klapperten die Zähne.

Er rührte sich nicht. Ich nahm an, daß er schlief, und trat scheu in die Kajüte. Sein Kopfkissen war blutdurchtränkt.

Ich mußte gegen ein furchtbares Schwächegefühl und gegen Übelkeit ankämpfen, hatte dann aber wie durch ein Wunder wieder einen klaren Kopf. Behutsam berührte ich seinen Kopf, strich ihm das blonde Haar zurück, das schwarzverkrustet vor Blut war. Er stöhnte, als ich ihn berührte, machte die Augen jedoch nicht auf.

Ich setzte mich eine Weile an den kleinen Tisch, um zu überlegen, was zu tun war. Um zurückzurudern, war ich nicht kräftig genug. Das stand fest. Irgendwie mußte ich die Aufmerksamkeit von jemandem im Dorf auf mich lenken.

Erneut stöhnte er auf, und ich stand auf, um an seine Seite zu treten. Irgendwie mußte ich mir selbst helfen. Vorsichtig wischte ich ihm den größten Teil des Bluts ab. Offensichtlich hatte er eine tiefe Wunde an den Schläfen und einen starken, sich über die ganze Stirn ausbreitenden Bluterguß. Vorsichtig hob ich seinen schweren Gipsfuß auf das Bett, richtete ihm die Beine aus und legte eine Decke über ihn. Zumindest sah er nun ein wenig besser aus.

Als ich mich gerade darum bemühte, das blutverschmierte Kopfkissen unter ihm wegzuziehen und durch ein Polsterkissen zu ersetzen, machte er plötzlich die Augen auf. Es waren klare, silberne Schlitze in einem vom Wetter mitgenommenen Gesicht. Er schaute mich eine Weile ausdruckslos an, um dann ein Lächeln aufzusetzen.

»Ein Engel sind Sie aber doch nicht, oder?« sagte er klar und deutlich. Dann murmelte er etwas, das ich nicht verstehen konnte, und schloß die Augen.

Amüsiert schaute ich auf ihn hinab. »Ich fürchte nicht«, wollte ich erwidern, bemerkte aber, daß er wieder das Bewußtsein verloren hatte.

Er mußte um die Dreißig sein, vielleicht ein wenig älter, und auf seinem Gesicht lag ein angenehmer, nachdenklicher Ausdruck, als beschäftige ihn gerade ein merkwürdiges, aber nicht allzu unangenehmes Problem. An seinen Augenwinkeln waren kleine Lachfalten.

Ich machte mir Sorgen. Er brauchte einen Arzt, und wahrscheinlich hätte ich ihn gar nicht erst anfassen sollen. Was, wenn er einen Schädelbruch hatte? Rasch versuchte ich, diese Vorstellung wieder zu verbannen und suchte ein Funkgerät oder Telefon. Erfolglos, wie ich vermutet hatte. Dann ging ich wieder auf das eisige Deck und schaute mich nach einer anderen Möglichkeit um, ein Signal zu geben. Tante Andreas' Haus schien in diesem Moment weit weg, lag jenseits des Wassers, und vom Dorf waren nur die Steinmauern zu erkennen. Irgendwelche Menschen konnte ich nicht entdecken.

Vielleicht sollte ich doch zurückrudern und Hilfe holen. Ich trat an die Leiter und schaute unschlüssig hinab.

Das Ruderboot war weg.

Mir standen die Tränen in den Augen, als ich zurück in die Kajüte ging. Wie hatte ich nur so närrisch, so dumm sein können? Ich wußte noch nicht einmal mehr, ob ich überhaupt versucht hatte, es festzumachen. Sicher war ich so erleichtert gewesen, die Leiter erreicht zu haben, daß ich einfach aus dem Bötchen herausgeklettert war und es vergessen hatte.

»Da ist sie ja wieder.« Die Stimme war leicht gedämpft, aber dieses Mal verständlicher. »Ich habe geträumt, ich hätte eine junge Dame gesehen, und sie hätte versucht, mit meinem Fuß wegzugehen.«

Ich mußte lachen. »Na ja, ich habe Ihnen den Fuß aufs Bett gelegt. Hoffentlich habe ich Ihnen nicht weh getan.«

»Auf die Koje. Auf Booten gibt es keine Betten, sondern Kojen.« Er streckte die Hand aus. »Kommen Sie näher, junge Dame. Sie stehen mit dem Rücken zum Licht, und ich kann Sie gar nicht sehen. Sie sind wohl nicht die Krankenschwester hier vom Ort, oder?«

Ich war nicht sicher, ob er Witze machte. »Nein. Ich wohne bei meiner Tante Andrea, und als wir Ihr Signal gesehen haben, bin ich rübergefahren, um nach dem rechten zu sehen. Jim, mein Cousin, war schon in die Stadt gefahren.«

»Signal? Andrea?« Er legte sich die Hand an den Kopf und zuckte plötzlich zusammen. Jetzt fällt es mir wieder ein. Ich bin mit meinem blöden Fuß auf Deck gestolpert und mit dem Kopf aufgeschlagen. Überall war Blut. Mein Fuß tat höllisch weh, und ich bekam es mit der Angst zu tun. Ich setzte das Signal, in der Hoffnung, daß Jim es sehen würde, bevor er ging. Dann weiß ich noch, wie ich hier runter bin, und der Schmerz, und dann...« Er schüttelte den Kopf. »Ich muß wohl eine Weile ohnmächtig gewesen sein.«

Aufmunternd streckte ich die Hand aus und legte sie ihm auf die Stirn. Die Blutung hat aufgehört. »Haben Sie hier irgendwo einen Erste-Hilfe-Kasten? Ich sollte wohl etwas drauftun, bis der Arzt kommt.«

Ich biß mir auf die Lippen, als mir mit einemmal das Beiboot einfiel, und daß ich den Arzt nun gar nicht rufen konnte.

»Was haben Sie denn?« Jetzt, wo er wieder voll bei Bewußtsein war, waren seine Augen scharf.

»Sie müssen mich für eine Idiotin halten, aber ich habe mein Boot verloren. Ich habe es nicht richtig festgemacht, als ich hierherkam.«

Zu meiner Überraschung brach er in Gelächter aus. »Gott sei Dank! Sie sind ja doch nicht so perfekt, wie Sie aussehen. Keine Sorge, Ihr Boot holt auch ohne Sie Hilfe. Die Strömung wird es direkt zurück zu Andrea treiben. Dann wird jemand kommen und Sie abholen. Das habe ich auch einmal gemacht, kurz nachdem ich hierher kam.«

»Haben *Sie* denn kein Beiboot? Sonst könnte ich doch damit zurück?« fragte ich ein wenig steif. »Oder ein Telefon?« Ausgelacht zu werden, gefiel mir nicht besonders. »Oder verlassen Sie sich immer auf andere Leute?«

»Jetzt aber, jetzt aber.« Vorwurfsvoll tätschelte er mir die Hand. »Ich habe zufälligerweise wirklich ein Beiboot, aber es liegt auf Deck, und ich bezweifle, daß sie es allein ins Wasser ablassen könnten, so stark und geschickt Sie auch sein mögen. Der modernen Technik gehe ich aus dem Weg. Sie hat ihre Vorzüge, zugegeben. Aber ich konnte mir nicht vorstellen, sie einmal nötig zu haben.«

Ich entzog ihm meine Hand, auf die er beiläufig die seine gelegt hatte, und trat von seiner Koje zurück.

»Wenn das so ist, sollte ich vielleicht Wasser aufsetzen. Einen Kessel haben Sie doch wohl, oder? Und wo, sagten Sie, ist der Erste-Hilfe-Kasten?«

Er zwinkerte mit den Augen. »Falls Sie daran denken, Tee zu machen, würde ich aus medizinischen Gründen Brandy bevorzugen. Und Ihnen verordne ich ebenfalls einen ...« Er hielt inne und legte den Kopf auf die Seite. »Hat mein barmherziger Engel auch einen Namen?«

»Christine«, murmelte ich. »Christine Harper.«

»Tja, ausgezeichnet, Christine Harper, wenn Sie sich dann dorthin begeben wollen«, er deutete unbestimmt auf die Tür, »was man in Ihrer Landrattensprache das vordere Ende des Bootes nennen würde, dann finden Sie dort in einem Spind, beziehungsweise Schrank, dessen Tür vermutlich auf ist, eine Auswahl an Flaschen. Stöbern Sie ein bißchen herum, und schauen Sie mal, was Sie finden. Und Christine...«, rief er mir hinterher, als ich zur Tür unterwegs war, »auf dem Spülbecken steht eine Verbandsschachtel.«

Vorsichtig kletterte ich in die nächste Kajüte – und hielt den Atem an. Sie war lichtüberflutet. Beinahe das halbe Dach war durch ein riesiges Oberlicht ersetzt worden. Es gab eine Staffelei, einen Tisch und überall Farben und Leinwände und Marmeladengläser mit Pinseln und Spachteln.

Ich machte die Tür hinter mir zu und trat an die Staffelei, um das Bild darauf zu begutachten. Es zeigte eine Schar Gänse, die sich auf einem See tummelten. Neugierig zog ich auch andere Bilder heraus. Die meisten hatten mit Vögeln zu tun, einige zeigten jedoch auch Boote und Hafenansichten. Es war ein absolut faszinierender Raum und erklärte zum guten Teil Edwards Abgeschiedenheit. Im Schrank, hinter einer Reihe leerer Bierdosen und diversen Flaschen Terpentin und Leinsamenöl, fand ich, wie er gesagt hatte, eine ungeöffnete Flasche Brandy. Ich holte noch Leukoplast und kehrte dann in die Hauptkajüte zurück.

»Sie sind ja Maler!« bemerkte ich ein wenig dümmlich und hielt ihm die Flasche entgegen. Er saß mittlerweile aufrecht und hatte den Kopf zwischen die Hände genommen.

»Hundert Punkte für gute Beobachtungsgabe.« Er schnitt eine leichte Grimasse und langte nach dem Brandy. »Eigentlich bin ich eher Illustrator. Die Gläser stehen dort im Spind.«

Ich holte sie, und da ich bemerkte, wie ihm die Hände zitterten, nahm ich ihm die Flasche wieder ab und schüttete uns selbst zwei kleine Drinks ein. Dann setzte ich mich neben ihn und reichte ihm sein Glas.

»Hoffentlich macht sich Tante Andrea nicht allzuviel Sorgen, wenn das Ruderboot ohne mich angetrieben kommt. Ich habe ihr gar nicht gesagt, daß ich hier bin. Sie lag noch im Bett, als ich ging.«

»Ihre Tante Andrea ist keine Frau, die sich zu viele Sorgen macht«, erwiderte er lächelnd. »Jedenfalls nicht, solange Sie hier nicht die Nacht bei mir verbringen. Dann wohl schon.« Er kicherte.

Ich schaute ihn von der Seite an. »Dann haben Sie wohl einen entsprechenden Ruf?«

»Den habe ich.« Er klang ganz zufrieden. »Die Leute im Dorf glauben, daß ich hier ein ausschweifendes Leben führe, zum Teil, weil sie Malern so etwas immer unterstellen, zum Teil, weil sie meine Schwester hier letzten Sommer im Bikini gesehen haben. Aber leider lebe ich hier wie ein Einsiedler. Jedenfalls bis jetzt.« Er schaute mich forschend an. Aber ich sah, daß er sich sein Zwinkern bewahrt hatte.

»Dann muß ich wohl vor Ihnen auf der Hut sein.« Allmählich fand ich Gefallen an seiner neckischen Art. »Wenn Sie zu aufdringlich werden, kann ich ja jederzeit ans Ufer schwimmen.«

Wir schauten beide auf seinen Gipsverband hinab und mußten lachen.

»Riskieren Sie meinetwegen bloß keine Unterkühlung, Christine. Wann heiraten Sie denn?«

Ich war verblüfft. Seinen scharfen Augen entging aber auch gar nichts. Wehmütig drehte ich den Ring an meinem Finger. »Gar nicht, glaube ich. Mein Verlobter ist zurück nach Neuseeland gegangen, und ich habe das Gefühl, daß ich ihm gar nicht nachfolgen werde.«

»Das tut mir leid.« Seine Stimme war plötzlich sanft. »Was ist denn schiefgelaufen?«

Ich zuckte mit den Achseln. »Schiefgelaufen? Wir waren ein paar Monate räumlich getrennt, und als er zurückkam, klappte es einfach nicht mehr richtig. Wir konnten uns nicht mehr so verständigen wie vorher. Der Funke war verflogen.«

»Und Sie sind hierhergekommen um sich alles noch mal durch den Kopf gehen zu lassen?«

Ich nickte. »Und um wieder gesund zu werden. Ich war krank.«

»Was für ein Paar wir beide doch abgeben.« Jetzt klang seine Stimme wieder vergnügt. »Noch einen Brandy?« Er hielt mir sein Glas entgegen.

Wir tranken bereits unseren dritten Drink, als draußen an der Bootsseite ein Klopfen ertönte. Kurz darauf hörten wir schwere Schritte an Deck.

»Ist da jemand?« rief eine kräftige Stimme. Ich schaute meinen Begleiter mit großen Augen an.

»Kommen Sie runter, Mac. Es ist Doktor Macintosh«, lächelte er mich an und wandte sich dann Richtung Tür. »Haben Sie übersinnliche Kräfte, oder haben Sie durch Ihr Teleskop beobachtet, daß ich hingefallen bin?«

Ein großer Mann mit fröhlichem Gesicht kletterte vorsichtig in die Kajüte hinab. »Weder noch. Offenbar brauchen Sie mich, junger Mann, doch wenn Sie so etwas wie ein Gedächtnis besäßen, dann wüßten Sie, daß ich Sie ohnehin heute morgen aufgesucht hätte.« Lächelnd wandte er sich mir zu und streckte eine riesige Hand aus. »Christine Harper, nehme ich an. Ihre Tante bat mich, Sie heute morgen rasch einmal zu untersuchen, aber Sie waren schon weg. Ich hätte wissen sollen, daß Edward Sie hierher lockt.«

Ich war entrüstet. »Warum wollte sie denn, daß Sie nach mir sehen? Davon hat sie mir gar nichts erzählt.«

»Ach, nur um mich bei Ihrer Liste von Krankheiten auf den neuesten Stand zu bringen.« Er lachte beruhigend. »Ich hörte, daß Sie in letzter Zeit nicht ganz so gut beieinander waren. Aber wenn Sie die Kraft aufbringen, hierher zu rudern und sich auf eine Alkohologie mit dieser ruchlosen Person einzulassen...« Er grinste und ließ den Satz unvollendet.

»Genehmigen Sie sich auch einen, Doktor, solange noch etwas da ist.« Edward hielt ihm die Flasche entgegen.

Der Arzt goß sich einen winzigen Schluck ein, hatte sein Augenmerk aber schon auf Edwards Kopf gerichtet. Er stellte das Glas unangerührt wieder ab und ließ den Patienten sich hinlegen und untersuchte ihn gründlich. »Hat Ihnen die Dame auf den Kopf geschlagen?« erkundigte er sich nachdenklich, während er vorsichtig die Wunde betastete.

»Das hat sie, Doktor.« Edwards Stimme klang weinerlich.

Ich begriff, daß die beiden eng befreundet waren und ganz auf einer Wellenlänge lagen.

»Überzeugt Sie das, daß Sie nicht fit genug sind, um allein hier zu bleiben?« fragte der Arzt, nachdem er einen Verband aufgelegt hatte. Er lehnte sich zurück und nahm sein Glas in die Hand.

Edward schüttelte den Kopf. »Ich bereue nichts. Sind Sie gekommen, um mir den Gips abzunehmen?«

Der Doktor lachte. »Ich fürchte, es dauert noch eine Weile, bis Sie überhaupt daran denken können.«

Als er aufstand und gehen wollte, machte ich Anstalten, ihm zu folgen. Da nahm Edward meine Hand.

»Bitte kommen Sie wieder, Christine, ja? Ich habe so selten Besuch.«

»Das liegt daran, daß Sie immerzu drohen, ihn über Bord zu werfen«, kommentierte Dr. Macintosh über seine Schulter, während er durch die Lukentür kletterte.

»Halt die Klappe, Mac.« Edwards Stimme klang ziemlich einschüchternd. »Bitte, Christine, ja?«

»Ich werde darüber nachdenken«, sagte ich grinsend. Langsam gefielen mir dieser Edward Avon – und sein Arzt – wirklich. »Aber vielleicht lasse ich mich beim nächsten Mal lieber von Jim rüberrudern. Das dürfte klüger sein.« Ich bückte mich unter die Tür hindurch, bevor er noch etwas erwidern konnte, kletterte vorsichtig dem Doktor hinterher die Leiter hinab und bestieg sein Motorboot.

Zwei Tage darauf fuhr ich nach Chichester und schickte meinen Verlobungsring mit der Post nach Neuseeland. Ich würde ihm nicht folgen.

Mit Jim am Ruder des unbeschadet wiederaufgefundenen Beiboots besuchte ich die *Moonbeam* noch zwei- oder dreimal. Sobald ich wieder zu Kräften gekommen war und die Nerven dafür aufbrachte, unternahm ich die Fahrt allein. Als ich dies zum ersten Mal tat, erwartete Edward mich an Deck, wo er mit einem Spazierstock an der Reling stand. Kaum war ich die Leiter hochgeklettert, überreichte er mir ein Büchlein über Knoten.

»Also«, kommentierte er, »Sie kommen mir hier nicht rein, bevor Sie nicht gelernt haben, einen einfachen Seemannsknoten zu legen und ihn danach in einer Schlinge über den richtigen Poller – für Sie vielleicht Griff – zu legen.« Er grinste.

»Na vielen Dank aber auch«, erwiderte ich. Doch gehorsam setzte ich mich im eisigen Wind hin und drehte die lange Vorleine des Beiboots zum korrekten Knoten.

Als ich zwei Wochen später zu ihm kam, noch ziemlich außer Atem vom Rudern, begrüßte er mich überglücklich auf Deck. Sein Gipsverband war ihm abgenommen worden.

»Jetzt gibt es kein Entkommen mehr«, sagte er mit diebischem Lächeln. »Auch wenn ich nur hoffen kann, daß ich schneller schwimme als Sie.«

Doch wußten wir beide mittlerweile, daß keiner vor dem anderen würde flüchten müssen. Der Reiz, den ich zu Anfang empfunden hatte, hatte sich rasch zu einem wesentlich tieferen Gefühl entwickelt, und obwohl es keiner von uns ansprach, merkte ich, daß es ihm genauso ging.

Aus dem Herbst wurde Winter, und schließlich stand Heiligabend vor der Tür. Am Morgen ruderte ich zur *Moonbeam* hinüber; auf den Bug des Beiboots hatte ich einen kleinen Weihnachtsbaum gestellt. Am ersten Weihnachtfeiertag waren wir mit ihm im Haus von Andrea verabredet, doch ich wollte das Fest mit ihm früher beginnen, nur mit ihm allein.

Nachdem ich das Beiboot sorgsam an der Leiter festgemacht hatte, kletterte ich hoch, das Bäumchen hinter mir her zerrend.

»Jetzt will sie also auch noch einen Garten an Bord!« Er betrachtete mich durch die offene Kajütentür und schaute mir schmunzelnd bei meinen Bemühungen zu.

»Lieber einen Wald«, gab ich zurück. Du könntest eigentlich kommen und mir behilflich sein.«

Ich hatte eine Schachtel mit Weihnachtsschmuck dabei, und gemeinsam stellten wir den Baum in der Hauptkajüte auf. Er nahm furchtbar viel Platz ein, sah aber wunderschön aus.

»Dann mach uns mal Kaffee«, wies er mich an. »Ich habe zu tun.« Er zog sich in sein kleines Atelier zurück und machte die Tür hinter sich zu.

»Mach ihn doch selbst«, gab ich keck zurück. Im Beiboot

war nämlich noch etwas, das ich jetzt holen wollte. Sein Geschenk.

Die Tür ging wieder auf, und stirnrunzelnd steckte er den Kopf heraus. »Habe ich da eine Befehlsverweigerung herausgehört?«

»Absolut.« Ich steckte ihm die Zunge heraus.

»Ist dir klar, daß das Meuterei ist?« Er schlenderte auf mich zu und packte mich am Handgelenk. »Meuterei auf meinem Schiff lasse ich nicht zu. Ich habe Wege und Mittel, dagegen vorzugehen.«

Geküßt hatte er mich noch nie. Als er seine Arme um mich legte und mich zu sich zog, merkte ich, wie ich am ganzen Körper zitterte. Ich konnte mein Glück nicht fassen.

Abrupt löste er sich dann wieder von mir. »Wie schon gesagt, mit Störenfrieden weiß ich umzugehen.« Er langte kurz in seine Hosentasche und brachte einen dünnen goldenen Armreif hervor. »Ich lege sie in Eisen. Das hält sie für gewöhnlich bei der Stange.« Er legte mir den Reif um das Handgelenk und drückte mir wieder einen Kuß auf. »Also, machst du dann Kaffee, bitte?«

Ich stellte den Kessel auf den Herd.

Am nächsten Morgen ruderte er zu uns herüber. Überraschenderweise trug er einen schicken Anzug. Kurz vor dem Kirchgang huschte er mit Tante Andrea ins Wohnzimmer. Wenig später tauchten die beiden wieder auf und lächelten.

»Dieser erfreulich altmodische Junge, Chris, hat mich gefragt, ob er dir einen Vorschlag machen darf«, sagte Tante Andrea strahlend. »Ich habe geantwortet, daß es meiner Meinung nach in Ordnung geht.« Kichernd holte sie sich ihr Gebetbuch und trat hinaus in die Diele, wobei sie betont die Tür hinter sich schloß.

Ich sah Edward an. Er grinste. »Wie schon gesagt, Christine, ich habe es nicht mit Meuterei. Man soll tun, was einem gesagt wird.« Er hielt mir eine kleine Schachtel entgegen. »Probier mal, ob er paßt, bitte.«

Dieser Verlobungsring paßte mir perfekt. »Frohe Weihnachten, Liebling«, flüsterte er und nahm mich in die Arme.

Triumph des Herzens

Für einen alten Mann war er groß, trotz seiner gebeugten Haltung wohl über einen Meter achtzig, mit einer schwergliedrigen, plumpen Figur, die seiner Körpergröße entsprach. Seine Haut war lederartig vertrocknet, ausgedörrt von achtzig Jahren Wind, Wetter und Mühsal. Er stapfte herum, wobei seine Füße nasse Spuren im Sand hinterließen, und strich mit einer schweren Scheibe hin und her, die an einem langen Griff befestigt war. Es sah so aus, als wolle er mit seinen langsamen, systematischen Bewegungen das Wasser auf die untergehende Sonne zurücktreiben.

Louise kniff die Augen zusammen. Sie hätte schon auf dem Nachhauseweg sein sollen. Ihr Auto war das letzte auf dem Parkplatz auf dem Felsen, aber sie blieb noch, wartete ab. An seiner Hartnäckigkeit war etwas seltsam Zähes, Entschlossenes. Sie hatte ihn zuvor im Café oben auf dem Felsen gesehen, und dabei war ihr die selbstgenügsame Gelassenheit aufgefallen, mit der er sich hinsetzte, seine Tasse Tee trank und dann langsam in seiner Hosentasche nach Münzen fischte, um zu bezahlen. Sie bemerkte, daß das Trinkgeld, das er der Kellnerin überließ, so viel war, wie das Getränk gekostet hatte. Dann bückte er sich mühsam nach dem Metalldetektor unter dem Tisch, und richtete sich leise stöhnend wieder auf.

»Deinen Schatz hast du aber noch nicht gefunden, was Opa?« Die Kellnerin grinste ihn an und steckte ihre fünfzig Pence ein.

Er lächelte. »Noch nicht, meine Liebe. Sie sind die erste, die es erfährt.«

Langsam ging er an Louise vorbei und aus dem Café hinaus, wo er sich auf dem Pfad aus ihrem Sichtfeld verlor.

»Was hofft er denn zu finden?« Louise hatte ihr Portemonnaie herausgekramt und zählte das Geld, um zu bezahlen.

»Weiß der Himmel!« Das Mädchen schüttelte den Kopf. »Alberner Kauz.«

Louise zog die Stirn in Falten. In ihren Ohren hörte sich das gefühllos an. Das Mädchen war noch jung; sie war pausbackig, und ihre Haut war rosa und feucht. Ihr Leben lag noch vor ihr. Sie hätte für einen alten Mann ruhig ein nettes Wort übrig haben können. Was würde sie wohl über sie sagen? fragte sich Louise. Eine Frau mittleren Alters, noch immer schlank, noch immer, hoffentlich, attraktiv, aber wahrscheinlich, na ja, hatte sie ihre besten Zeiten bereits hinter sich! Sie suchte ihre Sachen zusammen, ging hinaus und schaute nach ihm. Er war bereits die Holztreppen am Kliff hinabgestapft und ging nun über den Sand.

Sie war zum Strand gefahren, um nachzudenken. Immerhin war es zu dieser Jahreszeit ziemlich wahrscheinlich, daß er leer war. Die Kinder waren alle wieder in der Schule, und die Pensionen und Hotels machten dicht, jetzt, wo die Sonne nur noch verschwommen zu sehen war und der Nebel am Strand und über der ausgetrockneten, goldgelben Landschaft aufstieg. Die Läden entlang der kleinen Seeseite weiter unten am Felsen wurden nun einer nach dem anderen mit Brettern vernagelt, bevor die Herbststürme den Sand über die Strandpromenade fegten und übelriechendes, aus den Tiefen des Meeres hervorgeholtes Unkraut auf die Türstufen türmten.

Den ganzen Tag über hatte sie sich den Kopf über ihr Problem zermartert, es in Stücke gerissen, die Einzelteile vor- und zurückgeworfen, sie wie ein Jongleur von einer Hand in die andere gleiten lassen, die verschiedenen Möglichkeiten in der Sonne glitzern und in Reichweite trudeln und dann wieder abdriften sehen. Mann oder Karriere, Liebe oder Geld, Abenteuer oder Sicherheit. Nur eins. Nicht beides. Unmöglich beides. Wäre eines von beiden vor einem halben Jahr ohne das andere aufgetaucht, hätte es keine Frage, kein Problem gegeben, aber jetzt ...

Der Mann war zuerst erschienen. Groß, sonnengebräunt,

sein Haar ein wirres, dichtes Knäuel, seine Augen durchdringend blau. Ein Draufgänger war er nicht gerade. Eine ganze Zeit lang hatte sie geglaubt, er hätte sie gar nicht wahrgenommen, wie er so an seinem Bibliotheksschreibtisch saß, umgeben von dicken Wälzern und etwas vor sich hinkritzelte. Zweimal hatte sie für ihn Bücher aus den Regalen im Keller besorgt und an seinen Tisch gebracht, doch das Gesicht, das er ihr für eine Sekunde zugewandt hatte, hatte einen abwesenden Ausdruck. Er beschäftigte sich mit – sie hatte einen raschen Blick auf die Titel geworfen – der Geschichte Südamerikas, den Ureinwohnern von Peru.

Als er sie jedoch im Restaurant hinter der Bibliothek gesehen hatte, war er ohne zu zögern auf sie zugekommen, charmant, schüchtern. Magnetisch. Innerhalb weniger Minuten verliebte sie sich mit Haut und Haaren.

Liebe – wilde, hemmungslose, leidenschaftliche Liebe – schien an Louise immer vorübergegangen zu sein, und sie hatte schon geglaubt, daß ihr Temperament so etwas gar nicht zuließ. Nicht, daß Männer sie nicht attraktiv fanden. Sie waren ihr immer nachgelaufen – wenn auch manchmal für Louises Geschmack ein wenig zu höflich. Selbst jetzt, wo sie sich vorsichtig mit der Vorstellung vertraut zu machen suchte, daß sie nun wohl in ein fortgeschrittenes Alter kam, bewunderten sie die Männer unverändert mit dieser altmodischen Höflichkeit, die Louise in ihnen auszulösen schien, und führten sie zu Konzerten, ins Theater und in Galerien aus. Sie waren derart höflich, daß sie sich noch nicht einmal übereinander ärgerten. Bekam einer der Männer mit, was von Zeit zu Zeit unvermeidlich war, daß es noch einen anderen gab, dann stellten sich keine Nackenhaare auf, gab es keinen Testosteronschub, kein Schwertzücken. Nur eine höfliche, vielleicht vorwurfsvolle Kränkung.

Fraser war anders. Ihm kam gar nicht in den Sinn, daß seine Liebe zu ihr etwas mit Höflichkeit zu tun haben könnte. Ihre grauen Haare nahm er nicht als Warnung, ihr Intellekt war für ihn keine Hürde. Und ihr empfindliches Gebaren nahm er gar nicht erst zur Kenntnis. Was er statt dessen entdeckt hatte, war die verborgene Leidenschaft, die Sehnsucht, die Wärme, der Wunsch nach einer romantischen Beziehung, den sie noch nicht einmal selbst gespürt hatte.

Galerien und Museen, ja, Konzerte und Schauspiel, nein. Keine Zeit. Statt dessen nahm er sie mit nach Avebury, nach Stonehenge und zu den Rollright Stones, den Stätten geomantischer Bedeutung und elektromagnetischer Kräfte. Er hielt ihr Vorlesungen über Geophysik und göophatische Kräfte und Teilchen, und er war vollkommen ehrlich: er hatte eine Frau, eine Frau, die er noch immer mochte. Sie waren nicht geschieden, lebten aber nicht mehr zusammen. »Sie wollte ein Zuhause, ich bin ein Wanderer«. Er zuckte die Achseln und lächelte. »Ich habe es versucht, wirklich versucht. Ich mag sie immer noch, aber sie hat einen anderen gefunden. Er wird ihr das geben, was ich nicht geben kann. Und ich wünsche ihr alles Gute.« Die Art und Weise, wie er die Schultern gezuckt hatte, hatte allerdings Mißtrauen in ihr aufkommen lassen. Sie würde sich nicht blindlings auf irgend etwas einlassen. Seine andere und größere Liebe, eine, zu der er sich freiweg bekannte, war die zu einem Planeten, zu Gaia, zu seinen Studien.

Sie war erheitert, erregt, entsetzt, verblüfft von dieser anderen Leidenschaft, von seiner eklektischen intellektuellen Neugier und davon, wie er anerkannte Wissenschaften einfach abtat. Er war brillant und schockierend, alles, was sie sich von einem Mann gewünscht hatte. Und er ging im Oktober nach Südamerika.

Auch das hatte er ihr gleich am ersten Tag erzählt, an dem sie sich begegnet waren, doch viel später erst bat er sie mitzukommen. Sie war in heller Aufregung, aber etwas in ihr sagte: Stop. Denk nach. Zwei Tage später bekam sie die Stelle der Archivleiterin im Stadtmuseum angeboten.

Die Sonne senkte sich rasch dem Horizont entgegen; die Schatten des alten Mannes wurden länger, wurden zu einer hageren, hochaufgeschossenen Gestalt, von den letzten, ersterbenden Sonnenstrahlen in den Sand geschnitten. Erst nach einer Weile bemerkte sie, daß ihre Schatten sich überschnitten hatten und nun eins waren. Verblüfft schaute sie hoch. Der Metalldetektor war abgeschaltet, hing dem Mann an seinem Gurt von der Schulter. Der alte Mann hatte seinen Blick auf die Wolken weit hinten im Westen gerichtet. »Bald wird's dunkel.« Seine Stimme war klangvoll und kam tief aus dem Inneren. Als sie nicht reagierte, fuhr er fort. »Ich hab' Sie dort oben im Café bei Trish gesehen.« Er gluckste wehmütig. »Dieses kleine Fräulein. Ist sicher über mich hergezogen, als ich weg war, was?«

Louise lächelte. »So schrecklich war es nicht.«

Aus dem Glucksen wurde ein herzhaftes Lachen. »Sie sind aber eine taktvolle Dame. Trish und ich, wir verstehen uns. Ich kenne sie mittlerweile ganz gut. Sie macht herrliche Käsesandwichs mit selbsteingelegten Gurken.«

»Kommen Sie denn jeden Tag hierher?« Wie selbstverständlich hatten sie sich gemeinsam wieder in Bewegung gesetzt und gingen nun gemächlich vom sich verdunkelnden Meer weg und auf die Klippen zu.

Er nickte. »Meistens.«

»Haben Sie je etwas Spannendes gefunden?«

Wieder nickte er. »Ein- oder zweimal schon. Schmuck, meistens, den jemand verloren hatte.«

»War er viel wert?«

Er schüttelte den Kopf. »Ich bringe ihn zur Polizei. Manchmal höre ich dann nichts mehr. Die Leute holen ihn sich ab, und das war es dann. Kein Wort des Dankes. Ein oder zwei Sachen durfte ich behalten, nachdem niemand sie abgeholt hat. Und einmal habe ich Finderlohn bekommen.«

Sein Seufzen verriet ihr, daß der Finderlohn nicht Ziel seiner Suche war. Sie schaute ihn von der Seite an und spürte, daß sie sich dagegen wehrte, ihn weiter auszufragen. Ein Schleier der Traurigkeit und des Verbots schwebte in der Dämmerung zwischen ihnen.

»Sie sehen aus, als könnte Ihnen vielleicht ein wohlmeinendes Ohr behilflich sein?« Er schaute sie an.

Jetzt war es an ihr, wehmütig zu lächeln. »Ist das so offensichtlich?«

»Ich fürchte, ja.«

»Ich muß eine Entscheidung treffen.«

»Hat ein Mann damit zu tun?«

Sie nickte.

»Kopf gegen Bauch?«

Wieder nickte sie.

»Wenn Sie ›Nein‹ sagen, werden Sie es für den Rest Ihres Lebens bedauern?«

»Kann schon sein.«

»Und Ihre Freunde halten sich alle zurück und bringen sich eher um, als Ihnen einen Rat zu geben?«

»Ich habe es mit meinen Freunden gar nicht besprochen.«

Es stimmte. Tatsächlich hatte sie ihre Freunde schon seit Wochen kaum noch gesehen.

Der alte Mann schaute ihr ins Gesicht, und sie hatte den Eindruck, er könne ihre Gedanken lesen. »Weil Ihre Freunde sich auf die Seite Ihres Kopfes und gesunden Menschenverstands stellen würden, und Sie, in Ihrem Innersten, wollen, daß Ihr Herz triumphiert.«

Sie lachte. »Ich vermute, ja.«

»Darf ich erfahren, um was es geht?«

»Der Job meiner Träume – einer, der nie wiederkommt – gegen ...« Sie zögerte.

»Den Mann Ihrer Träume? Es wird noch andere Jobs geben. Sie sind doch eine begabte und intelligente Frau. Vielleicht kommt dieser Job nicht wieder, aber andere sicher. Wird es einen anderen ...« Er hielt inne. »Wie heißt er?«

»Fraser.«

»Fraser ist, wie Sie, ein einzigartiger Mensch. Es wird andere Menschen geben, aber nie mehr einen anderen Fraser.«

»Sie denken, ich sollte mit ihm gehen.« Ihr Mund war trocken, und überrascht stellte sie fest, daß die Angst vor einer Entscheidung ihn hatte trocken werden lassen.

Sie waren an den Stufen angelangt, die zum Fels hochführten. Hier blieben sie stehen und schauten sich an. »Vor sechzig Jahren habe ich eine Frau gebeten, mich zu heiraten. Sie sagte zu, hat dann aber, aus anderen, aber genauso quälenden

Gründen wie Sie, ihre Meinung geändert. Vor lauter Unglück ging ich ins Ausland. Nach Indien.« Er machte eine Pause. »Ich konnte ja nicht wissen, daß sie es bereute, ihre Meinung geändert zu haben und vierzig Jahre damit verbrachte, mich zu suchen.« Abrupt drehte er sich um und stieg die Stufen empor, wobei er sich am Holzgeländer hochzog. Sie folgte ihm, und oben angelangt, wandte er sich ihr zu. »Ich suche da unten nach ihrem Ring. Den Ring, den sie mir am Strand zurückgegeben hat. Ich war so fertig damals, daß ich ihn ins Meer warf. Als ich davon erfuhr, war es zu spät. Sie war tot.«

»Das tut mir leid.« Louise legte ihre warmen Hände auf seine kalten. »Das tut mir wahnsinnig leid.«

»Das braucht es nicht. Ich bin ein alter Kauz. So nennt Trish mich. Sentimental. Ich sage ihr immer, daß es mir hilft, mir die Zeit zu vertreiben.« Er keuchte vom Aufstieg. »Sollen wir Trish nochmal auf die Nerven gehen? Normalerweise hat sie noch etwa eine halbe Stunde auf, bis der Markt zumacht. Ich werde sie bitten, uns ein Sandwich zu machen.«

Louise blieb regungslos stehen, als er losging. Der Brief, den sie ans Museum geschrieben hatte, steckte in ihrer Manteltasche. Mit spitzen Fingern nahm sie ihn in die Hand. Louise, die ihr Leben von klein auf vernünftig, besonnen, rational und erfolgreich gelebt hatte, würde den Brief nun in den Briefkasten neben dem Café werfen. Diese Louise setzte sich am Ende immer durch, und sie hatte es nie bereut. Aber die andere Louise, die leidenschaftliche, impulsive, erregte Louise, die, deren Herz nun endlich rebelliert hatte, die, die sich danach sehnte, auf Wüstensand zu gehen, und das schlammige Wasser des Amazonas zu befahren. Was war mit ihr?

Der alte Mann war stehengeblieben. Er schaute zurück und sah, wie sie den Umschlag aus der Tasche zog. Langsam ging sie hinter ihm her und auf das Café zu. Vor dem roten, rechteckigen Kasten in der alten Steinmauer hob sie die Hand und hielt seinem offenen Schlund den Brief entgegen.

Er hielt den Atem an.

Ihre Hände zitterten. Sie trat zurück, schaute auf den Umschlag hinab – und zerriß ihn abrupt.

Dann schaute sie auf, lächelte den alten Mann an und zuckte die Schultern. »Kommen Sie«, sagte sie, »lassen Sie uns mal so ein Käse-Gurken-Sandwich probieren.«

Die Mutprobe

Matthew schaute ihr in die Augen, die das Kerzenlicht in Saphire verwandelt hatte, und griff lächelnd nach der Weinflasche. Der Abend war gut verlaufen. Sie hatten hervorragend gegessen, und Petra hatte ihm von ihrer Familie und ihren Freunden erzählt, hatte ihm ihre Hoffnungen und Träume, ihre Phantasien und Ängste anvertraut.

Die Ängste ließen ihn neugierig werden. Es waren nicht gerade wenige. Wenn sie sie aufzählte, weiteten sich ihre großen, tiefblauen, von kastanienbraunen Locken und porzellanweißer Haut noch betonten Augen vor Schrecken. Anomale Höhenangst, wie sie ihm mit einem gewissen Stolz erklärte, Angst vor Spinnen und Aufzügen und Donner und Wespen. Vor allem aber vor Gespenstern.

»Gespenster?« Nicht zum ersten Mal fragte er sich, ob sie ihn auf den Arm nahm. Allmählich war er überzeugt davon. »Um Angst vor Gespenstern zu haben, muß man sie sehen.«

Sie lächelte. »Das tue ich.«

Er riskierte einen langen, schmelzenden Blick in das unergründliche Blau ihrer Augen und beschloß, daß, wenn er nicht darin ertrinken wollte, er diese Frau haben mußte, und zwar bald. Ein Plan keimte in ihm auf. »Magst du Gespenstergeschichten?«

Sie nickte und hielt seinem Blick stand. Mit ihren langen Wimpern schien sie nie zwinkern zu müssen.

Er entschied sich für einen Witz. Sie war einfach zu ernst. Er mußte sie dazu bringen, sich zu entspannen, mußte herausfinden, ob sie wirklich Sinn für Humor besaß. Ohne Humor konnte es keine langfristige Beziehung geben.

»Ich könnte dir die kürzeste Gespenstergeschichte der Welt erzählen«, sagte er. Er wartete, auf eine Reaktion – Ermutigung vielleicht, oder eine finstere Miene. Doch sie schaute ihn nur unvermindert an, so daß er, wenn auch ein wenig schwerfällig, fortfuhr. »›Glauben Sie an Geister?‹ fragt ein Mann im Zug seinen Nachbarn. ›Nein‹, antwortet der. ›Ach, wirklich nicht?‹, sagt da der erste. Und löst sich in Luft auf.«

Erwartungsvoll legte er eine Pause ein. Der war normalerweise wenigstens für ein leises Stöhnen gut.

Sie aber quittierte den Witz mit Schweigen. Falls ihr überhaupt etwas anzumerken war, dann war es ein Weiten ihrer Augen. Er unterdrückte ein Seufzen.

»Hast du denn ein Gespenst bei dir in der Wohnung?«

Er schenkte ihr nach, obwohl sie ihr Glas nicht angerührt hatte, seit der Kellner ihr den Kaffee gebracht hatte. Es war nun randvoll.

Als er das Mädchen auf der Bürofeier kennengelernt hatte, war er sich seiner Sache sicher gewesen, als sie eingewilligt hatte, mit ihm essen zu gehen. Jetzt aber war ihm unbehaglich.

Vielleicht war sie ja selbst ein Gespenst. Der Gedanke amüsierte ihn. Er lehnte sich zurück und schaute sie durch halb geschlossene Augen an. So wie der Kerzenschimmer sie mit einer Art Heiligenschein umgab, und so wie ihr blaues Hemd und ihr dunkles Seidenjackett schimmerte, sah sie tatsächlich erdentrückt aus. Vorsichtig ließ er einen Finger auf ihre Hand gleiten, die auf dem Tisch lag. Sie war verdächtig kalt, und schaudernd zog er seine Hand zurück, nun von seiner Phantasievorstellung beinahe überzeugt.

»Ich mache dich mit ihm bekannt, wenn du willst.«

Plötzlich fiel ihm auf, daß sie wieder mit ihrer merkwürdig heiseren, gedehnten Stimme zu ihm sprach, die er am Anfang so attraktiv gefunden hatte, die ihm jetzt aber allmählich monoton vorkam.

»Ihm«, wiederholte er verblüfft. Einem Liebhaber? Ihrem Mann? Ihrem Vater etwa, Gott behüte, der seine moralisch verwerfliche Absicht verdammen würde, ein so hübsches Wesen erst zum Essen, und dann, hoffentlich, ins Bett zu locken.

»Mit einem Gespenst.« Sie lächelte.

Erleichtert atmete er auf. »Ja, gerne.« Er wirkte ernst. Es war ihm auch ernst. Das gehörte schließlich zu seiner Masche.

Seine Gespenstergeschichte, die nächste, echte, erschreckendere und vielleicht ja sogar wahre Geschichte über den Dämon, der sich auf dem Dachboden des Hauses herumtrieb, in dem er aufgewachsen war, hatte ihr Angst einjagen und ihn dazu bringen sollen, den Arm um ihre Schultern zu legen. Dann würde er sich dafür entschuldigen, sie derart in Schrecken versetzt zu haben, würde sie trösten, sie beruhigen. Statt dessen aber war sie seinem nächsten Schritt zuvorgekommen und hatte anscheinend vor ihrem eigenen, persönlichen Gespenst noch nicht einmal Angst.

»Wohnt es mit dir zusammen?« fragte er lächelnd. Es hörte sich cool an. Vielleicht nicht gerade umwerfend komisch, aber doch humorig.

Sie schwieg einen Moment. Dann sah er, wie sich in ihren blauen Augen ein Lächeln abzeichnete. »Kann man so sagen. Sonst wohnt jedenfalls niemand mit mir zusammen.«

Aha, das war eine wichtige Information. Sehr wichtig. Eine leere Wohnung, die sie erwartete, und zumindest Anflüge von Humor. Automatisch griff er nach der Flasche, um ihr nachzuschenken, aber sie hatte ihr Glas noch immer nicht angerührt. Statt dessen füllte er seines und schaute sich nach dem Kellner um. Die Rechnung, ein Taxi zu ihr, und dann, mit ein bißchen Glück, der Himmel.

Sie mußten in der Kälte auf das Taxi warten, doch glücklicherweise hatte sie nichts dagegen, als er den Arm um ihre Schultern legte.

Sie wohnte in Notting Hill. Eine Dachgeschoßwohnung in einem gediegenen weißgestrichenen Haus, mit einer Terrasse, die mit Pfeilern gesäumt war. Einen Aufzug gab es nicht, und als sie oben waren, keuchte er. Der Treppenabsatz war nur spärlich beleuchtet. Er sah zu, wie sie ihren Schlüssel aus der Jackentasche zog. »Wieso hast du eigentlich keine Angst, ganz allein mit einem Gespenst zu wohnen?«

Sie verbarg ihr Lächeln, drehte sich zur Tür und steckte den Schlüssel hinein. »Wir haben uns aneinander gewöhnt.«

Die Wohnung lag im Dunkeln. Sie tastete nach dem Schalter, und am Ende eines mit blassen Teppichen ausgelegten

Flurs ging eine Schirmlampe an. »Wirf deinen Mantel einfach hier drauf.« Sie deutete auf einen Stuhl, ging ins Wohnzimmer voraus und machte auch dort Licht.

Neugierig schaute er sich um. Das Zimmer hatte niedrige Decken, war gemütlich, schlicht möbliert, dafür großzügig mit überall herumliegenden Kissen und Wolldecken ausgestattet. Es gefiel ihm. Er bekam noch ein Glas Wein – also mußte sie das Zeug auch irgendwann trinken –, und einen Kaffee in Aussicht gestellt, sobald das Wasser im Kessel kochen würde, warf sich auf das Sofa und lächelte. »Also, wo ist denn dein Mitbewohner?«

Sie suchte eine CD aus einem Stapel in der Ecke des Zimmers aus, und er konnte ihr Gesicht nicht sehen.

»Er kommt schon noch, denke ich.«

Sanfte Musik erfüllte den Raum. Nichts, was er kannte. Streichinstrumente. Eine Harfe. Gelegentlich ein Arpeggio auf einer Panflöte. Sie zog sich ihr Jackett aus, warf es auf den Boden und schleuderte ihre Schuhe von sich. Dann setzte sie sich, allerdings nicht neben ihn, sondern auf einen Stuhl, der ein wenig abseits stand.

Und zum ersten Mal an diesem Abend schaute sie ihn fest an.

Von der genauen Musterung peinlich berührt, senkte er den Blick und schaute in die rubinrote Tiefe seines Weinglases. Sie lächelte. Schlecht sah er nicht aus. Acht von zehn Punkten, vielleicht. Goldene Kreditkarte – er hatte sie beim Bezahlen des Abendessens benutzt, und sie war auf seinen Namen ausgestellt, nicht auf den seiner Firma. Geld war also wohl kein Problem. Guter Job. Immerhin war er ihr neuer Chef. Ungebunden genug, um sie zum Essen einzuladen. Sein Familienstand bereitete ihr kein Kopfzerbrechen; eine Ehefrau auf dem Land und aus den Augen war eine Ehefrau aus dem Sinn. Ein Ring und ein Ehevertrag waren nicht gerade das, was sie anstrebte. Sie wollte geistige Inspiration. Geld, Spannung, Spaß, Gesellschaft.

Und Sex, natürlich.

Sie rekelte sich träge, und bemerkte dabei, daß er seinen

Blick vom Wein auf die Knöpfe ihrer Bluse richtete. Erst die Erfahrung würde lehren, wie gut er abschnitt, doch bevor sie ihm erlauben würde, sie zu verführen, mußte er noch ein paar kleine Tests absolvieren. Sie lächelte insgeheim. Wie merkwürdig, daß es selbst Männern in seinem Alter nie dämmerte, daß sie das Opfer waren.

»Wenn wir Glück haben, kommt er gar nicht.« Natürlich würde er das. Das tat er immer.

Überrascht schaute er auf. »Wer?«

»Mein Mitbewohner.« Sie wollte nicht, daß er sich allzu sicher, allzu behaglich fühlte. Noch nicht.

Das Problem war, daß sie wählerisch mit Männern war. Sie mußte einfach herausfinden, ob sie mit Ironie umgehen konnten. Ob sie Witz und Geist besaßen. Und Mut. Ganz überzeugt war sie bei ihm noch nicht. Sein einziger Versuch, einen Witz zu erzählen, war kindisch gewesen.

»Ich mache Kaffee.« Sie schenkte ihm das Lächeln mit halb geschlossenen Lidern, das Männer anziehend fanden, und steuerte nicht auf die Küche, sondern auf das Schlafzimmer zu. Hier bewahrte sie ihre Bücher, ihre Flöte, ihre Kassetten mit Gedichten und Dramen auf. Und ihr Gespenst.

Boris war schon dagewesen, als sie eingezogen war. Gesellig, nett, überhaupt nicht mehr furchteinflößend, sobald sie sich an ihn gewöhnt hatte. Vielleicht ein wenig einsam. Er war ein Freund, ein Vertrauter, und, wenn sie das brauchte, ein Anstandswauwau, der auch den aufdringlichsten Mann verjagen konnte.

Sie vergewisserte sich, daß die Tür zu war, schlüpfte aus Hemd und Hose, blieb einen Augenblick nackt vor dem Spiegel stehen, und zog dann den grünen Seidenumhang an. Er ließ ihre Augen zu Aquamarin werden und ihr Haar zu loderndem Feuer.

Dann schaltete sie das Band ein. Das meiste darauf – fünfundfünfzig Minuten, um genau zu sein – war Stille.

Aus dem Schatten heraus sah Boris zu und lächelte. Sie hatte recht: Er war schon sehr einsam gewesen, als sie kam. Sie hatte sich für ihn interessiert. Und sie hatte ihm einen

Sinn vermittelt. Er machte es sich zur selbstgewählten Aufgabe, die Männer zu bestimmen, die bleiben durften. Eine Aufgabe, der er sorgsam und mit gutem Urteilsvermögen nachging.

Matthew ignorierte den Kaffee und heftete statt dessen seinen Blick, wie sie es sich gedacht hatte, auf ihren Brustansatz, der von der schlüpfrigen Seide kunstvoll verhüllt wurde. Seine körperliche Reaktion, das bemerkte sie, waren erfreuliche und unverkennbare zehn von zehn möglichen Punkten.

Allerdings war er verunsichert wegen des Buchs, das sie geholt hatte. Mehr verwirrt, was den Zeitpunkt anging, dachte sie, als entsetzt darüber, was für einen literarischen Charakter der Abend plötzlich annahm. Doch alles in allem machte er seine Sache gut und war vergnügt. Er ließ mehr als passable Kenntnisse von Chaucer, Jung, Plath und Okri erkennen, wie sie fand, Ecksteine eines breiteren Horizonts. So konnte sie kurz und knapp seine Kenntnisse der Geschichte, Psychologie, Philosophie, modernen Literatur und Politik auf den Prüfstand stellen und bewerten (acht bis neun von zehn möglichen, stellte sie befriedigt fest). Blieb nur noch die Gabe, über sich selbst zu lachen. Allzu viele Männer fielen bei diesem, wichtigsten Test durch.

Er nicht, hoffte sie.

Wie sie auf seine Bemühungen reagiert hatte, sie zu verführen, hatte ihn neugierig gemacht, allerdings auch ein wenig verwirrt. Ingesamt aber war Matthew zufrieden. Immerhin hatte er sie ja im Restaurant noch als oberflächlich und nicht besonders aufgeweckt abgetan. Eine schnelle Nummer, wenn er Glück hatte. Mehr nicht. Mittlerweile aber hatte sie sich, ermutigt von ihrer vertrauten Umgebung, als intelligent, belesen und nachdenklich erwiesen. Dafür mochte er sie mehr und mehr.

Aber nun standen sie an einer Weggabelung.

Ihre Signale brachten ihn in Schwierigkeiten: der tiefgrüne Seidenumhang forderte ihn auf vorwärts zu gehen, die Unterhaltung hieß ihn abzuwarten. Als unverheirateter und bislang nicht gebundener Mann war ihm noch nicht klar, daß er, wollte er sich in eine Frau verlieben, sich zunächst in ihren Verstand verlieben mußte. Er wollte sie in die Arme nehmen, doch sie hatte sich mittlerweile in ein neues Thema vertieft. Universelles Bewußtsein.

Kam hier etwa wieder das Gespenst ins Spiel?

Er schaute auf die Schatten, die der sorgsam dorthin postierte Tisch warf, und lächelte. Doch mit einemmal war ihm unbehaglich zumute.

Sie erkannte das Zeichen und schaute auf ihre Uhr. Es ging zu schnell. Es mußten noch drei Minuten des stummen Bands überbrückt werden. Da gab es nur eine Möglichkeit.

Sein Schoß war sehr bequem. Seine Lippen schmeckten angenehm nach Wein und Kaffee. Wieder zehn von zehn möglichen Punkten, dachte sie schläfrig. Langsam, mit geübten Fingern knöpfte sie ihm das Hemd auf. Es wäre traurig, wenn er den Test nicht bestände. Die letzten drei Männer waren durchgefallen. Aber sie waren ja auch Nieten gewesen, und sie hatte dafür gesorgt, daß Boris sie verjagte. Boris' Problem war, daß er nie ein Geräusch von sich gab. Sie mußte die Geräuscheffekte für ihn übernehmen. Und das waren ganz subtile. Nur ganz leise Zeichen. Schritte auf nicht mit Teppich ausgelegtem Fußboden, und dann in der Ferne ein einsames, gehauchtes Pfeifen, eher ein gleichbleibender Ton als eine Melodie.

Sie merkte, wie Matthew sich anspannte, sah, wie sein Blick sich von ihrer Brust abwendete und weiter hinten im Zimmer verlor, fühlte, wie die Haut unter ihren Fingern ein wenig abkühlte.

»Achte nicht auf ihn«, flüsterte sie. Er war da, aber Matthew würde ihn nie zu sehen bekommen. Sie hielt den Atem an. Das geisterhafte Lachen, eigens von ihrem Bruder aufgenommen, der dafür den Kopf in ein Abflußrohr gesteckt hatte, hatte den anderen, den Schwächlingen, den Mut geraubt. Nun kam die Stelle.

Sie mußte zugeben, daß es selbst ihr das Blut in den Adern gefrieren ließ. Einen Augenblick war er wie gelähmt. Sie merkte, wie er ihre Arme packte, als wollte er sie durch das

Zimmer werfen. Dann ging ihm urplötzlich ein Licht auf. Er entspannte sich, schloß die Augen – und schüttelte sich vor Lachen. Dann fühlte sie seine Küsse auf ihrem Hals und ihren Brüsten.

»Gott sei Dank, sie hat also doch Sinn für Humor«, dachte er und zog ihr das letzte Stück Seide beiseite.

Boris sah er nicht. Ein Schatten, nicht mehr, der in der Ecke des Zimmers wachsam wie immer auf der Lauer lag und zustimmend nickte.

Quellenverzeichnis

Der Aussteiger / *The Drop Out*
Übersetzt von Waltraud Götting

Der Moment der Wahrheit / *Moment of Truth*
erschien erstmals 1978 in »Romance Magazine«.
Übersetzt von Waltraud Götting

Das Feenkind / *The Fairy Child*
Übersetzt von Waltraud Götting

Bewach die Mauer, mein Liebling / *Watch the Wall, My Darling*
erschien erstmals 1989 in »Woman's Realm«.
Übersetzt von Waltraud Götting

Die Gabe der Musik / *The Gift of Music*
Übersetzt von Waltraud Götting

Hexenkunst unserer Tage / *Witchcraft for Today*
Übersetzt von Waltraud Götting

Wenn die Kastanienblüten fallen / *When the Chestnut Blossoms Fall*
erschien erstmals in »Woman's World«.
Übersetzt von Peter Beyer

Das Erbe / *The Inheritance*
Übersetzt von Peter Beyer

Das Wochenende / *Dance Little Lady*
erschien erstmals 1981 in »Rio«.
Übersetzt von Peter Beyer

Blumen für die Lehrerin / *Flowers for the Teacher*
erschien erstmals 1975 in »Your Story«.
Übersetzt von Peter Beyer

AN BORD DER MOONBEAM / *Aboard the Moonbeam*
erschien erstmals 1976 in »Woman's Story«.
Übersetzt von Peter Beyer

TRIUMPH DES HERZENS / *Choices*
erschien erstmals 1996 in »Sunday Post«.
Übersetzt von Peter Beyer

DIE MUTPROBE / *Two's Company*
Übersetzt von Peter Beyer